Herbert Rosendorfer

Großes Solo für Anton

Herbert Rosendorfer

Großes Solo für Anton

Roman

nymphenburger

Für meinen Jacob

Limitierte Sonderausgabe

Schutzumschlag: Felix Weinold
Satz: Schaber Satz- und Datentechnik, Wels
Gesetzt aus: 11/13,7 Stempel Garamond in PostScript
Druck und Binden: Graphischer Großbetrieb Pößneck
Printed in Germany
ISBN 3-485-00818-4

»Der Endzweck der Welt ist ein Buch.«

Stéphane Mallarmé

Inhalt

I
Sonnengeflechtsschwellung *9*

II
Die Katze auf der Mauer des
Clarissenkrankenhauses *25*

III
Des Butlers Tango *42*

IV
Nutzen sich Atome ab? *53*

V
Im ›Monte Christo‹ *57*

VI
Abend und Nacht *75*

VII
Pfeivestls Hinterlassenschaft *85*

VIII
Die Hof-Wachszieherei *99*

IX
Kleiner Papst, halb bloßfüßig *110*

X
Es ist schwierig, Sonja zu fangen *122*

XI
Vollbad in Frosinone *135*

XII
Mozart mit Pharao und Pharaonin *155*

XIII
Ein Brief *175*

XIV
Eine Vedute von Canaletto *180*

XV
Das Schlößchen *192*

XVI
Ein Kurfürst in Blech gewickelt *219*

XVII
Hormisdas II. *233*

XVIII
Zeitrechnung nach Rehen *245*

XIX
Der rote Pfeil auf dem Globus *258*

XX
Der Bundtrock-Kreis *268*

XXI
Das Instrument mit dem Kügelchen *286*

XXII
Der geköpfte Henker *294*

XXIII
Ein Fasan ohne Knochen *308*

XXIV
Gott kann nicht sagen:
Ich löse mich auf *312*

I
Sonnengeflechtsschwellung

Als Anton L. einige Tage später über die Sache nachzudenken begann – in den ersten Tagen hatte er keine Zeit dazu gehabt, war er damit beschäftigt gewesen, zu staunen und sein neues Leben einzurichten –, erinnerte er sich daran, daß er in der Nacht vom 25. auf den 26. einmal kurz aufgewacht war. Er hatte nicht auf die Uhr geschaut. Ein auffallend heller Schein, ein fahler, gelblicher Schein wie in einer Schneenacht, war durch den Spalt des Vorhanges gedrungen. Er war nur kurz wach gewesen, erinnerte sich Anton L.; nicht lang genug, um die Kraft aufzubringen, auf die Uhr zu schauen, aber lang genug, um zu denken: es ist ein Schneesturm, und um dem entgegen zu denken: nein, nicht im Juni. Dann mußte er wieder eingeschlafen sein.
Dieser helle, fahl-gelbliche Schein war das einzige gewesen, was Anton L. in der Nacht vom 25. auf den 26. Juni aufgefallen war und was er später als Hinweis deuten konnte, wenn er nach Erklärungen suchte. Viel half es ihm freilich auch nicht weiter.
Der 26. Juni war ein Dienstag. Anton L. wachte, ehe sein Wecker um halb sieben Uhr läutete, davon auf, daß auf der Veranda schräg gegenüber die Hunde bellten. Die Familie, die dort wohnte, hatte zwei Hunde, einen kleinen wurstfarbenen mit Haaren über den Augen und einen größeren gefleckten mit spitziger Schnauze. Aus der Tatsache, daß Anton L. mit dröhnendem Kopf auf-

wachte, schloß er, daß die Hunde schon länger gebellt hatten. Anton L. stand auf und zog die Vorhänge auseinander. Das Fenster seines Untermietzimmers ging nicht direkt ins Freie, sondern auf eine ähnliche Veranda wie die schräg gegenüber, in der die Hunde bellten. Die Veranda vor Anton L.s Fenster war, seit er hier wohnte, voll von unnützen Gegenständen, altem, verstaubtem Hausrat und Gerümpel. Frau Hommer, die Frau des Hauptmieters, machte manchmal, wenn ihr Mann wieder einmal Sauberkeit und Ordnung gepredigt hatte, einen Tag lang oder zwei verzweifelte Anstrengungen, um die Veranda aufzuräumen. Da sie es aber aus Furcht vor Herrn Hommer nicht wagte, irgendeinen und sei es den unnützesten Gegenstand fortzuwerfen, war ihre Mühe fast immer so gut wie vergeblich. Seit einiger Zeit – genauer gesagt, seit Herrn Amtmann Hommers Pensionierung im Herbst vorigen Jahres – kam für Frau Hommer erschwerend hinzu, daß sich Herr Hommer auf der Veranda einen Leguan in einem Terrarium hielt. Es war schwer zu sagen, wen Frau Hommer mehr fürchtete, ihren Mann oder den Leguan.
Die Scheiben der Veranda waren halb blind und ungeputzt. Durch eine weniger blinde Scheibe sah Anton L. zur anderen Veranda hinüber. Der größere Hund stand aufgerichtet hinter dem Fenster, die Vorderpfoten auf das Fensterbrett gelegt. Unmittelbar danach verschwand er. Das Bellen ging in Winseln über.
Nun läutete der Wecker. Anton L. nahm seine Toilettensachen und ging ins Bad. Sein Zimmer hatte keine eigene Waschgelegenheit. Anton L. hatte Anspruch auf Mitbenutzung des Bades nach einem genau geregelten Plan, den ihm bei Abschluß des Untermietvertrages der

Hauptmieter, Herr Amtmann (damals noch im Dienst) Hommer, in Schriftform ausgehändigt hatte.
Die Regelung war pedantisch, aber nicht kleinlich. Anton L. beanspruchte nicht einmal alles, was ihm der Hauptmieter eingeräumt hatte, wobei man allerdings berücksichtigen muß, daß Anton L. ein eigenartiges Verhältnis zur Sauberkeit hatte. Anton L. war sozusagen ein Quartals-Reiniger. In längeren Abständen, die sich bis zu einem halben Jahr hinziehen mochten, aber nie kürzer als vier Wochen waren, erfaßte Anton L. das Bedürfnis, sich zu reinigen. Er verbrachte ganze Wochenenden oder mehrere Urlaubstage im *Volksbad* (zu diesen exzessiven Reinigungszeiten genügte natürlich die Hommersche Badegelegenheit seinen Ansprüchen nicht), nahm Vollbäder, Dampfbäder, Salzbäder, Duschbäder, Mineralbäder, Sprudelbäder, ließ sich massieren, maniküren, pediküren, besuchte die Sauna, gebrauchte Wurzelbürsten, Seegurken, Aloë-Handschuhe, studierte im Bad vor Feuchtigkeit bald zerfallende Prospekte über medizinische Reinigungsneuheiten, ließ sich Haarkuren und Hautkompressen und manchmal sogar Reinigungsklistiere verabreichen. Waren die Tage dieser Reinigungsexzesse vorbei, beschränkte sich Anton L. für, wie gesagt, oft ein halbes Jahr auf eine minimale Toilette, die sich in einem flüchtigen Zähneputzen, Rasieren und dem Waschen der Fingerspitzen erschöpfte. Zu diesen Zeiten wechselte Anton L. auch seine Wäsche nicht, was dazu führte, daß er allmählich nicht mehr gut roch, es ist nicht zu leugnen, zumal er dann auch in der Unterwäsche schlief.
Sowohl eine Stellung bei einer Bank (vor vier Jahren) als auch eine Stellung in einem Reisebüro (vor zwei Jahren) war Anton L. wegen seines Geruches ge-

kündigt worden. (Einen Posten in einem Verlag hatte Anton L. aus anderen Gründen verlassen, wovon noch die Rede sein wird.) Um die Bank war ihm nicht leid gewesen, im Reisebüro wäre er aber gern geblieben. Er hatte deshalb dem Chef zu erklären versucht, wie angenehm es sei, ja wohltuend, alte Wäsche zu tragen. Die Wäsche, hatte Anton L. gesagt, nehme mit der Zeit einen Grad von Weichheit und Schmiegsamkeit an, wie sie saubere Wäsche nie zu erreichen imstande sei. Sie gehe in einem auf. Man gehe in ihr auf. Man habe das Gefühl, sagte Anton L., es könne einem nichts passieren. Der Chef hatte kein Verständnis dafür.

Seit zwei Jahren arbeitete Anton L. im Finanzamt. Das Finanzamt hat Kunden, die auch dann nur ungern kommen, wenn der zuständige Beamte nach Ambra duftet. Den Chef des Finanzamtes bekam Anton L. fast nie zu Gesicht, der befand sich also außer Riechweite. Hie und da beschwerte sich ein Zimmerkollege. Beschwerte sich der Zimmerkollege oft und hartnäckig genug, wurde er oder Anton L. in ein anderes Zimmer versetzt. Anton L. machte das nichts aus; er suchte keinen Kontakt mit den Kollegen, die er geistig als weit unter sich stehend betrachtete (mit einem gewissen Recht, muß man dazusagen).

Später, als Anton L. die Zeit gefunden hatte, über die Sache nachzudenken, am Freitag oder Samstag ungefähr, sagte sich Anton L.: Wer weiß, ob ich nicht wegen meines Geruches von der Katastrophe verschont geblieben bin, wer weiß. –

Die Wohnung war still. Das war nicht beunruhigend, aber zu so früher Morgenstunde auffällig. Normalerweise stand Frau Hommer früher auf als Anton L. und huschte, in rätselhaften Hantierungen begriffen, in der

Wohnung herum (mit Ausnahme des untervermieteten Zimmers, selbstredend). Ob dieses ständige Huschen, das bis zur Verflüchtigung des Erinnerungsbildes der Frau führte – niemand war imstande, sie anders als sozusagen unscharf in den Blick zu bekommen –, ob dieses Huschen angeboren war? Oder huschte die Frau, um ihrem Mann weniger oder weniger klare Zielfläche für den Zorn zu bieten? – was natürlich vergeblich war, denn die Schallwellen der Amtmännisch-Hommerschen Anordnungen erreichen auch eine Huschende. Herr Hommer pflegte, seit er pensioniert war, recht lang im Bett zu liegen, verstand es aber auch vom Bett aus, seine Frau am Huschen zu halten. Das verdichtete sich – insofern wurde die Frau dadurch wieder körperhafter – zu wespenartigem Surren, wenn sich Herr Amtmann a. D. Hommer erhob, um seiner Verdauung, es ist nicht anders zu sagen, zu huldigen. Das trat mit exakter Regelmäßigkeit kurz vor halb acht Uhr ein, wenn sich Anton L. (an Werktagen) zum Weggehen anschickte. Herr Hommer trat dann in einem türkischen Schlafrock mit goldener Kordel aus dem ehelichen Schlafzimmer, schwang das Quastenende im Kreis und sagte erstaunt – jeden Morgen –, als wäre die Begegnung ein großer Zufall: »Ach, der Herr L.!«, jeden Morgen: »Wünsche einen guten Morgen!« und fügte – jeden Morgen – in weltmännischer Baritonlage und mit einem Augenzwinkern von Mann zu Mann hinzu: »Ich gehe jetzt Kak-teen pflanzen.«
Was sich im einzelnen dann hinter der Toilettentür abspielte, entzog sich Anton L.s Kenntnis. Das Kakteenpflanzen dauerte lang. Von dienstfreien Tagen wußte Anton L., daß Herr Hommer – der sich vor und nach dem Kakteenpflanzen wog – nachsinnend mit der Zei-

tung ins Bett zurückkehrte und daß ihm vorher, noch in die Toilette, eine Schüssel mit angewärmtem Selterswasser gereicht werden mußte.

– Wo die Alte heute ist? dachte Anton L. Er konnte sich nicht vorstellen, daß sie verschlafen hatte. Sie hatte noch nie verschlafen. Ob sie krank war? Sie war nie krank gewesen. Bei dieser Gelegenheit versuchte sich Anton L. den Tod der Frau Hommer vorzustellen. Es war nicht anders denkbar: Frau Hommer würde eines Tages hinaus und über die drei Stiegen hinunterhuschen, wie ein kleiner Wind zum Friedhof, dort an zwei verdutzten Sargträgern vorbei in einen zufällig offenen Sarg fahren und diesen wie eine Muschel ihre Schalen über sich schließen. Nur so könnte sie sich vor dem todüberdauernden Zorn schützen, der ihren Mann dann ergreifen würde. Denn wer würde ihm dann sein Selterswasser anwärmen? – Auch als Anton L. kurz nach dreiviertel sieben das Badezimmer verließ und nochmals den Gang überquerte, um in sein Zimmer zu gehen, hörte und sah er von Frau Hommer nichts.

Anton L. zog sich an. Zwischen sieben und halb neun Uhr hatte er laut der schriftlichen Untermietordnung Anspruch auf eine Kanne heißen Wassers. Auch hier verzichtete Anton L. auf ein Großteil dessen, was ihm zustand. Er schüttete zwei Löffel Pulverkaffee in ein Glas und ging damit in die Küche. Immer noch rührte sich nichts in der Wohnung. Anton L. stellte die Wasserkanne, einen sehr alten Bestandteil des Hommerschen Hausrats, sechzehneckig (also quasi rund und doch nicht), aus längst stumpf gewordenem Metall, auf den Gasherd. Anton L. kannte sich aus, auch ohne Frau Hommer.

Während das Wasser warm wurde, trat Anton L. auf

die – von der Küche aus zugängliche – Veranda hinaus. Die Hunde auf der Nachbarveranda schräg gegenüber winselten erbärmlicher als zuvor. Es war ein klarer, sonniger Tag. Der Leguan im Terrarium schaute in einer haarscharfen Tangente an Anton L.s Kopf vorbei. Es war ein schönes Tier, ein großer Leguan. Als ›grün‹ hätte ihn nur der oberflächliche Betrachter bezeichnet. Anton L. beobachtete – während das Wasser in der sechzehneckigen Kanne die ersten Blasen warf – das Tier in den klaren Strahlen der Morgensonne. Auf seinem Körper schillerten alle nur erdenklichen Spielarten der Farbe Grün, nicht weniger als in einem taufeuchten Mischwald im Sommer, von fast gelb bis fast blau. Sonja hieß der Leguan. Ursprünglich hatte er Ernst geheißen, bis ein Leguankenner Herrn Hommer darauf aufmerksam machte, daß es sich um ein Weibchen handelt.
– Ob Hommers fortgefahren sind? Verreist? dachte Anton L. In der ganzen Zeit, in der er hier wohnte, waren Hommers nie verreist. Sie konnten gar nicht verreisen, hatten sie immer gesagt, wegen der Tochter. – Und wenn sie verreist waren, wer sollte dann den Leguan Sonja füttern? Man hätte dann wohl einen Zettel für Anton L. hingelegt. Aber: Anton L. war gestern abends *nach* Hommers schlafen gegangen. Daß Hommers danach wieder aufgestanden wären, um klammheimlich zu verreisen, war höchst unwahrscheinlich. Man kann auch sehr früh verreisen, um fünf Uhr zum Beispiel. Das gibt aber, zumal, wenn Personen verreisen, die, wie Hommers, das Verreisen nicht gewohnt sind, unvermeidlich Lärm. Anton L. hätte das gehört.
Das Wasser kochte. Anton L. goß das kochende Wasser in das Glas auf den Pulverkaffee. Das Glas zersprang. Das heiße Wasser – oder war es schon Kaffee? – ergoß

sich über Anton L.s linkes Knie und das Schienbein abwärts. Die nasse, heiße Hose wickelte sich um das Bein. Er zog sich – in der Küche! – die Hose aus. Als er in der leicht gelblichen Unterhose dastand, dachte er: Was für ein Glück, daß Hommers nicht da sind. Herr Hommer war zwar, wie er oft betonte, ein Freigeist, hielt aber viel auf Moral. Herr Hommer hätte seiner Frau nie gestattet, ihn selber, Hommer selber, den Ehemann also, in Unterhosen zu sehen, viel weniger den Untermieter. Womöglich hätte sich Herr Hommer sofort von Frau und Untermieter getrennt.

Anton L. lief ins Bad, trocknete sich ab (es stand ihm laut Untermietordnung ein Haken an der Badezimmergarderobe zu; für das Handtuch mußte er selber sorgen), ging dann in sein Zimmer und zog eine andere Hose an. Er schaute auf die Uhr: sieben Uhr achtzehn. Wenn er nicht auf den Kaffee verzichtete, würde er zu spät ins Büro kommen.

– Ich denke nicht daran, auf den Kaffee zu verzichten, dachte Anton L. Hier zuckte das erste Mal der Gedanke durch seinen Kopf, ob er nicht womöglich heute krank sei.

Es war das letzte Glas gewesen, das Anton L. besaß.

Anton L. ging wieder in die Küche. Immer noch rührte sich niemand sonst in der Wohnung. – Sie sind tatsächlich fortgefahren, dachte Anton L. Er wurde kühn. Er nahm eine hommerische Tasse aus dem Küchenschrank, löffelte (aus eigenem Bestand) neuen Pulverkaffee hinein und stellte wieder Wasser auf.

Während das Wasser sich erwärmte, säuberte er den Boden. Dann goß er den Kaffee auf und setzte sich – schon wieder eine Kühnheit, denn dergleichen stand ihm nicht zu – an den Küchentisch.

– Sie *sind* vor mir schlafen gegangen, dachte er. Gestern abends war er bei Hommers im Wohnzimmer gesessen. Selbstverständlich stand ihm auch das nicht zu. Er war eingeladen gewesen. Herr Amtmann a. D. hatte beim Fernsehen recht gern Gesellschaft, denn er pflegte das, was auf dem Bildschirm gezeigt wurde, zu erklären – nicht zu kommentieren, zu erklären, so als ob die anderen es nicht sehen könnten. Es war eine sehr entnervende Angewohnheit, aber Anton L. sagte nie etwas. Höchstens, daß er hie und da die Einladung Hommers zum Fernsehen unter vielen Vorwänden ausschlug, aber selbst das wagte Anton L. vielleicht einmal in der Woche, nicht öfter. Anton L. fürchtete Herrn Hommer. Anton L., der sich gern selber analysierte, stellte das eines Tages mit Unbehagen fest: ja, er fürchtete Herrn Hommer. Warum? Soweit war Anton L.s Selbstanalyse noch nicht vorgedrungen. Herr Hommer hingegen hatte eine deutliche Zuneigung zu Anton L. gefaßt. Es war nicht zu übersehen, um wieviel besser Herr Hommer den Untermieter behandelte als seine Frau.

Gestern abends hatte man die Fortsetzung einer längeren Fernsehserie gesehen, die die wechselhaften Schicksale einer ziemlich verzweigten englischen Familie darstellte. Herr Hommer schätzte diese Serie über alles. Er hatte sie vor Jahren im I. Programm gesehen, hatte sie später im III. Programm verfolgt und genoß jetzt die Wiederholung im österreichischen Programm, das man dank einer starken Dachantenne im Hause Hommer empfangen konnte. Die Familienverhältnisse der gezeigten Engländer waren so verzwickt, daß am Anfang und am Ende jeder Folge und manchmal auch während der Folge eine Stammtafel gezeigt werden mußte. Nach jeder dritten oder vierten Folge wurde eine Sonderfolge

eingeschoben, in der professionelle Genealogen die familiären Entwicklungen erklärten. Herr Hommer hatte auch ein Heft mit Stammtafeln gekauft, das damals, als die Serie zum ersten Mal lief, vorsorglich von der Sendeanstalt herausgegeben worden war.
Gestern abends hatte eine Enkelin des ältesten Familienmitgliedes einen Vetter dritten Grades geheiratet. Der Onkel dieses Vetters betrog seinen Bruder mit dessen Frau, die wiederum eine Nichte des allerältesten, bereits in den ersten Folgen verstorbenen Seniors der Familie war. Ein Bruder des gegenwärtigen Familienoberhauptes kam dahinter, machte aber Konkurs und war dadurch vorerst daran gehindert, die Sache weiterzuverfolgen. Ein Sohn dieses Bruders ermordete seine Frau oder seine Schwester – es ging ziemlich schnell und wurde Anton L. nicht ganz klar –, die Schwester der anfangs erwähnten Enkelin brannte mit dem Klavierlehrer durch. Der Klavierlehrer (oder der bankrotte Onkel, auch das war unklar) zeugte ein uneheliches Kind mit einer Herzogin. Nicht verwandt – und deshalb auf den Stammtafeln nicht aufscheinend – war ein häufig auftretender Butler, der meist eine silberne Teekanne auf einem Tablett bei sich hatte.
Nach der Sendung hatte Herr Hommer, der schon seinen türkischen Schlafrock mit der goldenen Schnur trug, wie immer ohne seinen Gast zu fragen, ob er noch eine andere Sendung sehen wolle, den Apparat abgedreht und war seine abendlichen Kakteen pflanzen gegangen. Diese abendlichen Kakteen richteten sich im Gegensatz zu den morgendlichen nicht nach der Uhr, sondern nach dem Ende des für Herrn Hommer interessanten Fernsehprogramms. Daß sich Herr Hommer nach den abendlichen Kakteen noch einmal angezogen

hätte, um zu verreisen, erschien Anton L. äußerst unwahrscheinlich.

Frau Hommer war, wie immer, auch gestern abends ab und zu ins Wohnzimmer gehuscht, hatte, während sie mit der Schürze eine Schale, den Lampenständer oder eine Sessellehne abwischte, in den Fernseher geblickt – daß sie von den verwickelten Familienvorgängen unter diesen Umständen auch nur das Geringste verstand, war wohl ausgeschlossen –, hatte dann das Selterswasser angewärmt und war schließlich kurz nach ihrem Mann ebenfalls ins Bett gehuscht. (Anton L. schloß es daraus, daß er sie nicht mehr hörte.)

Die Tochter tauchte überhaupt selten auf. Das lag an ihrer Krankheit. Die Tochter hieß Marianne und hatte eine durch nichts zu überwindende Allergie gegen Bekleidung. Herr Hommer hatte in den Untermietbedingungen festgehalten, daß der Untermieter an dem Umstand, daß sich die Tochter stets nur unbekleidet zeigt, weder Anstoß nehmen noch daraus Lustgefühle ziehen dürfe. Marianne ging verständlicherweise nie aus dem Haus, auch wurde es nach Möglichkeit vermieden, daß sie außerhalb ihres Zimmers auftauchte. Aber immer ließ es sich nicht vermeiden. Anfangs begegnete ihr Anton L. hie und da auf dem Korridor. Da sich Anton L. weder sichtbare Lustgefühle noch Anstoß dabei zuschulden kommen ließ, genierte sich Herr Hommer mit der Zeit nicht mehr vor Anton L. (Marianne selber genierte sich von vornherein nicht.) Schon seit geraumer Zeit durfte deshalb Marianne ein- oder zweimal in der Woche mit fernsehen. Sie saß dann nackt auf dem Sofa, und Anton L. nützte es aus, daß Herr Hommer in den Apparat starrte, und starrte seinerseits auf die zwar etwas füllige, aber nicht unansehnliche Tochter. Daß

ihm dabei viel von den Zusammenhängen der englischen Familienzwistigkeiten entging, war klar.
Gestern abends war Marianne nicht dabeigewesen. Sollte sie plötzlich ihre Allergie überwunden haben, vielleicht um fünf Uhr früh, und sollten Hommers aus Freude darüber und um den möglicherweise vorübergehenden Zustand der Tochter auszunutzen, zu einem spontanen Spaziergang aufgebrochen sein?
Es war fünf Minuten nach halb acht Uhr. Anton L. hatte seinen Kaffee ausgetrunken. Mehr pflegte er nicht zu frühstücken. Er bekam erst gegen zehn Uhr Hunger. Um diese Zeit holte er sich dann stets eine Wurst- und eine Käsesemmel sowie ein Glas Apfelsaft aus der Kantine, das heißt: von einem provisorischen Verkaufsstand, den die Kantinenpächterin im Kellervorraum unterhielt. Die Kantine selber wurde immer erst um halb zwölf geöffnet.
Anton L. ging wieder auf die Veranda hinaus. Der Leguan Sonja hatte sich in der vergangenen Stunde nicht gerührt. Anton L. trat an den tangentialen Blick heran und betrachtete das Tier. Eine messerdünne Längsfalte von erstaunlichem Ausmaß hing ihm vom Kinn zu den Füßen hinab, respektive *ihr*, Sonja. Eine kleine Scheibe pulsierte hinter den Ohren, das heißt hinter der Stelle, wo man bei einem normalen Tier Ohren suchen würde. Zehn Minuten nach halb acht. Wenn Anton L. jetzt sofort ginge, käme er noch nicht so viel zu spät, daß es einem Vorgesetzten auffallen würde.
Anton L. war auch ein Quartalshypochonder. In unregelmäßigen Abständen überfielen ihn eingebildete Krankheiten. Die Hypochonder-Quartale deckten sich nicht mit den Quartalen der Reinigungsexzesse, überschnitten sich aber manchmal mit ihnen. Wenn

Anton L. in seine Krankheitsperiode geriet, wurde ihm jeder kühle, aber auch jeder warme Wind gefährlich. Er bekam zum Beispiel von einer bestimmten Gemüsesorte unsichtbare Ausschläge unter der Haut oder von zu engen Hosenbünden Bandscheibenkrämpfe. Diverse Schleimhäute mußten vorsichtig behandelt werden. Besonders stark aber litt er unter seinen Sonnengeflechtsschwellungen, einer Krankheit, die er nach dem Studium vieler Bücher der populären und namentlich der ›Astrologischen Medizin‹ aus verschiedenen anderen Krankheiten entwickelt hatte. Er bekämpfte seine Krankheiten mit naturheilkundlichen Mitteln, etwa dadurch, daß er zwei Paar Strümpfe übereinander anzog, oder dadurch, daß er jedes offene Fenster schloß und jedes geschlossene öffnete, oder dadurch, daß er aufgedrehte Heizungen abdrehte und abgedrehte aufdrehte, vor allem aber dadurch, daß er beleidigt reagierte, wenn andere nicht merkten, daß er krank war. Das spürten selbstverständlich am heftigsten die Parteien, die das Unglück hatten, zu solchen Zeiten mit Anton L. verkehren zu müssen. Am meisten hatte Anton L.s Zimmerkollege zu leiden. Da Anton L.s Krankheiten von der verblendeten Schulmedizin nicht oder nur selten anerkannt wurden, mußte Anton L. mangels Attestes während seiner Quartals-Siechtümer fast immer in den Dienst. Die Zimmerkollegen, die ja, wie erwähnt, oft wechselten, legten im Lauf der Zeit mehrere Methoden an den Tag, den Krankheiten Anton L.s – über die er natürlich mit großer Ausdauer berichtete – zu begegnen. Manche Kollegen überhörten und ignorierten seine Erzählungen. Andere machten Witze, und was Anton L. ernstlich erboste: einer ließ sich sozusagen anstecken, bekam auch

subkutanen Ausschlag und Sonnengeflechtsschwellungen und übertraf Anton L. durch den *Nervenpilz.*
Schon kurz nach dem Aufstehen hatte Anton L. ein drohendes Grollen seines Sonnengeflechtes verspürt. Jetzt, um dreiviertel acht, begann Anton L. die Gewißheit zu erfüllen, daß er wieder krank werde. – Ich gehe heute nicht ins Finanzamt, sagte er sich. (Einen Tag durfte man ohne Attest fehlen.) Ich werde anrufen. Das Telephon stand im Wohnzimmer. Anton L. klopfte zur Vorsicht. Nichts rührte sich. Er betrat das Wohnzimmer. Die Vorhänge waren noch vorgezogen. Anton L. hätte nicht gewagt, wenn er schon unaufgefordert das Wohnzimmer betrat, die Vorhänge aufzuziehen. Er schaltete also das Licht ein. Es ging nicht. Er knipste den Schalter ein paar Mal hin und her. Das Licht kam nicht. So zog Anton L. doch den Vorhang auf. Das Telephon stand auf Herrn Hommers Schreibtisch, den er aber selten benutzte. (Eine Kondolenzkarte im Jahr schrieb Herr Hommer, vielleicht auch zwei; sonst schrieb er nichts.) Den Schreibtisch hatte Herr Hommer aus dem ausrangierten Inventar des Finanzamtes erworben, denn auch Herr Hommer war am Finanzamt tätig gewesen. (Dadurch war Anton L. zu dem Untermietzimmer bei Hommers gekommen. Und anderseits hatte sich Herr Hommer deswegen über sein Prinzip hinweggesetzt, nur weibliche Untermieter zu nehmen.) Auf dem großen, schweren und dunklen Schreibtisch stand nichts als das Telephon. Ein dünnes Heft lag daneben: die Stammtafeln der englischen Familie aus dem Fernsehen.
Die Nummer des Finanzamtes wußte Anton L. auswendig. Er nahm den Hörer ab. Kein Freizeichen ertönte. Anton L. drückte ein paarmal auf die Gabel –

nichts. Er wählte dennoch die Nummer des Finanzamtes. Die Leitung blieb stumm. – Und das einem kranken Menschen, dessen Sonnengeflecht schwoll. Anton L. legte den Hörer wieder auf die Gabel. Möglicherweise hing das Versagen des Telephons mit dem ausgefallenen Strom zusammen. Es war schon fast acht Uhr. Anton L. konnte nun nicht mehr doch noch zum Dienst gehen. Er mußte hinunter zu einer Telephonzelle. Anton L. ergriff die Vorhangschnur, um den Vorhang wieder ordentlich zuzuziehen, und stutzte. Sein Blick fiel auf die andere Wohnzimmertür, auf die, durch die er nicht gekommen war. Diese andere Tür führte in Mariannes Zimmer. Er ging vorsichtig hin und klopfte. Niemand meldete sich. Er hatte jenes Zimmer nie betreten. Langsam drückte er die Klinke herunter. Im Zimmer war es finster, aber gegenüber der Tür war ein Bett zu erkennen. Das Bett war leer. Anton L. trat ins Zimmer. Es war niemand da. Im Bett hatte offensichtlich jemand geschlafen, aber jetzt war es leer.

– Also doch, dachte sich Anton L. Sie müssen spazierengegangen sein. Oder: Vielleicht gehen sie heimlich jede Nacht mit der nackten Tochter spazieren? Weil dem Mädchen anders keine frische Luft zu verschaffen war? Womöglich hatten sie sich heute verirrt? Nein, Herr Hommer verirrte sich nicht. Vielleicht waren sie zu weit spaziert, so daß sie vor Tagesanbruch nicht mehr zurückkehren konnten, und mußten nun den ganzen Tag über bis zur Nacht Marianne in den Auen des Flusses verstecken? Und Herr Hommer hatte vor einer guten halben Stunde seine Kakteen im Freien pflanzen müssen – ohne angewärmtes Selterswasser, nicht einmal mit kaltem ... oder der Fall war eingetreten, daß ein Polizist die drei erwischt und wegen Erre-

gung öffentlichen Ärgernisses festgenommen hatte? Anton L. hätte das dem alten Hommer fast gegönnt.
Anton L. ging zurück in sein Zimmer, zog sich ein zweites Paar Strümpfe an und verließ die Wohnung. Im zweiten Stock, in der Wohnung der Hauseigentümerin, bellte Irma, der Schäferhund. Irma, ein fetter, mausgrauer Schäferhund mit gelblich-räudigen Stellen, sprang von innen gegen die Wohnungstür, als er Anton L. vorbeigehen hörte. – Dann kann sie heute nicht herausschauen, dachte Anton L. Die Hauseigentümerin, Frau Schwarzenböck, pflegte in den betriebsamen Stunden des Tages durch das Guckloch ihrer Wohnungstür zu spähen. Ihre Putzfrau, eine Zwergin, spähte dann durch den tiefer gelegenen Briefschlitz.
Als Anton L. auf die Straße trat, empfing ihn ein höllischer Lärm. Aus allen umliegenden Wohnungen bellten Hunde. – Das habe ich noch nie gehört; daß es hier so viele Hunde gibt ... Was sie nur haben?
Die Telephonzelle stand nicht weit vom Haus entfernt in einem Park, der dann weiter unten in die Flußauen überging, wo sich jetzt vielleicht die Familie Hommer verborgen hielt. Anton L. betrat die Telephonzelle. Er nahm den Hörer ab und warf zwei Zehnpfennigstücke in den Schlitz. Auch dieses Telephon war tot. Die zwei Zehnpfennigstücke kamen wieder heraus.
– Sehr merkwürdig, dachte Anton L.
Als er wieder oben war, fiel ihm erst auf, daß ihm auf dem zwar kurzen Weg, der aber über eine sonst belebte Straße führte, niemand begegnet war.

II

Die Katze auf der Mauer des Clarissenkrankenhauses

Es war ihm niemand begegnet.

Anton L. saß in seinem Zimmer auf dem Bett. Er hatte das eine Paar Strümpfe wieder ausgezogen.

– Jetzt war es Viertel nach acht, dachte er. Wenn jetzt um Viertel nach acht niemand auf der Straße ist …

Die Hunde auf der Nachbarveranda tobten, und auch das heisere, fette Kläffen Irmas aus dem zweiten Stock glaubte Anton L. zu hören. Ein warmer, klarer Morgen begann die Veranda und indirekt vom Fenster her das Zimmer zu erwärmen. An und für sich eine friedliche Stimmung.

– Jetzt um Viertel nach acht *muß* jemand auf der Straße sein. Das gibt's nicht, daß niemand auf der Straße ist, außer …

Von Anton L.s Neigung zur Selbstanalyse wurde schon gesprochen. Später, als er Zeit und Laune hatte, über diese Stunden nachzudenken, erinnerte er sich an diese seine Gedanken auf dem Bett, als er das zweite Paar Strümpfe wieder ausgezogen hatte. Er erinnerte sich an die – an und für sich – friedliche Stimmung und auch daran, daß ein riesiger schwarzer Wurm von der Straße draußen sich hereingewälzt hatte, ein unsichtbarer und dennoch schwarzer Wurm, der die ganze friedliche Stimmung aufgesogen hatte, weil da draußen auf der Straße niemand war, zu einer Stunde niemand war, zu der jemand da sein mußte, außer …

Anton L. erinnerte sich auch an dieses ›außer‹, aber er hätte nicht sagen können, wie dieser Satz hätte weitergehen sollen.
Um Viertel nach acht war das, was man im Straßenverkehr Stoßzeit nennt, zwar schon vorbei, aber es herrschte an einem normalen Wochentag hier in dieser Straße am Vormittag immer lebhafter Verkehr, schon weil insgesamt drei Straßenbahnlinien durchfuhren. Daß da nichts auf der Straße war, kein Auto, kein Lastwagen, kein einziger Mensch, kam nie vor ... außer ...? Daß ihn da nicht schon Panik ergriffen hatte, führte Anton L. auf zwei Ursachen zurück, eine allgemeine und eine besondere.
Eine Katastrophe derartigen Ausmaßes überschreitet das seelische Fassungsvermögen. Das Gehirn weigert sich, derartiges aufzunehmen. Man sucht, solange es geht, nach harmlosen Erklärungen. Wenn einer geschickt ist, zieht er von einem gedeckten Tisch die Tischdecke weg, mit einem blitzartigen Ruck, ohne daß das Geschirr auch nur erzittert. So ungefähr ist das. Oder noch besser wie in der Geschichte mit dem überaus sorgfältigen chinesischen Henker, der das haarscharfe Richtschwert pfeilschnell durch den Hals des Delinquenten führt. Der Delinquent, der gar nichts gespürt hat, blickt fragend. »Nicken Sie«, sagt der Henker.
Der Streich war geführt. Anton L. hatte nur noch nicht genickt.
Und dann, erinnerte sich Anton L., bewegten ihn in erster Linie trotz allem die Ausreden, die er im Finanzamt wegen des Zuspätkommens würde vorbringen müssen, denn es war nichts zu machen, Anton L. mußte wohl oder übel samt geschwollenem Sonnenge-

flecht ins Amt. Sein Vorgesetzter, Herr Steuerrat Melf, den Anton L. für einen ganz ausnehmend dummen Menschen hielt, würde natürlich anzügliche Bemerkungen machen. Es würde auch eine peinliche Situation werden: wenn man kommt, um zu sagen, daß man nicht kommen kann. Herrn Steuerrat Melf ein geschwollenes Sonnengeflecht erklären zu wollen, war hoffnungslos. Anton L. hatte es schon einmal versucht. Es blieb nichts anderes übrig, als dann im Amt zu bleiben und die Verspätung mit morgendlicher Unpäßlichkeit, der Dienstpflicht zuliebe niedergekämpft, zu entschuldigen. Auch das würde der bornierte Steuerrat Melf nicht glauben. Vielleicht aber war er am Vormittag gar nicht da? In einer Besprechung außer Haus? Wenn ihm die Nachricht von Anton L.s Verspätung von der böswilligen Frau Kittelmann erst am Nachmittag hinterbracht werden konnte, war alles nicht mehr so schlimm. Steuerrat Melf würde dann jedenfalls Anton L. in wirbelnder Amtstätigkeit vorfinden, so daß er nicht viel würde sagen können. (Frau Kittelmann war selber Hypochonderin, allerdings ständige. Sie konnte es nicht haben, daß ein anderer Mensch kränker als sie selber war. Wurde erzählt, daß der oder jener krank sei, winkte Frau Kittelmann nur ab: »Wenn Sie wüßten, wie schlecht ich erst beieinander bin.« Selbst als der allseits beliebte Bürobote Nörpel unerwartet starb, nachdem er freundlich wie immer buchstäblich am Tag zuvor noch seinen Dienst getan und die Akten von Zimmer zu Zimmer geschleppt hatte, sagte Frau Kittelmann sofort: »Ja, auch mir war in der Nacht furchtbar elend.« – Es versteht sich, daß es bei Frau Kittelmann böses Blut machen mußte, wenn Anton L. den Schilderungen ihrer Leiden quartalweise kein Mitleid, sondern

Gleichgültigkeit und das eigene geschwollene Sonnengeflecht entgegensetzte.) –
So war Anton L. in der Viertelstunde zwischen Viertel nach acht und halb neun in der Wohnung herumgerannt, die zurückgedrängte Panik – der schwarze Wurm, der den hellen Tag aufsog – überlagert von der Angst vor dem Steuerrat Melf.
Er hatte oben – ohne an die Wohnzimmertür zu klopfen – noch einmal zu telephonieren versucht. Das Telephon ging immer noch nicht. Er hatte dann dreist – es ist mit keinem anderen Wort zu sagen – die hommerische Schlafzimmertür geöffnet. Es war niemand im Schlafzimmer. Anton L. entdeckte, was ihn aber in dieser Situation nicht weiter berührte, daß die Ehebetten des Ehepaares Hommer nicht nebeneinander, sondern quer zueinander standen, in Form eines T. Der senkrechte Balken war Herrn Hommers Bett, Frau Hommers Bett stand zu Füßen ihres Mannes. Auf Herrn Hommers Bett oder vielmehr in Hommers Bett lag, zugedeckt wie ein Mensch, ein braun-grün gestreifter Schlafanzug, die Ärmel über der Decke. Anton L. hatte keine Muße gehabt, über diesen unvermutet verspielten Zug in Herrn Hommers Charakter nachzudenken. Er war hinausgegangen in das Stiegenhaus und hatte versucht, bei den Nachbarn zu läuten, zunächst gegenüber an der Wohnung, zu der die Veranda mit den Hunden gehörte. Die Glocke ging nicht. Anton L. versuchte es dann an der mittleren Wohnung. Dort wohnte eine sehr alte Dame mit ihrer Tochter, einer ebenfalls bereits älteren Dame, und zwei Enkelinnen. Namentlich die jüngere Enkelin war hübsch. Anton L. nahm seit längerer Zeit an, daß sie in ihn verliebt sei. In krassem Widerspruch zu der Annahme stand die Tatsache, daß die

junge Dame Anton L. keine Beachtung schenkte. Es war nur wenige Wochen her, da hatte Anton L. Eliane, so hieß das Mädchen, in der Straßenbahn getroffen. Er war damals gerade in der letzten Krankheitsperiode und hatte Eliane von seinen Sonnengeflechtsschwellungen erzählt. Fräulein Eliane schien nicht an Anton L.s Sonnengeflechtsschwellungen interessiert zu sein. Anton L. bemerkte das nicht. Um die gleiche Zeit tauchte ein junger Mann auf, in dessen Begleitung Fräulein Eliane öfter fortging. Anton L. betrachtete das als Trotzreaktion des unglücklich in ihn, Anton L., verliebten Mädchens. Auch an Elianes Tür ging die Glocke nicht. Die Damen hatten übrigens auch einen Hund, einen bizarren Dackel namens Hexi, der so unförmig dick war, daß er bereits entfernt an das Modell eines Walfisches erinnerte.
Nun ging Anton L. daran, an die fremden Türen zu klopfen. Es rührte sich nichts. Nur als er an Elianes Tür klopfte, hörte er, wie der Walfisch-Dackel an die Tür kroch und müde einmal japste. Des weiteren gab Hexi keinen Ton mehr von sich, solange Anton L. darauf achtete. Möglicherweise war der Hund auf das Klopfen hin vor Schreck gestorben. –
Anton L. kehrte in sein Zimmer zurück, zog das zweite Paar Strümpfe wieder an und machte sich auf den Weg ins Finanzamt.
– Bestimmt, hatte er sich immer wieder vorgesagt, waren doch Leute auf der Straße, ich habe sie nur übersehen. Und es gibt Momente, sogar Minuten, in denen eben keine Straßenbahn und kein Auto durch die Straße fährt; unergründliche Verkehrskonstellationen. Und doch: er mußte es sich eingestehen, er hatte es vermieden, vorn gegen die Straße hin zum Fenster hinaus-

zuschauen, als er das zweite Mal in Hommers Wohnzimmer zu telephonieren versucht hatte. Warum? Weil er befürchtete, seine schreckliche Vision bestätigt zu sehen?

– Gar nichts ist, sagte er, absolut gar nichts. Daß er sich das einredete, wirkte nicht lang, aber immerhin so viel, daß das Bild des streng blickenden Steuerrats Melf den schwarzen Wurm verdrängte und sich die Sonnengeflechtsschwellungen wieder meldeten, weshalb Anton L. das zweite Paar Strümpfe wieder anzog.

Aber es war immer noch niemand auf der Straße.

– Krieg! dachte Anton L.

Der Gedanke kam natürlich nicht von ungefähr. Anton L. hatte solche Straßen, in denen die Leere lag wie ein Pflock, noch recht gut in Erinnerung. Gegen Ende des letzten Krieges hatten die Amerikaner begonnen, die Städte auch schon bei Tag zu bombardieren. Einmal hatte sich Anton L. während so eines Tag-Angriffes aus dem Luftschutzkeller geschlichen und war auf die Straße hinausgetreten. Die Mutter hatte ihn nach kurzer Zeit wieder hereingeholt, denn es war nicht nur verboten, sondern wirklich gefährlich, den Keller zu verlassen. Aber so hatte Anton L. die Straße gesehen: am hellichten Tag völlig verlassen.

Anton L. horchte. Außer dem Bellen der Hunde war nichts zu hören. Er schaute um sich: alle Türen waren geschlossen, alle Rolläden an den Schaufenstern herabgelassen.

– Kein Zweifel: Krieg!

Anton L. begann zu laufen. Er lief in Richtung Finanzamt. Warum er in Richtung Finanzamt lief, hätte er nicht sagen können. Er hatte nur das Gefühl, laufen zu müssen.

Das Finanzamt war nicht weit weg. Anton L. mußte nur durch die Straße, an der er wohnte, hinunter bis zu einem Platz, von dort zweigte eine Seitenstraße ab, da war das Amt; fünf Minuten, wenn man lief. Im Laufen schaute Anton L. auf die große Uhr über dem Uhrengeschäft: knapp vor halb zwei.
– Das kann nicht stimmen ...
Da schlug die Turmuhr der großen neugotischen Kirche, die auf dem Platz stand, auf den er zulief, dreiviertel neun.
– Der Strom! dachte Anton L. Wenn Krieg ist, fällt der Strom aus. Die Uhr über dem Uhrengeschäft geht elektrisch, drum ist sie stehengeblieben. Die Turmuhr dagegen hat ein mechanisches Werk.
Als Anton L. den großen Platz überquerte, lief ihm eine Wachtel über den Weg.
– Und Hommers haben mir nichts gesagt. Sehr typisch. Ich wette: die haben überhaupt nicht an mich gedacht. Keinen Gedanken an mich verschwendet, mich zurückgelassen; nicht einmal gewarnt.
Waren eigentlich Sirenen zu hören gewesen? Nein, es waren keine Sirenen zu hören gewesen. Oder hatte nur er sie nicht gehört? Oder doch gehört, nur daß sich der akustische Eindruck in einen optischen transformiert hatte? Daß er statt *Sirenen* zu *hören* den fahlgelben *Schein gesehen* hatte? Gab es so etwas? (Seinerzeit, im Bundtrock-Kreis, einem intellektuellen Zirkel, dem er einmal angehört hatte, war die Zeit mit Diskussionen über derartige Fragen verschwendet worden.)
Außer Atem kam Anton L. zum Haupteingang des Finanzamtes. – Wenn Krieg ist, dachte er, kann der Melf gar nichts sagen. Dann soll er froh sein, daß ich überhaupt noch komme.

Auch der Eingang des Finanzamtes war verschlossen.
– Merkwürdig ist, dachte Anton L., daß sie gestern in der Abendschau, bevor die englische Familie kam, kein Sterbenswort von dem bevorstehenden Krieg gesagt haben. Sollte es da noch friedlich gewesen sein, sollte es erst in den Elf-Uhr-Nachrichten … Aber wie haben dann Hommers davon erfahren, ohne Sirenen?
Die Erklärung, daß ein Krieg ausgebrochen sein könne, verlor zusehends an Wahrscheinlichkeit. Der schwarze Wurm des Krieges war fast harmlos gegen den viel größeren schwarzen Wurm einer unbekannten Katastrophe, der jetzt an Anton L.s Seelenrand auftauchte. Dennoch – oder vielleicht gerade deswegen – hielt Anton L. krampfhaft an der Kriegstheorie fest, freilich auch, weil sich ein aberwitziger Gedanke in ihm eingenistet hatte: sie haben sich im Finanzamt verschanzt, die Kollegen und Melf.
Anton L. rüttelte an der schweren, schmiedeeisernen Türklinke. Einen Schlüssel zu seinem Dienstzimmer hatte er, aber als untergeordneter Angestellter (nicht einmal Beamter!) selbstverständlich keinen Hausschlüssel des Amtes. (Abgesehen davon hatte vermutlich auch nicht Finanzrat Melf, nicht einmal Finanzdirektor Dr. Choddol, einen Hausschlüssel, den hatte nur der Hausmeister.)
Was Anton L. nie bemerkt hatte, sah er jetzt: das Finanzamt hatte eine Türklingel. Anton L. läutete. Nichts rührte sich, auch kein Klingelgeräusch von drinnen war zu hören. Anton L. fiel ein: der Strom war ja weg.
Anton L. begann zu schwitzen. – Daß das auch grad dann passieren muß, wenn mein Sonnengeflecht anfängt zu schwellen …, dachte er. Er erwog, das zweite Paar Socken auszuziehen, aber erst lief er um das Ge-

bäude, denn hinten war auch eine Tür, eine kleine, nicht öffentliche Tür.

Ein Schwarm von kleinen Vögeln schwirrte von einem Baum in einen anderen. Auf der Gartenmauer des Clarissenkrankenhauses gegenüber saß eine Katze. Die Sonne hob den großen, weiten Platz hell aus der dunkleren, schattigen Masse der Häuser hervor. Die rote Kirche in der Mitte stand wie auf einem Tablett. Der frische Morgen war dem warmen Vormittag eines Tages gewichen, der heiß zu werden versprach. Die Katze saß im Schatten eines Baumes, der die Mauer überragte. –

Es war natürlich verboten, das Amtsgebäude während der Dienststunden zu verlassen. Durch den Haupteingang war das auch gar nicht möglich, dort saß in seiner Loge der mißgünstige Portier. Eines Tages aber hatte ein Kollege von der *Umsatzsteuer-Rückerstattung* herausgefunden, daß sein Zimmerschlüssel auch die kleine hintere Tür sperrte. Dieser Kollege mußte deshalb nach Dienstbeginn diese Tür auf- und vor Dienstschluß, damit nichts aufkam, wieder zuschließen. Seitdem konnte man, wenn einem die stets etwas feuchten Semmeln der Hausmeisterin, die diese für das zweite Frühstück feilhielt, zu zäh waren, durch die verbotene Hintertür zum Bäcker Ulrich eilen und frische Brezen, einen Bienenstich oder ein gefülltes Schweinsohr holen.

Wie nicht anders zu erwarten: die kleine Tür war zu. Anton L. rüttelte nur ganz kurz an der Klinke. Er war ganz außer Atem und schwitzte. (Er hatte außer dem zweiten Paar Socken vorsorglich noch eine Wollweste zwischen Hemd und Jacke angezogen.)

– Es kann doch heute nicht Sonntag sein, dachte Anton L. Es sei denn, ich habe – gestern, also das letzte Mal, daß ich schlafen gegangen bin, war Montag –, es sei denn, ich habe die ganze Woche verschlafen. Das war wohl nicht gut möglich. War ein Feiertag? Nein – Fronleichnam war letzte Woche gewesen. Christi Himmelfahrt und Pfingsten lagen schon länger zurück. War sonst noch irgendein Feiertag? Ein Staatsfeiertag? War der Bundespräsident gestorben? Dann wäre beflaggt, auf Halbmast. Anton L. lief zurück zum Haupteingang. Die Katze saß immer noch auf der Mauer des Clarissenkrankenhauses. Die Turmuhr schlug halb zehn.

– Diese verdammte Wollweste, dachte Anton L. (in anderer Situation hätte er das Schwitzen nicht auf die Wollweste, sondern auf das Sonnengeflecht zurückgeführt). Es kam ihm ein für einen Finanzbeamten abenteuerlicher Gedanke ... Er dachte nicht mehr, die Gedanken haspelten in ungeordneter Reihenfolge ab.

– Ich muß ins Amt hinein.

Er lief aber in Richtung auf die Kirche zu.

– Wenn Sonntag ist, ist um halb zehn Messe. Es müssen Leute in der Kirche sein.

Auf dem freien Platz um die Kirche brannte die pralle Sonne. Anton L. dampfte vor Schweiß. Er rannte um die ganze Kirche herum, versuchte es an allen Toren, auch an der Tür der Sakristei: alles war zu.

– Auch sie haben sich eingeschlossen.

Anton L. setzte sich auf die Stufen im Schatten eines Portikus'. Er atmete schwer.

– Eine Kirche ist schon immer eine Freistatt gewesen. Sie haben die Frauen und Kinder, vielleicht auch die Kranken, dahinein in Sicherheit gebracht.

Er zog die Schuhe aus, das zweite Paar Strümpfe, zog die Schuhe wieder an, steckte die Strümpfe in die Jackentasche. Er kam wieder etwas zu Atem. Als er dann auch die Wollweste auszog, wurde ihm wohler.

– Sonntag jedenfalls ist nicht.
Sein Blick fiel aufs Finanzamt.
Die Zimmer an der Südfront, wie fast alle prallvoll mit Akten bis zum Plafond, waren im Sommer unerträglich heiß. Eines Tages hatte der Betriebsrat durchgesetzt, daß Sonnengardinen für die Südzimmer angeschafft wurden, orange Leinenplanen, die an einem Gestell herabgezogen und auch hinausgeklappt werden konnten.
– Keine einzige Sonnengardine ist heruntergezogen, bei der Hitze!
Anton L. stand auf. Der abenteuerliche Gedanke blitzte wieder auf.
– Warum ziehen sie die Sonnengardine nicht herunter?
Er lief wieder zum Finanzamt, zum Haupteingang. Wohl noch nie war einem Finanzbeamten der Gedanke gekommen, das Finanzamt zu erklettern. Neben dem Haupteingang hing ein Briefkasten. Mit Hilfe eines Mauervorsprungs stieg Anton L. auf den Briefkasten, von dort zog er sich am Sims zum ersten Parterrefenster neben dem Tor hoch. (Es war ein altes ärarisches Gebäude, aus der Zeit, als man die Ämter festungsartig aufführte. Das Parterre lag sehr hoch.) Hinter dem ersten Parterrefenster war, wußte Anton L., die *Zentrale Einlaufstelle*.
Schweißgebadet von der Kletterei an der Südfront des Gebäudes, preßte er sein Gesicht dicht an die spiegelnde Scheibe: die *Zentrale Einlaufstelle* war leer.
Er stieg wieder hinunter, was schwieriger und schweißtreibender war als das Hinaufsteigen.
– In der *Zentralen Einlaufstelle* sind *immer* Leute, *immer*.
– War heute Betriebsausflug?

Nein, er hatte keinen entsprechenden Umlauf gelesen. Zwar konnte man einen Umlauf übersehen, oder er gelangte aus irgendwelchen Gründen nicht in alle Zimmer. Aber dem Betriebsausflug ging immer eine eifrige Tätigkeit des Betriebsrates voraus, die Anton L. keinesfalls entgangen sein konnte. Es wurde immer auch gesammelt, denn das, was von der Finanzverwaltung an Geld bereitgestellt wurde, reichte nie. Frau Kittelmann war es stets, die sammelte. Ihn, Anton L., hätte Frau Kittelmann nicht ungeschoren gelassen, ihn am allerwenigsten. Nein – außerdem war selbst am Tag des Betriebsausfluges die *Zentrale Einlaufstelle* besetzt, das mußte so sein, denn sonst hätten ja die Leute die Ausrede, sie hätten ihre Steuererklärung gebracht, aber das Finanzamt sei zu gewesen. Auf so was kommen die Leute schnell.

Ein großer Vogel mit schmalen Flügeln löste sich aus dem neugotischen Filigran der Turmspitze. Der Vogel kreiste langsam um den Turm. Ein zweiter Vogel kam dazu. – Falken, vermutlich, dachte Anton L. Er fröstelte.

Die beiden Strümpfe, die Anton L. in die Tasche gesteckt hatte, beulten das Sakko aus. Das war sehr lästig. Er setzte sich auf eine Bank, die an einem schattigen Weg stand, der neben der Straße um den großen Platz führte, und zog sich die Strümpfe wieder an. Er hatte beide Schuhe ausgezogen und war dabei, den linken Strumpf anzuziehen, als aus einem der Wohnhäuser auf der anderen Seite des Platzes lautes Hundegebell ertönte. Anton L. schaute auf. Das Gebell überschlug sich. So bellen nur Hunde, die gequält werden. Dann klirrte es. Aus einem Fenster im Parterre eines der Wohnhäuser war ein großer Hund durch die Scheibe

gesprungen. Ein kleinerer Hund sprang nach. Die Hunde rasten schnell über den Platz an Anton L. vorbei und verschwanden hinter der Kirche.
Ein Schweißausbruch schüttelte Anton L.
– Da hast du es, dachte er. Du bist tot. Du bist gestorben. Wahrscheinlich bist du in der Nacht gestorben. Das ewige Reden von den Sonnengeflechtsschwellungen. Jetzt bin ich an einer Sonnengeflechtsschwellung gestorben. Natürlich. Das fahle Licht in der Nacht, das war –
Anton L. zog den linken Strumpf wieder aus und schlüpfte in seine Schuhe.
– das war der Tod. Und das da ist das Leben nach dem Tod. Ich sehe niemand, und niemand sieht mich. Ich gehe gar nicht hier herum. Wahrscheinlich liege ich, das heißt: liegt meine Leiche im Bett, wird vielleicht gerade abgeholt. Dem alten Hommer graust es wahrscheinlich. Geschieht ihm recht. Vielleicht graust es ihm so, daß er die Wohnung aufgeben muß und in eine andere zieht.
Er legte die Strümpfe auf die Bank und ging fort.
– Es ist dann wohl so, daß alles bleibt, wie man es zuletzt gesehen hat. Nein, ich habe das Finanzamt zuletzt anders gesehen. Auch die Kirchturmuhr, sie stand gestern auf halb fünf. Es muß anders sein, denn die Turmuhr geht ja noch. Aber ich habe nie eine Wachtel über den Platz rennen sehen. Ist das das Paradies oder –? Für die Hölle wäre es – die Hölle müßte unangenehmer sein. Ich habe nie an eine Hölle geglaubt. Oder es bleibt nicht so wie jetzt. Vielleicht ist das nur die erste Zeit so, die ersten Stunden nach dem Tod. Ob die Kittelmann wieder sagt, daß auch ihr in der Nacht elend war?
Anton L. ging seinen gewohnten Weg nach Hause.
– Oder ich spinne. Ich bin verrückt geworden heute

nacht. Eine besondere Art von Wahnsinn, in dem man keine Menschen mehr wahrnimmt. Eine Wachtel ist hier über die Straße gelaufen. Das kann nur eine Wahnvorstellung sein. Ich sehe keinen, und alle sehen mich. Gut, daß ich an der Kirche nicht auch die Hose ausgezogen habe. Aber warum bin ich dann nicht ins Finanzamt hineingekommen? Ich bin *doch* tot –

Er begann zu rennen. Er rannte quer über die Straße, rannte wieder herüber. Er rüttelte an allen Haustüren, an allen Ladeneingängen. Alle waren verschlossen. Vor dem Bäckerladen – nicht weit von dem Haus, in dem er wohnte – nahm er eine leere Bierflasche aus einem städtischen Abfallkübel, der an einem Straßenschild befestigt war. Er holte aus und schleuderte die Flasche mit aller Kraft gegen das Schaufenster des Ladens. Die Flasche zersprang in hundert Scherben. Auch das Schaufenster sprang, zerbrach aber nicht. Anton L. lief wieder über die Straße. Er fand keine weitere Bierflasche, auch in anderen Abfallkübeln nicht. Aber ein flacher Pflasterstein auf dem Trottoir vor dem Haus Nummer 4 (Anton L. wohnte auf Nummer 2) war locker. Anton L. merkte es, als er darauf trat. Wenn er auf das eine Eck des Steines trat, ging das andere in die Höhe. Dort konnte er ihn ergreifen und herausnehmen. Mit dem Pflasterstein rannte er zurück zum Bäckerladen. Er holte aus und warf. Nun zerbrach die Scheibe. Wie Schuppen fielen große Scherben herab und zersplitterten am Boden. Auch der Pflasterstein fiel außen nieder. Anton L. hob ihn auf und warf ihn in die nächste Auslage. Sie gehörte einem Blumengeschäft. Auch diese Scheibe zerbrach. Diesmal fiel der Stein hinein.

Anton L. keuchte. Er hielt sich an dem Verkehrszeichen fest. Wo hatte er seine Wollweste? Die hatte er auf den Stufen vor der Kirche liegengelassen. Ein Verdacht keimte in ihm auf, ein Verdacht, der ihn in seiner Kindheit gequält hatte –

– Ich bin nicht tot und auch nicht verrückt, dachte er. Sie verstecken sich. Sie sind alle heimlich fortgegangen und verstecken sich.

In seiner Kindheit hatte er den Verdacht – ein außerordentlich egozentrisches Weltbild –, daß es die Welt gar nicht eigentlich gäbe, daß ihm – ihm, Anton L. – alle Erwachsenen, überhaupt alle anderen die Welt nur vorspielten. Sein Verdacht stützte sich auf die Tatsache, daß viele Menschen einander oft so ähnlich sehen. Sie sehen sich nicht ähnlich, vermutete der kleine Anton L., sie sind dieselben, nur in einer anderen Rolle. Auch seine Mutter nahm Anton L. von dem Verdacht nicht aus; nein, gerade sie gab ihm Anlaß, seinen Verdacht bestätigt zu sehen. Einmal sagte es ihr der kleine Anton direkt ins Gesicht, was er von ihr dachte. Die Mutter lachte und versuchte das Kind zu beruhigen. Anton hielt das für Leugnen. Einmal begegnete ihm ein Mann, der haarscharf wie sein verstorbener Großvater aussah. Das war in der Adventszeit gewesen. Seine Mutter war mit ihm auf den Christkindlmarkt gegangen, der damals recht kümmerlich war. Es war ja Krieg gewesen. Der alte Mann schaute den kleinen Anton L. an, drehte dann schnell den Kopf weg. »Jetzt hat er sich verraten«, dachte damals Anton L. Der Verdacht kam während seiner ganzen Kindheit, sogar später in seiner Jugend, immer wieder. Er machte ihn mißtrauisch.

Anton L. ging über die Straße, am Loch im Pflaster vor dem Haus Nummer 4 vorbei. Einzelne Hunde kläfften immer noch in den Häusern. Er wollte eben die Haustür von Nummer 2 aufsperren, als er den eigentlich seit einer Stunde fälligen Hunger spürte. Anton L. schaute auf die Uhr. Es war elf.

– Immerhin haben sie mir was zurückgelassen, dachte er. Er ging zurück zum Bäckerladen und nahm vorsichtig die spitzen Reste der Auslagenscheibe, die am unteren Rand stehengeblieben waren, heraus. In der Auslage selber war nicht viel. Ein Bäcker verkauft nach Möglichkeit seine Tagesproduktion, auch das, was in der Auslage liegt. Anton L. stieg durch die Auslage in den Laden. Auch die Regale waren fast leer. Nur ein Regal war mit Brotlaiben gefüllt. In einem Korb lagen Semmeln, wahrscheinlich von gestern. Anton L. suchte unter der Ladentheke und fand einen Stapel Plastiktüten. Er nahm eine davon und füllte sie mit Semmeln. Sie waren leidlich weich. Als er schon daran war, wieder durch die Auslage hinauszusteigen, kam ihm eine Idee. Er stellte die Plastiktüte hin und ging durch den Laden in die dahinterliegenden Räume. Dort fand er eine Stange mit einem großen Brett vorn, eine Art Schaufel, womit die Bäcker die Brote aus dem Ofen holen. Er nahm die Schaufel mit und schlug damit im Milchgeschäft der Frau Pregler die Glastür ein. Dort holte er ein Stück Butter aus dem Eisschrank, der noch kühl gehalten hatte.

Auf der anderen Straßenseite war ein Feinkostgeschäft. Hier mußte Anton L. nicht nur die Scheibe einschlagen, sondern auch das Scherengitter aufbrechen. Er holte sich eine Dose Sardinen, ein Glas Essiggurken und einen Stapel Wurstscheiben. Er tat das alles in eine zweite Tüte. Aber in der Tüte war mehr Platz. Er nahm noch einen angeschnittenen gekochten Schinken mit, ein Glas Honig, eine Salami, einen dreieckigen Käse, noch eine Salami, stellte das Glas Honig zurück und nahm statt dessen eine Flasche mit französischem Rotwein. Die zweite Flasche hatte in der Tüte nicht mehr Platz. Er mußte sie in die Jackentasche stecken. Nun kam er nicht mehr durch das Scherengitter. Anton L. ging durch den Laden. Eine unversperrte Tür führte in ein Büro. Dort fand er Schlüssel. Einer der Schlüssel sperrte das Scherengitter, es ließ sich aber nicht mehr auseinanderziehen, weil es verbogen war. Aber ein anderer Schlüssel paßte in das Schloß der Tür zum hinteren Büroausgang, der in den Hausflur führte. Ein dritter Schlüssel sperrte das Haustorschloß. Anton L. kam mit seinen beiden Tragtüten neben dem Laden wieder auf die Straße. Er sperrte wieder ab – merkwürdig, dachte er gleich darauf, warum habe ich jetzt abgesperrt? – und steckte den Schlüsselbund ein. Die Bäckerschaufel lehnte noch neben der demolierten Ladentür.

III
Des Butlers Tango

Anton L. war auch, in einem gewissen Sinn, Quartalsäufer, oder besser: er war auch Quartalsäufer gewesen, und zwar zweimal. Möglicherweise handelte es sich dabei um den großen Zyklus eines kleineren Zyklus'; das Leben Anton L.s war noch nicht lang genug, um eine Gesetzmäßigkeit der Quartalszyklen ablesen zu können. Anton L. hatte zwei Perioden von Säuferquartalen durchlebt, eine im Alter von achtzehn bis zweiundzwanzig Jahren (er hatte kurz vor dem Abitur damit angefangen; der Abbruch seines Studiums der Volkswirtschaftslehre hing mit peinlichen, nie ganz geklärten Ereignissen in der – musikalisch gesprochen – ›Stretta‹ der Säuferperiode zusammen, als die feuchten Quartale bereits nahtlos ineinander übergingen), die zweite war kurz vor dem Eintritt Anton L.s in den Finanzdienst zu Ende. Herr Hommer hatte von diesen Perioden nie etwas erfahren, sonst wäre Anton L. von der Finanzverwaltung nicht als Angestellter und schon gar nicht von Hommer als Untermieter genommen worden. Herr Hommer trank schon gern einmal ein Glas Bier. Er machte gelegentlich abends vor dem Fernsehen sogar eine Flasche Wein auf. Auch Anton L. bekam immer ein Bier oder ein Glas Wein, wenn er mit Herrn Hommer den Geschicken der komplizierten englischen Familie beiwohnte. Einen Säufer aber als Untermieter hätte Herr Hommer selbstverständlich nie geduldet. Übrigens verbot er auch seiner Frau und seiner Tochter den Genuß von Alkohol. Er glaubte, Alkohol schade dem weiblichen Organismus. »Und außerdem«, sagte er einmal, »es ist schlimm genug, wenn Marianne so splitternackt dasitzen muß; dann auch noch womöglich ein Glas Champagner in der Hand – das wäre ja direkt bacchantisch.« Das Wort ›bacchantisch‹ war Herrn Hommer aus einer anderen Lieblingsserie im Fernsehen geläufig. Anton L. kannte sie nicht, weil sie nachmittags lief. Herr Hommer erzählte abends manchmal davon. Nach Herrn Hommers Erzählungen mußte es sich bei den Helden jener Serie um eine Gruppe von exemplarischen Rowdies handeln (drei waren es wohl), französische Staatsangehörige, bei denen man nicht wußte, wovon sie ihren Lebensunterhalt bestritten, die aber irgendeinen Trick kennen mußten, mit dem sie die Sympathie der Zuschauer doch auf ihre Seite zogen. Es machen die Umstände eben alles. Was nach einem kargen Bericht wie Lumpigkeit aussieht, macht sich in einer bunten Schilderung wie eine Heldentat.

Die erste Säufer-Quartals-Periode hatte dadurch ihr Ende gefunden, daß Anton L. der Alkohol nicht mehr schmeckte. Er hatte damals von chinesischem Reisschnaps bis zum griechischen Ouzo alles probiert. Es schmeckte ihm beim besten Willen nichts mehr. Da er niemandem mit Alkoholkonsum imponieren mußte – sein einziger Saufkumpan, ein Mitabiturient und späterer Kommilitone, war schon früher abgesprungen –, konnte er sich offen eingestehen, daß ihm Buttermilch besser schmeckte. Das kam damals auch seiner Entwicklung entgegen, in der sich die quartalsmäßige Reinigungsraserei und die Quartalshypochondrie bereits abzeichneten.

Die zweite Quartalsäufer-Periode endete durch Anton L.s Bekehrung zum Yogismus. Er brachte es, was ihm wegen seiner eher schwächlichen Konstitution niemand zugetraut hätte, in kurzer Zeit zu so enormer Fähigkeit, auf dem Kopf stehend an nichts zu denken, daß der Vorsitzende seines Yogaclubs eifersüchtig wurde und ihn ausschloß. Es kam Anton L. nicht ungelegen, denn seine Yogabegeisterung flachte bereits wieder ab, was insofern gut war, als Herr Hommer Kopfstehen vermutlich auch als ›bacchantisch‹ bezeichnet hätte. Dennoch lebte aber die mehr oder minder gewaltsam unterbrochene zweite Quartalsäufer-Periode nicht wieder auf. Anton L. konnte gefahrlos das Glas Bier oder das Glas Wein, das ihm Herr Hommer abends anbot, trinken. Es handelte sich bei Anton L. eben offensichtlich um große Zyklen, deren äußere Zeichen wie geheimnisvolle Kometen eine Zeitlang sichtbar durch Anton L.s Leben zogen, irgendwann einmal wiederkamen oder auch nicht.
Als Anton L. mit den zwei Plastiktüten, die eine Jackentasche von der Weinflasche beschwert, die drei Stiegen hinaufstieg (einen Lift gab es in dem alten Haus nicht), bellten die Hunde immer noch. Sie bellten nicht, sie tobten. Irma, im zweiten Stock, raste gegen die Wohnungstür, daß das Stiegenhaus dröhnte. Die zwei Hunde im dritten Stock führten sich ähnlich auf. (Nur der bizarre Dackel Hexi war, weil vermutlich schon verstorben, still.)
Anton L. mochte keine Hunde. Es war klar, warum die Tiere so tobten. Die Herrchen oder Frauchen waren nicht da. Die Tiere – infolge der Erziehung Schläge fürchtend, wenn sie sich in der Wohnung entleerten – litten unter unbändigem Harnzwang und hatten außer-

dem Hunger. Anton L. mochte Hunde so wenig, daß sie ihm nicht einmal leid taten, aber der Lärm störte ihn. Er beschloß, sie zu befreien. Das mußte selbstverständlich vorsichtig geschehen, denn die tobende Irma, ein kräftiges Vieh, würde womöglich, dumm wie Hunde sind, ihren Befreier anfallen.
Anton L. ging also zunächst hinauf und schnitt in der hommerischen Küche ein großes Stück vom gekochten Schinken ab. Dann nahm er ein großes, beilartiges, fast metzgermäßiges Messer, das er unter den Küchengeräten fand, und sprengte damit mit weniger Mühe, als er erwartet hatte, die Wohnungstür der verschwundenen Wohnungseigentümerin Schwarzenböck auf. Der Hund schoß heraus, schnappte den Schinken, den Anton L. hinwarf, und raste die Treppe hinunter.
Da die Tür einmal offen war, trat Anton L. in die Wohnung. Er kannte ja die dicke, alte Schwarzenböck, die fast eine Glatze, aber dafür einen Schnurrbart hatte und stets in einer schmutzigen, geblümten Kittelschürze, mit heruntergerollten Strümpfen und in zerrissenen Schlappschuhen herumlief. Die Putzfrau, eine Zwergin, war noch eine Idee schmutziger als die Herrin. Man konnte sich also vorstellen, wie die Wohnung aussah. Aber die Wohnung übertraf die Vorstellungen. Anton L. hatte nicht gewußt, daß Frau Schwarzenböck alte Zeitungen sammelte. Berge von vergilbten Zeitungen waren an den Wänden aufgeschichtet, überwucherten die Möbel und wölbten in manchen Zimmern bereits über, so daß die Wohnung wie ein Labyrinth von Tunnellen wirkte. Ein unbeschreiblicher Geruch wälzte sich zur jetzt offenen Tür. Einen Gegenstand weit hinten im Tunnel hielt

Anton L. für eine Kohlenkiste. Es war aber ein Bett. Da es die einzige Schlafgelegenheit in der Wohnung war, mußte man zwangsläufig annehmen, daß darin sowohl Frau Schwarzenböck als auch die Putzfrau und der Hund geschlafen hatten. Anton L. hielt sich die Nase zu und stieß ein Fenster auf. Er fürchtete, das ganze Haus würde sonst, wenn der abgeschlossene Geruch sich selber überlassen blieb und ins Gären kam, binnen kurzem in die Luft fliegen.
Als danach Anton L. noch die Wohnung mit den zwei Hunden aufsprengte – mit einem neuen Stück Schinken in der Hand –, stellte er fest, daß der große Hund zufrieden in der Küche schlief. Er hatte inzwischen die dortige Küche verunreinigt und den kleinen Hund aufgefressen. Um künftigem Lärm vorzubeugen, erschlug Anton L. den schlafenden Hund mit dem Messer-Beil. In dieser Wohnung übrigens war nichts Besonderes.
Sei es durch den Geruch in Frau Schwarzenböcks Wohnung, sei es, daß der Hunger durch Zeitablauf vorerst wieder vergangen war, Anton L. hatte keine Lust mehr zu essen. Er hatte nur Durst. Er setzte sich ins Wohnzimmer der – soll man schon sagen ›weiland‹? – Familie Hommer, zog ungeniert die Schuhe und die restlichen Strümpfe aus und entkorkte eine Flasche mit einem kunstgewerblichen Korkenzieher des Herrn Hommer. Anton L. trank. Er hatte das Gefühl: von schräg oben hinter ihm herab sickerte die Erinnerung an die vielen schönen Räusche, die er in den Zeiten seiner beiden Alkoholperioden gehabt hatte. Er stand jetzt auf höherer Warte, kam ihm vor. Überhaupt beobachtete Anton L., seit er denken konnte, bei sich eine stete Aufwärtsentwicklung. Deswegen schaute er nicht

nur auf fast alle Leute seiner Umgebung geistig herab, er schaute auch auf den früheren Anton L. geistig herab. Oft schüttelte er den Kopf über den verblendeten Gnom, der er vor Jahren, vor Monaten, ja vor einer Woche noch gewesen war. So blickte er wie von einem hohen Berg auf jene beiden Provinzen seines Lebens, die von Strömen des Bieres und Weines durchflossen waren. Um drei Uhr ungefähr machte er die zweite Flasche auf. Um halb fünf hatte er auch die geleert. Er wußte, daß Herr Hommer in der sogenannten Herrenkommode des Wohnzimmers eine Flasche Cognac aufbewahrte. Anton L. ersparte es sich, das vom Hund noch blutige Messer-Beil zu holen oder gar den Schlüssel zu suchen. Ein Schlag mit einem schweren Sessel, und die Kommode splitterte. Es waren zwei Flaschen Cognac drin, eine halb leere und eine, die noch fest verschlossen war.

Anton L. zog sich die Hose aus und band sie, worüber er fürchterlich lachen mußte, um die Stehlampe. Nachdem er die halbe Flasche geleert hatte, fiel ihm unter vielen anderen Gedanken aus Gegenwart und Vergangenheit der Leguan Sonja ein.

– Das arme Vieh, dachte er.

Er schwankte, ob er es notschlachten oder füttern sollte. Er entschied sich fürs Füttern. Was fressen Leguane? Anton L. konnte sich nicht erinnern, was Herr Hommer Sonja zu fressen gegeben hatte. Er ging in die Küche. Dort zog er zunächst auch die Unterhose aus und legte sie in den Eisschrank. Dann schnitt er eine Scheibe vom gekochten Schinken ab. Sonja verschmähte ihn. Anton L. konzedierte dem Vieh die Caprice und wickelte den dreieckigen Käse aus. Er legte den Käse auf den Küchentisch, hielt ihn mit der linken

Hand fest, kniff ein Auge zu, zielte kurz und schnitt sich mit dem Messer in den Zeigefinger.
– Ich hole mir sowieso einen neuen Käse, dachte er und warf das ganze Stück in das Terrarium. Sonja erschrak erst und floh hinter einen Stein. Nachdem sich aber Anton L. eine Zeitlang ruhig verhielt, kam das Tier wieder hervorgekrochen, schnupperte an dem blutigen Käse und fraß ihn.
– Brav, sagte Anton L.
Er ging zurück ins Wohnzimmer. Die Abendsonne warf rote Strahlen über das Mobiliar. Er ließ sich in den großen Sessel, Herrn Hommers Lieblingssessel, einen Sessel aus glattem, braunem Leder, fallen. Er erschrak, als das kühle Leder seinen blanken Hintern berührte, aber da öffnete sich die Tür zu Mariannes Zimmer. Heraus trat nicht Marianne, sondern Frau Regula Weckmeier.
Frau Weckmeier war der unbestrittene Stern unter den weiblichen Angehörigen des Finanzamtes. Sie war Steuerinspektorin. Man hätte sie, wenn man sie so sah, für alles andere als eine Steuerinspektorin gehalten. Sie hatte gekringeltes rotes Haar und trug die kürzesten Röcke und die engsten Hosen im ganzen Finanzamt. Beim vorletzten Betriebsausflug hatte sie ein außerordentlich kurzes Kleid an, das hinten am Hals mit einer Schleife gebunden war. Beim Picknick an einem Bach hatte der Steueramtmann Haselpointner, der Witzbold des Amtes, an dieser Schleife gezogen. Das Kleid fiel auseinander, und für eine Sekunde war zu sehen, daß Frau Weckmeier nichts, aber auch wirklich nichts darunter anhatte. Frau Weckmeier gab Herrn Amtmann Haselpointner eine Ohrfeige, lachte aber im übrigen.
Es hieß manchmal, Frau Weckmeier lebe in einer anar-

chistischen Kommune. Einmal tauchte in einer Herrenzeitschrift eine Serie von Photographien auf, die ein nacktes Mädchen von allen Seiten zeigten, das Frau Weckmeier zumindest verblüffend ähnlich sah. Die Zeitschrift wurde natürlich im Finanzamt herumgereicht. Frau Weckmeier bestritt, daß sie das Modell gewesen sei. Frau Kittelmann, die selbstverständlich von tiefem Mißtrauen gegen diese exzentrische Kollegin erfüllt war, behauptete, Nachforschungen angestellt zu haben, die zu dem Ergebnis geführt hätten, daß doch Frau Weckmeier das Modell gewesen sei. Dabei konnte nicht einmal Frau Kittelmann bestreiten, daß Frau Weckmeier, obwohl sie oft zu spät zum Dienst kam und allen Vorgesetzten gegenüber einen schnippischen und frechen Ton anschlug, eine tüchtige Steuerbeamtin war. Darauf berief sich auch der Chef des Amtes, Herr Regierungsdirektor Dr. Choddol, als ihm Frau Kittelmann die Ergebnisse ihrer Recherchen in der Aktphotographie-Sache berichtete und die Einleitung eines Disziplinarverfahrens vorschlug. Es wurde kein derartiges Verfahren eingeleitet. Frau Kittelmann vermutete daraufhin, daß Dr. Choddol ein Verhältnis mit Frau Weckmeier hatte. Sie stellte auch in dieser Richtung Recherchen an, die aber zu nichts führten.

Einen Herrn Weckmeier gab es offenbar nicht oder nicht mehr.

Anton L. vermutete, daß Frau Weckmeier heimlich in ihn verliebt sei. Dazu stand in einem gewissen Widerspruch, daß die rothaarige Inspektorin zwar allen möglichen Männern des Amtes schöne Augen machte – allerdings nur Herren des höheren Dienstes –, Anton L. aber nie beachtete.

Frau Regula Weckmeier – sie wurde im Duzfalle

›Mausi‹ genannt – trat ins Wohnzimmer. Sie trug einen bodenlangen grünen Samtrock und eine schwarze Bluse. Anton L. versuchte, die zweite Cognacflasche zu öffnen. Es gelang ihm zwar, die Stanniolhaube über der Flaschenöffnung zu entfernen, aber dann fand er den kunstgewerblichen Stopselzieher Herrn Hommers nicht. ›Mausi‹ schaltete den Fernseher ein. Der Butler der komplizierten englischen Familie spielte auf einer Baßgeige einen Tango. (Anton L. hatte in seiner Jugend, kurz vor dem ersten Alkoholzyklus, eine Gesellschaftstanz-Periode gehabt, eine Leidenschaft, die im Leben Anton L.s bisher noch nicht wiedergekehrt war, also vielleicht einem sehr langfristigen Zyklus angehörte. Neben dem Foxtrott war der Tango Anton L.s Stärke gewesen.)

Daß Anton L. den kunstgewerblichen Stopselzieher nicht finden konnte, war unter anderem darauf zurückzuführen, daß er nur auf dem Couchtisch mit den Händen herumtastete und ›Mausi‹ nicht aus den Augen ließ. ›Mausi‹ tanzte auf der Stelle, mit erhobenen Händen, und klatschte in dem eisernen, peitschenden Rhythmus, den der Butler angab. Anton L. schlug der Flasche an der Kante des Couchtisches den Hals ab. (Auch die Glasplatte des Couchtisches zersprang.) Ein Schwall von Cognac ergoß sich über Antons bloße Knie. ›Mausi‹ begann sich zu drehen, nein: sie schnellte um ihre eigene Achse, einmal hin, einmal her, und schnalzte mit der Zunge. Ein zweiter Butler zirpte zum Kontrabaß mit Kastagnetten. ›Mausi‹ trug einen bodenlangen grünen Samtrock und keine Bluse. Ihr alabasterweißer Busen schäumte im bacchantischen Rhythmus aus einem schwarzen Spitzenmieder.

Anton L. füllte zwei Gläser mit Cognac. Eins fiel hinunter. Anton holte ein neues Glas. Er füllte beide Gläser. Eins hatte er scheint's ausgetrunken. Ein dritter Butler spielte Harfe. ›Mausi‹ trug ein schwarzes Spitzenmieder und einen Gürtel aus goldenen Münzen. Herr Hommer trat ins Zimmer und spielte Mundharmonika. Anton L. versuchte ihn mit einem braunledernen Sofakissen zu ersticken. ›Mausi‹ trug nur noch den Gürtel aus goldenen Münzen. Anton L. war es gelungen, Herrn Hommer zu Boden zu ringen, aber Herr Hommer hielt ihn an den Füßen fest. Anton L. füllte noch einmal beide Gläser. Die Flasche entglitt ihm. Ein vierter Butler entkleidete ›Mausi‹ des Gürtels. ›Mausi‹ schlug ein Tambourin, das sie vor ihren Schoß, und wenn sie sich umdrehte, blitzschnell vor ihr Gesäß hielt. Anton L. fühlte ungeheure Glut in seine Lenden steigen, aber Herr Hommer hielt ihn immer noch an den Füßen fest. ›Mausi‹ hatte kein Tambourin mehr. Anton L. versuchte, ›Mausi‹ zu erreichen, obwohl Herr Hommer ihn festhielt. Ein paarmal gelang es beinahe. ›Mausi‹ war, was man an ihren Schamhaaren sehen konnte, von Natur aus rothaarig. Die Butler umwickelten ›Mausi‹ mit Lederschnüren. ›Mausi‹ zuckte in der Umgarnung im diabolischen Rhythmus weiter. Anton L. glaubte zu zerspringen. Anton L. zersprang.

Es war Nacht. Anton L. lag in seinem Bett. Draußen bellten Hunde. Vorsichtig betastete Anton L. seinen Kopf. Er wollte Licht machen, es ging nicht. Er trug ein Unterhemd, ein Hemd und das Anzugsakko. Ein tobender Schmerz zog vom linken Fuß herauf. Anton L. faßte hinunter: der linke große Zeh fühlte sich feucht an. Nebel zogen über die weit entfernten Provinzen der Erinnerung. Zwei große Vögel umkreisten den dunklen

Turm, auf dem Anton L. saß und seinen Zeh hielt. Anton L. stand auf und ging aufs Klosett. Das Klosettfenster ging nach Westen. Die Morgensonne weckte Anton L. Er zog die Spülung. Sie ging noch. – Aha, dachte Anton L., das Wasser kommt noch, der elektrische Strom nicht mehr.

IV

Nutzen sich Atome ab?

Die Armbanduhr war stehengeblieben. Die Küchenuhr des hommerischen Haushaltes war elektrisch gegangen und stand längst schon. Anton L. suchte in der Wohnung herum. Im Schlafzimmer fand er Herrn Hommers Uhr. Sie lag im Bett im linken Ärmel des Schlafanzuges. Auch diese Uhr stand. (Die Küchenuhr zeigte kurz vor halb zwei; Herrn Hommers Uhr zeigte fünf Minuten nach fünf; Anton L.s Uhr war bei elf Uhr einundzwanzig stehengeblieben.) Es war nicht so schlimm. Dem Sonnenstand nach mußte es später Vormittag sein, nur: welchen Tages? In Zeiten seiner Delirien war es mehrfach vorgekommen, daß Anton L. einen Tag verschlafen oder besser gesagt delirial übersprungen hatte, einmal sogar zwei Tage. Aber damals gab es andere Menschen, unter anderem solche, die Zeitungen herstellten. An den Zeitungen konnte man sich orientieren, und man wußte dann wieder, der wievielte war. Zwar war ein Tag hin, aber welch unnützes Zeug treibt man oft an Tagen, die man nicht verschläft.

– Gestern, dachte Anton L., also der letzte Tag, an den ich mich erinnere, war Dienstag. Dann ist heute Mittwoch oder Donnerstag, der 27. oder der 28. – wenn ich nicht zwei Tage verschlafen habe oder drei – nein. Mehr als einen nicht. Nur –

Anton L. hatte ein sehr ungutes Gefühl, ein beengtes Gefühl, ein entsetzlich lähmendes Gefühl von Ohn-

macht: womöglich nie mehr erfahren zu können, welcher Tag heute sei. Er verstand, warum Robinson auf seiner Insel einen so genauen Kalender geführt hat. Aber Robinson hatte es gut, ihm fehlte kein Tag. Einer, der sich auf Astronomie versteht, könnte wahrscheinlich feststellen, ob heute der 27. oder der 28. ist, dachte er. Er hatte sich zwar – in der Yogazeit – für Astrologie interessiert, aber von der ernsthaften Sternkunde verstand er gar nichts. Er lief zur Wohnungstür – eine abwegige Hoffnung, es war natürlich keine Zeitung gekommen. An der Wohnungstür ereilte ihn der Hunger. Wie ein Löwe sprang der Hunger von innen her in Anton L.s Seele und zerschlug mit einem Prankenhieb jeden anderen Gedanken. Anton L. hatte – selbst wenn heute erst Mittwoch war – sechsunddreißig Stunden lang nichts gegessen.
Die Tüte mit Semmeln stand noch in der Küche. Anton L. befühlte eine Semmel: es ist doch eher Donnerstag. Aber die Semmeln waren noch eßbar. Er schnitt ein halbes Dutzend davon auseinander, bestrich sie mit der sehr weich gewordenen Butter und schnitt Salami auf. (Mit einem frischen Messer natürlich, nicht mit dem Messer-Beil.) Der Kühlschrank ging nicht mehr. Anton L. kam, während er kaute, auf die glänzende Idee, die Butter in den Ausguß zu stellen und kaltes Wasser drüber laufen zu lassen. Nach den sechs Semmeln aß er die Hälfte der Essiggurken auf, dann trank er den Essig. Er hatte das Gefühl, daß das seinem Magen sehr gut tat. Dann aß er ein etwa vier Zentimeter langes Stück Salami ohne Brot, dann ein etwa zwei Zentimeter langes Stück Salami, auch ohne Brot.
– Sollte der Fall eingetreten sein ..., dachte Anton L. und trat auf die Veranda. Sonja hob den Kopf und

schaute haarscharf tangential an Anton L. vorbei, diesmal auf der anderen Seite. Sie hatte den Käse restlos aufgefressen. – … daß ich durch irgendwelche mir unerklärlichen Umstände allein auf der Welt zurückgeblieben sein sollte, so richtet sich das Datum doch wohl nach mir. Es ist überhaupt die Frage, ob die Zeit durch andere Dinge vergeht als durch die Wahrnehmung des Vergehens. Die Gestirne wandern, ja – manche entstehen, andere zerfallen. Aber woraus entstehen sie? In was zerfallen sie? In Atome. Atome nützen sich nicht ab. Alles ruht in sich, ohne Zeit, wenn der Mensch nicht achtgibt. Der Mensch – das bin ich.
– Er hat ihn zwar gefressen, vielmehr: sie hat ihn gefressen. Schlecht ist ihr anscheinend nicht geworden. Trotzdem, auf die Dauer – Anton L. erinnerte sich jetzt dunkel, daß Herr Hommer den Leguan mit Bananen und Salatblättern gefüttert hatte. Oder soll man sie doch notschlachten? Oder auslassen –? Da überlebt sie nicht, hier in diesen Breiten nicht. Wenn sie so viel Käse gefressen hat, kann sie es eine Zeitlang aushalten. Ich werde sehen, ob ich Bananen auftreibe.
– Oder nützen sich Atome doch ab? Es ist merkwürdig, daß die Physik, wo alles genau geregelt ist, so bald schon an ein derartig nebuloses Gebiet wie die Philosophie grenzt, wo jeder denkt, was er grad will.
Anton L. gab dem Leguan Wasser. Es fiel ihm ein, als er den Blumenuntersetzer sah, der dem Tier als Trog diente.
– Weißt du was, sagte Anton L. zu Sonja. Du sollst auch nicht leben wie ein Hund. Er nahm eine flache Porzellanschale mit Goldrand und Blumenverzierung vom Hochzeitsservice der Herrschaften Hommer, goß Wasser hinein und stellte sie in das Terrarium. Entwe-

der honorierte der Leguan das geschmackvolle Blumendekor, oder der Käse hatte ihm Durst gemacht. Das Tier stürzte sich auf das Wasser mit einer Geschwindigkeit, die man ihm gar nicht zugetraut hätte.

Das Wohnzimmer schaute aus wie ein Schlachtfeld. Anton L. stellte auch an sich zwei Blessuren fest: je ein Schnitt am linken Finger und am linken Bein. Beide Wunden waren schon verschorft. Die Couchtischplatte lag in Scherben. Der lederne Lieblingssessel Herrn Hommers war umgestürzt und roch nach Cognac. Der Teppich zeigte zwei konzentrische Flecken: einen großen, der auch nach Cognac roch, und einen kleineren, fast schwarzen, in dessen Mitte der Hals der Cognacflasche mit der scharfen Bruchstelle nach oben lag. – Aha, dachte Anton L. und hinkte für einen Schritt. Die bauchige Herrenkommode war geborsten wie eine Korvette nach einem Volltreffer in die Breitseite. Teile eines Stuhles steckten in den Breschen. Um die Stehlampe war Anton L.s Hose geknotet. Vom grünen Samtrock der Frau Weckmeier, von der schwarzen Bluse oder vom Spitzenmieder fand sich nichts. – Dennoch, dachte Anton L., vielleicht träume ich jetzt und war gestern, respektive vorgestern, wach. Ich gebe zu, es ist wenig wahrscheinlich, daß Frau Weckmeier hierherkommt und tanzt und dann – er seufzte. Aber noch weniger wahrscheinlich ist, daß *alle anderen* verschwunden sein sollen, auf einen Schlag, außer mir.

Anton L. hob ein ledernes Sofakissen auf. Er dachte an das Herrenmagazin. – Sie war es doch, dachte er. Er mußte es jetzt wissen. Er warf das Kissen wieder hin, knöpfte die Hose von der Stehlampe. Alles andere ließ er, wie es war.

V

Im ›Monte Christo‹

Anton L. trat auf die Straße. Es war heiß wie in einem Ofen. Die Straße löste sich nach hundert Metern in ein blendendes Flimmern auf, aus dem sich nur die Straßenbahnschienen abhoben, weil sie die Sonnenstrahlen noch stärker reflektierten; wie weißglühende Bänder zogen sie sich hin, bis auch sie sich in dem Glast des Sommernachmittags auflösten.

Die Straße, in der Anton L. wohnte, war häßlich. Alte, verkommene Mietshäuser aus der Zeit vor der Jahrhundertwende wurden an ein paar Stellen von Häusern unterbrochen, die nach dem Krieg gebaut worden waren. Auch diese Häuser waren häßlich, vielleicht noch häßlicher als die ganz alten, weil die scheinbare Sachlichkeit, in deren Sinn sie errichtet worden waren, sehr bald ihr wahres Gesicht, die Schäbigkeit, hervorgekehrt hatte. Dennoch hatten diese ganzen abbröckelnden Fassaden, die an einem so strahlenden Sommertag wie heute etwas von der heiteren, warmen Luft, man meinte sogar: den Himmel widerspiegelten, einen Zug von behäbiger Friedfertigkeit. Man konnte, wenn man hier wohnte und keine übertriebenen Ansprüche hatte, sozusagen im Hausrock alles, was zum genügsamen Leben und zu den harmlosen Freuden eines braven Vorstadtbürgers gehörte, erreichen.

Anton L. kannte diese Gemütlichkeit. Sie wirkte auf ihn, den Außenstehenden, nicht hier Geborenen oder

Aufgewachsenen, viel stärker und bewußter und manchmal in ihrer Selbstgefälligkeit unangenehmer. Diese Gemütlichkeit überkam Anton L., überzog ihn in Sekundenschnelle, als er unten aus der Haustür trat; sie umfing ihn wie die Hitze des Sommertages. Im selben Moment aber wußte Anton L., daß es nur die *Erinnerung* an die behäbige Friedfertigkeit war, daß hinter oder über diesem Straßenzug eine rätselhafte Katastrophe, eine geheimnisvolle Bösartigkeit lauerte.

– Diese Ruhe, dachte Anton L., ist nichts anderes als die Ruhe an einem Sonntagnachmittag. Warum kann es kein Sonntagnachmittag sein? Es ergriff ihn etwas wie Heimweh. – Warum mußte das *mir* passieren?

Anton L. wollte eigentlich in einer Art von hartnäckigem Pflichteifer, den er bei sich am allerwenigsten vermutet hätte, noch einmal zum Finanzamt gehen. Jetzt aber kam ihm der Gedanke, daß doch vielleicht nicht alles verloren war, daß das, was unmöglich geschehen konnte, doch nicht wirklich geschehen war, wobei ihm sogar eine neue Erklärung einfiel, die ihm sogleich angst machte: daß nur dieses Viertel hier menschenleer war, in der übrigen Stadt aber die Tage weitergegangen waren wie bisher. Womöglich gab es eine Gefahr, womöglich drohte seit Tagen eine Explosion, ein Erdbeben, womöglich war man darauf gekommen, daß giftige Gase ausströmten, die Erde sich öffnete, und man hatte die ganze Bevölkerung dieses Viertels oder aller Stadtteile diesseits des Flusses evakuiert und nur ihn vergessen. Herrn Hommer war es zuzutrauen, daß er nur an sich und allenfalls an seine Tochter dachte und den Untermieter seinem Schicksal überließ. Seine Frau hätte er wahrscheinlich auch ihrem Schicksal überlassen, wenn es drauf angekommen wäre, aber die war ja wohl mitgehuscht.

So wandte sich Anton L. schnell in die andere Richtung. Das Haus Nr. 2 war das letzte Haus vor der Brücke. Jenseits der Brücke begannen die äußeren Straßenzüge der inneren Stadt.
Kaum war Anton L. über der Brücke, sah er das Unsinnige oder Hoffnungslose seiner Vermutung (oder Befürchtung) ein. Hier wie drüben war kein Mensch. Dabei standen die ganzen Seitenstraßen der Straße, in der Anton L. wohnte, voll von geparkten Autos. (In der Straße selber war Halteverbot, auf das die Polizei scharf achtete.) In dem Viertel, in dem mehr Leute wohnten als arbeiteten, waren abends immer die Nebenstraßen voll von geparkten Autos. Wenn im Falle einer plötzlichen Evakuierung die Leute alles im Stich gelassen hätten – ihre Autos sicher nicht. Anton L.s Theorie von dem Erdriß oder dem unvermuteten unterirdischen Munitionslager aus dem Krieg war falsch, und das wäre auch ohne das Schauspiel zu erkennen gewesen, dessen Zeuge Anton L. jenseits der Brücke wurde.
Aus dem Garten einer Gastwirtschaft an der Brücke schoß, als sich Anton L. auf wenige Schritte genähert hatte, eine Gruppe von Hunden hervor. Es waren vier oder fünf größere Hunde und ein paar kleine. Die Hunde, die im Garten ganz ruhig gewesen sein mußten, begannen in dem Augenblick, in dem sie herausschossen, ein wildes Gebell. Anton L. prallte zurück, aber die Hunde kümmerten sich gar nicht um ihn, sondern bellten nervös in Richtung der Bäume, die neben der Brücke an der Böschung zum Fluß standen. Anton L. zog sich vorsichtig noch ein paar Schritte auf die Brücke zurück. Da tauchte zwischen den Bäumen eine andere Gruppe von Hunden auf. Ein Hund der ersten Gruppe – gar

nicht der größte – brach aus seiner Gruppe aus, stürzte auf die Gegner zu, bremste seinen Lauf ziemlich genau in der Mitte zwischen den beiden Gruppen, kläffte ein paarmal besonders laut zu den anderen hinüber und lief dann zu seinen Genossen zurück, wo er sich weiter hinten einreihte. Sein Mut hatte sich in dem kühnen Ausfall offenbar erschöpft. Seine Gruppe war, als er zu seinem Alleingang ausbrach, exakt einen Schritt vorwärtsgetreten. Die anderen hatten sofort wild zu bellen angefangen.

Die Vögel in den Bäumen flogen auf. Ein Spitz in einem Fenster des zweiten Stockes in einem Haus etwas abseits krächzte aufgeregt vom Fensterbrett. Mit welcher Partei es der Spitz hielt, war nicht zu erkennen. Wenige Sekunden nach dem Ausfall des einen Hundes der – von Anton L. aus gesehen – rechten Gruppe sprang die linke Gruppe in toto zwei Sprünge vor und einen wieder zurück. Die rechte Gruppe geriet durcheinander, einer hatte schon fliehen wollen, aber die Reihen hielten noch einmal. Sie hielten das Banner ihres Lärms noch hoch, ja höher als vorhin. Den kühnen Ausfall von vorhin zu wiederholen wagte allerdings keiner mehr, die Fronten waren sich zu nahe. Es begann ein Stellungskrieg.

Die linke Gruppe eröffnete ihn, indem die größeren Hunde mit gefletschten Zähnen ihren Kopf auf den Boden legten und das Hinterteil in die Luft streckten. Die Rechten machten es sofort nach, aber es gab natürlich nicht mehr ganz den Effekt. Das Gebell verflachte zu einem Knurren und Knirschen, aus dem hie und da ein einzelnes Bellen emporzüngelte. Nur der aufgeregte Spitz im Fenster des zweiten Stocks kreischte unvermindert weiter.

Plötzlich robbten die Linken mit erstaunlicher Geschwindigkeit unter Anhebung des Knurrens um einen Halbton nach rechts, bis fast vor die Schnauze der anderen. Sie robbten, ohne den Gegner aus den Augen zu lassen, sofort wieder zurück, aber nicht ganz bis auf die vorherige Linie.

Nach einem merkbaren Zögern machten die Rechten auch dieses Manöver nach, kehrten allerdings ohne Geländegewinn genau auf ihre Ausgangsbasis zurück. So ging es unter dauerndem Knurren ein paarmal, als ob die Hunde einen unsichtbaren Ball zwischen sich hin- und herschöben. Die Hunde der linken Gruppe trampelten bereits – die Schnauzen immer noch flach am Pflaster – mit den Hinterpfoten, da verließen einen grauen Pudel der rechten Gruppe die Nerven, und er lief davon. Ein Anspannen der haargesträubten Rücken links, eine Salve von Gebell rechts – aber die rechte Front schwankte, ein zweiter Hund, ein dritter ergriff die Flucht, alle ergriffen die Flucht. Wie von der Leine gelassen schnellten die linken Hunde nach und fuhren mordend in den Haufen der Fliehenden. Eine Dogge und zwei Boxer zerfleischten die langsameren Dackel. Der graue Pudel flog in die Luft, wurde aufgefangen und zerrissen. Die schnelleren Hunde der besiegten Gruppe liefen den Fluß hinunter, die Sieger verfolgten sie. Ein brauner Spaniel, der vorher ganz sicher zur rechten Gruppe gehört hatte, schloß sich – ohne verdächtig übertriebenen Eifer zu zeigen – den Verfolgern an. Das Gebell verlief sich flußabwärts. Der Spitz war bei dem Versuch, um die Ecke zu schauen, als sich das Geschehen aus seinem Gesichtsfeld verschob, zu weit auf das Mauersims herausgetreten. Er fiel herunter und klatschte auf das Pflaster. Es kreisten schon Krähen über dem Schlachtfeld.

Nachdem das Gebell weit genug weg war, setzte Anton L. vorsichtig den Weg fort. So erschreckend der Anblick der wütenden, vermutlich halb verhungerten Hunde war, die sich in das zurückverwandelt hatten, was sie einmal waren: in Bestien, so dankbar durfte Anton L. über dieses grausame Schauspiel sein, weil es ihn warnte. Er erinnerte sich sehr bald an die Warnung. An einer Litfaßsäule an der Straße, die von der Brücke aus ins Stadtzentrum führte, stand ein Auto. Es war sichtlich in voller Fahrt gegen die Litfaßsäule gefahren. Im Auto war niemand. Auf dem Fahrersitz hing ein Smoking, auf dem Nebensitz lag ein hauchdünner Schlauch aus smaragdgrünem Gewebe. Wenn das ein Kleid war, dachte Anton L., so tut es mir leid, daß ich der Dame nie begegnet bin. Auf dem Boden des Wagens standen Schuhe, links Herrenschuhe, rechts Damenschuhe (auch smaragdgrün). War hier Frau Weckmeier gesessen? Unsinn.
Anton L. mußte eine Schwelle an Scheu überwinden, ehe er die durch den Anprall aufgesprungene Tür des Wagens ganz öffnete. Es kam ihm vor, als seien die Kleider Leichen. – Unsinn, dachte er wieder. Sie rochen nicht, das heißt: der smaragdgrüne Spinnwebschlauch roch nach einem sanften Parfum. – Diorissima, dachte Anton L. Er hatte eine sehr feine Nase, und Dagmar hatte eine Zeitlang Diorissima benutzt.
Er nahm den Smoking heraus. Im Smoking steckte das Hemd, darin die Unterwäsche. – Wie er es angehabt hat, dachte Anton L. Er legte es wieder hin. Aus der Westentasche fiel ein Röllchen: zwei Hundertmarkscheine. Anton L. schob das Röllchen in die Tasche zurück. Er hob den smaragdgrünen Schlauch auf. Aus dem Schlauch fiel zartes Gewebe: ein Paar leicht golden

schimmernder Strumpfhosen, sehr dünne schwarze Dessous mit Blumenornamenten. Schade, dachte Anton L. noch einmal, daß ich der Dame nie begegnet bin. Ein dickes goldenes Halsband lag auf dem Sitz ... Anton L. fuhr mit der Hand in den Schlauch. Das Gewebe glitzerte. Die Farbe der Hand war deutlich durch das Gewebe zu sehen. – Wenn ich mir das so vorstelle, dachte er – ... Er zog das Gewebe auseinander. Der Duft von Diorissima verstärkte sich für einen Moment. – Dagmar hätte das nicht gepaßt. Sie war nicht die schlankste. Ob Dagmar auch – ob sie auch noch da wäre, wenn wir geheiratet hätten?

Anton L. hielt das glitzernde, durchscheinende Gewebe in der Hand, war fast daran, es einzustecken, warf es aber dann doch zurück in das zerstörte Auto. Das Kleid ringelte sich über den Sitz wie eine Schlangenhaut.

– Schlangen! dachte Anton L. Schlangen waren Tiere, vor denen ihm so ekelte, daß er nicht einmal ihr Bild in einem Lexikon anschauen konnte. – Hoffentlich kommen nicht auch noch Schlangen. Er bereute, das hommerische Messer-Beil nicht mitgenommen zu haben, obwohl ihm bei der Vorstellung, eine Schlange aus solcher Nähe zu zerhacken, fast übel wurde.

Es sollte keine Schlange sein, die Anton L. begegnete.

Er fand auf seinem Weg in die Stadt wenig Automobile, die nicht ordentlich am Straßenrand geparkt waren. Ein Wagen stand in der Medeastraße mitten auf der Fahrbahn. Ein wenig weiter stand, kurz vor einer Schaufensterscheibe eines Korbwarengeschäftes, ein Funkstreifenwagen. Bei beiden Wagen brannte ganz schwach das Licht. Anton L. hatte einmal – unter dem, wie er später sagte, kleinbürgerlichen Einfluß Dagmars – Fahrstun-

den genommen. Er hatte zwar nie den Führerschein erworben (die Verlobung mit Dagmar war auseinandergegangen, wie eigentlich zu erwarten; aber nicht wegen des Führerscheins), aber er erinnerte sich immerhin an die Grundzüge des Autofahrens. Er ging um das erste Auto herum und schaute hinein. Ein grauer Anzug hing über dem Sitz.
– Die beiden anderen waren im Theater und hernach vermutlich in einer Bar, dachte er, aber was macht dieser Kerl in einem grauen Anzug mitten in der Nacht auf der Straße? Mit einiger Mühe und nach einigen Versuchen gelang es ihm, den Kofferraum aufzumachen, drin war ein Ersatzkanister, eine Schaufel, ein Bündel Riemen und ein Tennisschläger. Anton L. schlug den Deckel wieder zu. Er warf dann, jetzt schon ungerührt und in seiner gewohnten Verachtung fast aller, namentlich der ihm unbekannten Menschen, den grauen Anzug und alles, was sich an Wäsche in ihm befand, auf die Straße. Dann setzte er sich auf den Fahrersitz. Der Zündschlüssel steckte. Anton L. versuchte den Wagen zu starten. Der Motor drehte sich nur einmal träg und rührte sich dann nicht mehr.
Der Fahrer hatte sich während des Fahrens verflüchtigt, also wurde das Gas weggenommen, der Wagen rollte aus, der Motor starb, weil der Gang noch eingelegt war, ab. Die Zündung blieb eingeschaltet, auch das Licht, weil es ja Nacht war. Also ist die Batterie so gut wie leer.
– Der andere Wagen, der mit den beiden Herrschaften in Smoking und Schlangenhaut, war wahrscheinlich verboten schnell gefahren und hatte noch so viel Schwung, um die Litfaßsäule zu rammen. Die Funkstreife ist natürlich auch wie wild dahingefahren, aber vielleicht geradeaus. Sie kam deshalb gerade noch vor der Schau-

fensterscheibe zum Stehen. – Er war zum Funkstreifenwagen getreten. Er hatte das Bedürfnis, das Werk zu vollenden. Er nahm eine Eisenstange aus dem Wagen – wozu, dachte Anton L., haben die eine Eisenstange dabei gehabt? – und schmetterte sie in die Scheibe des Korbwarengeschäftes. Die Korbwaren purzelten durcheinander, eine sicher mühevoll aufgebaute Pyramide aus kunstgewerblichen Zierkerzen stürzte zusammen.
Auch der Funkstreifenwagen ließ sich nicht starten. Vermutlich war es da das gleiche: leere Batterie. Aber zwei Pistolen lagen bei den Uniformen. Anton L. dachte an die Schlangen und an die Hunde und steckte die Waffen ein. Eine Taschenlampe nahm er auch mit. Neben dem Korbwarengeschäft stand ein Hofeingang halb offen. Anton L. schaute hinein. Ein dunkler Gang mit abblätternder Ölfarbe führte zu einem gekachelten Stiegenhaus und dann weiter zu einem Hinterhof. Er ging wieder hinaus. Nicht lang, und dieser Hinterhof sollte, trotz der Pistolen, seine Rettung sein.
Nach zwei Querstraßen war an einem Eckhaus die Parterrefront grellrot gestrichen. ›Graf von Monte Christo‹ stand über der Tür. Die Tür war offen. Es war eine Nachtbar. Ein flittergeschmückter Schaukasten zeigte Bilder von teils nahezu, teils völlig nackten Tänzerinnen. – Wenn es die, dachte Anton L., während der Vorführung erwischt hat, ist gar nichts von ihnen übriggeblieben, höchstens die paar Federn, die auf dem Kopf waren, und ein Goldzahn.
Anton L. trat durch die Tür. Ein merkwürdiger Geruch schlug ihm entgegen. Es ging eine mit rotem Samt ausgekleidete Treppe hinunter. Auf der Treppe war es noch halbwegs hell. Unten verschloß ein schwerer Samtvorhang den Eingang ins Lokal.

Das Lokal war Anton L. nicht unbekannt. Ein Firmenjubiläum des Reisebüros *Kühlmann* hatte hier geendet. – Wozu ein Mensch fähig ist, wenn es darum geht, sich ums Zahlen zu drücken, erinnerte sich Anton L. Herr Kühlmann, der Chef des Unternehmens, war vom sog. Grünen Geiz behaftet (so die Terminologie Anton L.'s). Anton L. hatte, obwohl er sich im Grunde genommen nur für sich selber und seine eigenen Leiden und Probleme interessierte, ein scharfes Auge für fremde Schwächen (die er nur beobachtete, nie tadelte), was ein merkwürdiger, nicht sofort erkennbarer Teil seiner Menschenverachtung war. Er hatte Herrn Kühlmann am ersten Tag als Geizkragen erkannt, obwohl sich Herr Kühlmann bemühte, und man muß sagen, im Großen und Ganzen mit Erfolg bemühte, als ›großangelegter Charakter‹ zu erscheinen. Herr Kühlmann war hochgewachsen und weißhaarig. Er hatte ein enorm großes Gesicht und eine merkwürdig kleine Nase. Er stammte aus Berlin und redete überaus gern, obwohl er nicht sehr gut redete. Sein Gedankenschatz war begrenzt, weshalb sich seine Redefreude auf wenige Gegenstände beschränken mußte, was wiederum mit sich brachte, daß er sich sehr oft wiederholte. Große Teile seiner Reden bestanden aus den Floskeln »– nicht wahr –«, »– so ist es doch –«, »– das wollte ich noch sagen –« und ähnlichem. War er im Reden schon schlecht, zum Zuhören war er unfähig. Herr Kühlmann war bestrebt, drei Eindrücke von seiner Person in seiner Umgebung zu wecken und wachzuhalten: seriös zu erscheinen, tüchtig zu erscheinen und zu imponieren. Seriös – nun, das ist so ein schillernder Begriff, fast so schillernd wie sein Gegenteil. Seriös war Herr Kühlmann wohl im landläufigen Sinn, schon weil er zu geizig war, um unseriös zu sein. Tüchtig – Herr Kühlmann hatte in seinem Geschäft Glück gehabt, es florierte, er lebte im Wohlstand, aber wer genauer hinsah, dem konnte nicht entgehen, daß er eine Flasche war. Freilich, tüchtig reden und tüchtig von Tüchtigkeit reden konnte Herr Kühlmann, und man neigt ja dazu, den für tüchtig zu halten, der tüchtig redet. Was das Imponieren anbetraf, so hatte Anton L. einmal ein verblüffendes Erlebnis mit Herrn Kühlmann gehabt. Herr Kühlmann hatte Anton L. zu einer Geschäftsfahrt mit dem Auto mitgenommen. Herr Kühlmann bog an einer Stelle links ab, wo man nicht links abbiegen durfte. Dort stand aber ein Polizist. Der Polizist pfiff und winkte Herrn Kühlmann an den Straßenrand. Der Polizist war ein kleiner, dicker Mann mit einem äußerst lächerlichen gelben Bart. Herr Kühlmann stieg sofort aus, nahm imponierende Haltung an und überschüttete den Polizisten mit Reden: »– kann doch mal passieren –«, »– haben Sie sich doch nicht so –«, »– wissen Sie, wen Sie vor sich haben?« »Ja«, sagte der Polizist, »einen Preußen, der links abgebogen ist, wo er nicht darf.« Anton L., der damals die ganze Struktur des Herrn Kühlmann noch nicht zu durchschauen Gelegenheit hatte, glaubte, Herr Kühlmann würde nun den kleinen Polizisten zerreißen. Aber es trat etwas ganz anderes ein. Herr Kühlmann retirierte, grinste – er hatte einen sehr großen Mund, in dem viele Zähne fehlten – und zog sich an sein Auto zurück. Er begann den Kofferraum und die Motorhaube auf- und zuzumachen, schraubte im Motor herum, kramte in der Werkzeugkiste und erklärte, als der Polizist ein Strafmandat herausschrieb, daß er in dem Haus nebenan zu tun habe (was sicher nicht stimmte) und verschwand dort

in der Haustür. Anton L. nahm das Strafmandat entgegen, steckte es Herrn Kühlmann ans Lenkrad und sagte dem Polizisten, daß er nicht annehmen solle, Herr Kühlmann würde zahlen; eher würde er sterben.
Nach einer Weile spähte Herr Kühlmann aus der Haustür. Nachdem er sich vergewissert hatte, daß der Polizist weggegangen war, setzte er sich wieder in den Wagen hinters Steuer. Die Seriosität und das Imposante waren für den Moment etwas angeschabt. Herr Kühlmann grinste. Ein Untergebener war Zeuge eines beschämenden Vorgangs geworden. Es blieb ihm nichts anderes übrig, als die Sache – psychoanalytisch gesprochen – zu verdrängen. Er schluckte gut eine halbe Stunde an der Kröte. Dann war seine Seriosität wieder zur Vollform aufgelaufen. Er hörte zu grinsen auf.
Seitdem hegte Anton L. den Verdacht, daß Herr Kühlmann nicht nur zu geizig war, um die beim Grinsen so breit sichtbaren Lücken seiner Zähne schließen zu lassen, sondern auch zu feig.
Herr Kühlmann bezahlte das Strafmandat – es war ein ganz mildes Strafmandat, ein paar Mark – nicht. Er machte unzählige umfangreiche Eingaben, verwies auf alle möglichen Gründe, die ihn entschuldigten, und machte zum Schluß seine schlechte Gesundheit (dabei waren die paar Zähne das einzige, was ihm je fehlte) und seine bedauernswerte finanzielle Lage geltend. Ob Herr Kühlmann mit seinen Eingaben letzten Endes Erfolg hatte, erfuhr Anton L. nicht mehr, denn er kündigte vorher und wechselte zum Reisebüro *Santihanser* über.
Später begegnete Anton L. Herrn Kühlmann einmal zufällig in der Stadt. Im geschäftlichen Bereich hatte der Chef immer sehr seriöse und imponierende Anzüge

getragen. Es war aber bekannt, daß Herr Kühlmann es nicht übers Herz brachte, irgend etwas, und sei es noch so schäbig geworden, wegzuwerfen. Als Anton L. Herrn Kühlmann begegnete, war der offenbar in nichtgeschäftlichen Dingen unterwegs, denn er trug einen völlig abgewetzten Regenmantel und einen Hut, der für die Symbolfigur des ›Geizes‹ in einer Raimundposse gepaßt hätte. Anton L. grüßte. Herr Kühlmann grüßte nicht. –

Die Belegschaft war erstaunt, als Herr Kühlmann zum Geschäftsjubiläum ein Fest gab. Er war tagelang damit beschäftigt, billige Quellen für Sekt aufzuspüren, denn sozusagen offen zu knausern und die Getränke einzuteilen, hätte der seriösen und imponierenden Großzügigkeit widersprochen, die Herr Kühlmann an den Tag zu legen wünschte. Sekt sollte in Strömen fließen, aber es mußte der billigste sein. Der durfte allerdings auch wieder nicht von einer bekannt billigen Marke sein – Herr Kühlmann hatte es nicht leicht, weil er nicht die Art von sozusagen erfrischend offenem Geiz hatte wie der alte Bankier von Speckh (Anton L.s späterer Chef), der vierzig Kilometer weit zum Haarschneiden fuhr, weil es dort einen Friseur gab, der um zehn Pfennig billiger war.

Bei der Betriebsfeier war auch Frau Kühlmann da. Die arme Frau tauchte sonst selten auf. Man merkte ihr an, daß sie früher lebhaft und kultiviert gewesen war, seit Jahrzehnten war sie aber von dem Mann überwuchert, der alles besser wußte. *Sie* hatte nie aufgehört, Herrn Kühlmann imponierend zu finden. Jetzt war sie fast blind und halb taub, wahrscheinlich durch den dauernden Anblick des strahlenden Gatten und wegen seines unerschöpflichen Redestromes. Frau Kühlmann wurde

bald nach Hause gebracht. Danach schlug der älteste Angestellte des Reisebüros, der kahlköpfige Prokurist Klipp, der von den Sektströmen schon etwas benebelt war, vor, einmal richtig über die Stränge zu schlagen. Ganz in der Nähe, sagte Prokurist Klipp, befände sich das sündige ›Monte Christo‹.
Herr Kühlmann konnte sich nicht gut ausschließen, aber von dem Moment an tobte in ihm der Kampf. Anton L. – der damals fast keinen Alkohol trank – war es klar, daß, wenn es auf Spitz und Knopf stand, die verklemmte Knauserigkeit des Herrn Kühlmann die Oberhand behalten würde. Daß der alte Geizhals allerdings zu solchen Mitteln greifen werde, war nicht zu erwarten.
Es war kein Wochenende. Das ›Monte Christo‹ war recht schütter besetzt. Der Ober wies den Herrschaften (sechs Herren und zwei Damen) einen Tisch in einer Nische an. Prokurist Klipp bestellte sofort drei Flaschen Sekt – dem Herrn Kühlmann wurde es schon ungemütlich –, und als serviert war, stieß Klipp sofort auf Herrn Kühlmann, ›den edlen Spender‹, an. Herr Kühlmann war fast schon nicht mehr in der Lage, wenigstens sauer zu lächeln.
Die Darbietungen der Damen waren mäßig. Angesichts der wenigen Besucher legten sie lustlos nacheinander die Bekleidung ab und schwenkten allenfalls den Büstenhalter ein wenig hin und her. Es schien sich um die zweite Besetzung zu handeln. Herr Prokurist Klipp glaubte, in einer der entkleideten Damen die Garderobenfrau wiederzuerkennen. – Immerhin, sagte er, man sieht, sie haben jahrzehntelange Erfahrung im Striptease.
Als Herr Prokurist Klipp eine Runde Whisky-Soda be-

stellte und dabei außer Zweifel ließ, daß auch das auf Rechnung des ›edlen Spenders‹ gehen solle, fiel Herrn Kühlmann beinahe noch einer seiner großen Zähne heraus. Er wurde eisig, was allerdings außer Anton L. niemand von der Gesellschaft bemerkte, weil alle anderen schon betrunken waren.
Klipp erzählte Witze. Alle lachten, Herr Kühlmann nicht. Daß er, seit sie hier waren, so gut wie nichts geredet hatte, hätte ihnen eine Warnung sein sollen. Dann erklärte Klipp, daß er nun mit den entkleideten Damen mittanzen werde. (Es wurde gerade die Nummer ›Petersburger Schlittenfahrt‹ geboten.) Alle lachten. Klipp tat, als mache er ernst. Man hielt ihn lachend zurück. Da stand aber Herr Kühlmann auf, gelblich-grünlich im Gesicht, verzichtete auf alle Seriosität, stieg auf das Striptease-Podium hinauf und begann mit den Damen nach der ›Petersburger Schlittenfahrt‹ zu hopsen. Die Damen kreischten und flohen. Die Musiker merkten es nicht gleich und spielte weiter. Zwei Kellner eilten hinauf und zogen Herrn Kühlmann herunter. Herr Kühlmann machte Miene, seine Hose auszuziehen. Da warf man ihn hinaus. – Die horrende Rechnung wurde aufgeteilt. Selbst Prokurist Klipp war angesichts des astronomischen Betrages auf den Schlag wieder nüchtern. Ein paar – unter ihnen Anton L. – hatten gar nicht das Geld für ihren Anteil dabei. Sie mußten in der Küche des ›Monte Christo‹ ihre Schuld abarbeiten.
– Der alte Filz, sagte Prokurist Klipp. Aber das werden wir schon wieder hereinfaulenzen.
Als letzte Gäste (– Gäste?) verließ der Rest der Belegschaft des Reisebüros *Kühlmann* das Etablissement. Die Damen mit jahrzehntelanger Erfahrung im Striptease riefen, in triste Staubmäntel gekleidet, ein Taxi

herbei. – Niemand, der sie so sah, hätte gewünscht, sie sich entkleiden zu sehen. Anton L. fürchtete, der Portier, der ebenfalls seine goldstrotzende Uniform ausgezogen und gegen einen Kleppermantel vertauscht hatte, würde höhnisch grüßen. Er grüßte überhaupt nicht. Er hob den schweren roten Vorhang, aber nicht aus Höflichkeit, sondern aus Angst um den teuren Samt.
Vor dem Samtvorhang lag die goldstrotzende Uniform. Anton L. schaltete die Taschenlampe ein und beleuchtete den Kleiderhaufen. Ob es noch derselbe Portier gewesen war? Die Mütze war in eine Ecke gerollt. Wahrscheinlich war es längst nicht mehr derselbe Portier. In dieser Branche wechselt man oft.
Anton L. hob den Vorhang zur Seite und leuchtete in das Lokal. Ein Schwall von Geruch nach verfaulendem Fleisch schlug heraus. Ein riesiger Schatten erhob sich. Anton L. leuchtete in einen Rachen mit furchtbaren Zähnen – hoch über sich, hatte er das Gefühl. Anton L. rannte, so schnell er konnte, die Stiege wieder hinauf. Der Bär knurrte schrecklich. Zum Glück verhedderte sich das Tier im Samtvorhang. Inzwischen war Anton L. oben. Er wollte die Tür zuschlagen, aber sie war festgehängt, wie, war nicht gleich zu sehen. Anton L. rannte. Bären sind schnell, wenn sie sich ärgern. Die Taschenlampe hatte den Bären erschreckt. Er tappte heraus und richtete sich auf. Er war größer als die Tür. Anton L. rannte, was er konnte. Der Bär ließ sich wieder auf alle viere nieder und rannte Anton L. nach. Der scheinbar gemütliche Trab des Bären täuschte. Er kam schnell näher. Ein Stück eiserner Kette, das noch an seinem Bein hing, schleifte über das Pflaster. Der Bär war nicht mehr weit hinter Anton L., als der die halboffene Haustür erreichte. Er rannte hinein und schlug sie zu.

Der Bär raste dagegen, daß der Hausgang erdröhnte. Anton L. lief nach hinten in den Hof, schlug auch die Hoftür zu, lief über den Hof. Dort war eine Mauer. Davor standen Mülltonnen. Anton L. stieg auf die Tonnen und schwang sich über die Mauer. Drüben war ein Garten, jenseits des Gartens die Rückfront der nächsten Häuserzeile. Vom Bären war nichts mehr zu hören, Anton rannte immer noch. In einer Parterrewohnung schlug er eine Scheibe ein, öffnete das Fenster und stieg hinein. Er ging durch die Wohnung und schaute auf der Straßenfront hinaus. Es war die Wasserträger-Straße. Vom Bären, wenn der nicht weitergelaufen war, trennten ihn jetzt zwei Straßenecken. Anton zog die Pistolen heraus. Er setzte sich in einen geschnitzten Sessel und verschnaufte.

Auf einem Eichenbuffet stand unter einem Glassturz eine Uhr. Sie ging nicht mehr. Über dem Buffet hing ein Bild, ein brüllender Hirsch im Winter. Ein großer Stapel von Kreuzworträtselzeitungen lag auf einem kleinen Tisch. Auf einem Hocker stand ein Gummibaum. Anton stand wieder auf. Er war so schnell gelaufen, daß er vorerst nicht ruhig sitzen konnte. Er ging in die Küche, holte Wasser und goß den Gummibaum. – Dadurch wird er einen Tag später zugrunde gehen, dachte Anton L. Dann versuchte er, mit den Pistolen zu schießen. Er wußte nicht, daß man sie durchladen mußte, deshalb gelang es ihm nicht, einen Schuß abzugeben. (Er hatte auf die Uhr unter dem Glassturz gezielt.) Er steckte die Pistolen wieder ein; er würde daheim in Ruhe probieren. Ein neuer Blick aus dem Fenster überzeugte ihn, daß vom Bären weiterhin nichts zu sehen war.

An der Wohnungstür steckte innen der Schlüssel, ein

ganzer Bund Schlüssel hing daran. Anton L. sperrte auf und nahm den Schlüsselbund mit. ›Saalegger‹ stand auf einem Messingschild draußen an der Tür. Saaleggers mußten, der Wohnung nach zu schließen, alte Leute gewesen sein. Die waren sicher nicht mehr Fahrrad gefahren, aber vielleicht andere Leute aus dem Haus. Der Keller war versperrt, aber der Schlüssel dazu war am Bund. Im Keller war ein Fahrradraum mit drei Fahrrädern. Eins davon, ein modernes, orangefarbenes Damenfahrrad mit kleinen Rädern, war nicht abgesperrt. Anton L. trug es hinauf, schaute vorsichtig an der Tür nochmals auf die Straße und fuhr dann schnell nach Hause. Er machte einen großen Umweg, um sich möglichst wenig der Höhle des Bären zu nähern.

VI

Abend und Nacht

Die feinere Angst meldete sich, als die gröbere vorüber war. Auf dem Fahrrad – auf der Brücke, die Zuflucht der hommerischen Wohnung vor Augen, außer Reichweite des Bären – überfiel Anton L. der Gedanke an die Nacht.

Der Gedanke ließ sich unschwer verscheuchen, denn es war erst später Nachmittag, und es waren jetzt die längsten Tage des Jahres. Aber die Sonne neigte sich, und der Gedanke kam immer öfter wieder, daß die Nacht unausweichlich herankommen und daß Anton L. allein sein werde.

Alles was Anton L. an dem späten Nachmittag und dem beginnenden Abend noch unternahm, half ihm über den Gedanken an die einsame Nacht hinweg – aber am beginnenden Abend wurde das Gewebe der Tätigkeit schon schleißig, die Angst blickte durch. Wenn man denkt: ich darf nicht daran denken, ist es schon gefehlt.

Weit entfernte sich Anton L. nicht mehr vom Haus. (Er erinnerte sich übrigens, in der Zeitung von einem kleinen Zirkus gelesen zu haben, der in den Vorstädten herumzog. Der Bär, der noch die Kette nachgezogen hatte, stammte sicher aus diesem Zirkus. ›Laforte‹ hieß der Zirkus. Anton L. ging auf die Veranda, um nochmals in Ruhe seine Pistole – er fühlte sich schon so allein, daß er ohne Weiteres von der Pistole als ›seiner‹

dachte – näher zu untersuchen, und zu versuchen, ob ihm nicht doch ein Schuß gelinge. Er räumte eine Sitzgelegenheit frei. Mit viel Genuß warf er die ganzen hommerischen Emaillekübel, Zinkwannen und Steinguttöpfe zur Veranda hinab, die alle verstaubt, verbeult, angeschlagen und verrostet waren. An dem weithin dröhnenden Krach – das Zeug fiel drei Stockwerke tief – ließ sich ermessen, wie still die Welt geworden war. Kaum daß noch ein Hund in einem weit entfernten Hinterhof anschlug. Die Hunde waren wohl schon – soweit sie nicht entkommen konnten – verendet. Beim dumpf-erdigen Aufklatschen der Steinguttöpfe flogen im übernächsten Hof ein paar Raben auf. (Sonja allerdings rührte sich nicht.)

Anton L. hatte eine nicht unbequeme Bank freigeräumt. Sie war eine kombinierte Bank-Truhe. Anton hob den Deckel (gleichzeitig Sitzfläche). Die Truhe war gefüllt mit Dingen, die Ähnlichkeit mit alten Kleidern hatten. Ein Schwarm von Motten flog auf. Anton L. nahm eine Handvoll Kleider und warf sie auch zum Fenster hinaus. Es war interessant: die alten Hadern zogen im Fallen eine Spur wie ein Komet aus Staub. Unten schlug das Bündel wie ein Geschoß auf und detonierte in eine Staubwolke. Das gefiel Anton L. (Er mußte nicht mehr an die kommende Nacht denken.) Er warf noch ein Bündel hinunter. Wieder schoß eine Staubdetonation auf. Anton L. warf ein drittes Bündel –

Er erinnerte sich daran, daß Herr Kühlmann, der alte Filz, einmal umgezogen war. Es war zu der Zeit, als Anton L. bei ihm arbeitete. (Kühlmanns Privatwohnung, nicht das Geschäft wurde übersiedelt.) Selbstverständlich war Herr Kühlmann zu knickerig, eine Spedition zu beauftragen. Er mietete vielmehr einen

Lastwagen – oder nahm ihn sich womöglich sogar zu leihen – und ordnete seine Angestellten schichtweise (das Geschäft mußte natürlich weitergehen) zum Möbeltransport ab. Jeden traf es zwei Tage, Anton L. ganz am Anfang und ganz am Schluß. Herr Kühlmann hatte ungeheuer viele Sachen; dagegen war das, was auf der hommerischen Veranda lag, gar nichts. Der Umzug zog sich über vierzehn Tage hin. Herr Klipp, der Prokurist, der sich über die außertarifliche Arbeit ärgerte (aber doch nicht direkt etwas zu sagen wagte), gestand später hinter vorgehaltener Hand, daß er einen Stuhl in ein Gemälde fallen gelassen habe. Das Gemälde habe einen ziemlich ernsten Bauern dargestellt, der in braune Furchen säte. Herr Kühlmann habe fast geweint, als er den Riß quer durch den Bauern gesehen habe, aber er, Klipp, habe es so geschickt angestellt, daß Kühlmann nicht ganz sicher war, ob er nicht selber schuld an dem Unglück gewesen sei. Kühlmann habe dann mit Leukoplast das Gemälde auf der Rückseite geklebt. Einmal habe es während des Vierzehn-Tage-Umzuges einen Wolkenbruch gegeben. Sowohl in der alten als auch in der neuen Kühlmann-Wohnung standen unzählige Sofas, Frisierkommoden, Schirmständer, Anrichten, Nachtkästchen und Möbelstücke unklarer Verwendungsmöglichkeit im Freien. Herr Kühlmann sei vor lauter Angst um sein Gerümpel, vor lauter Organisation und Besserwisserei beinahe geisteskrank geworden. Eine blaßgrün gestrichene Kochkiste, fast schon ein antikes Stück, und die oberste Schublade einer Kommode, von der die marmorne Deckplatte noch vor der alten Wohnung stand, seien voll Wasser gelaufen. Die Kochkiste und die Kommode seien dermaßen gequollen, erzählte Herr Klipp weiter, daß selbst Herr

Kühlmann überlegte, ob er sie nicht wegwerfen solle. Er habe sie dann doch behalten. Per saldo habe der Alte aber aus dem Umzug doch Gewinn gezogen, sagte Herr Klipp, denn die Leute aus dem Haus, aus dem Herr Kühlmann auszog, hätten heimlich in der Nacht ihren Sperrmüll zu den zum Abtransport bereitgestellten kühlmännischen Sachen gestellt. Herr Kühlmann habe alles mitgenommen. Zum Schluß habe in der neuen Wohnung fast nichts mehr Platz gehabt. Drei Sofas seien hochkant nebeneinander gestanden.

Am letzten Tag, als Anton L. das zweite Mal eingeteilt war, wurde der Speicher der alten Wohnung geräumt. Es war schwer für Herrn Kühlmann, angesichts dieses Zeugs, zu dem er sich notgedrungen als Eigentümer bekennen mußte, den Anspruch auf Seriosität aufrechtzuerhalten. Ja, wenn es ihm nur *gehört* hätte – aber da er es sogar mitnahm, noch dazu im Beisein seiner Angestellten, mußte in ihm ein ungeheurer Kampf zwischen der Seriosität und dem Geiz stattgefunden haben. Wie immer hatte der Geiz zuletzt gesiegt.

Das Haus, in dem Kühlmann gewohnt hatte, war zweistöckig. Der Speicher war also quasi im dritten Stock. Da befanden sich: einige alte Fahrräder; zwei Paar und drei einzelne Ski; siebzehn Schuhe; ein Paar Reitstiefel ohne Sohlen; circa zweihundert leere Einmachgläser; eine Urkunde, in der der Gauleiter des Warthegaues Herrn Kühlmann tapferes Verhalten in der Heimat bestätigte, gerahmt; vier Bilder mit Rahmen, sechs Bilder ohne Rahmen, drei Rahmen ohne Bilder; eine Guitarre; ein Leibstuhl; zwei Türen; ein Ordner mit Schriftwechsel (Anton L. las ihn im Klosett. Der Schriftwechsel stammte aus dem Jahr 1944 und zielte darauf ab, eine drohende Einberufung Herrn Kühlmanns abzuwehren

und statt dessen einen Erholungsaufenthalt in der Schweiz zu erwirken. Die Argumente deckten sich zum Teil mit denen, die Herr Kühlmann bei jenem Strafmandat wegen des regelwidrigen Linksabbiegens der Polizei gegenüber vorbrachte.); etliche Lampenschirme; gebündelte Postkarten; ein Regenschirmgestell; mehrere alte Kanonenöfen; ›Mein Kampf‹; ein Bündel Papierkragen und schätzungsweise zwei oder drei komplette, wenn auch stark verstaubte Wohnungseinrichtungen. Anton L. und seine Kollegen schleppten den ganzen Tag die Sachen drei Stiegen hinunter. Als die Matratzen an der Reihe waren, schlug einer vor, sie der Einfachheit halber zum Speicherfenster hinunterzuwerfen. Oben warf einer, unten räumten die anderen weg. Die Matratzen waren zwanzig Jahre lang auf dem Speicher gelegen. Es gab auch eine Staubexplosion, als sie auf den Boden fielen. Einmal kam Herr Kühlmann, der vor lauter Besserwisserei und Wichtigkeit überall herumhantierte, direkt in die Fallinie einer Matratze. »Vorsicht –«, schrie Anton L. Es tat ihm im selben Moment leid, daß er ›Vorsicht‹ gerufen hatte, aber es half sowieso nichts. Die Matratze fiel Herrn Kühlmann direkt auf den Kopf, drückte ihn in die Knie, die Matratze schlug um ihn zusammen – Staub hüllte alles ein – hernach sah Herr Kühlmann aus wie eine sehr große Maus. –
Dagegen war das Gerümpel auf der hommerischen Veranda bescheiden. Anton L. warf noch ein paar Hände voll hinunter, dann setzte er sich auf die Bank-Truhe und probierte an einer der Pistolen herum. Er zielte immer auf die Veranda gegenüber, wo die zwei Hunde gewesen waren, aber es ging kein Schuß los. Anton L. legte die Pistolen auf die Bank.
Jetzt tobte der Gedanke an die kommende Nacht in

seiner Seele. Die Sonne war schon hinter die Dächer gesunken. Eine Motte hatte sich durch ein Luftloch in Sonjas Käfig verflogen. Der Leguan schnappte sie sich. – Ich muß ihr was holen, fiel Anton L. ein, sie hat seit dem Käse nichts mehr gegessen.

Anton L. nahm das Messer-Beil mit – nachdem er die Pistolen nicht handhaben konnte, hatte er vorerst keine bessere Waffe – und ging zu dem Feinkostladen, den er am Dienstag aufgebrochen hatte. Er sperrte mit den Schlüsseln auf. Ein Schwarm von Ratten rauschte durch die zerschlagene Eingangsscheibe auf die Straße, als Anton L. von hinten den Laden betrat. Ein fauliger, dumpfer Geruch schlug ihm entgegen. Anton L. machte alle Fenster und Türen auf. Er wollte sich eigentlich nur den Bedarf für den Abend holen, aber nachdem er so viele Ratten gesehen hatte, beschloß er, einen Vorrat anzulegen. Es war viel Arbeit – sie schob die Angst hinaus. Im Hof fand Anton L. einen Handkarren. Er lud ihn voll mit Konserven und Gläsern und rollte ihn vor das Haus Nr. 2. Er mußte viermal hinaufgehen, hochbepackt, bis er alles oben hatte. Dann belud er die nächste Fuhre. Sechsmal fuhr er. Oben stapelten sich die Waren im Korridor. Anton L. beschloß, sie zu ordnen und im Bad, dem kühlsten Raum der Wohnung, aufzubewahren.

– Ob sie zurückkehren würden? – Sie – die anderen Menschen? Anton L. faßte sich scharf und logisch und nahm die Tatsache, daß alle Menschen in dieser Stadt, möglicherweise in der Welt überhaupt, außer ihm, Anton L., auf einen Schlag in der Nacht vom 25. auf den 26. Juni verschwunden waren, als natürliche Gegebenheit hin. Es mußte also ein bis dahin unbekanntes Naturgesetz geben, wonach sich menschliche Wesen unter bestimmten Bedingungen entsubstantiieren. Es mußte ein horrendes Naturgesetz sein, aber es war – sofern Anton L. nicht verrückt war oder träumte – eine Tatsache, und daraus ließ sich wieder schließen, daß es gut und gern ein umgekehrtes Naturgesetz geben konnte, wonach plötzlich alle Menschen wieder da wären …

Anton L. beschloß, das Wohnzimmer einigermaßen aufzuräumen. Das Wohnzimmer, mußte er zugeben, war eine Schande. Daß er die alten Töpfe und Lumpen von der Veranda hinausgeworfen hatte, darüber konnten die alten Hommers ja eher froh sein; dafür hatte er Sonja versorgt – Sonja –, er hatte sie über dem Lebensmitteltransport wieder vergessen. Käse hatte er nicht mitgenommen, weil aller Käse von Würmern gewimmelt hatte. Anton L. machte ein Glas mit kleinen, sehr appetitlich geschälten Kartoffeln auf. Das waren echte Luxuskartoffeln, außerdem das einzige im Feinkostladen, was nicht in Essig und Öl oder ähnlichen Stoffen konserviert war. Er nahm die größte Kartoffel heraus und warf sie zu Sonja ins Terrarium. Sonja rückte den Kopf in Richtung zur Kartoffel und schaute haarscharf tangential an der Kartoffel vorbei. – Sie wird sie schon fressen, dachte Anton L., sonst hole ich ihr doch den Käse; vielleicht mag sie grad die Würmer. Dann ging er wieder ins Wohnzimmer. Er hob die Scherben der Couchtischplatte auf und sammelte sie in einer Holzschale, deren Rand mit geschnitzten Ähren verziert war. Zwischen den Ähren stand in klobiger, ebenfalls geschnitzter Schrift: ›Unser täglich Brot gib uns heute.‹

Es wurde Abend. Der Gedanke ließ sich nicht mehr länger zurückdrängen. Die Nacht werde kommen. In weniger als zwei Stunden werde unweigerlich die Nacht da sein. Anton L. war es, als nähere er sich dem unausweichlichen Termin seiner Hinrichtung. Er stellte die Schale mit dem ›täglichen Brot‹, die jetzt nur Scherben enthielt, auf den Schreibtisch neben das Fernsehprogramm. Graue Schatten füllten das Zimmer. Schon bei den letzten Lebensmittelfuhren hatte sich der Himmel vom Westen her zu bedecken begonnen. Dennoch war die Hitze fast unerträglich geworden. Anton L. zog sein Oberhemd aus. Er hatte das Gefühl, sein Unterhemd tränke sich mit Honig. Die Angst löst Reduzierungsprozesse aus. Die Seele gibt einen erwachsenen Bezirk nach dem anderen auf, verwandelt sich zurück, verteidigt zum Schluß nur noch den Kern des Wesens, der schon da war, als man noch Kind war.

Die Fernsehzeitung widmete jedem Fernsehtag zwei Seiten. Aufgeschlagen war Montag, der 25. Heute war Mittwoch oder Donnerstag. Anton L. konnte gerade noch lesen in der Dämmerung: Donnerstag, der 28., war der letzte Tag, den das Heft behandelte, dann wäre die neue Nummer gekommen. Anton L. schaute auf die Uhr. Er hatte die Uhr so ungefähr nach dem Sonnenstand gestellt. Die Uhr zeigte neun Uhr, es war aber wohl etwas früher. ›Die Söhne des Propheten. Israel – alt oder jung? Eine Dokumentation‹ im ersten Programm. Im zweiten: ›Der Galgenbaum‹, ein amerikanischer Spielfilm aus dem Jahr 1953 mit Gary Cooper. Das hätte Herr Hommer bestimmt nicht angeschaut. Einen Gary Cooper wußte der nicht zu schätzen. Drittes Programm: ›Die Auslese. Diskussion und Probleme.‹ Herr Hommer hätte sicherlich auf Österreich umgeschaltet, aber da lief auch: ›Der Galgenbaum‹. Vielleicht hätte ihn Herr Hommer doch angeschaut – Anton L. schaltete den Apparat ein. Es kam natürlich nichts.

Es war unerträglich heiß. Anton L. stieß das Fenster auf. Die Luft draußen war noch wärmer als im Zimmer.

Es regte sich kein Luftzug. Der Himmel war schwarz. Anton L. war ein Bub, etwa zehn oder elf Jahre alt. Er wollte irgendwo hinlaufen, wo Menschen waren – hier weglaufen und irgendwo ankommen, atemlos, aber gerettet ankommen, wo Licht und Menschen waren. Aber es waren nirgendwo Menschen. Es war nirgendwo Licht.
Er lief auf den Balkon. Dort hatte er neben die Pistolen die Polizeitaschenlampe hingelegt. Er schaltete sie ein. Ein starker Strahl fiel auf Sonja, die geblendet von der Kartoffel fortschoß. Anton L. schaltete wieder aus. Wenn er die Taschenlampe die ganze Nacht brennen ließe, würde die Batterie ausbrennen. Wenn dann wirklich etwas wäre, hätte er gar kein Licht. Wer weiß, was für Getier sich schon in der Stadt herumtrieb. Er hätte sich Kerzen besorgen sollen. Ein unverzeihliches Versäumnis. In dem Korbwarengeschäft war doch eine ganze Pyramide von Kerzen gewesen. Aber jetzt geht der Bär auf die Jagd. – Es ist besser, ich mache im Wohnzimmer die Fenster wieder zu, wer weiß –
Das Grauen kletterte an Anton L.s Rückgrat hoch. Er lief ins Wohnzimmer. Er stieß einen Schrei aus, die Haare sträubten sich ihm: ein riesiger Vogel saß auf der Fensterbank. Es war nur der Vorhang, der sich im Fensterflügel verfangen hatte. Ein fast unmerklicher Wind war aufgekommen. Anton L. leuchtete das ganze Zimmer aus, dann erst betrat er es und schloß das Fenster. Aber nun kam er sich vor wie in einer Gummizelle. Er stieß das Fenster wieder auf. Es war kein Wind, was da aufgekommen war; das war nicht Wind zu nennen; tranige Luftschichten schoben sich träg übereinander.
– Sie sollen wiederkommen, dachte Anton L. Und wenn sie sich über das Chaos im Wohnzimmer aufregen. Ich

muß Kerzen holen. Vielleicht haben sie beim *Sterr* Kerzen. (*Sterr* war das Feinkostgeschäft.) – Er rannte hinaus, aber er war noch nicht im zweiten Stock, da fielen ihm die Hunderudel ein. Von unten durch das Haus herauf und von ganz oben, von dem immer schon unheimlichen Speicher herunter, schoben sich Nebelwände des Grauens. Anton L. fürchtete, zermalmt zu werden. Er schaltete die Taschenlampe ein und floh in die Wohnung zurück. Die Fensterläden, die er offen gelassen hatte, klapperten. Anton L. beschloß, in sein Bett zu fliehen, sich zuzudecken bis über den Kopf und zu versuchen, die Nacht zu überstehen – aber es würde nur die erste von tausend Nächten sein – und im Bett ist eine Schlange, sicher ist im Bett eine Schlange; Schlangen sind immer in Betten – tausend Nächte sind nicht einmal drei Jahre. Dreißig Jahre wären zehntausend Nächte. Jede Nacht türmt ihre grauenhaften Quadern auf die vorherige, bis ein babylonischer Turm von Angst entsteht – jede Nacht wird noch schlimmer – die heutige ist die mildeste. –
Anton L. lief auf den Balkon, leuchtete auf die Bank, nahm die Pistole, schüttelte sie, betätigte alles, was sich bewegen ließ (nur lud er nicht durch), setzte den Lauf an die Schläfe und drückte ab. Es krachte fürchterlich, aber draußen – ein Blitz war gleichzeitig aufgezuckt. Ein gewaltiges Gewitter entlud sich nach der tagelangen Hitze über der Stadt. Mit dem ersten Donnerschlag begann es zu regnen, erst in schweren, einzelnen Tropfen, bald aber schüttete es wie aus Kübeln. Die Luft kühlte sich ab. Anton L. war erschöpft, als hätte er Mühlsteine getragen. (Er hatte ja auch sechs Fuhren Konserven in die Wohnung geschafft.) Im Bett war keine Schlange. Anton L. schlief ein. Die Taschenlampe allerdings behielt er in der Hand.

VII
Pfeivestls Hinterlassenschaft

Hommers, das wußte Anton L., hatten kein Auto. Wenn er sich recht erinnerte, hatte aber die Familie Derendinger, die im ersten Stock wohnte, einen Wagen. Es gab zwei Familien Derendinger im Hause. Die alten Derendingers wohnten im vierten Stock, sie waren fast schon so lange im Haus wie Hommers. Alle heiligen Zeiten kam es einmal vor, daß der alte Derendinger Herrn Hommer besuchte. Daß Herr Hommer zu Derendingers hinaufgegangen wäre, daran konnte sich Anton L. nicht erinnern. Der alte Derendinger war älter als Herr Hommer und schon länger in Pension oder ›auf Rente‹. Was Derendinger gewesen war, wußte Anton L. nicht. Vor vielen Jahren schon hatte sich eine Junior-Familie Derendinger abgespalten, als im ersten Stock eine Wohnung freigeworden war. (Eine weitere Derendinger-Familie spaltete sich in das Haus ab, wo das Feinkostgeschäft war.) Der junge Derendinger, der auch nicht mehr ganz jung war, als Anton L. die Verhältnisse kennenlernte, war natürlich noch nicht ›auf Rente‹, dennoch war es unklar, was er von Beruf war. Es wäre nicht unergründlich gewesen, aber Anton L. interessierte sich nicht dafür. Anton L. wäre wohl überhaupt nicht mit dem jungen Derendinger in Berührung gekommen, wenn nicht des jungen Derendingers spezielle Neigung gewesen wäre. Diese Neigung galt dem Sport, genauer gesagt, dem Fußball, noch genauer gesagt: der mittelbaren und unmittelbaren Beobachtung von Fußballspielen. ›Neigung‹ ist natürlich viel zu wenig gesagt. Für den jungen Derendinger gab es nichts anderes als Fußball, bestand die Welt aus Fußball, gab der Fußball dem Leben den einzigen Sinn, die Struktur der Welt bestand für ihn aus einem dicht gewobenen Netz aus lokalen, regionalen, nationalen und weltweiten Ligen, Divisionen, Pokalen und Meisterschaften, Namen wie Mailand, Madrid, Warschau, Cypern, Irland bezeichneten für ihn nichts anderes als eine gewisse Platzziffer auf Fußball-Meisterschaftstabellen; Gegenden der Welt, in denen nicht Fußball gespielt wurde, also China oder Nordamerika, existierten für ihn nicht. Gott wäre für ihn, sofern er darüber nachgedacht hätte, ein Urgeistwesen in Form eines Fußballs gewesen. Das alles war Derendingers *Begeisterung.* Derendingers *Liebe* galt einem Fußballverein namens ›Weiß-Blau‹. Diese Liebe kann man sich nicht zärtlich, nicht innig genug vorstellen. Sinnliche, irdische Liebe, die Liebe des glühendsten Patrioten zum Vaterland, die Liebe des Künstlers zur Kunst sind nichts gegen das allumfassende, in jeder Zelle seines Leibes wurzelnde, unvergängliche und unverbrüchliche Gefühl Derendingers für den F. C. Weiß-Blau. Derendinger, wie gesagt, dachte zwar nicht über Theologie nach, aber wenn der F. C. Weiß-Blau gesiegt hatte, wußte er, daß ein Gott lebte. Eine Niederlage des F. C. Weiß-Blau gab es nicht, es gab nur ungünstige Witterungs- und Bodenverhältnisse, parteiische Schiedsrichter, für den Gegenverein voreingenommene Zuschauer, allenfalls das Zusammentreffen unglücklicher Umstände, die dem F. C. Weiß-Blau den Sieg, nie aber dem jungen Derendinger den Glauben an den F. C. Weiß-Blau rauben konnten.

Derendinger, der ohne zu überlegen für den F. C. Weiß-Blau seine Frau und alle ganz jungen Derendinger (es waren drei, wenn nicht vier, vermutlich in der Sommerspielpause gezeugt) verkauft hätte, wenn das für den Verein von Wert gewesen wäre, hätte sich selber, ohne mit der Wimper zu zucken, wenn er dafür ein einziges spielentscheidendes Tor erkaufen hätte können, gleich einem neuen Bartholomäus die Haut abziehen oder sich, ein neuer Johannes, in Öl sieden lassen.

Es versteht sich, daß eine solche daseinsbestimmende Begeisterung hinausschwappen muß. Die ganz jungen Derendinger männlichen Geschlechts wurden schon im zarten Alter mit auf den Fußballplatz genommen. Auf den ältesten der ganz jungen Derendinger, er war etwa vierzehn Jahre alt, konnte der junge Derendinger zwar die Begeisterung für den Fußball, nicht aber die Liebe zum F. C. Weiß-Blau übertragen. Der älteste ganz junge Derendinger schwärmte für den Lokalrivalen TSV ›Deutsche Eiche‹. Das war Derendingers privates Generationenproblem, das besonders dann einen schmerzlichen und manchmal hörbar handgreiflichen Ausdruck fand, wenn der F. C. gegen den TSV spielte.

Der junge Derendinger war ein weitgereister Mann. Er war mehrfach in allen großen deutschen Städten gewesen, dazu in Wien, in Zürich, in den großen italienischen Städten, in Barcelona, in Glasgow, ja sogar in Moskau und in Mexico, aber er bereicherte seinen Horizont jeweils nur um die Kenntnisse eines Fußballplatzes. Daß es auch Städte des Namens der Fußballplätze und Vereine gab, hätte Derendinger, wenn es ihm jemand gesagt hätte, erstaunt.

Einen Menschen sich vorzustellen, der sich nicht für Fußball interessierte, war für Derendinger ein Ding der

Unmöglichkeit gewesen. Die vierte Dimension kann man sich auch nur unter Anstrengung theoretisch faßbar machen – sinnlich vorstellen kann man sie sich nicht. Ein fußballabstinenter Mensch war für Derendinger eine Mißgeburt, ja, eine imaginäre Existenz gewesen. Frauen waren daher für Derendinger Mißgeburten, selbst wenn sie bemüht waren, sich für Fußball zu erwärmen, denn sie sind der erfüllenden Begeisterung für diesen Sport nicht fähig. Das fühlte Derendinger. Frauen waren für ihn wie für den strengen Muslim seelenlose Wesen, deren Wert in einem relativ angenehmen Geschlechtsteil und der Tatsache lag, daß sie kochen konnten. Wenn Derendingers F. C. Weiß-Blau gewonnen hatte, überflutete er in der Phase der euphorischen Spannungsnachwirkung seine Umgebung mit den Schilderungen des Spielverlaufes. Zur Umgebung zählte dabei jeder, der ihm über den Weg lief. So kam auch Anton L., bereits kurz nachdem er bei Hommers als Untermieter eingezogen war, in Kontakt mit dem ihm völlig fremden jungen Derendinger. Fußball war eine Leidenschaft, die Anton L. noch nie ergriffen hatte. Aber Derendinger im Fluß seiner Begeisterung merkte das nicht. Und da Anton L. zu den Hymnen Derendingers auf die Taten der Helden des F. C. Weiß-Blau nickte, qualifizierte er sich in den Augen Derendingers zu einem Eingeweihten.
Der alte Derendinger, erinnerte sich Anton L., hatte Herrn Hommer vor nicht allzu langer Zeit erzählt – es war im Stiegenhaus, Anton L. war zufällig dazugekommen –, daß sich sein Sohn ein neues Auto angeschafft habe. Anton L. erinnerte sich weiter, daß er bald danach den jungen Derendinger an einem Samstagnachmittag mit dem ganz jungen Derendinger einen roten

Volkswagen hatte besteigen sehen. Sie hatten verschiedene Hupen, Trompeten und Rasseln dabei und verluden außerdem ein merkwürdiges Gerät auf dem wohl eigens dafür angebrachten Dachaufsatz des Wagens. Das Gerät war ein großes Holzkreuz, an dessen Quer- und Längsbalken ganze Batterien von Signalhörnern angebracht waren. Das Gerät war vollautomatisch, elektrifiziert und konnte stufenlos bis zu markerschütternder Lautstärke betätigt werden. Der junge Derendinger hatte diese Lärmhaubitze ersonnen und in Heimarbeit unter nicht unbeträchtlichem Kostenaufwand angefertigt. Das Gerät sei allerdings, erfuhr Anton L. über den alten Derendinger und Herrn Hommer, nur ein einziges Mal eingesetzt worden. Es habe derart alle anderen Lärmbekundungen der übrigen Fußballfreunde übertönt, daß ein Spieler einen nervösen Wadenkrampf bekommen habe. Dem jungen Derendinger wurde schriftlich verboten, in Zukunft das Gerät wieder mitzubringen. (Diese Zukunft gab es nicht mehr. Am nächsten Spieltag waren der junge Derendinger, der Heros mit dem nervösen Wadenkrampf und alle anderen Herren des grünen Rasens entmaterialisiert. Der grüne Rasen lag vereinsamt, wenn nicht schon Büffel oder Gazellen, denen es vielleicht gelungen war, aus dem Tierpark auszubrechen, darauf weideten.)

Das Haus hatte keine Garagen. Anton L. vermutete also, daß der junge Derendinger seinen Wagen am Straßenrand abgestellt hatte, wahrscheinlich in der Nähe. Der Schlüssel werde wohl in seiner Wohnung liegen. Anton L. brach also die Wohnung der Familie Derendinger junior auf. Es verwunderte ihn nicht, daß die Wohnung im wesentlichen in den Farben Weiß-Blau gehalten und mit zum Teil lebensgroßen Photographien von knollenbeinigen Fußballspielern geschmückt war. An einem Garderobehaken fand Anton L. Derendingers Sakko, in dessen Tasche die Autoschlüssel. Das Auto fand sich – Anton L. ging sehr vorsichtig auf die Straße, aber es waren keine wilden Tiere zu sehen – nach kurzem Suchen in einer kleinen Nebenstraße. – Das Autofahren, selbst nachdem Anton L. (vermutlich) die ganze Stadt für sich und keine anderen Verkehrsteilnehmer zu befürchten hatte, war fast das größte Abenteuer bisher. Er hatte es mit seinen Fahrlehrern nicht leicht gehabt. Er hatte drei hintereinander. Der erste war nur eine ephemere Erscheinung, Anton L. konnte sich nicht mehr an ihn erinnern. Der zweite war ein grober Klotz ohne alle Manieren, der dritte war ein windiges Würstchen. Anton L. ließ den ganzen Zorn, der durch die Grobheit des zweiten in ihm angewachsen war, an dem dritten aus. Aber eines Tages wurden seine Grobheiten, die im Grunde nur die weitergegebenen (buchhalterisch gesprochen: durchlaufenden) Grobheiten des zweiten waren, selbst dem windigen Würstchen zu bunt. Er geriet – für Anton L. völlig unerwartet – in Zorn und warf seinen Schüler aus dem Auto. Das war an einer Kreuzung, wo Anton L. hartnäckig anderer Meinung über die Vorfahrtsregelung als sein Lehrer war, und selbst auf das Einlenken seines Lehrers, man könne geteilter Meinung sein, antwortete: Nein, man könne nur seiner Meinung sein. Der Fahrlehrer rutschte wütend auf den Fahrersitz hinüber und fuhr los. Anton L. stand auf der Straße, in einem ganz anderen Stadtteil. Es begann zu regnen. Er holte sich eine der schwersten Sonnengeflechtsschwellungen seines Lebens. Aber auch der Fahrlehrer, nun wieder ein

windiges Würstchen, nachdem er seinen Mut herausgebellt, bekam seine Schwierigkeiten. So darf man mit Fahrschülern keinesfalls umgehen, schimpfte der Fahrschulbesitzer, das könne ungeahnte Haftung und womöglich Konzessionsverlust nach sich ziehen; außerdem sei Anton L. mit seinen 50 gehabten Fahrstunden und mit Aussicht auf weitere 50 Fahrstunden ein guter Kunde. Der Fahrlehrer mußte zu Anton L. gehen, um ihn um Entschuldigung zu bitten. Anton L. erfuhr nie davon, denn der Fahrlehrer traf ihn nicht an. Und nach so demütigender Behandlung wagte sich Anton L. nicht mehr in die Fahrschule. So blieb sein Führerschein Fragment, aber es reichte, um den roten Volkswagen des jungen Derendinger (in dem selbstverständlich an jedem Fenster ein Vereinswimpel hing und vom Rückspiegel ein kleines Netz mit einem Miniaturfußball und einem Paar Miniaturfußballschuhe baumelte) vorsichtig aus der Parklücke herauszufahren. Beim Herausrangieren passierte noch nichts, aber dann drückte Anton L. zu ungestüm aufs Gaspedal, auch war die Straße, in die er einbiegen wollte, sehr schmal (respektive der Bogen, den das Auto beschrieb, zu groß). Anton L. kollidierte mit dem Kotflügel eines größeren blauen Wagens. – Ob sich Derendingers entmaterialisierte Moleküle in irgendwelchen ferndimensionalen Sphären umdrehen können? – Nicht um die derendingerischen Kotflügel fernerhin zu schonen, sondern um der eigenen Unversehrtheit willen und um sich das Fahrzeug gebrauchsfähig zu erhalten, fuhr Anton L. nun betont vorsichtig, langsam und unter großzügiger Ausnützung der ganzen Straßenbreite.
Durch das Gewitter und den Regen der letzten Nacht war die Luft abgekühlt. Die Wolken hatten sich verzo-

gen, die Sonne stand noch tief. In den großen dreieckigen Schatten der Straßen, die in nordsüdlicher Richtung verliefen, lagerten Quadern von Kühle, die aber zusehends schmolzen. Durch die Straßen, die in ostwestlicher Richtung verliefen, flogen die milden Pfeile einer noch leicht verhangenen Morgensonne, die auf die Bäume der Parks und Alleen trafen. Keine Erinnerung an den nächtlichen Sturm bewegte mehr die Bäume, nur die großen Tropfen fielen von Blatt zu Blatt und endlich auf den Boden, auf Kies oder Asphalt, friedliche, gutmütige große Tropfen, der Nachklang des Sturmes, die ganz anders klangen als die ebenfalls großen Tropfen, die gestern abends das Nahen des Gewitters kündeten.
In einer Straße hatte der Wind eine Plakatwand umgeworfen, niemand hob sie auf. Hie und da lagen zerbrochene Dachziegel auf dem Pflaster, niemand kehrte sie weg. Ein Gerüst war zum Teil eingestürzt. Die Sackleinwand – aus vielen aufgetrennten Säcken genäht, von der Farbe des Kleides der Allerleirauh –, die das Gerüst verkleidet hatte, hing zerfetzt herunter auf die Straße.
Ein paar Hunde sah Anton L., meist in Rudeln. Katzen sah er selten. Vermutlich ziehen sich Katzen in Wälder zurück. Eine Straße in der Mitte der Altstadt war mit Kopfsteinen gepflastert. In den Fugen zwischen den Steinen war ein haarfeiner grüner Schimmer zu sehen. – So schnell geht es, dachte Anton L., ja: der Regen. Am Fluß, aber weiter unten, traf Anton L. auf eine Herde von Ziegen. Es waren ganz kleine Ziegen. Anton L. erinnerte sich, diese kleinen Ziegen im Tierpark gesehen zu haben. Es waren irgendwelche anatolischen oder afrikanischen Bergziegen. Anton L.

gönnte es gerade diesen Tieren, daß ihnen der Ausbruch aus dem Zoo gelungen war, denn sie waren dort zwar sicher gut behandelt worden, lebten aber in einem Gehege, das etwas abseits der Besucherroute lag, weshalb kaum jemand die kleinen Tiere beachtet hatte. Sie waren braun, mit einem fast schwarzen Streifen auf dem Rücken, sie waren prall und rund, fast breiter als lang und hoch, aber dennoch unglaublich munter. Auch ein paar ganz winzige waren dabei, junge, die noch schwarz waren, aber auch schon prall, dicht neben der Mutter herliefen und ihren prallen Leib an dem prallen Leib der Mutter rieben. Die ganze Herde blieb stehen, als Anton L. vorbeifuhr. Alle Bergziegenköpfe drehten sich zu ihm. Die kleinen Böcke schauten so finster, wie sie nur konnten. – Hoffentlich, dachte Anton L., werden sie sich auch gegen gefährliche Tiere zu wehren wissen. –

Schon beim Wegfahren aus der Faniska-Straße war Anton L. der Gedanke an einen Umzug gekommen. Anton L. hatte, seit der Trennung von seiner Mutter – genauer: seit seine Mutter ihn verlassen hatte – sehr oft die Wohnung gewechselt, sicher zehnmal. Daß er in dem Untermietzimmer von Hommers nun schon zwei Jahre wohnte, war für ihn lang. Meist kam es nach recht kurzer Zeit zu Reibereien mit den Vermietern, seine diversen Perioden taten das ihre dazu, so daß auf kurz oder lang der Anlaß da war, den Mieter hinauszuwerfen. Dabei hatte Anton L. einen Hang zur Seßhaftigkeit, einen gewissen Hang, der sich aber immer nur zeigte, wenn er umzog, und zwar dadurch, daß er jedesmal in der neuen Wohnung das Gefühl hatte: hier werde er für den Rest des Lebens bleiben. Es kam vor, daß ihm dann am nächsten Tag das Zimmer, der Stadtteil oder die Vermieter unerträglich vorkamen. Im Gegensatz zu Herrn Kühlmann hatte Anton L. nicht viel Sachen. Seine Garderobe war spärlich, er las zwar viel, hob aber nur ganz selten ein Buch auf, das mußte dann einen ganz besonderen Grund haben. Meist las er Taschenbücher, die er hernach verschenkte oder einfach irgendwo liegenließ. Umzüge schätzte er deshalb schon von dieser Seite her, weil sie ihm immer Gelegenheit gaben, die Hälfte seiner Habe loszuwerden: die gelesenen Bücher, die abgetragenen Anzüge und die durchgelaufenen Schuhe. Er hatte keine Beziehung zum Besitz. Einmal wohnte er in einem unbeheizbaren Untermietzimmer. Als der Herbst kam, mußte er sich einen elektrischen Heizofen kaufen. Als er ihn dann endlich hatte, war ihm, als habe er eine Witwe mit fünf Kindern geheiratet. Nach wenigen Wochen ergriff er vor dem Ofen die Flucht und zog um.

Selbstverständlich hatte es Anton L. unter diesen Umständen nie zu einer eigenen Wohnung gebracht. Der Besitz einer Wohnungseinrichtung hätte ihn erdrückt. Ein Untermietzimmer war das gegebene für ihn, noch besser aber war das, was er jetzt sah, als er durch eine der Nobelstraßen der Stadt, die Anakreon-Straße, fuhr: ein Hotel. In einem Hotelzimmer gehört einem noch weniger als in einem Untermietzimmer. Anton L. beschloß, ins Hotel ›Die Drei Könige‹ zu ziehen. Den Umzug wollte er total gestalten: alles zurücklassen, was er nicht auf dem Leib trug.

Er hielt den Wagen vor dem Hotel an, mitten auf der Straße. Die große gläserne Drehtür war nicht versperrt. (In einem Haus von so weltstädtischen Dimensionen ist die ganze Nacht ein Portier präsent.) Anton L. ging hinein. Er war noch nie in dem Hotel

gewesen, aber er wußte – aus seiner Reisebüro-Zeit –, daß es im ersten Stock einige ›Suiten‹ gab. Ein gewisser Herr Dir. Dr. Paolo Nappenbach aus Buenos Aires hatte stets Wert darauf gelegt, in der Suite Nr. 22 abzusteigen. Anton L. ging hinter die Portiersbarriere. Das Schlüsselfach ›22‹ war leer. Das hieß: die Suite war belegt gewesen. Wie erwartet, lag auf dem Boden hinter der Barriere eine Portiersuniform. Anton L. zog die Kleider auseinander: tatsächlich fand sich ein Schlüsselbund. Einer der Schlüssel würde wohl der Passepartout sein. Anton L. ging hinauf. Schwere Teppiche dämpften den Schritt. Staub wirbelte auf. Halbvertrocknete Blattpflanzen standen in den Ecken. Anton L. beschloß, hernach zumindest die in seinem Stockwerk zu gießen.
Den Passepartout fand er auf Anhieb. Die Suite war dunkel, die schweren Vorhänge zugezogen, freilich, der Gast hatte ja geschlafen. Anton L. wäre es wohl lieber gewesen, wenn die Suite in der Nacht, in jener entscheidenden Nacht, unbewohnt gewesen wäre. Warum? Wo doch in jedem Hotelbett, in das man sich legt, wer weiß was für Leute vorher geschlafen und womöglich wer weiß was für Schweinigeleien getrieben haben? (Das Hotelzimmer mit Dagmar – Schweinigeleien waren das ja zwar eigentlich nicht, es war eher eine Tragödie.) Ja – aber es war doch irgendwie so, als ob eine Leiche im Bett läge, obwohl nur ein Schlafanzug drin lag, ein seidener, gelbschwarz gestreifter Schlafanzug mit einem Gürtel zum Binden. Es war ein Bett, breiter als ein Doppelbett, aber der Herr im gelb-schwarz gestreiften Schlafanzug war allein drin, es sei denn, die Dame habe nackt geschlafen. Spuren von Schweinigeleien fand Anton L. nicht. Der Schlafanzug lag ganz

brav da. Es ist ein Unterschied, ob einer in dem Bett, in das man sich legen will, Schweinigeleien getrieben oder ob er sich darin entmaterialisiert hat. Es half nichts. Anton L. bemühte sich, den Gedanken abzuschütteln. Er zog die Vorhänge beiseite und stieß die Fenster auf. Die Suite war sehr schön (Schlafzimmer, Bad, Toilette, Ankleideraum, Salon und Vorzimmer), und außerdem war um diese Jahreszeit das Hotel, dieses Hotel, das renommierteste Haus in der Stadt, ganz sicher voll gewesen. In keinem Bett wäre er vor vorangegangenen Schweinigeleien sicher. Er würde die Bettwäsche wechseln.

Anton L. ging in den Salon. Auch hier machte er die Fenster auf, die, anders als im Schlafzimmer, auf die Anakreon-Straße hinausgingen. Unten stand sein Wagen. – ›Mein‹ Wagen, habe ich gedacht, dachte Anton L. Dabei gehört er dem Derendinger, auch wenn der entmaterialisiert ist. Oder gehörte ihm, der immer Besitz gescheut hatte, jetzt die ganze Stadt – oder überhaupt alles? –

Es kam nun Anton L. zugute, daß er in der Zeit seiner Tätigkeiten bei den verschiedenen Reisebürounternehmen eine solide praktische Ausbildung im Reisen erhalten hatte. Reisebüroangestellte dürfen naturgemäß nie in der Hauptsaison verreisen, dann müssen sie nämlich für die anderen Reisenden da sein. Aber in der ›toten Saison‹ im späten Frühjahr oder im Herbst bekommen sie Gutscheine und Vergünstigungen von Hotels, Schlafwagen- und Fluggesellschaften und werden mit gutem Grund von den Hoteliers verwöhnt. Anton L. hatte das ausgenutzt, nicht bei Fa. Kühlmann (der alte Kühlmann hatte die Gutscheine entweder für sich selber verbraucht oder unter der Hand an Stammkunden verkauft), aber bei *Santihanser*. Es waren das alles in allem etwa vier Jahre gewesen, und die Zeit war mit einer Periode von außerordentlichem Sexualdrang bei Anton L. zusammengefallen. Eigentlich waren es zwei Perioden: eine längere, sozusagen flachere, in der er sich wenigstens für ein paar Stunden in die jeweilige Dame verliebt hatte, und eine kürzere, eruptive, in der sein Sexualdrang fast das Ausmaß der Derendingerischen Leidenschaft für den Fußball erreichte. Anton L. waren damals alle Bordelle in Europa und Nordafrika geläufig. In manchen genoß er schon Rabatt. Im übrigen konnte er sich dieses Steckenpferd leisten, weil er für Fahrt und Unterkunft fast nichts zu zahlen brauchte. So kannte er auch die Hotels, und alle Hotels sind sich ähnlich. Mit wenig Mühe fand er daher in den ›Drei Königen‹ die Kammer mit der Bettwäsche. Er nahm eine Garnitur, überzog das Bett in der Suite Nr. 22 neu. Die alte Bettwäsche samt dem schwarzgoldenen Schlafanzug des letzten Gastes warf er zum Fenster hinaus.

Pfeivestl hatte der letzte Gast geheißen. Anton L. fand die Brieftasche mit den Ausweisen. Hans Erhardt Pfeivestl, geb. 4. 1. 1919 in Treuchtlingen, Fabrikant. In den Schränken hingen Herrn Pfeivestls Anzüge. Es mußte sich um einen untersetzten, ziemlich dicken Herrn gehandelt haben. Sechzehn zum Teil grellfarbige Krawatten hingen im Schrank. – Offenbar, dachte Anton L., hat man in Treuchtlingen keinen Geschmack. Er warf auch die Krawatten zum Fenster hinaus. Die Sonne brannte schon wieder in die Straße. Kein Lufthauch bewegte das bunte Knäuel, das jetzt unter dem Fenster neben der alten Bettwäsche lag. In der Häuserfront gegenüber öffnete sich ein Durchblick auf einen kleinen, etwas niedriger gelegenen Platz. Dort stand ein Brunnen. Das Wasser lief. Anton L. war hundertmal durch die Anakreon-Straße gegangen, aber den Brunnen, der da wohl auch immer gelaufen war, hatte er nie plätschern hören. Jetzt drang das Plätschern des Brunnens bis hier herauf. Eine Katze lag im Schatten des Brunnens und schlief.

VIII

Die Hof-Wachszieherei

Für diesen Abend hatte Anton L. vorgesorgt. Er wollte zunächst eigentlich gar nicht gleich im Hotel bleiben, aber dann beschloß er, diesen Erkundungsausflug, der ihn hierhergeführt hatte, als den konsequentesten Umzug seines Lebens zu betrachten und gar nicht mehr in die hommerische Wohnung zurückzukehren. (Er tat es später dann doch noch einmal.) Es wäre viel zu viel Mühe gewesen, die ganzen Lebensmittel, die er dort aufgehäuft hatte, die drei Stockwerke wieder herunterzuschleppen und hierher zu transportieren, zumal, wie er sich überzeugt hatte, die Vorratsräume des Hotels wohlgefüllt waren. Er hatte im großen Speisesaal gegessen, nachdem er sich in der Hotelküche ein Menü gekocht hatte. (Das Gas kam immer noch.) Im Speisesaal war an achtzig Tischen für – Anton L. zählte es – zweihundertsechsundsechzig Personen gedeckt. Im kleinen Speisesaal standen fast ebensoviel Frühstücksgedecke. Die Mühe des Abspülens machte sich Anton L. nicht. Das Geschirr, das er gebraucht hatte, warf er zum Fenster hinaus, und abends setzte er sich, nachdem er wieder gekocht, an das nächste Gedeck. Ein paar Häuser weiter war ein feines Herrenausstattungsgeschäft. Anton L. holte sich dort am Nachmittag, als die Hitze nicht mehr so drückend war, einen Schlafanzug (aus Seide, Rot in Rot mit großen Blumen gemustert, 120 Mark) und ein paar Taschentücher. Wichtiger war das Waffengeschäft, das daneben lag. Er schlug auch dort mit einer Eisenstange, die er im Hotel gefunden hatte, die Scheibe ein, erschrak zunächst, als eine, wahrscheinlich mit Notaggregat betriebene Sirene zu heulen begann, holte sich aber dann ein Jagdgewehr und vor allem eine Gebrauchsanweisung dafür. In der Gebrauchsanweisung stand die genaue Bezeichnung der Patronen, die für das Gewehr vorgesehen waren. Anton L. nahm zwei Schachteln davon mit.

Wieder in seinem Salon in der Hotel-Suite, studierte er die Gebrauchsanleitung, lud das Gewehr und schoß zum Fenster hinaus. Der Schuß hallte durch die stille Straße, brach sich an den Häuserfronten. Scharen von Vögeln flogen auf. Anton L. schoß gleich noch einmal. Jetzt hielt er auf die Auslagscheibe einer Bank. Wieder krachte der Schuß, die Scheibe zersplitterte; auch hier heulte eine Alarmanlage auf. Noch einmal schoß Anton L., diesmal auf ein Fenster weiter oben. Er verfehlte. Ein Querschläger surrte. Anton L. schoß und schoß. Die Alarmsirene der Bank hatte noch nicht ausgeheult, als Anton L. schon die zwei Schachteln verschossen hatte. Im Haus gegenüber hatte er nur drei Scheiben im fünften Stock verfehlt. Der Schweiß rann ihm von der Stirn. Man glaubt nicht, wie anstrengend Schießen ist. Anton L. lief ins Waffengeschäft, packte dort alle Patronenschachteln von der richtigen Sorte in eine Jagdtasche und schoß dann daheim sofort weiter, bis das Gewehr heiß wurde. Im Umkreis von 200 Metern war jede Fensterscheibe zerschossen, die in Anton L.s Schußfeld lag. Nur eine Scheibe eines Mansardenfensters in einem Eckhaus hatte Anton L. immer wieder verfehlt. Er gab ihr lächelnd und gnädig eine Frist. –

Ein Ingenieur oder sonst ein technischer Fachmann

hätte sich mit Hilfe der Notaggregate, die offenbar in einigen Geschäften, vielleicht in allen Banken und wohl auch in den Krankenhäusern und Museen die Alarmanlagen betriebsbereit hielten, eine elektrische Stromquelle verschafft, die womöglich monatelang ausgereicht hätte, solange bis – ja, wie lange? Aber dazu fehlten Anton L. die Voraussetzungen technischer Kenntnisse und Fertigkeiten.
Es war eine Tatsache, daß auf einen Schlag, in der Nacht vom 25. auf den 26. Juni, vermutlich gegen halb zwei Uhr, alle Menschen zumindest dieser Stadt verschwunden waren, alle bis auf Anton L. Das Phänomen war unerklärlich, ließ aber die schon erwähnte Möglichkeit logischerweise offen, daß alle ebenso schlagartig wiederkehrten. Durfte Anton L. das wünschen? Hatte er sich nicht schon als Erbe der ganzen Stadt aufgespielt? Was würde Herr Hommer zu der zerschlagenen Glastischplatte sagen? Derendinger zu dem entwendeten Wagen, der nun einen eingedrückten Kotflügel hatte? Und die Leute, die in der Anakreon-Straße wohnten, denen er die Fensterscheiben zerschossen hatte? Noch lagen Herrn Fabrikanten Pfeivestls Krawatten unversehrt auf der Straße, aber der nächste Wind würde sie fortwehen, der nächste Regen fortspülen. Was würde Herr Pfeivestl sagen, wenn er sich (vermutlich nackt, denn sein Pyjama lag ja auch unten bei den Krawatten) neben den vielleicht gerade schlafenden Anton L. in das Bett zurückmaterialisiert, oder auf ihn, quer über ihn? – Wenn das Eine Rätselhafte passieren konnte, dann konnte in Zukunft alles passieren.
Anton L. beschloß, Herrn Pfeivestls Krawatten und Pyjama wieder heraufzuräumen und das Bett im Zim-

mer an eine andere Stelle zu rücken. Das würde zwar bedeuten, daß Herr Pfeivestl im Falle der Rückmaterialisation mit einem Plumps auf den Teppich fallen würde, aber das war Anton L. verständlicherweise lieber, als wenn der fette, kleine Fabrikant aus Treuchtlingen splitternackt mit ihm, Anton L., verflochten erneut zur Welt käme. Ungehalten wäre Herr Pfeivestl so und so, rechnete sich Anton L. aus, der vom Reisebüro her die Gesinnungsart auch der Fabrikanten kannte, aber er könnte wenigstens wegen der Krawatten nichts sagen. Aber alles in allem: Es wäre einfacher, wenn sie – sie: alle anderen – nicht mehr wiederkämen, die Notaggregate nicht reichen würden, selbst dann, wenn Anton L. sich ihrer bedienen könnte. Anton L. beschloß, sich an Kerzen zu halten. Er schulterte das Gewehr und holte sich welche aus einem Wachsziehergeschäft an der Residenz.

Es war ein schöner und milder Abend. Der Himmel war noch hell und bis auf ein paar eher freundliche Streifen im Westen wolkenlos. Das Gewitter hatte die Luft soweit abgekühlt, daß die Hitze auch im Lauf des sonnigen Tages nicht mehr die Stärke von vorher erreicht hatte. Zum ersten Mal bemerkte Anton L., als er, das Gewehr geschultert, durch die Straßen schritt, daß die Stadt nicht stumm geworden war. Die Stadt war fast so laut wie vorher, als sie von Menschen wimmelte, aber es waren andere, fremdartige Laute. So fremdartig (oder so natürlich), daß Anton L. sie zunächst gar nicht wahrnahm. Als sein Bewußtsein sich diesen neuen Geräuschen erschloß, war es, als ob man eine dichte Tür zu einem lärmenden Saal aufgerissen hätte. Der Schwall von unzähligen Geräuschen stürzte auf Anton L. ein, daß er erschrak. Fast noch mehr aber er-

schrak er darüber, daß er sofort wußte: er habe die Geräusche vorher schon wahrgenommen, ohne daß sie den Weg vom Ohr ins Gehirn gefunden hatten. Grillen zirpten, Hunde heulten oder hundeähnliche Tiere (Wölfe?), Nachtvögel begannen ihr Krächzen, es flatterte und huschte. Aber auch Geräusche, von denen Anton L. nicht wußte, woher sie kamen, zogen durch die anderen Geräusche wie geheimnisvolle Adern: Knacksen und Bersten, Knirschen, Reiben, Zischen, Knarren von Holz, und ein leises Surren lag über allem, das von oben, vielleicht von den abkühlenden Dächern kam. Solche Geräusche, dachte Anton L., hört man nur, wenn man allein ist. Es ist die Symphonie der Einsamkeit – nein, zu hoch gegriffen: die Sinfonietta.
Es war noch viel zu hell, um sich zu fürchten. Anton L. ging aber doch rasch vorwärts. Ein alter Kurfürst saß auf dem großen Platz und steckte seine eiserne Hand aus. Zwei Knaben standen zu Seiten seines Thrones und trugen Krone und Szepter. Eine Schar von Mäusen lief über den Platz und verschwand hinter dem Denkmalsockel. Da sie auf der anderen Seite nicht mehr hervorkam, nahm Anton L. an, daß sie in dem Sockel ihre Wohnung hatte.
Die Wachszieherei lag hinter dem Denkmal. Der Kurfürst drehte seinem ehemaligen Hoflieferanten (es stand noch Hof-Wachszieherei über dem Laden) den eisernen Rücken zu. Ohne große Umstände schlug Anton L. mit dem Schaft seines Gewehres die Scheibe ein und stieg hinein. Auch dabei merkte Anton L. eine Veränderung: ob er in die Wohnung der Frau Schwarzenböck eingedrungen war oder in die Läden in der Wasserträger-Straße, in die Wohnung, in die er vor dem Bären geflohen war, oder ins Hotel – immer war er ein we-

nig – erschrocken ist fast zu viel gesagt: er hatte seinen Atem ein wenig fester gefaßt, um nicht zu erschrecken, weil *niemand* da war. Noch in dem Hotel hätte es ihn nicht gewundert, trotz allem, wenn der Portier doch von hinten in seine Portiersloge getreten wäre. Hier, beim Hof-Wachszieher, wäre er erschrocken, wenn *jemand* im Laden gewesen wäre. Er erwartete nicht mehr, auf einen anderen zu stoßen.
Im übrigen war nichts – fast nichts – Besonderes an dem Hof-Wachszieher-Laden. Anton L. suchte sich ein paar schöne, große Kerzen aus, die lang brennen würden, und steckte sie in seine Jagdtasche. Als er durch die Scheibe wieder hinaussteigen wollte, sah er einen Brief innen an der Tür liegen. Es war ein einfaches, weißes Kuvert, das offenbar nach dem letzten Ladenschluß unter der Tür durchgeschoben worden war. Es hatte den Adressaten nicht mehr erreicht. Anton L. hob das Kuvert auf. Es war zugeklebt. Auf der Vorderseite stand ›Für L. Viele Grüße, E.‹
– Für L. – *Er* hieß L., Anton L. Aber vielleicht hieß auch der Hof-Wachszieher oder einer seiner Angestellten L. (Wir verwenden für Anton L. die Abkürzung L-Punkt, das soll, wie jeder weiß, bedeuten, daß er einen Namen – einen recht langen Namen übrigens – führte, der mit L. anfing. Auf dem Kuvert stand aber tatsächlich nur L-Punkt.)
– Und wer war E.? Dagmar hatte E. geheißen. Anton L. steckte den Brief zu den Kerzen in die Jagdtasche. – Auf den Postämtern müssen ja noch Tausende von Briefen liegen. Ob ich einmal in ein Postamt gehe und die Briefe aufmache und lese? Wahrscheinlich ist das weniger interessant, als man fürs erste meint – Anton L. blieb vor der Auslage eines Hutgeschäftes stehen.

Zwischen mehr oder weniger ausgefallenen Hüten stand separat auf einem Ständer, wohl mehr Dekorationsstück als Verkaufsobjekt, ein karierter Deerstalker, jene Mütze mit hinten und vorne einem Schild und seitlich herabklappbaren Ohrenschützern, die aber nach oben gebunden werden können, jene Kopfbedeckung, in der praktischer Sinn ins Bizarre überschlägt, die Mütze, die Sherlock Holmes trug. Anton L. schlug, ohne zu zögern, das Schaufenster ein und nahm den Deerstalker heraus. Er paßte. Anton L. schaute in die andere Auslagscheibe des Hutgeschäfts, die nicht zerschlagen war und noch den großen Platz, den alten Kurfürsten, die Residenz und jetzt auch Anton L. spiegelte. Er hatte nie einen Deerstalker getragen, ja, er hatte nie die Möglichkeit in Erwägung gezogen, einen Deerstalker zu tragen, obwohl er natürlich von der allerdings fernen oder ehemaligen Existenz solcher Deerstalker gewußt hatte. Es war wie eine Weihe. Anton L. sah seinen bärtigen Kopf (er hatte sich seit Dienstag nicht mehr rasiert, warum hätte er es sollen?) und darauf den karierten Deerstalker. Es war ihm, als nähme er sich etwas heraus. Es war ihm, als sei ihm ein Traum in Erfüllung gegangen, den er noch nicht einmal zu träumen gewagt hatte. Und über dem Deerstalker vergaß er den Brief, den er eigentlich hier draußen gleich hatte lesen wollen. –

Der leichte, warme Wind war aufgekommen, noch ehe Anton L. wieder im Hotel war. Er hatte noch einen kleinen Umweg zur größten Buchhandlung der Stadt gemacht. Zwar war gleich gegenüber dem Hotel eine kleine Buchhandlung, aber Anton L. wollte sicher sein, ein bestimmtes Buch zu finden. Er hatte das Buch einige Tage vor dem Ereignis (vor der Katastrophe? oder schlicht: *davor?*) zu lesen angefangen. Es lag mit einem Lesezeichen etwa zwischen Seite 34 und 35 auf dem Stuhl, der neben dem Kopfende des Bettes im hommerischen Untermietzimmer stand und als Nachtkästchen diente. Anton L. hatte allen Ernstes überlegt, ob er nicht zur hommerischen Wohnung zurückfahren und das Buch holen sollte. Es ist schwer genug, mit der Lektüre eines Buches anzufangen. Ein ungelesenes Buch sträubt sich mitunter gegen das Gelesenwerden. Der ungelesene Inhalt stemmt sich über die erste Seite hinaus dem Leser entgegen. Man muß den Widerstand brechen (es gibt auch andere, sozusagen feile und geile Bücher, die den Leser ansaugen; ob das die besseren sind, ist noch die Frage), man muß eine Bresche schlagen, das Vertrauen der ersten Seiten gewinnen, die dann, wenn sie einmal beruhigt und mit ihrem Schicksal, gelesen zu werden, zufrieden hinter einem liegen und einem den Rücken stärken, den Leser den weiter hinten liegenden Seiten als harmlos und ungefährlich weiterempfehlen. Und wenn man einmal die Mitte des Buches überschritten hat, fühlt man sogar einen leisen Druck in den Rücken. Die letzten Kapitel, die letzten Seiten weichen zurück, zur Seite, das Buch will den Leser nach hinten loswerden, verdaut haben oder absondern, so daß es sich wieder schließen und seine Wunde vernarben kann. In einem anderen Exemplar des gleichen Buches, das man angefangen hat, weiterzulesen, ist fast unmöglich. Da sträuben sich die schon gelesenen, aber eben in *diesem* Exemplar nicht gelesenen Seiten von vorn und zwingen den Leser mit dieser nahezu allmächtigen Zange förmlich aus dem Buch hinaus. Deswegen wollte Anton L. das Buch aus der hommerischen Wohnung holen, aber dann war es ihm

doch zu umständlich und nicht zuletzt zu gefährlich, denn wer weiß, was für nächtliche Tiere inzwischen in dem Haus dort ihr Unwesen trieben. Um sicher zu sein, das gleiche – sonst nicht sehr verbreitete – Buch zu finden, beschloß Anton L., den Umweg zur großen Buchhandlung zu machen. Er mußte in der Buchhandlung schon eine Kerze anzünden, fand aber bald das gewünschte Buch. Er nahm noch ein paar andere mit, soviel neben seinen Kerzen in der Jagdtasche Platz hatten. Dabei stieß er wieder auf den Brief, aber die Neugierde hatte ihn verlassen, es war eine träge Neugierde gewesen, die es nur zu dem einen, allerdings heftigen Ansprung gebracht hatte und dann von dieser Anstrengung erlahmt war. Anton L. steckte den Brief ungeöffnet wieder in die Jagdtasche zurück.
Der leichte, warme Wind war stark genug gewesen, die Krawatten und den schwarzgoldenen Seidenpyjama des Herrn Fabrikanten Pfeivestl auseinanderzuwehen und über die ganze Breite der Anakreon-Straße zu verteilen. Das Bettzeug war schwerer, war nicht verweht.
– Wahrscheinlich kommt er doch nicht mehr zurück, dachte Anton L. und ließ die Krawatten und den Pyjama liegen.
Er aß eine Kleinigkeit im Speisesaal, ging dann hinauf, goß die Pflanzen im Korridor und zog sich in seinen Salon zurück. Er verteilte die Kerzen im Raum und zündete sie an. Er öffnete ein Fenster, so daß der milde, freundliche Wind, der angenehm roch, in das Zimmer konnte, ohne daß es zog. Die Kerzen flackerten ein wenig. Anton L. schlug das Buch auf.
Aber nach und nach gelangte ich hinaus und ging los, Schrittchen für Schrittchen, inmitten von Bäumen ... Er las vier Seiten ... Mir steht nun der Auszug, der Kampf

und vielleicht die Wiederkehr bevor, diesem Greis, der ich heute abend bin … Marianne trat hinter der Kerze, die auf einer Kommode stand, in den Salon, obwohl dort keine Tür war; der älter ist, als mein Vater je gewesen, und älter, als ich je sein werde. Wieso verträgt Marianne *dieses* Kleid. War es ein Kleid? War ihr Körper nicht nur bemalt? mit satten Farben, in die Goldflitter gemischt waren? Nein, es war ein Kleid, man sah es an den Falten zwischen den Beinen, denn es war ein langes Kleid, aber es war ein sehr dünnes Kleid, lag eng an wie ein Strumpf, wurde zusehends dünner, während Mariannes Brüste und ihr Schoß von innen zu glühen begannen: zwei rote glühende Punkte an den Brüsten und ein golden glühendes Büschel am Schoß; wie ein Lampion. Der Wind wurde stärker. Bei jedem Windstoß glühten die Brüste und der Schoß wie angefachtes Feuer auf. Das Kleid hatte sich noch mehr verflüchtigt. Es wirkte nicht einmal mehr wie Farbe auf der Haut, es wirkte, als wäre ein Diapositiv eines Farbphotos auf die Haut projiziert. Die Glut erfaßte Anton L. Auch er begann zu glühen, speziell in der Lendengegend. Das Fenster schlug zu. Anton L. wachte auf.

– Jetzt sind die Krawatten endgültig weg, dachte er sich. Das ist ja fast ein Sturm. Er schloß das Fenster, löschte alle Kerzen aus bis auf eine und ging ins Bett. Wie er grad im Begriff war, auch die letzte Kerze auszublasen, fiel ihm der Brief ein. Er stand noch einmal auf und holte ihn aus der Jagdtasche.

›L.‹ bedeutete ›Ludwig‹. Es schien sich um einen Familiennamen zu handeln, denn der Schreiber des Briefes redete den Empfänger per ›Sie‹ an.

»Lieber Ludwig, ich täusche mich diesmal nicht: Was wir suchen, gibt es. Vielleicht bin ich morgen schon so-

weit. Geben Sie mir schnell den Anscheg zurück, nicht später als $^{1}/_{2}$10. Es grüßt Sie Ihr C.«
– Was ist ein *Anscheg*? Der Schreiber des Briefes hieß C. Der, der den Gruß außen auf das Kuvert geschrieben hatte, also E., war wohl der Überbringer gewesen.
– Was ist ein Anscheg? Der Brief war mit der Hand geschrieben, sehr flüchtig, offenbar in Eile. Hieß das wirklich *Anscheg*?

IX

Kleiner Papst, halb bloßfüßig

Daß am nächsten Tag schlechtes Wetter war, konnte Anton L. schon vom Bett aus sehen, denn er hatte die Vorhänge nicht zugezogen. Aus Gewöhnung hatte er am Abend zuvor zwar nach den Vorhängen gegriffen, um sie vors Fenster zu ziehen, aber dann war ihm eingefallen, wie unsinnig das wäre. Vor wem sollte er sich verbergen? Er ließ den Vorhang los, aber der Entschluß, die Vorhänge offen zu lassen, war ihm doch unangenehm, erschien ihm nicht ganz freiwillig. Warum soll ich meine Gewohnheiten ändern, auch wenn ich allein auf der Welt bin? Er erkannte in sich ein großes Gefühl etwa der Art, wie ihm Luther durch das Wort Ausdruck verliehen hatte: Und wenn ich auch wüßte, daß morgen die Welt untergeht, würde ich doch heute noch einen Baum pflanzen. Als Anton L. daraufhin wieder nach dem Vorhang griff, ärgerte er sich darüber, daß er an ein so untergeordnetes Problem so ausdrückliche Gedanken und Gefühle verschwendete. Außerdem war jenes Wort, wie man inzwischen weiß, nicht von Luther. Jetzt, dachte er, wo die Welt wieder einfach werden kann, zählt nur das Praktische. So ließ er den Vorhang offen und sah heute morgen schon vom Bett aus den wolkenverhangenen Himmel. Seine Uhr aufzuziehen, hatte er wieder vergessen. Die Uhr zeigte ungefähr halb drei. Anton L. stand auf, öffnete ein Fenster und schaute hinaus. Nach dem Sonnenstand konnte er heute die Zeit nicht bestimmen, aber er hatte das Gefühl, es sei eher früh. Er stellte die Uhr auf sieben und zog sie auf.

Es hatte zu regnen aufgehört, aber überall auf der Anakreon-Straße stand Wasser. Herrn Pfeivestls Krawatten lagen in den Lachen. Direkt unter dem Fenster, neben Derendingers Auto, schlürften drei Schweine aus dem Rinnstein.

– Woher kamen diese Schweine? Wahrscheinlich sind die Haustiere weit weniger domestiziert, als wir meinen. Sie werden nicht durch Stangen und Riegel in ihren Käfigen und Ställen gehalten, sondern durch ihre Bequemlichkeit und Trägheit, durch die tausend Generationen lange Gewöhnung. Wenn es aber darauf ankommt – wie jetzt –, brechen vielleicht doch die Schweine (und Kühe natürlich auch und Pferde und Hühner) die Gatter auf und entkommen in die Freiheit, an die sie sich durch den Speck der Jahrtausende erinnern. Ob auch die Tiere im Zoologischen Garten aus den Käfigen entkommen konnten? Nashörner waren Anton L.s Lieblingstiere. Es hatte eine Zeit gegeben, da war er jeden Tag in den Tierpark gegangen und hatte die Nashörner beobachtet. Meist standen sie im Gras wie aus Zement gegossen. Daß sich ihre anatomische Form für ein Lebewesen eigne, war Anton L. immer schon erstaunlich vorgekommen. Sie haben langgezogene Köpfe, elegant durchgebogen, wie ein Schiff, wie eine Barke mit einem spitzen, hochragenden Bug; die Augen an einer Stelle, von wo aus man nach menschlichem Ermessen nichts sehen kann. Setzt sich das Nashorn, nachdem es lang wie aus Zement gegossen dagestanden hat (man vermißte unwillkürlich einen plan in die Erde eingelassenen Sockel an der Stelle), langsam

in Bewegung, so verschieben sich die starren Teile seiner Oberfläche gegeneinander, und die Bewegung der Beine wirkt lediglich wie ein dynamisches Abfallprodukt der gewaltigen Kraft, die in dem Koloß dampft und stampft. Ob die Nashörner die Freiheit gefunden haben? Ihr großes Freigehege war von dem Weg mit den Besuchern nur durch einen betonierten Graben getrennt. Daß dieser lächerliche Graben ein ernsthaftes Hindernis für ein Nashorn sein könnte, hatte Anton L. noch nie geglaubt. Er war sicher, daß die Nashörner sich gerettet hatten. (Es war wohl zu gefährlich, in den Tierpark zu gehen und nachzuschauen.)
Die drei Schweine suhlten sich ein wenig, dann kam ein Rudel Hunde. Die Schweine liefen davon. Die Hunde kläfften, verfolgten aber die Schweine nicht weiter, weil sie von den Essensresten abgelenkt wurden, die Anton L. gestern zusammen mit dem Geschirr aus dem Fenster des Speisesaals geworfen hatte. Nun knurrten sich die Hunde gegenseitig an, weil keiner dem anderen gönnte, die Teller abzuschlecken.
– Es ist nicht ausgeschlossen, daß die Hunde die Stadt zu tyrannisieren begonnen haben, dachte Anton L. Man weiß, daß es gerade in dieser Stadt schon immer viel zuviel Hunde gegeben hat.
Anton L. holte sein Gewehr und zielte auf einen enorm fetten Schäferhund. Der Schuß krachte. Der Schäferhund machte einen Satz, drehte in der Luft einen Salto, fiel wieder aufs Pflaster und streckte alle viere von sich. Die anderen Hunde des Rudels stoben auseinander, aber nur auf ein paar Sprünge, dann blieben sie stehen, drehten sich um und duckten sich lauernd. Anton L. lud nach und zielte auf einen großen, rötlichen Hund, der auf der anderen Straßenseite stand. Wieder krachte

der Schuß, der Hund jaulte auf, ein Blutschwall schoß aus seinem Maul, er machte ein paar Sprünge und verschwand um eine Hausecke. Die anderen Hunde fielen sofort über ihn her. Die ganze Meute geriet aus Anton L.s Schuß- und Blickfeld, nur ein wütendes Bellen und Jaulen war zu hören. Ein dunkelbrauner Dackel hatte auch zur Rotte gehört. Er hatte sich nach dem ersten Schuß irgendwohin seitlich verkrochen und kam jetzt, da die anderen fortliefen, auch wieder hervor. Er lief quer über die Straße der Rotte nach. Anton L. schoß. Der Dackel blieb stehen, zitterte ein wenig, ließ Wasser und fiel dann um. Er sank zusammen, als würde Luft aus ihm entweichen.
Im Foyer hatte sich eine Katzenfamilie niedergelassen. Die Katze saß mit drei Jungen in einem Fauteuil, das sie schon völlig aufgekratzt hatten. Ein riesiger, stahlfarbener Kater mit Angoraeinschlag schärfte sich die Krallen am Teppich. Als Anton L. herunterkam, zog sich der Kater unter einen Couchtisch zurück. Die Katze fauchte und sträubte die Haare.
– Draußen ist es ihnen zu naß, dachte Anton L. Aber wie sind sie hereingekommen? (Später entdeckte er das offene ebenerdige Fenster in der Telephonvermittlung.)
Anton L. bereitete sein Frühstück. Er kochte sich Kaffee und öffnete eine Büchse mit Fleischwurst. Beim Essen fielen ihm die Katzen wieder ein. Er öffnete noch eine Büchse Fleischwurst und stellte sie im Foyer auf den Teppich.
– Hoffentlich war der betonierte Graben nicht doch unüberwindlich für die Nashörner. Womöglich sind sie in den Graben gestolpert und hängen in dieser Falle, haben sich ein Bein gebrochen – können sich Nashörner Beine brechen? Vielleicht haben sie gar nicht ver-

sucht, aus ihrem Gehege zu entkommen, weil ihnen das Gras, das dort wächst, vorerst reicht? Vielleicht weiden sie aber schon am Fluß?

– Wenn nicht *er*, dachte Anton L., sondern zum Beispiel der alte Mann, der ab und zu bei Hommers geläutet und gebettelt hatte, von dem ›Ereignis‹ verschont geblieben wäre …

Herr Hommer hatte den Bettler stets fortgejagt, aber Frau Hommer gab ihm immer etwas, wenn ihr Mann nicht da war. Es hatte sich insofern um einen besonderen Bettler gehandelt, als er sich vorzustellen pflegte, bevor er um eine milde Gabe bat. Bei der Auswahl der Namen, mit denen er sich vorstellte, war er nicht sehr phantasievoll. Er bevorzugte ›Müller‹, ›Meier‹, höchstens, daß er sich einmal zu ›Schneider‹ oder ›Richter‹ verstieg. Der Vorname allerdings blieb immer gleich: Konrad.

Konrad Müller oder Meier war groß und hager, hatte ein außerordentlich sanftes Gesicht und eine fast noch sanftere Stimme. Er trug einen sehr langen, dunkelgrauen Staubmantel, den er im Winter mit Zeitungspapier ausfütterte. Immer trug er ein, zwei Einkaufsnetze mit sich und eine sehr alte Aktentasche, bei der eins der beiden Schlösser ausgerissen war. Die Aktentasche hatte früher, so Konrad Müller oder Meier, einen Gurt gehabt, den man zuschließen konnte. Er hatte einmal – das erzählte er alles Frau Hommer, wenn der Mann nicht da war – diesen Gurt aus den Schlaufen der Tasche entfernt, als ihm seine letzten Hosenträger gerissen waren. Er zog den Gurt durch die Gürtelschlaufen seiner Hose. Er paßte, aber er ließ sich nur durch Zusperren schließen. Jetzt fürchte er ständig, sagte Konrad Müller oder Schmidt, daß er bei dringenden Gelegenheiten den Schlüssel nicht gleich finde – Frau

Hommer riet ihm, den Schlüssel an einem Band um den Hals zu tragen.
Nachdem Herr Hommer pensioniert und so gut wie immer zu Hause war, ging es Konrad Richter oder Schulz um soviel schlechter, wieviel ihm Frau Hommer früher immer gegeben hatte.
»Solche Gauner sind heimliche Millionäre«, sagte Herr Hommer. Anton L. glaubte es nicht, denn er fand den Bettler einmal unter der Brücke schlafend. Der Bettler sprang auf und lief davon, obwohl ihm Anton L. nachrief, daß er ihm nichts tue.
Ob Konrad Richter oder Schulz überhaupt bemerkt hätte, daß alle, außer ihm, verschwunden waren? Zum Beispiel, wenn er gerade einen erfolgreichen Bettelgang hinter sich gebracht hatte, eingekauft, sich mit Vermouth – die Flasche zu 80 Pfennig – eingedeckt hatte und unter der Brücke lag, wo ihn jetzt erst recht niemand störte, ob ihm da das Rattern der Straßenbahn, das unter der Brücke dröhnende Geräusch der fahrenden Autos gefehlt hätte? Wenn man den Vermouth, die Flasche zu 80 Pfennig, trinkt, geht einem nichts mehr ab. Anton L. kannte dieses brutale Getränk. Es hatte Zeiten gegeben, wo ihm Brennspiritus zu fad erschienen war. Selbst dann vermochten ihm zwei oder drei Flaschen Vermouth zu 80 Pfennig einen Rausch zu vermitteln. Das Erwachen allerdings war apokalyptisch – er glaubte von schleimigen roten und schokoladebraunen Fratzen umgeben zu sein, die ihn mit kaltem Interesse beobachteten. Das Erwachen kam einer Alkoholentziehungskur gleich, und schon deswegen war in Anton L.s alkoholischen Perioden der Vermouth zu 80 Pfennig die Flasche die letzte Station. Aber man kann sich an die roten und schokoladebraunen Fratzen gewöhnen. So-

weit Anton L. Konrad Richter oder Schneider beobachtet hatte, hatte er sich an die Fratzen gewöhnt, sich womöglich mit ihnen angefreundet. Und so wäre er vielleicht aufgewacht, als ein in den Auen des Flusses weidendes Nashorn unter der Brücke Schatten in der Mittagshitze gesucht (oder suchen Nashörner keinen Schatten? einen Sonnenstich können sie ja wohl schwerlich bekommen, Anton L. hatte gesehen, daß ein Nashorn reglos in der prallen Sonne stand – die Hitze dringt wohl nicht durch die Panzer, aber wenn Schatten da ist, geht vielleicht auch ein Nashorn aus der Sonne) und den schlafenden Konrad Meier oder Schneider gefunden und mit seinem Horn sanft angestoßen hätte. Da wäre dann wohl der Bettler mit einem Schrei in die Höhe gefahren – ein Nashorn war noch nie unter den Fratzen des Erwachens gewesen – und wäre, bevor noch das Nashorn Zeit zum Staunen oder zum Angriff gehabt hätte, die Böschung des Flußbettes hinaufgelaufen. Vielleicht immer noch laut schreiend wäre er dann durch die Straßen gerannt – das Nashorn hätte ihn inzwischen längst vergessen gehabt und hätte schon wieder gegrast –, hätte an jeder Tür gerüttelt, an der er vorbeikam, hätte erst nach zwei Dutzend verschiedenster Haustüren und Ladentüren bemerkt, daß es unerklärbar war, warum alle bei hellem Tag verschlossen waren und warum kein Mensch unterwegs war.
Ein Mensch wie Konrad Richter oder Huber, der ganz allein und mehr oder weniger immer auf der Hut vor irgend etwas ist, bezieht alles auf sich. Er hätte also in der Tatsache, daß weit und breit kein Mensch zu sehen war, eine Mahnung zur Vorsicht gesehen. Daher wäre er zunächst womöglich noch vorsichtiger geworden, als er es unter Leuten war. Er wäre dicht an den Häuserwän-

den durch die Straßen des ihm bekannten und vertrauten Stadtviertels gegangen oder geschlichen: vielleicht die Lodolska-Straße, die auf der einen Seite ein Park begrenzt, dann aber immer enger und ärmlicher wird und nach einer Bahnunterführung auf die Konkourgi-Straße stößt, wo ein ganz anderes Stadtviertel beginnt, oder er wäre an der Abenceragen-Straße abgebogen, wo das große Freibad ist und eine Gärtnerei. In beiden wäre auch kein Mensch gewesen. Das Freibad hätte Konrad Huber oder Schmidt natürlich nicht interessiert, aber in die Gärtnerei wäre er vielleicht eingestiegen, weil er Hunger gehabt hätte. Das Schaufenster eines Ladens einzuschlagen hätte er nicht gewagt, aber aus der Gärtnerei hätte er sich schon einen Rettich und ein paar Karotten geholt. – Nein, dachte Anton L., eigentlich doch nicht. Konrad Meier oder Schmidt hatte ein so sanftes und ehrliches Gesicht. So ein Mensch schlägt nicht nur keine Schaufensterscheibe ein, der überklettert auch keinen Zaun, um einen Rettich oder ein paar Karotten zu stehlen. Konrad Müller oder Schmidt hätte nur eins getan, nachdem ihm klar geworden wäre, daß er allein auf der Welt war: er wäre verzweifelt. Alles andere wäre ihm als Unrecht erschienen. Konrad Müller oder Schmidt wäre verhungert, weil er das geborene Opfer war, sanft wie das Lamm, an dem die Welt, zynisch bis zum Schluß, ihre brutale Bosheit ausläßt.

– Anders natürlich, dachte Anton L., wenn zum Beispiel der Papst der einzige Überlebende gewesen wäre, der Papst zu Rom … Anton L. kannte Rom (allerdings hauptsächlich die römischen Bordelle, er war in jener Periode dort gewesen), aber natürlich wußte er so wenig vom Privatleben des Papstes wie die überwältigende Mehrzahl der Menschen. Der Papst lebte im

Vatican. (Oder war er Ende Juni schon in Castel Gandolfo?) Es hieß, er würde von Nonnen bedient. Anton L. stellte sich vor, wie Seine Heiligkeit, Paulus VI. Montini, am letzten Dienstag, einem vermutlich auch in Rom strahlend schönen Morgen, aufgewacht wäre und vergeblich nach der Nonne geschrien hätte. Wann stand der Papst auf? Es hieß immer, er arbeitete ungeheuer viel für die katholische Christenheit und stehe schon um fünf Uhr auf. Von allein wacht kein Mensch um fünf Uhr auf. Da muß man geweckt werden. Wahrscheinlich hatte der Papst in seinem karg möblierten Schlafzimmer, das mit nichts als ein paar Fresken von Raffael geschmückt ist, keinen Wecker. Den Wecker hatte die Nonne vom Dienst. Sie stellte ihn auf $^{1}/_{2}5$ und weckte Seine Heiligkeit um Schlag 5, keine Sekunde früher, keine Sekunde später. Wenn aber an jenem 26. Juni der Wecker um $^{1}/_{2}5$ umsonst im Zimmer der diensthabenden Nonne geläutet hätte, weil die Nonne nicht mehr da war, so hätte niemand den Papst geweckt, und er wäre erschrocken im Bett hochgefahren, weil schon das grelle römische Sonnenlicht durch die Vorhangspalten auf die Fresken des Raffael spielte. Eine Armbanduhr hat er ja wohl, der Papst, und auf die hätte er geschaut und festgestellt, daß es – sagen wir – viertel nach acht war. Fluchen würde der Papst wohl nicht, aber ein dunkles Runzeln der Braue hätte sich wohl über sein Gesicht hingezogen, wenn er auf den Knopf gedrückt hätte – so etwas gab es sicher –, der drüben im Zimmer der Nonne eine Glocke auslöste. Aber auch die Glocke hätte umsonst geläutet ... Nein, gar nicht geläutet, der Strom war ja weg, auch in Rom. Bis hierher dürfte sich alles mit ziemlicher Sicherheit so abgespielt haben, wie es sich Anton L. ausmalte. Aber wie wäre es weitergegangen? Das ist schwer zu sagen. Daß Paul VI. sich denkt: jetzt ist es schon Wurst, und sich wieder aufs Ohr legt, ist recht unwahrscheinlich. Er wäre wohl aufgestanden und hätte versucht, über das Telephon, das ja sicher in seinem Zimmer war, den Monsignore oder Sekretär oder was derjenige Geistliche eben ist, der den persönlichen Haushalt des Papstes unter sich hat, zu erreichen. Aber das Telephon wäre nicht mehr gegangen. Ob sich dann der 270. Inhaber des Stuhles Petri seinen Morgenmantel übergeworfen hätte und in seine (mit einem Kreuz geschmückten?) Pantoffeln geschlüpft und nachschauen gegangen wäre? Immerhin wäre es ja nicht ausgeschlossen, daß der Papst Hunger bekommen hätte. Sicher gab es in der Nähe der päpstlichen Gemächer eine kleine Küche. Dorthin hätte sich – vorausgesetzt, er wußte, wo sie war – der Papst vielleicht gewandt. Er wäre in seinem Morgenmantel und den mit Kreuzen bestickten Hausschuhen (das weiße Papst-Käppi auf dem Kopf, ohne das kann man sich ihn gar nicht vorstellen; er trägt es entweder auch im Schlaf, oder er setzt es automatisch auf, sobald er aufwacht) durch die hallenden, marmornen Labyrinthe des Vatican-Palastes geirrt, hätte zwar die Küche gefunden, aber da wäre ihm der Hunger schon wieder vergangen gewesen, weil er auf dem ganzen Weg keiner Menschenseele begegnet wäre: keiner Nonne, keinem Kardinal, keinem Monsignore, keinem Schweizergardisten, niemandem. Er hätte sich das natürlich überhaupt nicht erklären können. Ab und zu hätte er zu einem Fenster hinausgeschaut. Die vaticanischen Gärten und überhaupt der ganze Vatican sind immer eher still und menschenleer, aber der Petersplatz – so verlassen hätte ihn der Papst noch nie gesehen, dabei

wäre es noch nicht die Mittagsstunde gewesen, wo die Sonne unerträglich in den Marmorkessel des Petersplatzes brennt und die Italiener Siesta machen.
Niemand wäre auf dem Platz gewesen, auch unter Berninis Kolonnaden, wo Schatten ist, kein Tourist, kein Carabiniere, kein Bettler wäre dort gesessen. Die beiden Springbrunnen plätscherten, sonst war kein Leben auf dem Platz. Der Pontifex Maximus lief weiter. In einem Korridor in der Nähe der Kapelle Nikolaus' V. verlor der Papst unter einem Fresko, das Martyrium der heiligen Amönia darstellend (von Vasari? Pinturicchio? Ignazio Stern?), einen Hausschuh. Da der Papst auf Teppichen ging, merkte er den Verlust erst auf der steinernen Treppe (unter der spätrömischen Kopie des Diskuswerfers von Myron), lief aber weiter, versuchte, einen Lift zu holen – der funktionierte nicht mehr –, eilte Stiegen hinunter, durchquerte leere Höfe, die Vignola, Baldassare Peruzzi, Bramante oder Antonio Sangallo der Jüngere erbaut hatten, und stand zuletzt in der Peterskirche. Ein kleiner Papst, halb bloßfüßig, verschnaufte unter der unbegreiflich monumentalen Kuppel Michelangelos. ›TU ES PETRUS …‹ steht in Mosaiklettern auf einem Schriftband zu lesen, das innen um den Kuppelring geht: ›… ET SUPER HANC PETRAM EDIFICABO ECCLESIAM MEAM …‹ Paul VI. zog den einen Fuß, an dem er keinen Pantoffel trug, in die Höhe. Der Boden war kalt. ›… ET TIBI DABO CLAVES REGNI COELORUM.‹ Zwar war jetzt die Weltbevölkerung zu 100 % römisch-katholisch, aber es war dem Papst, als laste nunmehr buchstäblich das Gewicht dieser ungeheuren Kirche auf ihm, laste nicht nur – als müsse er es balancieren, als habe sich die Pyramide der Hierarchie umgekehrt –
Anton L. war katholisch; um genauer zu sein: er war

römisch-katholisch getauft, auch so erzogen, und hatte einmal eine Periode heftiger und tiefer Frömmigkeit durchgemacht (kurz vor der ersten Alkohol-Periode). An die Gebräuche der römisch-katholischen Kirche erinnerte er sich deutlich, aber in einer Messe war er schon lang nicht mehr gewesen.

– Wenn eine Stadt von dieser Größe, dachte Anton L. (er meinte nicht Rom, er meinte die Stadt, in der er lebte), menschenleer wird und doch bewohnbar bleibt, könnte das nicht unbemerkt bleiben. Es ist also anzunehmen, daß die ganze übrige Welt auch verwaist ist. Bin ich dann Petrus? Die Apostolische Sukzession, also die ununterbrochene Segenskette von bischöflichen Weihehandlungen von den Aposteln bis auf Paul VI. herauf, der ja wohl nicht halbbarfuß in der Peters-Basilika steht, sondern spurlos verschwunden ist wie alle anderen bis auf Anton L., diese Apostolische Sukzession wäre nicht unterbrochen, wenn man meine Firmung, dachte Anton L., die ich von meinem Bischof empfangen habe, nachträglich umdeutete in eine Bischofsweihe. Das kanonische Recht sieht vermutlich den Fall nicht vor, aber wenn es eine Not-Taufe gibt, so ist auch eine Not-Priesterweihe denkbar ... Aber abgesehen davon – ich gehöre der Alleinseligmachenden an, und da niemand außer mir ihr angehört, weil es außer mir niemanden mehr gibt, bin ich ja wohl das Oberhaupt dieser Kirche. Papst Anton. Nein – seit anderthalb Jahrtausenden hat jeder Papst bei seiner Erhebung einen neuen Namen angenommen. Soll ich mich Pius XIII. nennen? Johannes XXIV.? Leo XIV.? Wieviel Benedikte hat es gegeben? 15 oder 16? Gregore? Anton L. beschloß, bei Gelegenheit in der Buchhandlung ein historisches Werk über die Päpste zu holen.

X

Es ist schwierig, Sonja zu fangen

Anton L. war nicht unpraktisch, trotz all seiner närrischen Angewohnheiten und merkwürdigen Perioden. Er war zwar nicht praktisch im Sinn von handfertig – technische Begabung hatte er gar keine –, aber er war zumindest zeitweilig von praktischer Gesinnung. Das kam vielleicht von seinem Zug zur Selbstanalyse. Diese Selbstanalysen waren ein fester Bestandteil, eine Institution in Anton L.s Leben, und zwar ständig seit etwa dem vierzehnten, vielleicht sogar zehnten Lebensjahr. Es gab zweierlei Selbstanalysen (auch das hatte Anton L. analysiert): die spontane und die vorsätzliche nannte er sie. Die spontane Selbstanalyse war bei Anton L. nicht anders als bei anderen – ehemaligen – Menschen, die hie und da über sich nachgedacht hatten. Aus irgendeinem Anlaß versucht man zu ergründen, warum man dies oder das getan oder nicht getan hat oder warum einem heute wohl und gestern weh war. Eine Anton L.sche Seelenbesonderheit war die vorsätzliche (auch genüßliche) Selbstanalyse. Sie war von längerer Hand vorbereitet. Ihr Gegenstand – immer selbstverständlich ein Teilaspekt der an Problemen reichen Persönlichkeit Anton L.s – wurde tagelang vorher festgelegt, gegebenenfalls wurde Material gesammelt. Allmählich kristallisierte sich ein günstiger Zeitpunkt heraus (etwa: Sonntag früh im Bett), und wenn dann die Stunde kam, versenkte sich Anton L. wohlig in die

Betrachtung seiner Seele, was oft zu einem fast rauschhaften und danach zu einem entleerten, aufgeräumten und angenehm erschöpften Zustand führte. Zuweilen konnte es sich Anton L. nicht versagen, nach einer kurzen Pause der Erholung die ganze Analyse verknappt und darum konzentriert in einem zweiten Gedankendurchgang noch einmal vorzunehmen, was ihm häufig fast noch größeren Genuß verschaffte als das erste Mal. Seit Anton L. allein war, hatte es keine vorsätzliche oder Genuß-Analyse gegeben, aber selbstverständlich ein paar spontane. Eine hatte sich mit Anton L.s Gesundheitszustand befaßt. Man erinnert sich, daß Anton L. am Vormittag des 26. Juni ein bedrohliches Grollen seines Sonnengeflechts wahrgenommen hatte. Normalerweise hätte sich das zu einer Sonnengeflechtsschwellung ausgewachsen, die womöglich infolge der warmen Witterung acht Tage oder vierzehn Tage angehalten hätte. Aber es war nichts gekommen. Das Sonnengeflecht und auch die übrigen zahlreichen Krankheitsherde in Anton L.s Körper verhielten sich ruhig. Die diesbezügliche Analyse ergab den ersten Zweifel, der ihn jemals hinsichtlich der Natur und dem Ursprung seiner Krankheiten angekommen war. Der horrende Gedanke nämlich schlich sich in Anton L's Bewußtsein: daß er nämlich *gesund* ist. Anton L. brach an dieser Stelle sofort die Selbstanalyse ab.
Eine andere spontane Selbstanalyse war wichtiger: Anton L. erkannte, daß er sich, wollte er sich vor Schaden, vor innerer Verwilderung in seiner gegenwärtigen Lage schützen, eine Aufgabe verordnen müsse. (Einen ›Geschäftsplan‹, sagte er. Der Finanzangestellte steckte tiefer in ihm, als man glauben mochte.) Das Ergebnis der Selbstanalyse war zweifellos richtig und erwies die

eingangs genannte praktische Gesinnung Anton L.s, die er trotz aller Sonderlichkeiten hatte.
Bevor Anton L. den Geschäftsplan für die nächsten Tage ausarbeitete, rechnete er: der Montag, der letzte Tag vor dem rätselhaften Verschwinden der übrigen Erdbewohner, war der 25. Juni gewesen, Dienstag war der 26., den Mittwoch hatte er verschlafen; das Abenteuer mit dem Bären war dann vermutlich am Donnerstag gewesen, das war der 28.; am 29. war er hierher übersiedelt, das war gestern, also war heute Samstag, der 30. Anton L. überlegte auch kurz die Möglichkeit, daß er zwei Tage im Rausch verschlafen hatte; dann wäre heute Sonntag, der 1. Juli. Er entschied sich aber dann doch für den 30. Er nahm einen Filzstift, den er unter der Hinterlassenschaft des Herrn Pfeivestl gefunden hatte, und schrieb das Datum, für das er sich entschieden hatte, im Salon an eine Stelle auf die hell gemusterte Tapete zwischen den beiden Fenstern. Daneben schrieb er: Hunde geschossen. (Nach ein paar Tagen nahm Anton L. einen großen Abreißkalender aus der Portiersloge mit herauf und benutzte ihn hinfort, ohne allerdings das knappe Tagebuch an der Wand aufzugeben. Der Abreißkalender in der Portiersloge zeigte den ›26‹. Entweder hatte also der Tagportier schon am 25. bei Dienstschluß den Kalender für den nächsten Tag ›gestellt‹, oder ein pedantischer Nachtportier hatte um Mitternacht – weniger als zwei Stunden, bevor er sich entmaterialisierte – das Blatt ›25‹ abgerissen.)
Der ›Geschäftsplan‹ sah konzentrische Kreise vor. Anton L. wollte zunächst das Hotel gründlich erforschen, dann die Straßen um das Hotel, später die nächstangrenzenden Straßen usw. Mit der nötigen Vorsicht

wollte er sich dann – in ein paar Wochen – mit Hilfe des Derendingerschen Autos die nähere und soweit möglich die weitere Umgebung der Stadt ansehen. (Der ›Geschäftsplan‹ wurde sehr bald schon durchkreuzt, angereichert, kann man auch sagen; die konzentrischen Kreise wurden durch radiale Tätigkeit durchschnitten; aufgegeben hat Anton L. den ›Geschäftsplan‹ eigentlich lange Zeit nicht, ausdrücklich beiseite gelegt hat er ihn nie.)

So betrat Anton L. noch vor dem Mittagessen den ersten Kreis seines ›Geschäftsplanes‹. Er ging durch alle Korridore, besichtigte Wirtschaftsräume, Küchen, Vorratslager, hie und da auch ein Zimmer für Gäste, obwohl ihn das eigentlich weniger interessierte. Eine kurze spontane Selbstanalyse ergab: er hatte immer noch Scheu davor, auf die Reste, also die zurückgelassenen Kleidungsstücke der verschwundenen Bewohner, zu stoßen. Die Sachen blieben für ihn etwas wie Leichen. Das Gefühl steigerte sich, als er in einem Lift unter einem Smokinghaufen eine Beinprothese fand. Der Fund gab aber auch Aufschluß über einen Moment der Katastrophe. Die Entmaterialisation mußte augenblicksschnell gekommen sein, denn die Prothese steckte im Spalt der Lifttür, die dadurch nicht ganz schloß. Aus der Lage des Smokings und eines Stockes – eines Ebenholzstockes mit Silbergriff – war zu schließen, daß der Prothesenträger eben im Begriff gewesen sein mußte, aus dem Lift zu steigen. Mit dem Prothesenbein war er schon durch die Tür hinausgetreten. Dann mußte es ihn blitzartig entmaterialisiert haben, denn Teile der Kleidung lagen noch im Lift. Ein Monokel war ein Stück weiter unter eine nun vertrocknete Palme gerollt. Das Monokel mußte dem Mann mit der Prothese gehört haben, andere Kleider waren sonst nicht auf dem betreffenden Korridor – es sei denn, dachte Anton L., es habe sich eine Boulevardkomödie hier abgespielt und ein nackter Mann mit Monokel habe sich hinter der Palme versteckt.

Eine andere, nicht grauenvolle, eher mitleiderregende Entdeckung machte Anton L. nach dem Mittagessen – (er kochte sich eine Gulyassuppe und machte sich, eine eigenwillige Zusammenstellung, eine Dose Champignons dazu auf; die Pilze aß er mit Essig und Öl; danach warf er das Geschirr wieder zum Fenster hinaus) – in einem Souterraintrakt, der auf einen Zwischenhof hinausging. In einem großen Raum standen gut drei Dutzend Käfige, in denen halbverhungerte und völlig verängstigte Hasen hockten. Wahrscheinlich war für das Menü vom 26. oder einen der folgenden Tage Hasenbraten vorgesehen gewesen. Anton L. öffnete die Käfige. Nur sehr langsam wagten sich die Tiere heraus. Einige waren so schwach, daß Anton L. sie herausheben mußte. Verendet war keines der Tiere, im Gegenteil, eine Häsin hatte Junge geworfen. Zunächst dachte Anton L. daran, ein paar Dosen mit Karotten aufzumachen und das Gemüse hier auszustreuen, dann aber kamen ihm Bedenken. Vielleicht schadeten den Hasen Dosenkarotten. Er öffnete die Tür zum Zwischenhof und dort das Tor zu dem recht großen Garten. Der Garten – umgeben von Mauern und auf der einen Seite von niedrigen Gebäuden, die schon nicht mehr zum Hotelkomplex gehörten – war sichtbar nicht für Gäste gedacht, eher als Aufenthaltsort für Personal. Ein großer Teil war Gemüsegarten. Die Hasen witterten sehr bald den Weg in die frische Luft und hoppelten ins Grüne, wo sie sich sogleich über die aufgeschossenen

Salatköpfe hermachten. Da fiel Anton L. Sonja ein. Das war die erste radiale Durchkreuzung der konzentrischen Kreise des ›Geschäftsplanes‹. Anton L. holte das Gewehr, setzte seinen Deerstalker auf und fuhr mit dem Derendingerschen Auto in die hommerische Wohnung in die Faniska-Str. 2.

Es trafen ihn keine Überraschungen. Die Straßen, durch die er fuhr – er nahm den kürzesten Weg –, waren natürlich still und immer noch nicht viel anders als an einem frühen Sonntagvormittag der scheinbar längst vergangenen Zeiten, in denen noch andere Menschen gelebt hatten. Hie und da in Straßen mit Kopfsteinpflaster glaubte Anton L. wieder den grünen Schimmer ganz zarter Grassprossen zwischen den Steinen wahrzunehmen. An einigen Stellen der Asphaltstraßen waren Löcher oder Risse aufgeplatzt. Tiere waren kaum zu sehen. Einmal stieß Anton L. auf ein Rudel von Hunden. Er hielt, aber ehe er sein Gewehr vom Rücksitz genommen hatte, waren die Hunde schon davongelaufen. Allerdings sah er viele Vögel, und an der Brücke kurz vor der Faniskastraße stand ein Reh, das, als es das Auto herankommen hörte, kurz verhoffte und dann durch die Büsche brach, die am Hang zum Fluß hinunter standen.

Das Haus war still. Anton L. ging vorsichtig hinein, das Gewehr in Anschlag, aber es hatte sich offensichtlich nichts eingenistet. Die hommerische Wohnungstür hatte Anton L. damals zugeschlossen. Er mußte aufsperren. Es roch dumpf und staubig, auch ein wenig faulig. (Vielleicht waren einige der Vorräte, die Anton L. aufgestapelt hatte, verfault.) Sonja lebte noch. Sie saß regungslos auf ihrem Stein und schaute tangential an Anton L.s Kopf vorbei.

– Ja … wie sollte Anton L. das Vieh transportieren? Er versuchte den Käfig zu heben. Es war ihm nicht möglich; kein Gedanke daran, das Tier mit dem Käfig die drei Stiegen hinunter zum Auto zu tragen. In der Küche hingen ein Einkaufsnetz der entmaterialisierten Frau Hommer (deren Astralatome jetzt vielleicht durch ferne Milchstraßen wieselten) und eine große Einkaufstasche. Anton L. nahm das Netz und wollte es Sonja überstülpen. Sonja floh mit einem ruckartig-blitzschnellen Sprung in ihre Höhle unter dem großen Stein. Anton L. wollte ganz schlau sein. Er spannte das Einkaufsnetz mit viel Mühe vor die Höhle und klopfte hinten gegen den Stein. Sonja kam nicht. Er klopfte fester. Das Tier dachte nicht daran, herauszukommen. Anton L. griff zu einer weiteren List. Er nahm die sechzehneckige Wasserkanne, füllte sie mit Wasser und goß es langsam durch das Netz in die Höhle. – Das kann dem Tier nicht schaden, dachte Anton L., ist ihm aber vielleicht doch so unangenehm, daß es herauskommt. Es war dem Tier unangenehm. Während Anton L. die Kanne zum zweiten Mal füllte, schoß es aus seiner Höhle heraus, riß das Netz aus seiner Verankerung und sprang – Anton L. hatte den oberen Deckel des Glaskäfigs offen gelassen – auf den Fußboden heraus. Auf dem ungewohnt glatten Linoleum-Boden der hommerischen Veranda rutschte es aus, zappelte (alles blitzschnell), rappelte sich hoch und war unter der Sitzkommode, oder wie man das Möbel sonst nennen soll, verschwunden.
Anton L. drehte das Wasser ab und legte sich flach auf den Boden. Der Leguan hatte den Kopf in die hinterste Ecke gedrückt und atmete schwer und aufgeregt. Das Schwanzende konnte Anton L. mit der Hand errei-

chen. Er ergriff vorsichtig das Schwanzende. Sonja rührte sich nicht. Er zog sacht am Schwanz. Der Leguan ließ sich über das auch unter der Sitzkommode glatte Linoleum ziehen. Anton L. hatte ihn schon fast ganz heraußen, als Sonja wieder einen ruckartigen, erstaunlich gewaltigen Schlenker mit ihrem Körper machte und in die Küche schoß. Anton L. sprang nach. Der Leguan war weg. Anton L. suchte die ganze Küche ab. Sonja war nicht zu finden. Anton L. suchte noch einmal. Da die andere Küchentür (zum Gang hin) geschlossen war, mußte Sonja irgendwo in der Küche sein. Anton L. schaute unter alle Küchenmöbel, in den Küchenschrank, sogar ins Bratrohr und in den Müllkübel. Sonja war nicht da. Als Anton L. sich auf den ehemals hommerischen Küchenhocker setzte, um über das Rätsel nachzudenken, sah er, daß Sonja in die große Einkaufstasche geflohen war, die er auf den Boden gestellt hatte. Anton L. zog den Reißverschluß zu und trug das Tier hinunter zum Auto. Wie er schon unten war, fiel ihm ein, daß Sonja ersticken könnte. Er ging also noch einmal hinauf und holte eine Schere. Im Hinaufgehen kam ihm dann der brandstifterische Gedanke. Er überlegte, ob irgend etwas von seinen Sachen rettens- oder mitnehmenswert wäre. Es fiel ihm nichts ein – doch, eine mit sozusagen besonderer Sorgfalt verwaschene Strickjacke aus grauer Wolle. Er beschloß aber, auch auf diese Jacke zu verzichten, um den ›totalen Umzug‹ nicht letzten Endes doch in Frage zu stellen. Er betrat sein Zimmer gar nicht mehr, steckte nur die Schere ein und zündete den Vorhang im Wohnzimmer an. Zündhölzer fand er unterm Gasherd. Das Feuer züngelte rasch in die Höhe. Anton L. lief die Stiegen hinunter, fuhr mit dem Ex-Derendinger-Auto etwas in die nächste Querstraße hinein (in eine Einbahnstraße in die verkehrte Richtung), aber nur so weit, daß er das Haus Nr. 2 nicht aus den Augen verlor. Während er äußerst vorsichtig in die Einkaufstasche ein paar kleine Luftlöcher schnitt, beobachtete er das Fenster des hommerischen Wohnzimmers. Anfangs drang feiner, hellgrauer Rauch aus den Fensterritzen, dann gar nichts mehr. Nach etwa einer halben Stunde wurde es Anton L. zu langweilig. Er nahm sein Gewehr. Schon mit dem zweiten Schuß traf er die Scheibe. Ein Schwall hellgrauen Rauches entwich, dann nichts mehr. Dem Feuer war es, scheint's, nicht gelungen, genügend Nahrung zu finden. Einen neuen Brand zu legen, stand Anton L. nicht dafür. Es war ohnedies nur so eine Laune. Er schaute noch ein paar Minuten hinauf, dann legte er das Gewehr wieder auf den Rücksitz, stellte die Einkaufstasche mit Sonja dazu und fuhr zurück ins Hotel. In einer Straße, die Löwengraben hieß, lief ein Rudel Hunde vor dem Auto über die Straße. Anton L. gelang es, einen Hund zu überfahren. Sonst war auch diese Fahrt ohne Überraschungen.

Im Hotel hatte Anton L. natürlich keinen Glaskäfig für Sonja. Er beschloß deshalb, Sonja das seiner Suite gegenüberliegende Doppelzimmer Nr. 14 einzuräumen. In dem Zimmer hatte ein Ehepaar aus 's-Gravenhage in den Niederlanden mit Namen Cuypers genächtigt. (Anton L. fand die Pässe in dem entsprechenden Fach in der Portiersloge.) Die Herrschaften Cuypers waren am 25. angereist und hatten vor, bis 29. zu bleiben. Herr Cuypers hieß Philip und war 56, Frau Cuypers hieß Margriet und war 41 Jahre alt gewesen. Herr Cuypers hatte eine Vorliebe für karierte Anzüge, Frau Cuypers hatte fast ausschließlich braune Sachen getragen.

Nur das so gut wie völlig durchsichtige bodenlange Nachthemd der Frau Cuypers war goldgelb. Ein sehr merkwürdiger Fund beschäftigte lange noch Anton L.s Gedanken. In Mynheer Cuypers' Bett lag ein aus Rohr geflochtener Teppichklopfer. Ein versehentlich vom Personal im Bett liegengelassenes Instrument, das der am Abend des 25. vielleicht todmüde Herr Cuypers nicht bemerkt hatte? Oder ein abwegiges erotisches Utensil?
Noch vor dem Abendessen räumte Anton L. alles, was Sonja seiner Meinung nach stören werde, aus dem Zimmer, die Kleider, das Bettzeug, die Toilettesachen (oder störten die Sachen eher ihn, Anton L.?) und warf sie aus dem Fenster des Zimmers Nr. 14 in einen Zwischenhof, wo sie auf dem Glasdach der Küche liegenblieben. In dem hommerischen Glaskäfig hatte Sonja Kies gehabt. Nicht weit von dem Platz, wo Anton L. den Hund überfahren hatte, erinnerte er sich, war eine Baustelle. In einer Zinkwanne, die so groß war, daß sie in Derendingers engem Wagen kaum Platz hatte, holte Anton L. Kies von dieser Baustelle, dreimal. Es war keine Arbeit mehr, es war schon eine Schinderei, denn die Zinkwanne voll Kies war schwer. Aber Anton L. nahm das auf sich, er wollte dem Tier die gewohnte Umgebung bieten. Er häufte in der Mitte des Zimmers Nr. 14 einen flachen Kegel von Kies auf. Es war weit mehr Kies, als Sonja im hommerischen Glaskäfig gehabt hatte. In den folgenden Tagen brachte Anton L. dann noch gelegentlich Steine und Äste mit, die er im Zimmer verteilte. Sonja wußte es nicht zu schätzen. Sie hielt sich fast immer nur unterm Bett auf.
Anton L. war rechtschaffen müde, als er sich – recht spät – zum Abendessen in die große Speisehalle setzte.

Dennoch machte er danach, es war schon ganz dunkel, einen Spaziergang um den Häuserblock, von dem das Hotel und seine Nebengebäude mehr als die Hälfte einnahm. Das dichte Netz von geheimnisvollen nahen und fernen Geräuschen – knarzende Scharniere eines nächtlichen Lebens – hatte sich schon über die Stadt gesenkt. Anton L. hatte natürlich sein Gewehr mitgenommen, es begegnete ihm aber keine Gefahr, wenn auch zahllose Schatten durch die Nacht huschten und flatterten. Er nahm den für morgen (nach ›Geschäftsplan‹) vorgesehenen konzentrischen Kreis kursorisch vorweg. Er stieß dabei auf einen kleinen, aber sehr exquisiten Laden, der nur Spirituosen und Süßigkeiten führte, und auch das nur – Anton L. sah die Preisschilder im Licht der Taschenlampe, die noch aus jenem Funkstreifenwagen in der Medeastraße stammte – der feinsten und teuersten Sorten. Anton L. kam, obwohl er nicht wenig gegessen hatte, ein Heißhunger an oder, besser gesagt, eine heiße Gier. Er wühlte in den Regalen und nahm zwei enorm große Schachteln Pralinen mit und eine Flasche Himbeergeist der Marke Schladerer. Noch im Laden aß er zwei Dutzend Marzipankartoffeln und drei Frösche aus Marzipan, die offen (aber unter Cellophan) auf einem Tablett standen.
Im Hotel zündete Anton L. wie gestern abends in seinem Salon die Kerzen an, und während er in einem Buch über die römischen Päpste las, das er nachmittags aus einer Buchhandlung geholt hatte, an der er bei der Rückfahrt mit Sonja vorübergekommen war, aß er den Inhalt beider Pralinenschachteln auf und trank knapp die Hälfte des Himbeergeistes, worauf ihm die verewigte oder vielmehr entmaterialisierte Margriet Cuypers in ihrem durchsichtigen goldgelben Nachthemd

erschien. Sie stand zuckend wie eine Kerzenflamme auf einer Zinkwanne mit Kies, blähte sich – im Traum erschien das dem Anton L. sehr erotisch –, bis das Nachthemd platzte und ergoß sich als elektrisierende Masse über den heftig erregten Anton L., der danach allerdings aufwachte, weil ihn – diesmal wohl echte – Magenkrämpfe befallen hatten.

Anton L. lag auf dem Teppich im Salon seiner Suite. Die Kerzen waren heruntergebrannt bis auf eine, die auch schon fast am Erlöschen war. Er stellte neue Kerzen auf, schlich gekrümmt im Salon herum, versuchte sich auf das Sofa hinzulegen, bekam noch stärkere Magenkrämpfe davon, probierte alle möglichen Stellungen aus und fand die momentan günstigste Stellung heraus: auf dem Bauch im Sessel mit dem Kopf nach unten, die Beine straff nach hinten oben ausgestreckt. Lang hielt Anton L. das nicht aus, aber danach war das Magendrücken etwas besser.

Nun ging Anton L. im Salon auf und ab. Er nahm das Buch über die römischen Päpste zur Hand und las im Gehen, legte es aber dann weg, nahm das Buch von gestern abend, las einen Absatz und legte es auch weg. Dabei fiel der Brief heraus, den er gestern in der Hof-Wachszieherei gefunden hatte.

Er hob den Brief auf und entfaltete ihn wieder. »Lieber Ludwig, ich täusche mich diesmal nicht: Was wir suchen, gibt es. Vielleicht bin ich morgen schon soweit. Geben Sie mir schnell den …« hier kam das Wort, das Anton L. rätselhaft erschienen war, es war nicht rätselhaft, es hatte sich nur, da der Brief mit der Hand und offensichtlich schnell und vielleicht auf ungeeigneter Unterlage geschrieben war, dem Lesen widersetzt. Jetzt widersetzte es sich nicht mehr. Das Wort hieß ›Aus-

weis‹. – »Geben Sie mir schnell den Ausweis zurück, nicht später als $^1/_2$10. Es grüßt Sie Ihr C.«
Anton L. beschloß, Herrn Ludwig, C. und den Ausweis in die konzentrischen Kreise des ›Geschäftsplans‹ mit einzubeziehen. Die Magenkrämpfe hatten aufgehört. Anton L. legte sich ins Bett. Er wendete einige erotische Phantasien hin und her, die sich auf Frau Cuypers bezogen, die, klein und prall wie eine afrikanische Bergziege herumhopste, im gold-durchsichtigen Nachthemd, Herr Cuypers mit dem Teppichklopfer hinterher.

XI
Vollbad in Frosinone

Die Schönwetterperiode war noch vor Mitte Juli zu Ende gegangen. Auch der August blieb regnerisch und eher kühl. Im Hofgarten, der nicht weit hinter dem Hotel am Rand des alten Stadtkerns lag und schon sehr bald zu einem konzentrischen Kreis in Anton L.s ›Geschäftsplan‹ gehörte, stand das Gras kniehoch. An vielen Stellen wucherte üppiges Unkraut. Der Fluß war einmal für ein paar Tage über die Ufer getreten und hatte sogar die Anakreonstraße knöchelhoch überschwemmt. Vielleicht war ein Stausee drinnen im Gebirge wegen des vielen Regens übergelaufen, weil niemand mehr seinen Abfluß regulierte. Viele Wasservögel waren gekommen. Herrn Pfeivestls Krawatten waren endgültig dahin.

Der Fluß – der danach klar geworden war wie ein Bergbach – hatte Schlamm in den Straßen zurückgelassen. Es dauerte keine zwei Wochen, dann wuchs auch hier Unkraut. Am Fluß bildete sich schon etwas wie Gestrüpp, und an der Kuppel der Hofkirche war ein kleiner Baum gewachsen. In einer Nacht gegen Ende August – Anton L. schreckten Geräusche schon längst nicht mehr – dröhnte ein kurzer, heftiger Knall durch die Anakreonstraße, gefolgt von anhaltendem Poltern. Als er am nächsten Tag nachschauen ging, stellte er fest, daß eine Häuserzeile in einer engen Gasse nahe dem Fluß eingestürzt war. Offenbar hatte die Überschwemmung die Fundamente untergraben.

Bereits Ende Juli hatte Anton L. – mittlerweile ein geübter Schütze – keine zweihundert Schritt vom Hotel entfernt einen Wolf erlegt. Lästiger waren die Ameisen, vor denen Anton L. den Rest der Pralinen und Schokoladen aus dem exquisiten Süßwarenladen ins Hotel in Sicherheit bringen mußte.
Sonja gedieh prächtig. Sie bevorzugte zwar immer noch die Dunkelheit unterm Bett als Aufenthaltsort, saß aber hie und da auch auf den Steinbrocken und Ästen, die ihr Anton L. mitgebracht hatte. Am liebsten aß Sonja Kirschkompott, von dem zum Glück eine große Menge in den Vorratsräumen des Hotels vorhanden war. Anton L. machte ihr alle zwei Tage ein Glas oder eine Dose auf.
Am 29. August (nach Anton L.s Zeitrechnung), einem Mittwoch, sagte Sonja, als ihr Anton L. am Vormittag die Kirschen brachte, sehr deutlich: »Danke.« Anton L. schüttelte sich wie unter einem Guß und sagte laut: »Wie bitte?« Das Tier schaute aber wie immer haarscharf tangential an seinem Kopf vorbei.
Die Katzenfamilie im Foyer brauchte Anton L. nicht zu ernähren. In den Kellern gab es Mäuse genug. Die Hasen hatten sich weitum, bis hin an den Hofgarten verbreitet. Als Anton L. nach der Überschwemmung an den Fluß ging, sah er in dem klaren Wasser große Forellen schwimmen. Das brachte ihn auf den Gedanken, sich in dem Jagdgeschäft, das auch Angelgeräte führte, eine Angel und ein Lehrbuch des Angelns zu holen. Es widerstand ihm ein wenig, den Wurm auf den Haken zu spießen, aber er fing schon beim ersten Mal einen Fisch, den er dann in der Hotelküche briet. Selbstverständlich war ihm längst der Gedanke gekommen, sich einen Braten zu schießen, aber das ließ sich

ungünstig an. Voreilig erlegte er ein Schwein, das das Gras abweidete, das zwischen den Pflastersteinen um das Denkmal des Kurfürsten dort an der Hof-Wachszieherei wuchs. Er wußte dann mit dem Schwein nichts anzufangen. Vielleicht habe ich zu hoch gegriffen, dachte sich Anton L. Er schoß danach mit einer Schrotpatrone auf eins der verwilderten Haushühner, die sich in nicht unansehnlicher Zahl in den Straßen entlang dem Fluß herumtrieben. Hier scheiterte Anton L. daran, daß er das Huhn nicht zu rupfen verstand. Er versuchte es mit Federn zu braten, was aber so entsetzlich stank, daß er das Huhn mitsamt der Pfanne zum Fenster hinauswarf. Dann jagte er nichts mehr außer den Hunden. Schon im Juli hatte er begonnen, eine Schußliste zu führen. Ende August erlegte er den vierhundertsten. Die Hundekadaver, die Anton L. immer an Ort und Stelle liegen ließ, waren dann meist schon am nächsten Tag verschwunden. Nur die Knochen bleichten in dem wuchernden Unkraut, das an manchen Stellen von unten her den Asphalt sprengte. –

In den ersten Septembertagen wendete sich das Wetter. Es wurde wieder warm, fast sommerlich, wenngleich unverkennbar da und dort ein Baum sich zu verfärben begann.

Am 4. September – nach Anton L.s Zeitrechnung, es mochte also auch der 3. oder 5. gewesen sein – stand nach dem ›Geschäftsplan‹ die kurfürstliche Residenz zur Erforschung an. Anton L. hatte sich recht gewissenhaft an seine konzentrischen Kreise gehalten, hatte dabei noch mehrere Süßwarenläden, zwei weitere Wachsziehereien und, was wichtiger war, noch ein Jagd- und Waffengeschäft entdeckt. Es hatte in den beiden vergangenen Monaten auch radiale Ausflüge gegeben, von denen weiter unten die Rede sein wird und muß, die mit jenem Brief an den Herrn Ludwig zusammenhingen. Ziemlich genau (ein geheimes Zeichen?) zu dem Zeitpunkt, als die kurfürstliche Residenz in Anton L.s ›Geschäftsplan‹ anstand, führte auch das Ergebnis der radialen Ausflüge und Ermittlungen ebendorthin zurück.

Ein großes, schweres Tor, mit Bronze beschlagen, war in die grünlichen Quader der Hauptfront des Residenzpalastes eingelassen. Im großen Tor war eine Tür; auch sie noch ziemlich groß. Sie war zugesperrt. Anton L. vermochte die Tür nicht aufzubrechen, obwohl er inzwischen eine gewisse Fertigkeit im gewaltsamen Türenöffnen hatte. Die großen, mit breiten Fugen gegeneinander abgesetzten Quader machten es aber leicht, zu einem der hochgelegenen Parterrefenster hinaufzuklettern. Anton L. schlug eine Scheibe mit dem Gewehrkolben ein und öffnete es dann von innen.

Jede Stadt bewahrt – wenn es ihr nicht durch wilde Reformatoren verwehrt wird – Kerne von Zeitlosigkeit. Wer mit offenen Augen für derartige Denkmäler durch eine Stadt wandert oder sich gar mit der Geschichte einer Stadt befaßt, weiß so etwas. Die Kerne können größer oder kleiner sein, es kann ein Eckstein eines Hauses sein oder die Krypta eines Domes. Daß hier diese kurfürstliche Residenz – ein Konglomerat aus in-, über- und nebeneinander aufgeführten Jahrhundertschichten – ein riesiger, fast unübersehbarer Block von Zeitlosigkeit war und lange Zeit schon gewesen war, fiel Anton L. schlagartig ins Bewußtsein, als er von dem hohen Fensterbrett in den Saal sprang. In den wenigen Wochen hatte sich das Bild der ganzen Stadt, soweit Anton L. herumgekommen war, geändert. Die Natur hatte breite und tiefe Schneisen und Breschen in die Stadt geschlagen, selbst da, wo Anton L. es nicht für möglich oder nicht für so schnell möglich gehalten hätte. Hier die kurfürstliche Residenz war von dieser Entwicklung unberührt. Hier war alles geblieben, wie es war. Ein Greis verändert sich nicht mehr, auch nicht als ein Robinson.

Der Raum, in dem Anton L. nun stand, gehörte zum klassizistischen (dem jüngsten) Teil der Residenz. Der Raum war ohne ein einziges Möbelstück. An drei Wänden befanden sich kolossale Wandgemälde. Überlebensgroß drängten sich muskulöse Schönlinge in Blondhaar, bis zur Unanständigkeit füllige Damen und feiste Rösser umeinander herum. Man hatte den Eindruck, der Künstler habe mehr darstellen wollen, als der (nun zwar eigentlich recht reichlich vorhandene) Platz erlaubte. Hie und da überragte ein Reiter das Gewimmel, und gelegentlich brach sich gegenläufig gegen die Bewegung aller edlen und reinen Blondlinge ein düster blickender Finsterling Bahn. Nicht wenige der dargestellten Herren verfügten über Harfen.

Der angrenzende Raum und sogar der übernächste waren mit ähnlichen Fresken geschmückt. Anton L. ging über das blanke Parkett. Auch in den beiden anderen Räumen fanden sich keine Möbel. Der dritte Raum, der größte der drei, war ein Eckzimmer. Eine große Flügeltür, die nicht versperrt war, führte in einen etwas älteren Trakt des Schlosses, und zwar in ein gewaltiges Stiegenhaus. Eine riesige Steintreppe schraubte sich durch viele Stockwerke hinauf. Als Anton L. den Flügel der Tür zurückfallen ließ, hallte der Schlag durch ferne Räume weithin nach. Eine Göttin aus Marmor

stand auf einem niedrigen Sockel am Fuß der großen Wendeltreppe.
Anton L. stieg ein Stockwerk hinauf. Dort wanderte er durch eine Reihe von Zimmern aus dem 18. Jahrhundert, der Glanzzeit dieser kurfürstlichen Residenz. Dunkle Gemälde in matt schimmernden Goldrahmen bedeckten die Wände: Blumenstilleben, galante Nymphenszenen, Parklandschaften, Portraits von Herrschaften in Hermelin oder Harnisch. Ein Zimmer war im chinesischen Stil eingerichtet. Das größte Zimmer aber war das Schlafzimmer. Ein Bett, überzogen mit einer lilienbestickten Seidendecke, überragt von einem blausamtenen Baldachin, stand der Fensterwand gegenüber. Eine Balustrade wie eine Kommunionbank in der Kirche trennte das Bett – das drei Stufen höher stand – von dem übrigen Raum. Zwei geschnitzte Genien, vergoldet, jeder eine Posaune in der Hand, schwebten seitlich über dem Bett und hielten den Baldachin. Der Schlaf des Herrschers, dem dieses Bett gehört hatte, mußte etwas ungemein Feierliches, Fanfarenhaftes gehabt haben. Aber hinter dem Baldachin, dort wo er zu Boden floß, war eine kleine, kaum wahrnehmbare Tür ins Getäfel eingelassen. Anton L. stieg über die Balustrade, setzte sich vorsichtig aufs Bett (es stob nicht viel Staub auf), blieb aber nur wenige Augenblicke sitzen, hob dann die lilienbestickte Seidendecke hoch und sah mit Staunen, daß das Bett mit richtigem Bettzeug bezogen war. Er ließ die Decke wieder fallen und wandte sich zur Tür in der Täfelung. Sie war unverschlossen und führte nur ein paar Stufen hinab in einen schmucklosen Korridor, von dem aus man in einen Innenhof hinuntersah. Dieser Innenhof freilich war nicht greisenhaft-zeitlos geblieben. Er war von Unkraut überwu-

chert. Das Gras reichte den steinernen Göttern, die entlang den Wegen standen, bis ans Knie.
Anton L. kannte die kurfürstliche Residenz von früher her. Während seiner Zeit im Verlag war er oft hier gewesen. Auswärtige Autoren, die während des Aufenthaltes am Sitz des Verlages irgendwie beschäftigt werden mußten, damit sie nicht aus Langeweile sich unbequeme Vertragsklauseln ausdachten oder undurchführbare Literaturpläne ausheckten, wurden durch die Residenz geführt. Das mußten immer die jüngeren Lektoren übernehmen, und sie durften dafür mit den Autoren auf Verlagskosten essen gehen. Jedes Jahr gab der Verlag zudem einen Empfang in einem Saal, den die Schloßverwaltung an seriöse Unternehmen für solche Zwecke vermietete. Dreimal erlebte Anton L. so einen Empfang, das dritte Mal war Dagmar dabeigewesen. Es war ein sehr warmer Sommerabend. Er wollte Dagmar eigentlich nicht mitnehmen, aber sie gab keine Ruhe, bis er es doch tat. Dagmar war überall gern dabei, wo ein blauer Rauch aufging. Von Literatur verstand sie nichts, aber sie redete – ein Glas Sekt in der Hand – wie ein Buch, und zwar durchwegs Unsinn. Anton L. schämte sich und zog nach einer Stunde Dagmar in den Garten hinaus (es war nicht der Hof, in den Anton L. jetzt hinunterblickte) und versuchte sie zu bremsen. Es ging nicht mehr, denn Dagmar hatte schon ein paar Gläser Sekt getrunken. Dagmar lachte, spielte auch Anton L. gegenüber ›große Dame‹, ging wieder in den Saal hinein und redete weiter mit Autoren, deren Bücher sie nicht einmal dem Namen nach kannte. Aber die Autoren waren durchwegs von Dagmar begeistert, besonders ein etwas älterer, von dem Dagmar ein Buch gelesen hatte. Sie redete über das Buch, ließ sich da-

menhaft Feuer für ihre Zigarette in antiker Zigarettenspitze geben und trank weiter Sekt. Dann stellte sich heraus, daß Dagmar nur ein Buch gelesen hatte, das einen ähnlichen Titel hatte wie eines der Bücher, die der ältere Autor geschrieben hatte. Anton L. glaubte in das honigmild spiegelnde Parkett des Festsaals versinken zu müssen, aber dem älteren Autor machte die Verwechslung offenbar gar nichts aus. Er war nach wie vor begeistert von Dagmar. Anton L. ärgerte sich.
Dagmar hatte eines ihrer viel zu engen Kleider an. Anton L. erinnerte sich: ein grellgelbes Kleid mit tiefem Ausschnitt vorne und hinten, es gab kaum eine Bewegung, die nicht Dagmars fülligen Busen durch irgendeinen Schlitz enthüllte. Nach und nach – es wurde langsam Nacht, eine warme, sternklare Nacht – verlagerte sich die Gesellschaft ins Freie, in den Garten. Mitten im Garten stand ein Brunnen, gekrönt von einem Perseus-Standbild. Dagmar wollte sich entkleiden und in dem Brunnen baden. Der ältere Autor ermunterte sie, aber Anton L. konnte es doch gerade noch verhindern. Er packte Dagmar, stellte ihr letztes Sektglas rigoros auf eine geschnitzte Konsole aus dem späten 17. Jahrhundert und holte draußen vor der Residenz ein Taxi. Dagmar war von Zorn und gleichzeitig von rasendem Bedürfnis nach Geschlechtsverkehr beseelt. Anton L., der das diesbezügliche Bedürfnis sonst durchaus zu schätzen wußte, hatte an diesem Abend absolut keine Lust zu solchem Vergnügen. Er fühlte sich durch Dagmars Benehmen blamiert und behauptete, er könne sich im Verlag nicht mehr sehen lassen. Das stimmte natürlich nicht, im Gegenteil: Dagmar hatte einen unauslöschlichen Eindruck auf alle gemacht, die mit ihr gesprochen hatten; auf alle Männer zumindest, aber Dagmar sprach

eigentlich nur mit Männern, andere Frauen waren für sie Luft. Anton L. wußte das natürlich im Grunde, noch während er von der Blamage sprach, und er ärgerte sich. Dabei war weniger Eifersucht im Spiel als Neid, denn er, Anton L., erzielte nur sehr selten einen unauslöschlichen Eindruck.

In Dagmars Wohnung kam es zu einer fürchterlichen Entladung, desungeachtet zog sich Dagmar sofort nach Betreten der Wohnung aus und breitete ihre üppigen Formen aufs Sofa hin. Anton L. blieb heute hart. Ohne Gruß und ohne Geschlechtsverkehr ging Anton L., nachdem er mehrere sehr grobe Wörter gesagt hatte.

Nicht wegen der – eingebildeten – Blamage an diesem Abend kündigte Anton L. bei dem Verlag. Er vertrug sich wieder einmal mit seinen Vorgesetzten nicht. Der Krach an dem Abend war auch nicht das Ende des Verlöbnisses mit Dagmar. Das kam einige Wochen später. Zum 31. August hatte Anton L. gekündigt. Am 1. September fuhr er mit Dagmar nach Italien. Sie hatte sich für diese Ferienreise das Auto ihres Vaters ausgeliehen. (Dagmar konnte Auto fahren, fuhr sogar leidenschaftlich gern Auto.) Am ersten Tag der Reise bewältigte Dagmar in einer Gewaltfahrt die Strecke durch halb Italien bis Frosinone. Dagmar, frei, ferienselig und im Besitz des Wagens, fuhr wie eine losgelassene Närrin. Anton L. war nicht kompetent, seiner Verlobten Vorhaltungen über ihre Fahrweise zu machen, weil er ja noch keinen Führerschein hatte. (Um dem abzuhelfen, hatte er sich in einer Fahrschule angemeldet, laborierte aber, wie geschildert, erfolglos mit den Fahrlehrern.) Direkte Angst um sein Leben einzugestehen, war sich Anton L. zu schön, denn er fürchtete, in Dagmars Augen als Feigling dazustehen. Spät abends am 1. September beschlossen Dagmar und Anton L., in Frosinone zu übernachten. Das eigentliche Ziel der Reise wäre Süditalien und Sizilien gewesen, aber dazu kam es nicht mehr, denn am 2. September, einem Mittwoch, brach ein Reinlichkeitsschub über Anton L. herein. Ursprünglich hatten Dagmar und Anton L. an dem Tag die Gegend von Neapel erreichen wollen, aber trotz Dagmars kühner Fahrweise war das nicht gelungen. (Es gab damals die großen Autobahnen von Norden nach Süden noch nicht.) Um acht Uhr erreichten die beiden Frosinone, eine reiz- und kunstlose Provinzstadt südöstlich von Rom, die auf einem Hügel liegt und unschön in die Umgebung ausufert. Anton L. hatte schon seit einiger Zeit Hunger. Dagmar verspürte nichts dergleichen. Wenn sie Auto fahren konnte, traten alle ihre anderen Bedürfnisse, sogar der Geschlechtstrieb, zurück. In Frosinone erklärte sich Dagmar bereit zu halten. Man ging in eine Trattoria, die in einer protzigen und dennoch schäbigen Straße lag. Die Straße säumten Bauten aus der Mussolini-Zeit aus bräunlichem Marmor mit wuchtigen und schmutzigen Säulen und Pfeilerarkaden entlang der Straße. Anton L. war damals noch kaum von zu Hause weggekommen gewesen. (Das Ganze war vor seinen Reisebürozeiten.) Als Kind mit seinen Eltern ein paar Jahre hindurch im Sommer in Kärnten, an einem See, woran er sich kaum erinnern konnte, sonst nirgendwo. Frosinone war der bislang weitaus südlichste Punkt, den Anton L. in seinem Leben erreicht hatte. Trotz der häßlichen Straßen kam ihn angesichts des fremdartigen Lebens unter den hell erleuchteten Arkaden, unter denen die Italiener hin und her liefen und mit bedeutenden rhetorischen Gesten redeten, während draußen auf der Straße die da-

mals beliebten Vespas und Lambrettas herumknatterten, eine Art exotischer Hochstimmung an. Dagmar war dagegen schon viel herumgekommen. Sie war als Tochter eines deutschen Kaufmannes in der Mandschurei geboren. Die Familie lebte später eine Zeitlang in Amerika. Fast die Hälfte ihres Lebens hatte Dagmar in Spanien verbracht. Sie sprach verschiedene Sprachen, und da sie als Dolmetscherin und Übersetzerin in einem großen Betrieb arbeitete, kam sie auch beruflich viel herum. In Italien war sie oft gewesen.
Dagmar erklärte Anton L. die Speisenkarte. Anton L. bestellte sich pasta asciutta und saltimbocca, radicchio und zuppa romana und allerhand derlei Sachen, die damals nördlich der Alpen noch nicht bekannt waren. Nach dem Essen war Anton L. müde; bei Dagmar hatte sich, kaum daß sie dem Auto entstiegen war, der Geschlechtstrieb wieder gemeldet. Sie beschlossen, nicht weiterzufahren und hier zu übernachten.
Dagmar fragte den Kellner nach einem Hotel. Anton L. ärgerte sich, daß Dagmar so lang mit dem Kellner redete. Da man nicht gut jemandem einen Vorwurf deswegen machen kann, weil er eine Fremdsprache spricht, die man selber nicht beherrscht, stieß sich Anton L. an Dagmars Gesten. »Ich finde es blöd«, sagte er giftig, »daß du beim Reden dieses Gefuchtel nachmachst.« Anton L. hatte recht: Dagmar verfiel, sobald sie italienisch redete, auch in die begleitende Gebärdensprache der Italiener. Es gibt da das schlichte Ausstrecken der flachen Hand, das horizontale oder vertikale Schlenkern der Hand, das Stoßen der Faust in die flache andere Hand (entweder mit sofortigem Öffnen der Faust und Nach-oben-Schnellen der geöffneten Hand oder mit Vorzeigen der geschlagenen Hand dem

Gesprächspartner), das Stirnschlagen, den mehrfachen Kantenschlag der einen Hand in die andere Handfläche oder in die Armbeuge am anderen Arm, das scheinbar diskusgleiche Wegschleudern einer (oder beider) Hände schräg nach oben, das flache Weggleiten der Hand schräg nach unten, das Auf- und Abfahren mit der im Gelenk stark angewinkelten Hand an einem imaginären Brett in Körpernähe, oder jene Geste, die fast stets das Wort ›dunque‹ begleitet: Aus Daumen und Zeigefinger wird ein Ring gebildet, mit dem rasch und entschlossen eine unsichtbare Stange etwas seitlich des Körpers (in selteneren, aber desto wirksameren Fällen unmittelbar vor der Körpermitte) von oben nach unten gerieben wird, wobei die drei anderen Finger (manchmal auch nur der kleine Finger) weggestreckt werden. »Ich finde es blöd«, sagte Anton L. Dagmar sagte, daß sie das selber gar nicht merke, das komme automatisch, wenn sie italienisch rede.

»Dann finde ich es noch blöder«, sagte Anton L. Es kam nur deshalb nicht zu einem neuen Krach (noch nicht), weil Dagmars innere Aufmerksamkeit fast ausschließlich auf den nahe bevorstehenden Geschlechtsverkehr gerichtet war und weil Anton L. nicht verkannte, daß er hier im Moment ziemlich hilflos seiner Verlobten ausgeliefert war, wenn er nicht enorme Unbequemlichkeiten in Kauf nehmen wollte.

Viel Geld hatten Dagmar und Anton L. nicht zur Verfügung. Dagmar hatte sich deshalb ein preiswertes Hotel empfehlen lassen. Es hieß ›Albergo Misisipi‹ und lag in einer Straße, die hügelab in die fast noch häßlichere Neustadt von Frosinone führte. Das ›Albergo Misisipi‹ war nicht viel mehr als der Oberstock eines ›Salons‹ mit amerikanischen Spielautomaten, in dem

der Automatenpächter ein paar Zimmer vermietete. Das Haus war alt, das Zimmer riesengroß und der Automatensalon unbeschreiblich laut. Die Bettgestelle waren aus Blech mit nicht ungeschickt holzimitierendem Anstrich. Über den Betten hing eine Darstellung einer Eisscholle mit einem Seebären in Öldruck, daneben ein Bild Papst Pius' XII. Die Betten selber waren salamiartig, das heißt: hart und walzenförmig. Wenn man sich nur leicht drauflegte, rollte man unweigerlich entweder zur Seite auf den Boden oder gegen die Mitte zum anderen Bett hin, wobei man, da die Bettgestelle mit kratzendem Scheppern auf dem Steinboden auseinanderglitten, zwischen die Betten hinunterfiel. Dagmar zog sich aus und sprang ins Bett. Durch die Wucht des Sprunges gab die salamiartige Wölbung nach und kippte sozusagen ins Konkave um, das heißt, das Bett bildete nun einen Trog. Verließ man den Trog wieder, sprang die des Gewichtes entledigte Matratze mit grausigem Dröhnen wieder in ihre ursprüngliche Form.
Für den Geschlechtsverkehr, der nun unmittelbar folgte, waren die Betten, wie immer bei Dagmar, von untergeordneter Bedeutung. Dagmars geschlechtliches Rasen erstreckte sich stets über größere Flächen. Danach sprang auch Anton L., so wie es ihm Dagmar zeigte, ins Bett, damit sich ein Trog bildete. Dagmar schlief sofort. Anton L. fürchtete die ganze Nacht – er war ja viel dünner und leichter als Dagmar –, daß sein Bett plötzlich und unversehens von der nur durch Anton L.s leichtem Gewicht gehaltenen Trogform in die gewohnte Salamiform zurückprallen und ihn, Anton L., durch die Luft schnellen könne. Aber auch sonst schlief Anton L. schlecht. Der unbeschreibliche Lärm in und vor dem ›Salon Misisipi‹ hielt bis spät in

die Nacht hinein an. Eine Neonleuchtschrift in Gelb und Grün befand sich unmittelbar vor dem Fenster und wurde auch durch die dünnen und viel zu schmalen Vorhänge nicht gedämpft. Außerdem rumorte in Anton L. bereits der Reinigungsschub.
Dagmar schlief, wenn es ging, lang. Anton L., der gegen Morgen zu, als der Lärm abflaute und die Leuchtreklame ausgeschaltet wurde, doch ein paar Stunden geschlafen hatte, wachte aber um sieben Uhr schon wieder auf. Der Reinigungsschub war voll entfaltet. Anton L. nahm seine Toilettesachen und suchte Klosett und Bad. Das Klosett war ein fast noch größeres Zimmer als das Schlafzimmer. Eine großzügige Loggia ging vom Klosett aus in einen schmutzigen Hof mit Mülltonnen und Bergen von leeren Schachteln und Kisten. In einer Ecke des Zimmers – des Saales, muß man schon fast sagen – stand eine für Anton L. sehr fremdartige rosarote Klosettschüssel. Das Bad war daneben. Auch das Badezimmer war riesig, es war aber sozusagen ein Binnenraum, denn es gab kein Fenster nach außen, nur eins in das Stiegenhaus. Die Tür hatte zwar ein Schloß, das ließ sich aber nicht sperren. Anton L. stellte einen wackligen Stuhl vor die Tür und versuchte sich an einem mit türkisfarbenen Kacheln verkleideten Durchlauferhitzer. Es gelang ihm nach einigen Versuchen, warmes Wasser zu erzielen. Er duschte, dann badete er, dann duschte er kalt, dann duschte er heiß. Als schon der ganze Boden des Badesaales mit Wasserlachen bedeckt war, drückte jemand gegen die Tür und schob den Stuhl beiseite. Anton L. schrie. Es war Dagmar. »Du bist schon auf?« sagte sie. »Bist du pudelnackt durch den ganzen Gang gelaufen?« fragte er. »Ja, warum?« fragte sie. Anton L. kam nicht

zu weiteren Vorhaltungen, denn Dagmar schritt sogleich wieder zum Geschlechtsverkehr. Danach ging sie zurück ins Zimmer, um weiterzuschlafen.
Anton L. badete noch einmal. Dann war die Seife verbraucht. Er wickelte sich in ein Badetuch und ging ins Zimmer, wo er Dagmar mit der Bitte weckte, sie möge ihm ein Stück Seife, einen Badeschwamm, eine getrocknete Seegurke (die braucht man zur Massage), ein Haarwaschmittel und eine bestimmte Salbe zur Reinigung der Zehennägel besorgen. (Diese Reinigungssalbe hatte Anton L. beim letzten Reinigungsschub entdeckt.) Dagmar war völlig entgeistert, denn sie kannte ihres Anton Reinigungswut noch nicht aus der Nähe. Nach einem kurzen, mehr imbißhaften Geschlechtsverkehr erklärte sich Dagmar bereit, sich anzuziehen und das Gewünschte zu holen. Inzwischen ging Anton L. (immer noch in das Badetuch gewickelt) wieder ins Badezimmer. Dort war aber nun der Wirt, der mit einem Besen das Wasser, das wegen Anton L.s Überschwemmung am Boden stand, in einen Gulli in der Mitte des Raumes kehrte. Der Wirt winkte schon ab, als Anton L. Anstalten machte, wieder in die Wanne zu steigen. Er redete auf italienisch auf Anton L. ein, der natürlich nichts verstand. Anton L. redete nun aufgeregt auf deutsch. Es entspann sich ein längerer Disput, in dessen Verlauf es Anton, der schon ganz gierig auf das nächste Bad war, gelang, in einem unaufmerksamen Moment des Wirtes doch in die Wanne zu schlüpfen. Er drehte sofort die Brause auf und spritzte fürchterlich. Der Wirt schrie auf, fuchtelte mit dem Besen und floh vor der Wasserflut. Er machte es dann sehr einfach: er drehte im Keller den Haupthahn zu. Während Anton gerade heiß duschte, versiegte das Wasser, tröp-

felte noch kurz und war weg. Für Anton L. war klar, daß so eine unvermittelt abgebrochene, noch dazu heiße Dusche, die erst den halben Körper erfaßt hatte, unweigerlich eine Lungenentzündung, wenn nicht eine Sonnengeflechtsschwellung nach sich ziehen würde. Er drehte an allen Hähnen, natürlich ohne Erfolg. Schlotternd wickelte er sich in das Badetuch und legte sich im Zimmer auf das Bett. Nach mehr als einer Stunde kam Dagmar.

»Was machst du eine Stunde lang?« schrie Anton.

»Ich bin in der ganzen Stadt herumgefahren. In ganz Frosinone gibt es keine getrocknete Seegurke. Deine Zehensalbe auch nicht.« Das andere hatte sie wenigstens bekommen.

»Der Wirt hat das Wasser abgedreht.«

»Du hast ja auch eine Überschwemmung gemacht.«

»Wenn ich nicht sofort ins Bad kann, dann ... du kennst das nicht!« schrie Anton.

»Schrei doch nicht so.«

»Wegen dem blöden Wirt hole ich mir eine Lungenentzündung.«

»Dann zieh dich an.«

»Ich will baden.«

»Du hast doch schon gebadet.«

»Geh bitte zum Wirt und sag, er soll sofort das Wasser wieder andrehen.«

Dagmar ging hinunter. Nach etwa fünf Minuten – Anton L. war schon auf dem Sprung ins Bad – kam sie zurück und sagte, der Wirt lehne ab.

Anton L. krächzte unverständliche Verwünschungen und sprang vor Wut mit beiden Füßen gleichzeitig aufs Bett. Die Matratze wurde durch den Sprung von Salamiform in Trogform gedrückt, federte diesmal aber sogleich zurück und schleuderte Anton L. zur Seite, der mit der Hüfte auf das blecherne Gestell des Nebenbettes fiel. Das imitierte Holz wurde eingedellt. Anton L. schrie jetzt: »Jetzt habe ich mir was getan! Jetzt habe ich mir was getan!«

Dagmar empfand die Szene nur in einem sekundären Abschnitt ihres Bewußtseins als komisch, aber in erster Linie hatte sie Angst, drei Ängste: daß Anton L. überschnappen werde, daß er gewalttätig werde und daß der Wirt käme. Die Ängste gaben ihr die rettende Idee ein: »Ich glaube«, sagte sie, »ich bin vorhin auf dem Weg an einer öffentlichen Badeanstalt vorbeigekommen.« (Es stimmte gar nicht.)

»Was hilft mir ein Hallenbad?«

»Nein«, sagte Dagmar, »mit Wannenbädern und Sauna und so.«

Anton L. sagte gar nichts, sondern zog sich eilends an und packte die Sachen. Dagmar half. Schnell war alles beisammen, und während Dagmar das Zimmer bezahlte (für das übermäßige Baden verlangte der Wirt gar nichts in seiner Freude, die verrückten Gäste so schnell loszuwerden), fieberte Anton L. schon im Auto, den neuen Badeschwamm in der Hand.

Dagmar war es bei ihrer Notlüge darum zu tun gewesen, Anton L. aus dem Hotel herauszubekommen, bevor der Wirt das demolierte Bett sah. Nun hoffte sie, daß entweder Anton L.s Badewut nachließ (da kannte sie aber seine Reinigungsschübe schlecht) oder daß sich tatsächlich ein öffentliches Badehaus fand (da kannte sie Frosinone überhaupt nicht). So fuhren sie kreuz und quer durch die häßliche Stadt. Dagmar fragte Passanten und Polizisten. Niemand wußte etwas. Anton L. wurde unausstehlich. Es ging gegen Mittag.

»Du hast mich angelogen«, schrie Anton L., »du hast gar kein Bad gesehen.«
»Wenn ich es dir schwöre«, log Dagmar.
»Es gibt in dem Nest gar kein Bad.«
»Ich kann mich natürlich auch getäuscht haben – so im Vorbeifahren«, sagte Dagmar kleinlaut.
»Also doch gelogen«, schrie Anton L.
»Wenn ich dir schwöre –«
»Halt!« schrie Anton L.
Dagmar bremste. Ein dreirädriger Motorkarren, der hoch mit Steigen voll lebender Hühner beladen war, fuhr fast hinten auf.
»Was ist denn?« sagte Dagmar.
»Ein Friseur«, sagte Anton und deutete auf einen Friseurladen. »Ich gehe zum Friseur. Ich lasse mir die Haare waschen, lasse mich rasieren und mir die Haare schneiden. Vielleicht maniküren sie auch.«
Dagmar war erleichtert. Sie schlug vor, daß sie mitgehe und dem Friseur erkläre, was Anton haben wolle. Er lehnte ab, er sei kein kleines Kind, er brauche ihr lächerliches Italienisch nicht. Er könne selber ›mit den Händen fuchteln‹. Sie solle ihm nur das Wort für ›wenig wegschneiden‹ sagen.
»Poco«, sagte Dagmar.
So lief das Unglück. Unter ›poco‹ verstand der Friseur nicht ›poco wegschneiden‹, sondern ›poco dranlassen‹. Anton L., hilflos im Friseurstuhl, sah, wie der Friseur mit der Schere in seine Haare fuhr und wütete. »Poco! Poco!« rief Anton L.
»Si, si!« sagte der Friseur – »poco, ho capito«, und scherte ihm einen Zuchthäuslerschnitt.
Dagmar wartete in einem Café in der Nähe des Friseurladens. Sie erkannte Anton L. im ersten Moment

nur an der Kleidung. Dann mußte sie lachen, und das war wohl zuviel. Anton L. riß ihr die Autoschlüssel weg, rannte zum Wagen und zerrte seinen Koffer heraus. Dagmar kam nachgelaufen. Sie bat um Entschuldigung, sie flehte – es half nichts. Viele neugierige Italiener (unter ihnen der Fahrer des dreirädrigen Motorkarrens, der nun unbeladen aus der anderen Richtung zurückkam) schauten zu. Anton L. nahm das Geld, die gemeinsame Reisekasse, aus der Brieftasche, zählte die Hälfte ab, gab sie Dagmar und sagte: »Unsere Verlobung ist gelöst.«
Es war für ihn gar nicht einfach, zum Bahnhof zu finden und eine Fahrkarte zu lösen, aber er schaffte es. Er fuhr nach Hause. Dagmar sah er nie wieder. Frosinone blieb noch einige Jahre der südlichste Punkt, den er in seinem Leben erreicht hatte.
Der unterbrochene und aufgestaute Reinigungsschub entlud sich zu Hause mit enormer Heftigkeit. Zur Sonnengeflechtsschwellung traten gefährliche Konstellationen: drohendes Einwachsen einer Warze am Rücken, gepaart mit Rippenstechen, Schluckauf, der stets mit Hodensausen verbunden war, und Einschlafen der Füße bei heftigem Niesreiz. Die Haare erreichten erst nach sechs Wochen die Länge, die sie sonst hatten, wenn Anton vom Friseur kam. Dennoch wandelte sich die Erinnerung an die Ereignisse in Frosinone in seinem Gedächtnis. Die Ereignisse nahmen im Lauf der Jahre die Gestalt einer heroischen Befreiungstat von einem Weib an, das seiner – Anton L.s Meinung nach – nicht würdig gewesen war.

Langsam ging er weiter. Am Ende der Galerie führte eine breite Treppe aus weißem Marmor wieder hinunter ins Erdgeschoß. Unten links war die Ahnengalerie der Kurfürsten. Rechts führte eine goldverzierte Tür in die Bibliothek.

Das war es, was Anton L. suchte.

Neben der Tür, zwischen zwei künstlichen Blumensträußen aus Stuck, hing ein großer Spiegel mit der Büste eines schreienden Fauns davor. Der Hinterkopf des Fauns – mit einer merkwürdig spitzen Locke im Genick – war im Spiegel zu sehen. Auch Anton L. war im Spiegel zu sehen. Sein Haar war wild und stand in kleinen Locken nach allen Seiten ab. Er trug eine gegürtete Lederjacke (aus einem teuren Herrenausstattungsgeschäft in der Anakreon-Straße), die sich als sehr praktisch erwies wegen der vielen Taschen. Er trug sein Gewehr über die Schulter gehängt und einen Patronengürtel. – Wie der *Lederstrumpf*, dachte Anton L.

XII

Mozart mit Pharao und Pharaonin

Der Inhaber des Kerzengeschäftes, jener ›Hof-Wachszieherei‹ hinter dem Rücken des bronzenen Kurfürsten, in der Anton L. den rätselhaften Zettel gefunden hatte, hieß Schindler, nicht Ludwig. (Anton L.s konzentrische Kreise erreichten den Laden im August.) Die Buchhaltung des Herrn Schindler war, milde gesagt, einfach. Anton L. als, nun muß man wohl sagen: ehemaliger Finanzbeamter verstand sich zwangsläufig darauf, obgleich ihm solche Dinge zuwider waren. Immerhin fand sich ein Ordner mit den Lohnabrechnungen für das angefangene Jahr, und anhand dieses Ordners stellte sich heraus, daß in Herrn Schindlers Hof-Wachszieherei ein Mann namens *S. Ludwig* gearbeitet hatte, der monatlich etwas über 1000 DM brutto bezahlt bekam. Etwas Näheres über diesen S. Ludwig war nicht zu finden, außer dessen kalligraphische, wie gemalte Unterschriften unter den Gehaltsquittungen. Das S. schrieb oder malte Ludwig wie ein Mittelding zwischen einem Violinschlüssel und einer Äskulapschlange. Daß das Zeichen ›S.‹ bedeutete, konnte man nur aus dem schreibmaschinengeschriebenen Text darüber erkennen.

Anton L. fuhr mit seinem – also Ex-Derendingers – Auto in das Finanzamt ›Mitte‹, das, wie Anton L. natürlich geläufig war, zuständig gewesen sein mußte. Dieses Finanzamt, es war nicht das, in dem Anton L.

gearbeitet hatte, war nicht weit vom Hotel entfernt, aber immerhin war auch das ein weiterer radialer Ausbruch aus den konzentrischen Kreisen. Wer sich in *einem* Finanzamt auskennt, kennt sich in allen Finanzämtern aus. Das ist wie bei den Hotels. Anton L. stieg durch ein Parterrefenster ein und fand sehr bald die zuständige Abteilung, das betreffende Zimmer und darin den richtigen Ordner, in dem die Lohnsteueranmeldungen der Fa. Hof-Wachszieherei Schindler abgeheftet waren. Anhand der Lohnsteuerkarte stellte Anton L. fest, daß Herr Ludwig die merkwürdigen Vornamen ›Soliman Maria Xerxes‹ geführt hatte und jünger (33 Jahre alt) gewesen war, als man nach der umständlich gemalten Unterschrift hätte vermuten können. Weiland Soliman Ludwig war verheiratet gewesen, römisch-katholischer Konfession, hatte ein Kind gehabt und – das war Anton L. das Wichtigste – hatte in der Hethum-Straße 5 gewohnt. Anton L. nahm die Lohnsteuerkarte aus dem Ordner und ließ, nicht ohne eine gewisse Genugtuung, den Ordner einfach so liegen, wie er lag, machte nicht einmal die Tür zu, denn der sachbearbeitende Steuersekretär Wirminger (laut dem mit Redisfeder geschriebenen Kärtchen in dem kleinen Aluminium-Wechselrahmen neben der Tür) würde, dessen war Anton L. damals schon sicher, keine Anstände mehr bekommen deswegen.

Direkt vom Finanzamt aus fuhr Anton L. in die Hethum-Straße. Die Straße lag in einem nördlichen Stadtteil. Die ganze eine Seite der kurzen Straße nahm der gewaltige Bau einer Hochschule ein, der – etwas zurückgesetzt hinter Lanzengittern – in jener Bauweise, die man um die Jahrhundertwende ›in florentinischem Style‹ nannte, errichtet worden war. Die Häuser

der anderen Straßenfront wirkten gegen den monumentalen Bau kümmerlich. Haus Nr. 5 war das Haus an der Ecke. Durch eine finstere Toreinfahrt kam Anton L. in das Hochparterre, wo nur eine einzige Tür war. Zwei Schilder waren an die Tür genagelt: ›*L. Ludwig*‹ (in Messing mit gotischen Buchstaben) und darunter ›*S. Ludwig*‹ (in Emaille). Die Wohnung war unübersichtlich, aber in ganz anderer Art, als es die hommerische Wohnung in der Faniska-Straße gewesen war. Große, schwere Vorhänge aus dunklen Stoffen trennten Teile des Korridors ab. Unkenntliche Bilder hingen an den Wänden. Ungetüme von Schränken und Kommoden standen überall herum. Ein Schrank war voll von Büchern, aber nicht mit dem Rücken zum Betrachter in eine Reihe gestellt, sondern haufenweise, wie Makulatur hineingeschichtet. Es war mehr Staub in der Wohnung, als sich in den Wochen seit dem 26. Juni niedergesetzt haben konnte.
Gleich rechts neben dem Eingang führte eine Flügeltür in ein Zimmer, das in noch anderer Weise düster und merkwürdig war. Anton L. vermutete gleich, daß das Solimans Zimmer gewesen sein müsse. Eine Wand des Zimmers schmückte ein Gemälde. Es war nicht eigentlich ein Wandgemälde, wenn es auch die ganze Wand ausfüllte. Bahnen von Packpapier waren aneinandergeklebt und an die Wand geheftet, vom Plafond bis zur Fußbodenleiste, waren weiß grundiert und bemalt worden. Das Gemälde war unvollendet. (Malzeug – Temperafarben, Pinsel, Bindemittel – lag auf einem niedrigen Regal unter dem Fenster.) Die Bildmitte nahm ein Portrait Wolfgang Amadeus Mozarts ein, eine Kopie des bekannten Bildes von Joseph Lange. Eigenartige, tierhafte Cherubin-Figuren schwebten um Mozarts

Kopf, bildeten geradezu Wolken bis hinauf zum Plafond. Der Maler – wohl Soliman Ludwig – hatte das Langsche Mozart-Portrait um die Arme und Hände des Meisters ergänzt. Die rechte Hand Mozarts lag auf einer Pyramide, an der Hunderte von ägyptischen Sklaven (handtellergroß gemalt) arbeiteten. Die Pyramide bestand aus Noten. Es war – das erkannte Anton L. nicht – die Kopie der Handschrift der ersten Takte der Jupiter-Symphonie. Ein Pharao und eine Pharaonin (einen halben Meter groß) schauten unter einem Baldachin der Arbeit zu. Im Hintergrund waren offenbar mehrere Pyramiden geplant. Sie waren erst mit Bleistift vorgezeichnet. Eine rote Sonne sandte Strahlen in Form hebräischer Schriftzeichen aus – Zitate aus dem Alten Testament; auch das konnte Anton L. nicht erkennen –, die sich durch die grotesken Cherubim schlängelten und Mozarts Kopf umspielten. Aus Bleistiftvorzeichnungen war zu ersehen, daß die Schrift-Strahlen bis weit nach rechts fortgesetzt hätten werden sollen, wo eine fast lebensgroße Figur sorgfältig ausgemalt war: ein auf das erste Hinsehen buckliger, dann doch eigentlich nicht buckliger, aber irgendwie unnennbar verwachsener Mann mit einem häßlichen, faltigen, aber freundlich-klugen Gesicht, in dem eine ungeheure Nase stand. Der Mann trat aus einer Höhle oder Grotte, in der smaragdenes Licht schimmerte. Er hatte den Mund geöffnet wie zu einem Schrei. Kleine Sonnen, Monde und Sterne (aus Goldpapier aufgeklebt) und die Jahreszahl *1601* in altertümlichen Zahlzeichen kamen aus seinem Mund hervor.

An der Wand gegenüber dem Gemälde stand ein schwarzer Schreibtisch, ein Unding von einem Schreibtisch, mit vielen gedrechselten Säulen und einem Aufbau mit Zinnen und Türmen wie eine Burg. Wie ein Torbogen umgab den Schreibtisch ein Bücherregal, das sich sonst über die ganze Wand hinzog. Es enthielt astronomische, musikwissenschaftliche und rechtsgeschichtliche Bücher. Ganz oben standen in einer langen Reihe die gesammelten Werke Karl Mays in der alten krokodilfarbigen Ausgabe mit dem sechseckigen Goldschild auf dem Rücken.

Anton L. durchsuchte den Schreibtisch. Einen *Ausweis* fand er nicht, aber Bündel von Korrespondenzen, das heißt Briefe, die an Soliman Ludwig gerichtet waren, auch ein rotliniertes Buch mit vorgedruckten Spalten, wie es früher von Kaufleuten zur Kontenführung benutzt wurde. Das Buch enthielt Aufzeichnungen. Anton L. nahm die Briefe (es war ein ganzer Arm voll) und das Buch mit, verlud alles ins Auto und fuhr wieder in Richtung Hotel. –

Weite Strecken war Anton L. mit Derendingers Wagen nicht gefahren: von der Faniska-Straße zum Hotel, dann noch einmal zurück zur Faniska-Straße, als er Sonja holte; dann benutzte er den Wagen ein paarmal, als sich die konzentrischen Kreise seines ›Geschäftsplanes‹ weiter vom Hotel entfernt hatten, und heute die Fahrt zum Finanzamt ›Mitte‹ und in die Hethum-Straße. Wahrscheinlich hatte Derendinger gerade nicht mehr sehr viel Benzin im Tank gehabt, denn jetzt auf der Rückfahrt zum Hotel, mitten auf der Sempad-Straße, blieb der Wagen stehen. Erst stotterte der Motor, lief kurz weiter, stotterte länger, starb dann ab, der Wagen rollte noch ein paar Meter und blieb stehen. Anton L. hatte damit – wenngleich nicht für so bald – gerechnet. Nicht gerechnet hatte er damit, daß es just dann passieren werde, wenn er durch eine Kuhherde fuhr.

Die Sempad-Straße war eine breite Straße mit ausschließlich öffentlichen und geschäftlichen Gebäuden: Ministerien, Instituten, Gerichten, Versicherungen und Banken. An der Stelle, wo Derendingers Wagen stehen blieb, verbreiterte sich die Sempad-Straße zu einem Platz. Von einem Zwillingspaar von Brunnen stand links und rechts auf dem Platz je einer. Die Brunnen hatten, nach Art bekannter römischer Vorbilder, zwei Schalen übereinander. Das Wasser floß – auch jetzt noch – in einem Schleier von oben nach unten und sammelte sich in einem Becken. Im Becken des rechten Brunnens war der Abfluß verstopft. Vielleicht war durch den Sturm im Juli und durch die Überschwemmung Unrat in das Becken gelangt. Das Wasser floß aus dem Becken und bildete auf dem etwas tiefer liegenden Teil des Platzes einen kleinen See. Schon wucherte es um diesen See herum üppiger als sonst zwischen den Pflastersteinen. Auf dem See schwammen Enten. Eine kleine Herde von Kühen war in der Zwischenzeit, seit Anton L. in anderer Richtung vorbeigekommen war, hierher zur Tränke gekommen. Es waren abgemagerte Kühe, vielleicht sechs oder sieben, mit einigen Kälbern und einem Stier. Vermutlich hatten diejenigen Kühe eine Chance zum Überleben gehabt, die gerade gekalbt hatten, denn sie wurden die Milch auf natürliche Weise los. (Die anderen waren wohl qualvoll verendet.) Der Stier hatte sich wahrscheinlich kraft seiner nie ganz verschütteten Autorität diese kleine Herde zusammengetrieben, die nun in dem nahen großen Park ihr reichliches Auskommen fand. Die Kühe, die Anton L. sah, waren nicht kläglich abgemagert, sondern sozusagen natürlich geschrumpft. Sie waren muskulöser, schienen zäher, aber auch bösartiger, als Anton L. Kühe in Erinnerung hatte. Nur der Stier war dick. Er hatte sich gerade, als Anton L. mit dem Auto vorbeifuhr, ins Wasser fallen lassen, es spritzte auf, die Enten flogen davon. Der Stier schoß wieder auf, wohl wütend über das gestörte Bad, schnaubte und senkte die Hörner in Richtung des Wagens. Und ausgerechnet da war das Benzin zu Ende. Der Stier machte ein paar Schritte gegen das Auto zu. Sämtliche Kühe drehten sich um und beobachteten den Angriff ihres Patriarchen. Anton L. nahm sein Gewehr, aber er schoß nicht – ob eine Kugel gegen so ein großes Tier etwas ausrichtet? Wenn er den Stier nur verletzte, würde der womöglich so wütend, so hatte man jedenfalls gehört, daß er das Auto mitsamt Anton L. demolierte. So drehte Anton L. das Fenster zu und wartete. Tatsächlich beruhigte sich der Stier nach einer Weile, nahm sein unterbrochenes Bad (Anton L. begann inzwischen die Aufzeichnungen Soliman Ludwigs zu lesen; davon später), die Kühe und Kälber tranken. Nach einer Stunde zog die Herde hinüber zu dem anderen Brunnen und daran vorbei durch eine Seitenstraße dorthin, wo der große Park war. –

Anton L. hatte damals schon Vorsorge getroffen. Sowohl Herr Fabrikant Pfeivestl als auch die Herrschaften Cuypers hatten einen Wagen dabeigehabt und in der Hotelgarage eingestellt. Es war für Anton L. nicht schwer gewesen, anhand der Wagenpapiere, die er in den Zimmern fand, die Wagen zu identifizieren. Herrn Pfeivestls Wagen war ein dunkelblauer Mercedes, Cuypers' ein großer beigefarbener Opel. Nachdem sich also die Rinder verzogen hatten, ging Anton L. zu Fuß zurück ins Hotel, holte weiland Pfeivestls Mercedes und kam, um Soliman Ludwigs Papiere aus Derendingers Auto zu holen. Am Abend vertiefte er sich weiter in

die an diesen offenbar höchst merkwürdigen Mann gerichteten Briefe.
Es waren insgesamt über dreißig Bündel Briefe. Jedes Bündel enthielt die Briefe je eines Absenders. Die Bündel waren verschieden dick: Das dickste umfaßte über 500, das dünnste 10 Briefe. Soliman Ludwig hatte die Briefe ohne Kuverts, auseinandergefaltet, in Papiermappen aufbewahrt, die mit Bändern zusammengebunden waren. Das dickste Bündel – die 500 Briefe eines gewissen Simon List – bestand aus vier solchen Mappen. Außen auf den Mappen war die Adresse des Briefschreibers vermerkt, in Solimans schöner, malender Handschrift. War der Absender umgezogen – was öfter vorgekommen war: die ältesten Briefwechsel begannen vor 15 Jahren, noch in Solimans Gymnasialzeit –, so wurde die alte Adresse leicht durchgestrichen und die neue sauber daruntergeschrieben. Simon List, mit dem Soliman 1969 zu korrespondieren begonnen hatte, war achtmal in der Zeit umgezogen. Nach der Adressenliste hatte Simon List zunächst in Wien, dann in Graz, dann wieder in Wien, dann in New York, in London, in Malta und zuletzt in der Nähe von Salzburg und endlich in Salzburg selber gelebt.
Hinten auf jeder Mappe standen mehr oder weniger lange Reihen von Daten. Es waren wohl die Daten, unter denen Soliman Ludwig seine Antworten geschrieben hatte. Fast alle Briefwechsel reichten bis in die letzte Zeit herauf. Kurz vor der Katastrophe hatte Soliman Ludwig, wie die Überprüfung der Datenreihen ergab, vier Briefe geschrieben: einen an einen Herrn Dr. Frankenstein in Tel Aviv am Freitag vor der Katastrophe, zwei am Samstag (an eine Frau Weiß in Hamburg, eine Dame, die sich, wie ihre Briefe ergaben, mit der

Geschichte der mittelalterlichen Mathematik befaßte; und an einen Professor in Teheran) und einen – an Simon List – am Montag, dem 25. Juni. Vorweggenommen sei hier, daß diese Feststellung Anton L. später auf die wichtigste Spur bringen sollte; auf die Spur, die direkt zur Entdeckung des Geheimnisses von Soliman Ludwig und seiner Freunde führen sollte. Soliman Ludwig und seine Freunde waren kurz vor der Entdeckung des Geheimnisses gestanden. Sie blieb – wobei ein Zufall half – Anton L. vorbehalten. Wenn man allerdings die Tatsache besieht, daß Anton L. allein von der Katastrophe, von der allgemeinen Entmaterialisierung ausgenommen worden war, fragt sich aber wohl, ob dieser ›Zufall‹ wirklich nur ein Zufall war.

Die Mappen enthielten Briefe in vielen Sprachen: namentlich in deutscher, englischer und französischer. In Briefwechseln, die in späteren Jahren begannen, fanden sich weniger geläufige Sprachen: Portugiesisch, Polnisch, sogar Russisch, auch Hebräisch, Persisch und Arabisch. Soliman Ludwig hatte alle diese Sprachen beherrscht, aber das war nur ein von ihm selber – soweit sich dies aus den Briefen an ihn rekonstruieren ließ – kaum wahrgenommenes Nebenprodukt seines Interesses, das vornehmlich der Altphilologie galt. Der älteste Briefwechsel, der allerdings aus nicht erkennbarem Grund vor wenig mehr als sechs Jahren aufgehört hatte, war dafür am aufschlußreichsten: Soliman Ludwig hatte schon auf dem Gymnasium, ein wohl seltener Fall – Anton L. dachte an sein eigenes diesbezügliches Kreuz –, die lateinische Sprache und mehr noch die griechische begeistert. Schritt für Schritt schien dann Soliman Ludwig in die dunklen Tiefen immer älterer Sprachen zurückgestiegen zu sein: Hebräisch, Ägyp-

tisch, Babylonisch, aber auch Alt-Nordisch, Keltisch und dergleichen. Einmal scheint Soliman Ludwig (noch während seiner Studienzeit) als Experte bei der Datierung eines wichtigen Schriftfundes von einem Gelehrtengremium beigezogen worden zu sein. Die Datierung war, scheint's, nur mit Hilfe der genauen Kenntnis gewisser babylonischer Dialekt-Spielarten möglich gewesen, über die Ludwig verfügte.
Auch in der Jurisprudenz trieb Soliman Ludwigs Interesse langsam, aber sicher ins Archaische. Geltendes Recht schien ihn nur gerade soweit beschäftigt zu haben, daß er die beiden Juristischen Examina bestehen konnte. Er befaßte sich zunächst mit deutscher und germanischer Rechtsgeschichte, die ihm bald schon – wenn Anton L. aus den Briefen das Richtige entnahm – zu jung war; zwangsläufig kam er zur römischen Rechtsgeschichte und dann zur juristischen Papyrologie. Er scheint einige assyrologische Arbeiten und Übersetzungen geliefert zu haben. Um das Jahr 1970 schien sich Ludwig mit seinem Professor und Doktorvater überworfen zu haben. Ob die Tatsache, daß er den bei seinen Fähigkeiten so merkwürdigen Schritt des Eintritts in eine sicher nicht mehr als untergeordnete Position in die Hof-Wachszieherei getan hatte, die Ursache oder die Folge dieses Zerwürfnisses war, ging aus den Briefen nicht hervor. Möglicherweise hing das Ganze auch mit Solimans Eheschließung und der Geburt seiner Tochter (sie hieß Eschiva) zusammen. Der Inhaber der Hof-Wachszieherei, Herr Schindler, war ein Vetter Soliman Ludwigs. Vielleicht war es auch so zu erklären, daß Soliman Ludwig, der mitsamt seinen Eltern (er schien das einzige Kind gewesen zu sein) in finanziell nicht übermäßig glänzenden Verhältnissen

gelebt hatte, sich endlich im Alter von dreißig Jahren eine gewisse Unabhängigkeit verschaffen wollte, um das zu betreiben – davon gleich weiter unten –, was ihn und seine Freunde damals schon eigentlich bewegte, so stark bewegte, daß ihm jeder äußere Lebensablauf gleichgültig wurde. Vielleicht war die Beschäftigung, die Vetter Schindler ihm in seiner Wachszieherei bot, gar nicht so unangenehm und ließ viel Freiheit. Vielleicht hatte sich sogar Vetter Schindler für Solimans spätere Forschungen interessiert.

Seit der Mitte der sechziger Jahre – damals wurde der Briefwechsel mit Simon List intensiver – befaßte sich Ludwig zunehmend mit Mathematik und Astronomie, dann mit einem speziellen Bereich der Philosophie, nämlich den mittelalterlichen und frühchristlichen Geistesströmungen, die heute als Irrlehren gelten: dem Manichäismus, gnostischem und nestorianischem Gedankengut und vor allem der nun wahrhaft atemberaubenden – von der Katholica als Häresie bezeichneten – Lehre des Markion. Ob dies wissenschaftlich-historisches Interesse war oder ob gar eine bekenntnishafte Komponente hier eine Rolle gespielt hatte, ließ sich aus dem Material, das Anton L. zur Verfügung stand, nicht erkennen. (Möglicherweise enttäuschte Soliman Ludwig durch diese Hinwendung zu abseitigen Gebieten, die zwangsläufig eine Abwendung von dem assyrologischen seiner nie vollendeten Dissertation mit sich brachte, seinen Doktorvater, was dann vielleicht zu dem oben erwähnten Zerwürfnis führte.) –

Eine Enttäuschung war das ›Kontobuch‹. Soliman Ludwig hatte es kurz nach seinem Abitur als eine Art Tagebuch zu führen begonnen. Es enthielt einige Dutzend Seiten lang knappe Eintragungen über besuchte Vorle-

sungen und gelesene Bücher. Etwas breiteren Raum nahm die Schilderung einer zweiwöchigen Reise nach Venedig ein, die er in den Sommer-Semesterferien 1962 unternommen hatte. Soliman beschränkte sich aber auch hier darauf, die besichtigten Kirchen und Museen aufzuführen. Unter anderem hatte er die Insel San Lazzaro besucht – und zwar zweimal hintereinander in der ersten Woche seines Aufenthaltes und ein drittes Mal am Tag vor seiner Abfahrt. Mit Rotstift, den Soliman Ludwig sonst im ganzen Buch nicht verwendete, stand hinter der letzten auf San Lazzaro bezüglichen Eintragung: »Pater Rub.« (Auf San Lazzaro haben die armenisch-katholischen Mechitaristenmönche ihr Kloster und ihre berühmte Druckerei.)
Ein Briefwechsel mit »Pater Rub.« fand sich nicht.
Bald nach dem Aufenthalt in Venedig begann Soliman Ludwig das Tagebuch in fast nicht lesbarer Sütterlinschrift, danach in lateinischer Sprache und endlich in einer Geheimschrift fortzuführen. Da aber durchwegs auch innerhalb der Geheimschrift die Zahlen in den normalen Zahlzeichen geschrieben waren, war zu erkennen, daß Soliman Ludwig das Tagebuch bis in die letzte Zeit fortgeführt hatte. Die letzte Eintragung datierte vom 19. Juni dieses Jahres.
Die Teile in Sütterlinschrift enthielten weiter Notizen über gelesene Bücher, besuchte Seminare, Theater- und Konzertaufführungen, daneben aber auch Aufzeichnungen von einer merkwürdigen Reise. Über Innsbruck und Bozen war danach Soliman Ludwig nach Ferrara gereist, nach Florenz und Rom, nach Manfredonia, Durazzo, Korfu, nach Athen, Konstantinopel, Jerusalem, nach Bagdad und von dort aus zur Burg Alamut in Persien, wo ihn Hassan, der dort seit einem

Jahrtausend verborgen lebende Scheich ul Dschibal oder der Alte vom Berge in das Innere der Erde führte und die 121 Geheimen Bücher der Assassinen zeigte. Aus dem letzten Abschnitt dieser Reisebeschreibung war also zu vermuten, daß zumindest dieser Teil der Reise, wahrscheinlich aber die ganze Reise, nur eine Mystifikation war. –

Der Schreiber jener kurzen Mitteilung an Soliman Ludwig, die Anton L. in der Hof-Wachszieherei gefunden hatte, hatte mit der Abkürzung ›C‹, unterschrieben, der Überbringer der Mitteilung, der außen auf das Kuvert seinen Gruß geschrieben hatte, hieß ›E‹. Weder ein C. noch ein E. fand sich unter den gut dreißig Absendern der Briefe, was natürlich nicht weiter verwunderlich war, da die beiden mit Soliman in einer Stadt lebten und mit ihm nicht schriftlich verkehrten. In den Briefen von Simon List war allerdings mehrfach von einem sehr alten Mann namens Lorenz Eschenlohe die Rede und von einem Verlagslektor mit Namen *Candtler*.

Als Anton L. diesen Namen las und daß dieser Candtler Verlagslektor gewesen war, dämmerte ihm die Erinnerung an einen Mann, dem er in den drei Jahren seiner eigenen Verlagstätigkeit begegnet war. Der Name in dieser Schreibweise war selten, es war nicht anzunehmen, daß es zwei Verlagslektoren dieses Namens gab, und zudem erwähnten die Herrn Candtler betreffenden Briefstellen einige äußere Umstände, deren sich auch Anton L. wieder erinnerte. Herr Candtler war in einem anderen Verlag, also nicht in dem Haus, in dem Anton L. gearbeitet hatte, in einer herausgehobenen Position beschäftigt. Der B.-Verlag, in dem Candtler seit vielen Jahren Cheflektor war, zeichnete sich durch Seriosität und Vornehmheit aus. Hektik, Unordnung, Getriebe waren dem Hause B., das das Verlagsgeschäft durch 200 Jahre nun schon in der siebten Generation betrieb, fremd. Dafür gab es marmorverkleidete Stiegenhäuser, eichene Schränke, gediegene Flügeltüren, gedämpfte Ruhe und einen Lift von exemplarischer Langsamkeit. Es ist nicht ausgeschlossen, daß dieser Lift sozusagen das Motto des Hauses war (ruhig, leise, zuverlässig) und gleichzeitig dazu geeignet, selbst den aufgeregtesten und umtriebigsten Autor in die Atmosphäre des Verlages einzustimmen. Zunächst dauerte es lange, bis der Lift überhaupt kam. Dann schoben sich lautlos zwei solide Türen (eine aus Eisen, eine aus Holz) zur Seite. Man stieg ein und drückte auf den Knopf, der das gewünschte Stockwerk bezeichnete. Daraufhin passierte gar nichts. Erst wenn ungeduldige Lift-Passagiere schon wieder aussteigen und sich beim Portier (der merkwürdigerweise fast immer ein hübsches Mädchen war) beschweren wollten, schloß sich leise, aber entschieden zunächst die innere, hölzerne Tür, dann, nach angemessener Pause, auch die äußere, eiserne. Ob sich der Lift dann in Bewegung setzte, konnte der Passagier nicht erkennen. Die Bewegung war zu langsam. Wenn man auf einem Baum sitzt, spürt man auch nicht, daß er wächst. – Fast verschwenderischer Luxus umgab den Passagier: ein Spiegel, eine gepolsterte Sitzbank – alles gediegen und geschmackvoll –, ein Hocker, ein Schirmständer, ein Messing-Garderobehaken. (Angesichts der Zeit, die der Lift vom Keller etwa bis in den fünften Stock unterwegs war, war die Einrichtung nicht abwegig.) Wenn der Lift dann, endlich angekommen, nach längerer, lautloser Vorbereitung zunächst die äußere Türe öffnete und

schließlich auch die innere auseinanderfaltete, so entließ er im zweiten Stock einen zu Ruhe und Verhaltenheit geläuterten Autor, wie bekenntnisglühend oder zornrot dieser ihn auch im Parterre betreten haben mochte. Dabei konnte man über den B.-Verlag gerechterweise überhaupt nie zornrot werden. Alles war musterhaft korrekt. Geld war mehr als genug da. Man hatte manchmal das Gefühl, der B.-Verlag sei nicht darauf angewiesen, ja nicht einmal darauf aus, seine Bücher zu verkaufen. (Das galt für die Belletristik, natürlich nicht für die umfangreiche Verlagstätigkeit auf einem bestimmten, sehr wichtigen Sachbuchsektor, der das wirtschaftliche Rückgrat des Verlages bildete.)
Candtler war ein kleiner, schlanker Herr mit einer sogenannten zierenden Glatze. Die meisten Männer verlieren mit den Haaren einen nicht unbeträchtlichen Teil ihrer Ansehnlichkeit. Es gibt wenige, Herr Candtler gehörte zu ihnen, die dank ihrer edlen Schädelform durch Haare eher verloren hätten. Dazu trug Herr Candtler einen weißgraumelierten Schnurrbart von, man kann nicht anders sagen, adeligem Erscheinungsbild. Im ganzen sah Herr Candtler aus wie ein nach jahrelangem Aufenthalt in den Kolonien heimgekehrter englischer Offizier. Solche Leute sind auf feine Art unorientiert, aber nicht aus Unfähigkeit, eher aus Unwillen. Sie wissen, daß man nur ›auf dem Laufenden‹ sein kann, wenn man seinerseits läuft, und das lehnen sie ab. Sie entwickeln einen sanften Zynismus, und dadurch, daß sie – forensisch gesprochen – schlechte Parteien, aber gute Schiedsrichter sind, entwickeln sie oft eine Treffsicherheit im Denken und im Ausdruck, die beweist, daß sie in ihrer Tiefe, also auf einer ganz anderen Ebene, doch ›auf dem Laufenden‹ sind, und wie! So

einer war Herr Candtler. Er hatte Jahre hindurch einen ganz bedeutenden Autor seines Hauses – einen der bedeutendsten Autoren deutscher Sprache in unserem Jahrhundert – betreut, und sein Verdienst war es eigentlich, daß die Bedeutung dieses Autors allmählich nach dem Kriege offenkundig wurde. Nach dem Tod dieses Autors besorgte Herr Candtler den Nachlaß, und damals, als Anton L. Candtler kennengelernt hatte, verkaufte der B.-Verlag widerwillig Auflagen um Auflagen der Bücher dieses Autors, die fast schon ›Bestseller‹ waren. (Ein Wort, bei dem Herr Candtler nicht angestanden hätte, zu fragen: Was ist das?)
Der Verlag, in dem Anton L. gearbeitet hatte, gab eine Reihe von Anthologien heraus. In eine sollte eine Erzählung jenes von Candtler betreuten Autors aufgenommen werden. Der Autor lebte damals noch, ein in Literaturkreisen bekannter, um nicht zu sagen gefürchteter Wutpinkel. (Hatte der B.-Verlag eigens für diesen Mann seinen beruhigenden Lift errichten lassen?) Nun hatte aber der Herausgeber dieser Anthologien, ein gewisser Mariko Röck-Wawrutzki, einmal über den B.-Verlags-Autor etwas geschrieben. Röck-Wawrutzki war einer jener Literaten, die durch beharrliches Schreiben über die eigene Bedeutung mit den Jahren auch in anderen Leuten diesen Aberglauben einzupflanzen vermögen. Zu eigentlich Schöpferischem hatte es bei Röck-Wawrutzki nicht gereicht; er ›gab heraus‹, rezensierte und verfaßte Feuilletons. Das dümmliche Feuilleton über den B.-Verlags-Autor – der Leser weiß es sicher ohnedies schon: Es war niemand geringerer als Kajetan von Schlaggenberg – hatte wieder einmal einen von Schlaggenbergs Wutanfällen hervorgerufen, einen dieser gefürchteten privaten Tornados. Schlaggenberg

schwor, ›den Eunuchen Röck-Klawitschnick oder wie er heißt‹ bei nächster Gelegenheit zu zerquetschen. (Schlaggenberg trieb viel Sport, war groß und noch im Alter muskulös; Röck-Wawrutzki war ein kümmerlicher, knochiger Stubenhocker; wie eine tatsächliche körperliche Konfrontation der beiden geendet hätte, wäre nicht zweifelhaft gewesen.) Und nun gab, allerdings nach Jahren, ausgerechnet dieser Röck-Wawrutzki die Anthologie heraus. Wenn Röck-Wawrutzki einigermaßen eine Vollständigkeit des Zeitraumes anstreben wollte, den seine Anthologie umfaßte, so durfte Schlaggenberg nicht fehlen. Anton L. hatte die heikle Aufgabe – Röck-Wawrutzki traute sich selbst jetzt, nach langer Zeit, nicht dorthin, wo er im unglücklichen Fall Schlaggenberg begegnen könne –, zwischen den Verlagen zu vermitteln. Es waren mehrere Besprechungen notwendig. Herr Candtler löste dann das Problem mit Delikatesse: Anton L.s Verlag stellte eine Photographie zur Verfügung, auf der Röck-Wawrutzki zu sehen war, wie er einer abfahrenden Straßenbahn nachlief. Die Straßenbahn wurde weggeschnitten, dafür hinter Röck-Wawrutzki ein Bild Schlaggenbergs einkopiert. Schlaggenbergs liebster Sport war das Bogenschießen. Das war auch der einzige Punkt, wo der im übrigen bescheidene Schlaggenberg eitel war. Er ließ sich deshalb gern als Bogenschütze photographieren, obwohl er sonst einen Horror vor jeder Person mit einem Photoapparat hatte. So ein stolzes Bogenschützenbild wurde also in passender Größe einkopiert, das Ganze vergrößert, gerahmt und mit der Unterschrift ›Röck-Witzwellek oder wie er heißt, ergreift das Hasenpanier‹ versehen. Ein gewisses Risiko war immer noch dabei, aber Schlaggenberg lachte

fürchterlich, als er das Geschenk entgegennahm, und war mit der Aufnahme seiner Erzählung in die Anthologie einverstanden.
Auch später noch hatte Anton L. Herrn Candtler – dessen Schnurrbart mit den Jahren fast noch schöner wurde – öfter getroffen; auch mit ihm gesprochen. Nie hatte Anton L. bei Candtler ein Anzeichen dafür entdeckt, daß er sich für diese schon nahezu okkulten Dinge interessierte, die Soliman Ludwig beschäftigten. (Wenn Anton L. die alten Verlagsverzeichnisse des B.-Verlags zur Verfügung gehabt hätte, hätte er allerdings eine Entdeckung gemacht. 1962 war dort in der Reihe ›Studien zur alten Geschichte‹ ein kleines Werk mit dem Titel erschienen: ›Die Bibliotheken der Haschâschîn und die Folgen ihrer Zerstörung durch den Il-Chan Hulagu 1256‹ von Soliman Ludwig.)
Anton L. schränkte, nachdem er die Briefe an Soliman Ludwig gefunden hatte, seinen ›Geschäftsplan‹ ein, so sehr beschäftigte ihn die Lektüre, obwohl sie für das, was nun schon fast eine Detektivarbeit war, wenig erbrachte. Zu erkennen war, daß Soliman Ludwig, Herr Candtler, der wohl nur eher mit praktischen Aufgaben in diesem Zusammenhang betraute Eschenlohe und korrespondierend Simon List sich zusammengefunden hatten, um nichts weniger zu unternehmen, als einen Bestand der auf der ganzen Welt vorhandenen Geheimbibliotheken aufzunehmen. Offenbar tendierte Soliman Ludwig dazu, auch die Bestände der untergegangenen Bibliotheken zu erforschen, ein Unterfangen, von dem Simon List immer wieder abriet. Dennoch scheint sich Ludwigs Interesse dahin verlagert zu haben. Ein Brief Simon Lists war fast ärgerlich. Zuletzt, im allerletzten Jahr, schien sich Ludwig auf einen einzigen Punkt zu

konzentrieren, auf die Enthüllung eines speziellen Geheimnisses, dem er sich auf der Spur glaubte. Was das war, ging aus den Briefen nicht hervor. Dieser Stein der Weisen wurde von Simon List immer nur – irgendwie schamhaft – mit ›Das, was Sie suchen‹ oder ›Das, was man finden muß‹ oder schlicht mit ›DAS‹ umschrieben. Anton L. überlegte, ob er nicht Herrn Candtlers Wohnung ausfindig machen oder gar nach Salzburg fahren solle, um in Simon Lists Wohnung (deren Adresse ihm ja von der Briefmappe bekannt war) zu suchen, denn vielleicht hatte Soliman Ludwig in seinen Briefen an List, die dieser wohl aufbewahrt hatte, offener geschrieben. Aber das war gar nicht nötig, denn an einem Tag Ende August, an einem Tag, an dem Anton L. überhaupt keinen konzentrischen Teil seines ›Geschäftsplanes‹ absolviert und nur in den Briefen Simon Lists gelesen hatte – er war fast fertig damit –, lag die Briefmappe geschlossen, und zwar verkehrt herum, also die hintere Seite des Deckels nach oben, auf dem Tisch im Salon. Anton L., der die Lektüre kurz unterbrochen hatte, um Sonja zu füttern, kam zurück, um weiterzulesen. Sein Blick fiel auf die Daten auf dem Deckel, die Daten der Briefe Soliman Ludwigs an Simon List. Das letzte Datum: 25. Juni.
Dieser Brief konnte noch nicht befördert sein, selbst wenn ihn Ludwig früh am Tag geschrieben und aufgegeben hatte. Anton L. machte sich auf schwierige Ermittlungen gefaßt (Erforschung des zuständigen Postamtes usw.), aber schon der erste Schritt hatte Erfolg. Soliman Ludwig hatte den Brief nach Geschäftsschluß geschrieben (während Eschenlohe mit der Botschaft Candtlers zur Wachszieherei unterwegs war) und erst spät am Abend eingeworfen. Der Postkasten an der

Ecke Hethum-Straße wurde am 25. nicht mehr geleert, er wurde überhaupt nie mehr geleert. Als ihn Anton L. mit seinem Brecheisen aufsprengte, fielen dreißig oder vierzig Briefe zu Boden. Anton L. erkannte darunter sofort den Brief mit der schönen, malenden Handschrift Soliman Ludwigs.

XIII
Ein Brief

»Lieber Freund Simon List,
ich weiß, Sie glauben es immer noch nicht: Es ist keine Spielerei – ich bin überzeugt. Vielleicht ist überzeugt ein falsches Wort, *noch* ein falsches Wort, denn *Zeugen* habe ich noch nicht, *den* Zeugen habe ich noch nicht gefunden. Also sage ich Ihnen: Ich bin sicher, nicht in einem okkulten, mystischen, kabbalistischen Sinn, sondern in einem nüchtern-logischen Sinn. Mich hat die Logik immer schon genauso bewegt wie alles Kabbalistische.
Nun sage ich es Ihnen –
Gesagt habe ich es Ihnen schon, das letzte Mal, als Sie da waren. Ich *schreibe* es Ihnen. Auch das bräuchte ich nicht, weil ich weiß, daß Sie behalten haben, was ich Ihnen und C. und E. erzählt habe. Ich schreibe es *mir*, auch wenn ich diesen Brief wegschicke.
Was ist die Welt (ich meine das Weltall)? Ein Knäuel von mehr oder weniger lebendigen Substanzteilen. Je lebendiger diese Substanzteile sind, Zellen nennen wir sie ja dann im Regelfall, desto mehr beeilen sie sich seit ganz unvorstellbar ferner, dunkler (oder vielleicht feuerroter) Zeit, das Eine zu tun, was das Um und Auf geblieben ist: mehr aus sich zu machen. Alles will eine Matrix bilden. Jede Zelle, jedes Konglomerat von Zellen vom Pantoffeltierchen bis zum Menschen hat, wenn man ehrlich ist, muß man es zugeben,

nur Eine Tendenz: sich zu vermehren. Jedes Lebewesen tendiert, nein: drängt dazu, um sich herum ihm entsprechende Lebewesen zu schaffen oder vorhandene Strukturen entsprechend dem eigenen Bild umzustempeln. Die Matrize ist das Geheimnis des Lebens.

Ob ich an Gott glaube, haben Sie das vorletzte Mal gefragt. Ich definiere meinen dahingehenden Zustand so: Ich zweifle seit einiger Zeit an der Nichtexistenz eines Gottes. Wenn es den Guten Alten (oder Bösen? Zornigen?) gibt – ich zweifle ja erst, kann also unter Vorbehalt despektierlich reden –, kann die biblische Form des Herrn gut eine Möglichkeit sein, und dann wüßte man, daß auch ein Geistwesen nicht frei vom Zwang der Matrix ist: Er hat den Adam nach Seinem Bild geschaffen. (Obwohl, könnte ein Zyniker sagen, günstigere Modelle denkbar gewesen wären.)

Aber auch der Geist ist nicht frei von der Fortpflanzungssucht, bewahre: Die Geschichte der Wissenschaften ist auch eine Geschichte der Proselytenmacherei. Jeder Gelehrte hat seine Schüler, denen er seine Geistesausrichtung aufprägen will. Alles besteht im Ummünzen, Umwerten nach dem eigenen Vorbild. Die Amöbe ist darin in ihrer Weise nicht besser als Platon. Ich habe deshalb berechtigten Anlaß zur Vermutung, daß die Welt, unsere Welt, die Erde und ihre Schöpfungseinheit auch den Hang und Drang zur Matrize hat. Das Ergebnis war ES – das Buch.

Das Weltall kann kein zweites Weltall neben sich schaffen, das geht, wenn Sie wollen, sage ich: aus Raumgründen nicht, aus Gründen begrenzter Atom-

zahlen usw. Der Matrixdrang, aufgefächert zunächst in das ungeheure Spektrum der Weltenvielfalt, hat sich, unter dem Druck des ›Fortpflanzungswillens‹, der keine andere Bahn gefunden hat, in einem Focus geschnitten, und in genau diesem Focus *mußte* dann das neue – neu/alte – Bild der Welt, das Geprägte, das Gestempelte, das Entsprechende entstanden sein.
Die einzige Möglichkeit, die unsere Suche zunichte machte, wäre – die *einzige* Möglichkeit –, daß dieser Focus noch nicht entstanden ist und noch in der Zukunft liegt. *Dann* können wir ihn natürlich nicht finden.
Ob dieser Focus die Bemühung eines einzelnen Mannes war, dem alle Welterkenntnisse als eine ihm selbst unbegreifliche Offenbarung zugeflossen sind, oder ob er das Werk einer Gruppe von Menschen war, die sich jahrhundertelang im geheimen um die Niederschrift plagten, weiß ich nicht. Ich nehme an, aber das ist eine untergeordnete Arabeske, daß es eine Dynastie von nicht sehr hochgestellten Assassinen-Emiren war, die im Lauf von etwa 200 Jahren in einer Burg am Nordabhang des persischen Elburs-Gebirges das Werk verfaßten. Bei der Vernichtung aller Assassinen-Burgen durch den Mongolen Hulagu 1256 müßte das Werk vollendet gewesen sein. Vielleicht wurde es zu dem anderen, bei dieser Vernichtung übriggebliebenen Assassinen-Zweig im syrischen Nosairi-Gebirge in Sicherheit gebracht oder vielleicht auch vergraben. Hulagu, weiß man, ärgerte sich, daß er die Schätze der Assassinen trotz jahrelanger Suche nicht fand.
Das Recht zur Vermutung, daß die Welt sich in Form

eines Buches ›matriziert‹ hat, nehme ich aus dem Negativen: als was sonst? Ich sagte schon – die Welt stand unter dem Zwang, sich abzuprägen. Sie wird also den relativ einfachsten Weg gewählt haben – besser gesagt: Der Drang wird sich dort Bahn gebrochen haben, wo es am leichtesten war. In welcher Form läßt sich Erkenntnis leichter und einfacher auf relativ kleinem Raum darlegen als in einem Buch? Denken – Sprache – Schrift – Buch ... das sind die Stationen der Matrix Welt. Es muß also – es *hat* also ein Buch gegeben, in dem alle Erkenntnis der Welt enthalten war. Es gibt das Buch noch. (Einzige Einschränkung, wie gesagt: Es wird es erst geben; das konzediere ich; und dann müssen wir natürlich scheitern. Ich glaube es aber nicht, denn wir stehen ja wohl eher am Ende der Welt als am Anfang, und die Welt wird mit ihrer Matrixbildung nicht so säumig gewesen sein.)
Das Peinliche an der Sache ist, daß die Welt nichts für die Verbreitung ihrer Ausprägung in dem Buch getan hat. Wie die meisten Lebenseinheiten verlor auch sie das Interesse an ihrem Bilde, als es einmal geprägt war. Natürlich ist es möglich, daß das Werk verlorengegangen ist. Dann aber wäre die Welt unverzüglich zu neuer Ausprägung geschritten. Vielleicht hat sie das ohnedies – nach einer Erschöpfungspause, den jeder Zeugungsakt erfordert – getan. Vielleicht ist jenes Buch im Elburs schon das tausendste. Daß ich gerade nach *diesem* Buch fahnde – und Sie und C. und E. mit mir –, hat den schlichten äußeren Grund, daß ich Anhaltspunkte für *seinen* Ort habe, für andere nicht.
Eschiva kann jetzt schon bis zwanzig zählen. Neulich habe ich ihr die hebräischen Buchstaben erklärt. Per-

spektivisches Zeichnen hat sie rasch begriffen. Wir überlegen, ob wir sie nicht im Herbst gleich in die zweite Klasse einschulen sollen. Die hiesige *Zauberflöte* war recht gut. Schindler muß nächste Woche verreisen, ich kann deshalb am Samstag nicht weg. Annas Finger ist besser.
Es grüßt Sie

Ihr Soliman Ludwig.«

XIV

Eine Vedute von Canaletto

Von der kurfürstlichen Residenz bis zum Hotel waren es nur wenige hundert Meter. Anton L. war das kurze Stück zu Fuß gegangen. Nun ging er, es war schon fast Abend, durch das hohe Gras und Unkraut, das längst aus allen Ritzen zwischen den Pflastersteinen und aus allen Spalten des Asphalts hervorgeschossen war, wieder zurück. Auch auf den Dächern der Häuser wucherte Unkraut. Von manchen Balkonen hing das üppige Grünzeug wie Bärte.

›Das Buch‹ hatte Anton L. in der kurfürstlichen Bibliothek nicht gefunden. Anton L. war nicht enttäuscht, eher hätte ihn der schnelle, billige Erfolg stutzig gemacht.

Er hatte aber etwas anderes bei sich. In ein Leintuch gewickelt, das er roh aus dem riesengroßen Bett des Kurfürsten gezogen hatte, trug er ein Bild unter dem Arm. Es war Canalettos berühmte Ansicht der Stadt, eine hervorragende Arbeit dieses Meisters, die im Schlafzimmer des Kurfürsten gehangen hatte. Anton L. war, nach dem erfolglosen Suchen in der kurfürstlichen Bibliothek, auf dem Weg zurück wieder durch das Schlafzimmer gekommen. Ein später Sonnenstrahl fiel quer durch den Raum, ließ die goldenen Lilien auf dem blauen Samt des Betthimmels aufblinken und beleuchtete diesen Canaletto. Es war kein großes Bild. Es zeigte den Blick über die Stadt vom jenseitigen Ufer des Flusses aus. Beide Flußufer waren damals noch unbebaut. Der Fluß schlängelte sich in mehreren Armen durch Wiesen und sumpfige Auen. Ein paar Kühe weideten im Vordergrund, auch spielten sich hier und auf der Brücke über den Fluß bis fern hin zum Tor (das Tor stand heute noch) verschiedene Genreszenen ab: fahrende Händler feilschten, einem Holzfuhrwerk war ein Rad gebrochen, Bürgerfamilien ergingen sich in der Idylle, ein Hündchen sprang, eine vornehme vierspännige Karosse fuhr mit verschlossenen Vorhängen dahin, ein Bettler zog den Hut vor einer Sänfte. Die Stadt mit ihren vielen Türmen war weit im Hintergrund als ein Panorama. Die Abendsonne spiegelte sich in der Kupferkuppel der damals neu erbauten Hofkirche, der barocke Block der Residenz erhob sich über den dichtgedrängten Bürgerhäusern; die Stadtmauern standen noch, aber die elenderen Siedlungen uferten schon darüber hinaus. Über der Stadt wölbte sich der klare Abendhimmel eines herbstlichen Föhntages. Canaletto hatte eine fast handschriftliche Art, mit kräftigen und doch subtilen Pinselstrichen solche unnennbar kristallene Himmel zu malen: blau und doch golden. Ein herrliches Bild. Anton L. beschloß sogleich, sein Hotelzimmer damit zu schmücken. Später, beschloß er dabei, würde er sich noch Rembrandts kleines Selbstbildnis und vielleicht auch sein Lieblingsbild, jene ergreifende, fast impressionistische Dornenkrönung des greisen, nahezu hundertjährigen Tizian aus der Nationalgalerie holen, wobei allerdings – überlegte Anton L. – wegen der Größe des Bildes Transportschwierigkeiten auftreten könnten. Für Sonjas Zimmer faßte er Van Goghs ›Sonnenblumen‹ aus der Neuen Staatsgalerie ins Auge. –

Vor dem alten Haupt-Postgebäude an der Ecke des Residenzplatzes, wo die Anakreon-Straße anfing, raschelte es im Unkraut. Eine große Pfütze, fast schon ein Teich, war von der Überschwemmung her in einer Vertiefung stehengeblieben, die dadurch entstanden war, daß die Straßendecke eingesunken war. Wahrscheinlich war ein Kellergewölbe darunter eingebrochen. Anton L. setzte vorsichtig den Canaletto ab und lehnte ihn an eine Säule des Hoftheaters. Er nahm sein Gewehr von der Schulter. (Er kannte dieses Rascheln schon.) Zwischen den Häusern war es bereits dunkel, aber Anton L.s Augen waren längst geübt. Ein Schwarm von Fasanen flog auf. Anton L. riß die Büchse hoch und schoß, zweimal, und noch ein drittes Mal. Ein Fasan torkelte im Flug, flatterte und fiel dann in der Anakreon-Straße, in Höhe des Seidengeschäftes Michelleuthner, zu Boden. Der Nachhall der Schüsse rollte durch die Straßen. Anton L. erschreckte dergleichen nicht mehr. Schwärme von anderen Vögeln flogen auf und schwirrten eine Zeitlang über den Dächern. Plötzlich rasselte aber etwas anderes: Ziegel fielen zur Erde, und zwar von den Häusern, denen der bronzene Kurfürst den Rücken zuwandte. (In einem davon war die Wachszieherei Schindler.) Wahrscheinlich war das Dach schon vordem schadhaft gewesen. Der Schaden hatte sich dann wohl durch das auch hier am Dach wuchernde Unkraut vergrößert. Die Druckwelle der drei Schüsse hatte genügt, die Ziegel jetzt zu lockern. Wie eine flache Lawine schob sich die Ziegelschicht zusammen und fiel herab. Die Ziegel zerbarsten auf dem Pflaster. Es prasselte lange; zum Schluß bedeckte ein übermannshoher Schutthaufen den Eingang der Hof-Wachszieherei.

»Merkwürdig«, sagte der bronzene Kurfürst.
– Ja, merkwürdig, dachte auch Anton L. Jetzt würde ich die folgenschwere Botschaft nicht mehr finden. Aber ich brauche sie ja auch nicht mehr zu finden. Ich habe den Weg, den mir die Botschaft zeigt, schon fast zurückgelegt. Nur: ich werde mir eine neue Quelle für Kerzen suchen müssen. (Er brauchte nicht mehr viel Kerzen. Sein Tageslauf hatte sich im Lauf der Monate seit dem 26. Juni auf das Tageslicht abgestellt. Wenn es hell wurde, stand er auf, wenn es dunkel wurde, wurde er auch müde und legte sich schlafen.)
Anton L. holte den erlegten Fasan und hängte ihn an seinen Gürtel. Erst als er schon fast am Hotel war, stutzte er: – hat jetzt da nicht der Kurfürst geredet, oder spinne ich?
Er blieb stehen, drehte sich dann langsam um und stellte den Canaletto an die Wand des Hotels. Anton L. wollte es sich sparen, das Bild nochmals bis fast zur Residenz und zurück zu tragen, auch wenn der Weg nur ein paar hundert Meter maß.
Angst hatte Anton L. keine mehr, schon länger nicht mehr. Angst verlernt man, auch wenn man – wie Anton L. – von Haus aus eher zur Kategorie der Hasenfüße gehört. Angst verfliegt mit der Zeit, so wie das Schwindelgefühl verfliegt, das man anfänglich hat, wenn man in einem ganz hohen Haus ganz oben wohnt; wohnt man länger dort, wird einem die Tiefe vertraut, der Körper richtet sich darauf ein. Anton L. hatte das vor Jahren an sich beobachtet, als er noch in dem Verlag arbeitete. Der Verlag befand sich in den drei obersten Stockwerken eines siebenstöckigen Bürohauses, das einen enormen Lichthof hatte. Alle Büros gingen auf einen schmalen Umgang heraus, der um den

Lichthof herumführte wie um einen gähnenden Abgrund. (›Sing-Sing‹ nannten alle, die hier arbeiteten, das Gebäude. Das hatte natürlich auch noch einen anderen Unterton.) Anton L.s Zimmer war im fünften Stock. Anfangs wurde ihm immer ganz schlecht, wenn er aus dem Lift auf den Umgang hinausstieg und fast um den ganzen Abgrund herum zu seiner Zimmertür ging. Aber mit der Zeit verflog das Schwindelgefühl. Anton L. konnte ans Geländer treten, der Abgrund war vertraut; Anton L. schaute hinunter, als wäre nichts, grüßte hinüber auf die andere Seite, als sei man zu ebener Erde. Aber nur im fünften Stock. Mußte Anton L. in den sechsten oder siebten Stock, stellte sich dort das Schwindelgefühl sofort wieder ein. Anton L. war es dann, als biege sich der Umgang mit dem Geländer langsam in den Abgrund hinunter. Er kam nicht oft genug in den sechsten oder siebten Stock, daß sich auch die Angst davor verloren hätte. Solang er im Verlag arbeitete, ging er im sechsten und siebenten Stock eng an der Wand entlang und nahm in Kauf, daß er mit Leuten zusammenstieß, die in hoher Eile aus den Zimmern herausschossen. Angst vor einem eventuell sprechenden bronzenen Kurfürsten oder ähnlichen Phänomenen hatte Anton L. nicht mehr.

Als Anton L. vor dem Denkmal ankam, war die Sonne schon verschwunden. Auch die Dächer der Häuser lagen jetzt im Dunkel. Der Himmel war hell. Den Platz durchzogen spinnwebfeine, graue Dämmerungsfäden, der feine, herbstliche Dämmerungsrauch, von dem man nicht weiß, ist er wirklicher Dunst oder nur der noch nicht ganz dichte Schatten der Nacht. Das Denkmal des Kurfürsten stand in der Mitte des Platzes wie ein unförmig-stacheliger schwarzer Block.

»Ich würde den Canaletto nicht so stehenlassen«, sagte der Kurfürst.
»Wer sollte ihn stehlen?« sagte Anton L.
»Sicherer wäre es gewesen, wenn Sie ihn in das Vestibül getragen hätten. *Ich* laufe Ihnen ja nicht davon«, sagte der Kurfürst.
»In den paar Minuten wird ihn kein Nashorn aufspießen«, sagte Anton L.
»Aber vielleicht sind Sie ja gar nicht allein in der Stadt?«
»Ich habe noch keine Spur von einem anderen menschlichen Wesen entdeckt«, sagte Anton L.
»Und wenn es zu regnen anfängt? Dann ist der Canaletto hin«, sagte der Kurfürst.
»Also!« sagte Anton L. »Ein klarer, wolkenloser Himmel. Wenn es, sagen wir, in den nächsten vier Stunden zu regnen anfängt, dann fresse ich ...« –
»... den Canaletto«, sagte der Kurfürst.
»Meinetwegen«, sagte Anton L. »Außerdem ist er in ein Leintuch eingewickelt.«
»In eines von *meinen* Leintüchern, wollten Sie sagen«, sagte der Kurfürst.
»Sie werden doch nicht behaupten wollen, daß dieses Leintuch aus dem 18. Jahrhundert stammt. Das Leintuch hat die Staatliche Schlösser-Verwaltung angeschafft, da haben – da hat – da hat –«
»– haben kurfürstliche Gnaden«, sagte der Kurfürst.
»– da haben keine kurfürstliche Gnaden je darin geschlafen.«
»Aber aus meinem Bett!« sagte der Kurfürst.
»Kurz und gut«, sagte Anton L., »es wird auch Euer kurfürstlichen Gnaden lieber sein, wenn das Leintuch naß wird, statt des Canaletto.«

»Ein Leintuch würde nicht viel nützen«, sagte der Kurfürst. »Da regnet es durch.«
»Es regnet nicht, und es wird auch nicht regnen, jetzt nicht und nicht in den zehn Minuten, bis ich wieder zurück bin«, sagte Anton L.
»Mir würde es einfach gegen den Strich gehen, einen Canaletto einfach an die Wand von einem Hotel zu lehnen«, sagte der Kurfürst.
»Gut«, sagte Anton L., »ich gehe also zurück, es könnte sich ja tatsächlich einer von den verfluchten Hunden an dem Bild vergehen.«
Anton L. wandte sich um und ging.
»Guten Abend«, sagte der Kurfürst.
»Pardon«, sagte Anton L., drehte sich nochmals um, verbeugte sich leicht, »guten Abend.«
»Es ist noch lange nicht gesagt, daß das alles Ihnen gehört, auch wenn Sie allein sind«, rief der Kurfürst.
Anton L. war schon wieder ein Stück in die Anakreon-Straße hineingegangen.
»Guten Abend, kurfürstliche Gnaden«, schrie er zurück. Ein Schwarm von Bleßhühnern strich verschreckt auf.
Der Canaletto stand noch unversehrt an der Hotelwand.
Nun war es schon fast Nacht. Noch während des Gespräches mit dem Kurfürsten hatte sich das rauchige Dämmergewebe zwischen den Häusern zu klarer Finsternis aufgelöst. Das leise Zirpen von oben, das Huschen und Schlurfen im Gras, plötzliches lautes Schnattern, Quaken und Gähnen, verhaltenes Pfeifen von ferne, ab und zu ein Knurren; die schon längst gewohnten Geräusche der Nacht setzten ein. Ein leichter Wind kam auf, hie und da blitzte ein Stern am Himmel

oder ein Paar wachsamer Augen in dem hohen Unkraut. (Erst vor wenigen Tagen hatte Anton L. hinter dem Hotel einen Luchs gesehen.) Alles das regte ihn selbstverständlich nicht mehr auf. Die ständige Aufmerksamkeit und Gespanntheit in so einer Situation bewahrte Anton L. schon nebenher. Aber als das Pferd aufsprang, gerade wie er die überdachte Säulenauffahrt des Hotels mit seinem Canaletto betreten wollte, erschrak er doch. Wohlgemerkt: er erschrak, Angst hatte er nicht. Das Pferd mußte sich in der offenen Auffahrt, in einer Art freiem Vor-Foyer, aufgehalten haben. Es war ein sehr großes Pferd, ein Falbe, und es leuchtete ein wenig in der Dunkelheit, als hätte es noch Tageslicht in seinem Fell gespeichert.
Der Falbe sprang die Anakreon-Straße hinauf, in die Richtung, aus der Anton L. gekommen war. Das Pferd hinkte ein wenig. Am unregelmäßigen Klappern der Hufe hörte man, daß es ein Hufeisen verloren haben mußte. Es sprang quer über die Straße und drüben in die etwas schräg weg und leicht abwärts führende Abenceragen-Straße hinein. Aber da hatte schon die große Explosion, die das Tier vielleicht um Sekunden vorausgeahnt hatte, Anton L.s Aufmerksamkeit ganz auf sich gezogen.
Wahrscheinlich war es so, daß irgendwelche einander feindlicher Chemikalien in einer Fabrik oder in einem Lager, vielleicht unter der Nachwirkung des Hochwassers oder weil Trennwände eingestürzt waren, sich zueinandergefressen und eine explosive Mischung gebildet hatten. Eine mehr als turmhohe, rotgolden brodelnde Feuersäule, von schwarzen Adern durchzogen, schoß jenseits des Flusses in die Höhe. Ein Donnerschlag folgte. Die Explosion war offenbar weit drau-

ßen am östlichen Rand der Stadt und für die Gegend hier nicht gefährlich, dennoch duckte sich Anton L. und trat mit dem Canaletto in die geschütztere Auffahrt des Hotels. Es war gut so, denn nach ganz kurzer Zeit fegte die Druckwelle der Explosion wie ein Orkan durch die Straße und riß alles mit sich, was nicht befestigt war oder was sich gelockert hatte: Blumentöpfe, Holzstücke, Fenster, Straßenschilder, Balken und kleine Bäume; ein Teil der Straßenbahnoberleitung wurde weggerissen und rollte, immer größer werdend, wie ein unordentliches Knäuel bis fast genau vors Hotel, und dann kam, groß wie ein Segel, ein Blechdach dahergeflogen, ratterte mit Getöse an den Häusern entlang, nahm alle Firmenschilder, die über die Front hinausragten, mit und verschwand in Richtung Residenz. Anton L.s Geschirr flog davon. Die Fensterscheiben der Häuser in der näheren Umgebung waren, wie erinnerlich, Opfer der ersten Schießübungen Anton L.s geworden. Ein paar waren unversehrt geblieben; die zerstörte jetzt die Druckwelle, leider auch zahlreiche Fenster im Hotel. Anton L. wurde gegen die Wand gedrückt, sonst passierte ihm nichts. Er stand auf, als die Druckwelle vorbei war, und lugte ums Eck. Links und rechts der großen Feuersäule schossen kleine, dünne Feuersäulen in die Höhe. Die große Feuersäule wurde gelbgrünlich und dann rasch schwarz, hob sich gegen den Nachthimmel im Osten nicht mehr ab. Bald breitete sich ein Feuerschein über den östlichen Horizont der Stadt aus, der sich einige Tage hielt.

Anton L. trug den Fasan in die Küche und ging dann mit dem Canaletto hinauf in seine Suite. Wie er schon befürchtet hatte, waren auch da Scheiben zerbrochen, elf Scheiben in drei Fensterflügeln. Er kam sofort auf die sehr einfache Idee, seine Fensterflügel mit den zerbrochenen Scheiben gegen intakte passende Flügel aus anderen Zimmern im selben Stockwerk auszutauschen. Die Fenster waren im ganzen Stock einheitlich, nur in den oberen Stockwerken kleiner. In Sonjas Zimmer – das auf den Hof hinausging – waren die Fenster nicht in Mitleidenschaft gezogen worden.

Anton L. rupfte den Fasan – es war nicht mehr der erste Vogel, den er erbeutet hatte – und briet ihn. Er heizte, wie immer, mit den Sesseln aus dem Konferenzzimmer, seit Ende August das Gas weggeblieben war. Ein Vorrat von diesen Sesseln war in der großen Hotelküche in einer Ecke aufgestapelt, daneben lag das Beil. Während der Fasan im Rohr briet, nahm Anton L. einen der Sessel – das letzte Mal, daß jemand darin saß, morgen würde er ins Feuer wandern –, rückte ihn an den Herd und dachte nach. Ein Mitglied der inzwischen schätzungsweise 25 Köpfe großen Katzenfamilie, eine schwarzweiß gefleckte junge Katze, kam in die Küche, sah den Haufen Fasanenfedern am Boden, stutzte, stellte den Schwanz in die Höhe, fauchte und fuhr in den Haufen, daß die Federn hochaufstoben. Die aufstrebenden Federn versetzten die Katze in Raserei. Sie sprang den Federn nach, biß nach ihnen, gab ihnen Ohrfeigen, manchmal mit beiden Vorderpfoten gleichzeitig. Nach einiger Zeit war die Katze so außer Atem, daß sie sich neben den Herd legte, sich einringelte und schlief.

Eine Kerze brannte in der Küche, eine sehr große Kerze. Im übrigen gab das Herdfeuer Licht. Aber Anton L. las nicht, während der Fasan briet – ein recht annehmbarer Duft durchzog langsam die Küche –, er

las nie während des Kochens, er dachte nach. Er dachte Dinge wie: – Ich bin jetzt Weltmeister aller Disziplinen. Ich bin Weltmeister im Hochspringen, Weltmeister im Weitspringen, Weltmeister im 100-m-Lauf, Weltmeister im Radfahren, Weltmeister im Gewichtheben …
Er stand auf, nahm den schweren Block, auf dem er die Stühle zerhackte, und stemmte ihn in die Höhe. Als er ihn wieder zu Boden plumpsen ließ, wachte die Katze auf, schaute vorwurfsvoll, gähnte und ringelte sich im anderen Uhrzeigersinn wieder zusammen.
– Weltmeister im Gewichtheben. Kann man allein zum Beispiel Weltmeister im Tennisspielen sein? In Schach? Selbst wenn ich, dachte Anton L., den schweren Block nicht heben könnte, sondern nur zum Beispiel diese Zündholzschachtel, wäre ich Weltmeister im Gewichtheben, und selbst wenn ich nur hinken und humpeln könnte und bis zum bronzenen Kurfürsten eine Stunde bräuchte, wäre ich Weltmeister im 1000-m-Lauf. Aber: bin ich auch Weltmeister in etwas, was ich überhaupt nicht kann? etwa: Segelfliegen? oder Bridge? Golf?
Der Fasan war fertig. Die zwangsläufige Übung hatte Anton L. durchaus zu einer gewissen Höhe an Kochkunst geführt. Dennoch war der Fasan nicht so, daß er dem früheren gastronomischen Ruhm dieses Hauses Ehre gemacht hätte. Ein Stammgast, etwa Herr Pfeivestl, hätte ihn ohne Zweifel wegen Zähigkeit zurückgehen lassen. Aber er war genießbar. Anton L. löschte in der Küche die Kerze aus, deckte den Herd zu und servierte den Fasan auf dem 63. Gedeck im großen Speisesaal. Zum Fasan gab es eine halbe Dose Erbsen. Die andere halbe Dose bekam Sonja.
Bevor sich Anton L. heute schlafen legte, nahm er sei-

nen Feldstecher (er war auch aus dem Waffen- und Jagdausrüstungsgeschäft schräg gegenüber dem Hotel), lehnte sich aus dem Fenster und suchte den östlichen Horizont ab. Gleichmäßiger Feuerschein hatte sich ausgebreitet. Einzelnes war nicht zu sehen.

Der Feuerschein hielt sich, bis gegen Ende der nächsten Woche der erste Herbstregen einsetzte.

XV
Das Schlößchen

Als es gegen Ende der folgenden Woche zu regnen begann – es war inzwischen Mitte September –, war es klar, daß der Sommer vorbei war. Es kamen dann zwar im Oktober noch vereinzelt schöne Tage, aber die Herbststürme setzten schon im September ein. Der Sommer war vorbei.

Anton L. hatte zu der Zeit – vorübergehend – seine konzentrischen Entdeckungsfahrten eingestellt, er wollte wieder eine radiale Durchbrechung einschieben. Zunächst stellte sich aber das Heizungsproblem. Der kalte Regen, der unfreundlich die Hauswände netzte, erinnerte Anton L. daran, daß er irgendwie für den Winter würde vorsorgen müssen. Noch fror er zwar eigentlich nicht, fröstelte nur, wenn er auf den Regen hinausblickte. Auch Sonja fröstelte.

Das Hotel hatte Zentralheizung; zudem war es an ein Fernheizwerk angeschlossen. Von da war nichts mehr zu erwarten. Elektrische Heizkörper gab es, die halfen nichts. Öfen gab es nicht. Nur in der Küche wurde es warm, wenn Anton L. den Herd heizte. Aber er mochte sich nicht immer im Souterrain aufhalten.

Zunächst zog sich Anton L. wärmer an, holte sich wärmere Bettdecken. Der Versuch, im Salon seiner Suite mit Parkettbrettern aus anderen Zimmern ein Feuer in einem großen Kupferkessel zu machen, schlug fehl. Der Kupferkessel, schwer und ziemlich flach, stand im

Foyer und diente als Untersatz für einen mächtigen Philodendrontopf. Dieser Philodendron gehörte zu den Pflanzen, die Anton L. goß. Der Philodendron hatte inzwischen Luftwurzeln gebildet, die unter Möbel, Teppich und in Parkettritzen krochen. Es war nicht einfach, den Kupferkessel unter der schweren Zierpflanze hervorzuziehen. Dann schleppte Anton L. den Kessel (es war eher eine breite Pfanne) in seinen Salon, zerwuzelte Zeitungen (die gab es in großer Menge am Zeitungsstand des Hotels, alle vom 25. Juni, manchmal las Anton L. darin, bevor er sie zum Anheizen hernahm), brach mit seinem Beil Parkettbohlen aus Zimmer 16 (dem Zimmer neben Sonjas Zimmer) und machte Feuer. Es prasselte zwar bald, aber der Rauch war enorm. Im Nu hatte sich die ganze Suite mit schwarzem Qualm gefüllt. Die Flammen züngelten bedenklich gegen die Tapeten. Anton L. riß die Fenster auf und goß Wasser in die Kupferpfanne. Es zischte. Die Pfanne war so heiß geworden, daß man sie nicht mehr anfassen konnte. Anton L. schlang einen Gürtel durch einen der Henkel des Kessels und zog ihn hinaus auf den Korridor. Dort qualmte er noch eine Stunde. Im Salon waren der Plafond und stellenweise die Wände schwarz vor Ruß. (Um sein Tapetentagebuch weiterführen zu können, mußte er es vom Ruß freiwischen. Heute schrieb er hin: Feuersbrunst im Zimmer.) Dort, wo die Pfanne gestanden hatte, war ein großer, brauner Fleck im Teppich. Es stank tagelang nach kaltem Rauch, obwohl Anton L. ständig lüftete, es stank eigentlich sogar im November noch, als Anton L. das letzte Mal umzog.
Dieser neuerliche Umzug hatte mehrere Gründe. Zu Anfang November hatte es das erste Mal geschneit. Es wurde eiskalt. Sonja war nahe am Eingehen. Anton L.

quartierte sie in die Küche um. Das Tier ließ sich diesmal leichter einfangen, weil sie sich, wahrscheinlich vor Kälte, fast nicht mehr rührte.
In der Küche wurde es nie ganz kalt. Die Küche war im Souterrain und hatte wenig Fenster. Außerdem ließ Anton L. das Feuer in dem großen Herd nicht mehr ausgehen. Über Nacht schob er sorgsam die Glut zusammen. Die Stühle aus dem Konferenzzimmer waren schon verheizt. Nun verheizte Anton L. die anderen Möbel, täglich zwei bis drei Schränke oder Truhen oder entsprechend viel Kleinzeug. Er mußte die Möbel in den ersten Novembertagen schon aus dem zweiten Stock holen. Das Ende des Vorrates ließ sich absehen.
Untertags ging nun Anton L., wenn er nicht unterwegs war, doch in die finstere Küche hinunter. In seiner Suite war es zu kalt. Er schlief aber immer noch oben, bis sich eine ferne Nachwirkung jener Explosion zeigte, deren Druckwelle ziemlich viele Fenster des Hotels zerstört hatte. Regen und Schnee drang in die Zimmer mit zerbrochenen Fenstern ein, bildete Lachen, die gefroren, wieder auftauten und die Böden sprengten. Es begann innerhalb weniger Wochen auch in Anton L.s Suite feucht zu werden. Pilze bildeten sich an den Wänden. Das große Haus gegen solche Schäden dauerhaft oder auch nur notdürftig abzusichern, hätte die Kraft eines einzelnen überstiegen. Abgesehen davon bildete sich der Riß. Das war am 19. November, vielmehr in der Nacht vom 18. auf den 19. November. Anton L. wachte durch einen ohrenbetäubenden Knall auf. Er wußte zunächst nicht, ob er den Knall geträumt hatte, aber er hörte dann in unzweifelhaft wachem Zustand ein deutliches Rieseln. Er sprang aus dem Bett. (Das war sozusagen der sechste Stock der Angst, der Grad, an den sich Anton L. noch

nicht gewöhnt hatte.) Es war nicht so kalt im Zimmer wie in den Tagen vorher, wie noch gestern abends. (Wie sich später herausstellte, war das auch die Erklärung: es hatte in der Nacht zu tauen begonnen.) Anton L. schlief in den Kleidern. Reinigungsschübe hatten sich seit jenem Tag im Juni so wenig eingestellt wie Sonnengeflechtsschwellungen. Anton L.s Unterwäsche hatte eine Farbe und einen (für Anton L.) anheimelnden Geruch angenommen, wie das früher mit Rücksicht auf die Menschen-Umwelt nie zu erzielen gewesen war. Dennoch mußte sich Anton L. Ende September von seiner liebgewordenen Unterwäsche trennen, oder besser gesagt, sie trennte sich von ihm. Eines Tages fühlte er etwas ungewohnt Polstriges um seine Hüften. Die Rudimente der Unterwäsche waren in der Hose zusammengerutscht. Anton L. holte aus dem feinen Herren-Ausstattungsgeschäft ›Sperber‹ an der Ecke Anakreon/Hadrian-Straße eine Garnitur neuer – in Anbetracht des nahenden Winters wärmerer – Unterwäsche. Der anheimelnde Geruch stellte sich bald wieder ein.

Anton L. schlief in Kleidern, allerdings ohne seine Stiefel und ohne Deerstalker. Als er nach dem Knall aus dem Bett sprang, war es noch tiefe Nacht, völlig finster. Anton L. zündete sein Windlicht an, das immer neben dem Bett stand, und schaute im Zimmer herum. Es war nichts zu sehen. Er lief auf den Korridor. Auch da war zunächst nichts zu sehen. Das Rieseln hatte aufgehört. Anton L. ging in sein Zimmer zurück, zog seine Stiefel an, setzte den Deerstalker auf und nahm sein Gewehr. Dann trat er wieder hinaus auf den Korridor. Vor der Suite Nr. 20 (›seine‹ Suite hatte Nr. 21) bemerkte er, daß die beiden Flügel der Doppeltür schräg in den Angeln hingen. Er stieß die Türflügel auf und trat vorsichtig ins

Zimmer. Er stand fast im Freien. Ein Riß zog sich senkrecht durch die Außenwand, klaffte einen halben Meter auseinander. Der Fußboden war von der Tür bis zur Wand geborsten. Ziegelbrocken lagen umher. Anton L. leuchtete zum Plafond. Auch er war auseinandergerissen.

Schnell lief Anton L. hinunter auf die Straße und besah sich das Haus. Es war aber zu dunkel, um irgend etwas wahrzunehmen. (Der Himmel war verhangen, mit der etwas wärmeren Luft gegenüber der klaren Kälte der Vortage war Regen gekommen.) Nur so viel war zu sehen, daß vor dem Hotel Ziegel- und Mauerbrocken lagen. Am nächsten Morgen, als Anton L. nochmals zum Hotel zurückkam, um verschiedene Sachen zu holen, sah er, daß das Haus vom Dach bis zum ersten Stock gespalten war. Unten klaffte der Riß einen halben Meter, oben unterm Dach erheblich mehr. Das Dach war an der Stelle über dem Riß völlig eingestürzt. Im zweiten, dritten und vierten Stock wölbte sich die Fassade schon leicht nach außen.

Schon in den Tagen vorher, als Anton L. erwog, Sicherungsmaßnahmen am Hotel vorzunehmen (zerbrochene Fenster vernageln und dergleichen) und diese Erwägungen als letzten Endes nutzlos verwarf, war ihm schon der Gedanke an einen neuerlichen Umzug gekommen. Er hatte in den Wochen seit September viele Tage in der kurfürstlichen Residenz zugebracht. Die Residenz, offenbar ein soliderer Bau als das Hotel ›Drei Könige‹, hatte bis jetzt noch nicht gelitten. Aber nicht nur deswegen, auch zur Demonstration seines unumschränkten Besitzanspruches auf die Stadt (auf die ganze Welt?) hatte er einen Umzug in die kurfürstlichen Galazimmer ins Auge gefaßt. Nach dem Cana-

letto war sein Auge in der Zeit seit September nach und nach auf ein sehr schönes kleines Genrebild von der Hand Frans Hals' und auf eine mythologische Darstellung (eine nackte Frau mit einem Panther) von Guido Reni gefallen. Als er das zweite Bild, das spürbar größer war als der Canaletto und der Frans Hals, ins Hotel transportierte, sagte der bronzene Kurfürst:
»Warum ziehen Sie nicht gleich in meine Residenz? Da würden Sie sich sparen, die Bilder zu schleppen.«
»Ich habe ja sonst nichts zu tun, kurfürstliche Gnaden.«
»Ich meine nur, Sie schleppen sich ja zu Tode.«
»Außerdem ist im Hotel die Küche, und dann die Essensvorräte. Und Sonja hat ein Zimmer –«
»Es war nur ein Vorschlag.«
»Und dann habe ich mich ans Hotel gewöhnt.«
»Also *ich* würde in die Residenz ziehen.«
»Ich werde es mir überlegen, kurfürstliche Gnaden.«
Anton L. hatte sich die Sache dann tatsächlich immer wieder überlegt, vor allem, als es im Hotel so ungemütlich wurde. Er überlegte aber auch, daß es vielleicht nicht sinnvoll wäre – jedenfalls für den Winter nicht –, von einem großen Haus in ein anderes, noch größeres Haus zu ziehen. Er schob die Entscheidung hinaus, bis ihm in jener Nacht vom 18. auf den 19. November der Riß die Entscheidung abnahm. –
Er lief ins Hotel zurück, horchte genau, ob es noch riesle oder poltere. Es war still. Er holte seine Munition aus dem Salon und wollte auch Sonja holen (die Küche war unbeschädigt). Aber Sonja hielt sich versteckt. Anton L. konnte sie in der großen, verwinkelten Küche nicht finden.
Den Rest dieser Nacht verschlief Anton L. dann zwar

im großen Galabett des Kurfürsten, am nächsten Tag aber begann er sich in geeigneteren Räumen einzurichten. Im Hofgarten war ein kleiner See (er verschilfte jetzt), an dem ein winziges Schlößchen im Schatten der großen Residenz stand, eher ein Pavillon. Es war älter als der große, klassizistische Haupttrakt der Residenz. Die Laune einer Prinzessin des 18. Jahrhunderts hatte in dem Pavillon-Schlößchen ihren architektonischen Ausdruck in einer liebenswürdigen Chinoiserie gefunden. Alles wirkte klein und puppenhaft (war dabei gar nicht so klein, sondern sicher größer als ein Einfamilienhaus am Stadtrand): ein kleiner Salon mit chinesischen Vasen, ein kleines Spiegelkabinett, eine kleine Wendeltreppe in den ersten Stock, dort ein getäfeltes Schlafzimmer mit einem kleinen Balkon gegen den See hinaus. Geschnitzte und vergoldete Chinoiserien an den Wänden umzogen innen die Wände um das Himmelbett. Das Schlafzimmer war sechseckig, weil das ganze Schlößchen sechseckig war und der obere Stock nur aus dem einen Zimmer bestand. Hinter der geschnitzten Täfelung waren Schränke, vier an vier Wänden, an der fünften Wand endete die Wendeltreppe von unten, und hinter der sechsten Wand (hinter dem Bett) führte eine Tür hinauf aufs flache Dach, wo man von einer kleinen sechseckigen Plattform mit schmiedeeiserner Balustrade aus den See und den Park übersehen konnte. In den Ornamenten, die das Schmiedeeisen bildete, waren bereits Anton L.s ineinander verschlungene Initialen eingelassen. (Das kam daher, daß jene Prinzessin Antonia Ludovica geheißen hatte.)
Vor allem aber war der ganze Pavillon durch einen Kamin vom Vorraum des Erdgeschosses aus zu heizen. Das Pavillon-Schlößchen der weiland Prinzessin A. L.

war eine überschaubare und heizbare Wohnung, deren Instandhaltung die Kräfte eines einzelnen, in praktischen Dingen eher ungeschickten Mannes allem Anschein nach nicht überstieg. Einen Nachteil gab es, es war keine Küche da. Aber die Residenz hatte eine alte, historische Küche, die früher bei den Führungen wegen ihrer kostbaren Delfter Kacheln gezeigt worden war.
Auch der bronzene Kurfürst riet zum Umzug in das chinesische Schlößchen.
Anton L. ging systematisch vor. Das Schlößchen hatte nur eine Tür, eine alte, geschnitzte Eichentür, die aber mit einem modernen Sicherheitsschloß versehen war. Anton L. hätte natürlich in bewährter Methode die Tür aufbrechen können, aber das wollte er nicht. Die Tür sollte ja verschließbar bleiben. Wo ein Schloß war, mußte auch ein Schlüssel sein. Die Residenz war unter anderem auch Museum. Es gab deshalb im Neuen Trakt eine Pförtnerloge und einen größeren Raum, in dem die Eintrittskarten, Museumskataloge und Kunstpostkarten verkauft worden waren. Dort fand Anton L. mehrere Bündel Schlüssel, von denen er die aussortierte, die erkennbar nicht passen konnten. Es blieben etwa vierzig Sicherheitsschlüssel, die er der Reihe nach probierte. Der elfte sperrte.
Das Schlößchen war innen verstaubt und voll Spinnweben. Das hatte Anton L. schon vermutet, weswegen er aus einem Nebenraum der Portiersloge einen Besen, einen Eimer und einen Putzlumpen mitbrachte. Gegen Mittag hatte er die Räume gesäubert. Er ging dann zurück ins Hotel und holte nacheinander ›seine‹ beiden Autos, mit denen er – was früher streng verboten war – bis vor das Schlößchen fuhr. Mit jeder Fuhre transportierte er einen Teil seiner Habe. (Es war der aufwendig-

ste Umzug, den er je in seinem Leben durchgeführt hatte; er kam sich vor wie Herr Kühlmann, der Filz.) Er überführte: so viel wie möglich kleingehacktes Inventar des Hotels; seine Waffen- und Munitionsvorräte, den Canaletto, den Frans Hals und den Guido Reni; seinen Kerzenvorrat; seinen Vorrat an Zündhölzern; einen Stoß Zeitungen; eine Ladung Konserven, die er aber nicht im Schlößchen, sondern drüben in der Residenzküche einlagerte. (Dort kochte er heute auch schon in kurfürstlichem Kupfergeschirr: Linsen mit Speck von der Firma Bassermann und vorher eine Schildkrötensuppe von der Firma Campbell. In den ›Drei Königen‹ hatte man nur vom Besten.) Und selbstverständlich nahm er Sonja mit. Da es inzwischen in der Hotelküche kühl geworden war, war Sonja wie steif gefroren und ließ sich auflesen, nachdem sie Anton L. in einem Geschirrschrank gefunden hatte. Sonja wurde das Spiegelkabinett zugewiesen. (Später richtete ihr Anton L. eine Kiste im Spiegelkabinett ein, aber dennoch verunreinigte das Tier das Parkett und merkwürdigerweise auch die Spiegel bis zu einer gewissen Höhe. Das Kabinett roch auch sehr bald, aber dank seines ausgeprägten Eigengeruches nahm Anton L. das nicht wahr.) Am Abend war der Umzug fürs erste vollbracht. In den nächsten Tagen ergab sich zwar noch die Notwendigkeit oder Nützlichkeit einiger weiterer Transporte, etwa der einer Wagenladung Pralinen und Schokoladen aus dem dritten Süßwarengeschäft, das Anton L. leerzuessen sich anschickte. Die Süßigkeiten verwahrte Anton L. in dreien der vier Wandschränke im oberen Zimmer (dabei entdeckte er die Tür zu dem Dachplafond); in den vierten Schrank legte er Soliman Ludwigs Briefe und Dokumente und alles andere, was sich auf *Das Buch* bezog.

Der Kamin funktionierte vollkommen. Das ganze Schlößchen wurde im Handumdrehen warm, nur verbrauchte er viel Holz. Die Ladung Mobiliar war in knapp drei Tagen verheizt. Selbstverständlich verheizte Anton L. die Möbel des Schlößchens nicht. Er holte sich aus den großen Geschäfts- und Bürohäusern in der Luitpold-Allee seinen Bedarf, zerhackte ihn an Ort und Stelle und schaffte das Kleinholz mit einem Handwagen (er wollte Benzin sparen) zum Schlößchen. Er zerhackte Ladentische und Regale, Tische, Stühle, Türblätter, Holzverkleidungen, das Parkett, Holzstiegen, alles, was aus Holz war; nacheinander verheizte er (alles aus den Häusern Luitpold-Allee 1, 3, 5 und 7, die an den Hofgarten angrenzten): eine Bank, ein sehr vornehmes Damenkonfektionsgeschäft (der Versuch, auch die Damenkonfektion zu verheizen, schlug fehl; sie glimmte nur), ein Antiquitätengeschäft, noch eine Bank, ein Teppichhaus (nicht sehr ergiebig, wenig Regale, auch die Teppiche brannten nicht), ein Pelzgeschäft, einen äußerst exklusiven Laden für Kamelhaarprodukte, einen Damenfrisiersalon (nicht sehr ergiebig, weil fast alles aus Plastik und Glas war), ein Kino und eine ›Wienerwald‹-Filiale. Das Kino und der ›Wienerwald‹ hielten lange vor, wegen der vielen hölzernen Klappsitze und weil das Restaurant in zwei Stockwerken durchweg holzgetäfelt war. Im Kino ließ Anton L. – eine Laune – einen Sitz in der Mitte des Saales stehen. Ab und zu setzte er sich auf diesen Sitz und schaute auf die Leinwand. Der große, leere Raum hallte. Als nach einer weiteren Überschwemmung im späten Frühjahr des folgenden Jahres die Keller der Häuser Luitpold-Allee 1 bis 7 unter Wasser gerieten und blieben, kamen viele Ratten. Sie machten einen unangenehmen Lärm, wenn

sie in der Dunkelheit um Anton L.s Kinositz liefen. Da verheizte Anton L. auch diesen Sitz.
Gegen Ende der Heizperiode gelangte Anton L. an eine Galerie für moderne Kunst, die im zweiten Stock des Hauses Nr. 7 ihre Räume hatte. Dort waren zum Zeitpunkt der Katastrophe die Werke eines Bildhauers mit Namen Gustav Hübbe ausgestellt. (Der Name war aus einem schon verwitterten Plakat an der Tür unten zu entnehmen.) Gustav Hübbe hatte in Holz gearbeitet und sich überwiegend kleiner Formate befleißigt. Anton L. brauchte die Werke kaum zu zerkleinern. Einmal fiel ihm ein Stapel von Prospekten auf: Darauf war eine – bereits verheizte – Holzplastik abgebildet und der Künstler: ein noch junger, nicht unsympathischer Mann mit einer Knopfnase und sehr großen Ohren. Das übrige war vom Bart zugewuchert. Anton L. nahm auch den Stapel Prospekte mit und verheizte ihn bis auf einen, den er im Schlafzimmer mit einer Reißzwecke an die Wand heftete. Die Plastiken waren bearbeitete Wurzeln. Sie hatten alle eine leicht rötliche Färbung und waren von einer unnennbaren, gegenstandslosen Unanständigkeit. Einmal träumte Anton L. einen unanständigen Traum im Zusammenhang mit so einer Plastik. (Diese Träume wurden zusehends seltener.) Der Traum war eher erschreckend als befriedigend. –
Anton L. schaffte – als Vorsorge für Krankheits- oder sonstige Notfälle – immer etwas mehr als den Tagesbedarf an Brennholz herbei. Was er nicht verheizte, schichtete er außen am Schlößchen auf. Einen Teil lagerte er in der kurfürstlichen Küche ein. –
Die Ermittlungen in konzentrischen Kreisen hatte Anton L. damals im September vorübergehend einge-

stellt. Eine radiale Durchbrechung – eigentlich zwei Durchbrechungen hintereinander auf demselben Radius – waren von Bedeutung. Sie erfolgten im späten September noch vom Hotel aus, und zwar per Auto. Der Anlaß war die Explosion und das Feuer am Stadtrand jenseits des Flusses. Anton L. wagte die Expedition erst, als nach einigen Regentagen kein Feuerschein mehr zu sehen war. Er fuhr früh am Morgen die Anakreon-Straße stadtauswärts, über die Brücke und das Hochufer hinauf. Viel schneller, als er vermutet hatte – er war noch keine zehn Minuten gefahren –, kam er in den Bereich der Zerstörung. Es roch nach feuchter Asche. Die Fassaden ausgebrannter Häuser säumten die Straße. Ab und zu war ein Haus eingestürzt. Mauertrümmer und verkohlte Balken verengten die Straßen, sperrten sie bald. Aschenhaufen türmten sich auf. Anton L. mußte umkehren. Er versuchte auf anderen Straßen in die Richtung weiterzufahren, in der er den Herd des Brandes vermutete, aber es war immer dasselbe. Er trieb mit diesen Versuchen nach Süden ab. Dabei kam er auf eine große, breite Ausfallstraße, die zur Autobahn führte. Diese Straße hatte das Feuer, ehe der Regen es löschte, offensichtlich nicht zu überspringen vermocht. Die Häuser auf der linken Seite waren ausgebrannt und zum Teil eingestürzt, die Häuser auf der rechten Seite waren unversehrt. Anton L. fuhr durch diese Straße bis fast an den Stadtrand. Er vermied die Einfahrt in die Autobahn, fuhr durch kleinere Straßen eines Villenvororts zurück. In den Gärten der Villen und Einfamilienhäuser stand das Unkraut übermannshoch. Dorniges Gestrüpp wucherte über die Zäune. An einer Stelle einer schmalen Straße, an deren beiden Seiten Gärten waren, schlangen sich urwaldartige Gewächse – rotglühend in herbstlichen Farben – quer über die Straße. Anton L. versuchte mit Schwung durchzufahren, aber das Auto blieb hängen. Auch hier mußte Anton L. umdrehen, das heißt: rückwärts aus der Straße wieder hinausfahren, dann die nächste, nicht zugewachsene Straße benutzen.

Gegen Mittag machte Anton L. Rast. Er hatte sich vorsorglich verproviantiert: mit einer Schachtel Zwieback, zwei Tafeln Schokolade und einer Flasche Sekt. Er stieg aus dem Auto aus. Da es regnete, trat er in ein halboffenes Wartehäuschen der Trambahn. Eine lange, rote Mauer zog sich hinter dem Wartehäuschen hin. Anton L. aß den Zwieback, ließ den Sektkorken knallen und trank den Sekt aus der Flasche, aß dann die Schokolade und betrachtete dabei die lange, rote Mauer. Es war ein Friedhof. Es war der Friedhof, auf dem Frau Rosa L. begraben lag. Frau Rosa L. war Anton L.s Mutter gewesen.

Anton L. war das einzige Kind seiner Eltern, zwangsläufig, wenn es stimmte, was seine Mutter erzählte. Sie sei durch dauernde Tränen, Drohungen mit Selbstmord und so fort von Albert L., Anton L.s Vater, zur Heirat genötigt worden. Nach Jahren derartiger Verfolgungen und nachdem Albert L. es verstanden habe, andere Bewerber um ihre Gunst durch Intrigen, durch List, ja selbst durch Gewalt zu verscheuchen, habe sie eingewilligt, Albert L. zu heiraten, allerdings unter einer Bedingung: sie wolle keusch bleiben. Albert L. habe das versprochen, aber schon in der Hochzeitsnacht (Rosa L. erzählte das ihrem Sohn, als er ungefähr 12 oder 13 Jahre alt war) habe sich Albert L. aufgeführt wie ein Berserker. Er habe unter Zurschaustellung einer unerhörten Männlichkeit nackt im Zimmer herumgetobt,

habe geschrien und dann wieder gefleht, auch geweint; ihre Mahnungen und ihre Erinnerung an sein Keuschheitsgelöbnis hätten keinen Eindruck gemacht. Er habe ihr das Brautnachthemd heruntergerissen, aber höchst vorsorglich habe sie drunter ihre wollene Unterwäsche getragen, so daß sie ihre Tugend letztendlich bewahren konnte, nicht nur in der Hochzeitsnacht, sondern volle vier Jahre lang. Sie habe allerdings aufpassen müssen wie ein Luchs. Einmal in vier Jahren schläft auch ein Luchs. Das war 1931. Sie habe vergessen, die Badezimmertür zuzusperren. Albert L. habe irgend etwas aus dem Badezimmer holen wollen, sei hereingeplatzt, sie habe geschrien, es sei nichts da gewesen, mit dem sie sich habe bedecken können, das Badetuch sei hinter der Tür gehangen. Albert L. habe sofort einen stieren Blick bekommen. Blitzschnell habe er seine Hose geöffnet, aus der seine unerhörte Männlichkeit schon hervorschoß. Dann habe er sich – ohne Rücksicht auf seine Kleider – auf sie geworfen. Sekunden später habe sie ihre Tugend verloren gehabt.
Nie im Leben, sagte die Mutter, sei sie so deprimiert gewesen wie damals in der Badewanne. Der Anblick des Albert L., der seine nun nicht mehr gar so unerhörte Männlichkeit wieder in die nasse Hose verschloß, habe ihr nichts als Ekel bereitet; die Kleider Alberts hätten so viel Wasser aufgesogen, daß fast kein Wasser mehr in der Wanne war, so daß sie, Rosa L., zu frieren begann. Von da an habe sie Albert L. verachtet. Ein Trost sei ihr lediglich gewesen, daß ihr schon kurz darauf eine Freundin an Hand des Buches ›Die Frau als Hausärztin‹ erklärte, sie sei gesegneten Leibes. Neun Monate später habe sie dann ihn, Anton L., geboren. Um dem Vater jede Freude an dem Sohn zu nehmen,

habe sie ihn ›Anton‹ taufen lassen. Der Vater habe unbedingt gewünscht, daß das Kind wie er ›Albert‹ heißen solle. Zum Schein habe sie zunächst zugestimmt.
Die Patin, eben jene Freundin mit dem Buch ›Die Frau als Hausärztin‹, sei aber eingeweiht gewesen. Man sei in die Kirche gegangen. (Die Taufe fand erst statt, als sie, die Mutter, sich vom Wochenbett wieder erhoben hatte.) Als der Pfarrer nach dem Namen fragte, habe die Patin gesagt: »Anton.« Der Vater habe ziemlich laut, das heißt ziemlich laut in Anbetracht dessen, daß man in der Kirche war, gesagt: »Albert! Albert!« Da habe sie, die Mutter, die Geistesgegenwart besessen und gesagt: »Ja, Albert heißt der Vater.« Der Pfarrer habe gesagt: »Ruhe!« und habe das Kind auf den Namen ›Anton‹ getauft. Dann sei nichts mehr zu machen gewesen. ›Anton‹ sei übrigens der Vorname des letzten anderen Bewerbers vor der Hochzeit gewesen, den Albert L. mit einem besonders gemeinen Trick verjagt hatte.
Daheim habe der Alte dann wieder getobt, aber da habe das Kind schon Anton geheißen, es habe alles nichts mehr geholfen. Der Alte habe sich aufgeführt wie ein Narr, fast so wie in der Hochzeitsnacht, nur daß er keine so unerhörte Männlichkeit bekommen habe, sondern einen gefährlich roten Kopf. Er habe sich dann sogar dazu hinreißen lassen, sich an ihr, der Mutter, zu vergreifen. Er habe sie ziemlich fest am linken Ohr gezogen, aber sie habe geschrien, daß draußen im Stiegenhaus und sogar im Hof die Nachbarn zusammengelaufen seien, sie habe laut und anhaltend geschrien, auch als der Alte ihr Ohr bereits wieder losgelassen habe. Erst als er um Entschuldigung gebettelt, ja gefleht habe, zuletzt auf die Knie gesunken sei, habe sie aufgehört zu schreien.
Sie habe natürlich für einen Mann, der so auf den

Knien fleht, erst recht nichts anderes empfinden können als Verachtung. Ihre Freundin, die Patin, habe bestätigt, daß auch sie in dieser Situation nur Verachtung hätte empfinden können.
Dennoch habe Albert L. in den folgenden Jahren gelegentliche Versuche nicht unterlassen, sich ihr zu nähern. Sie habe aber dann immer nur zum Schreien angesetzt; das habe geholfen. Zu einer weiteren Verunglimpfung ihrer Tugend sei es nicht mehr gekommen.
Die ganze Schäbigkeit des Vaters habe sich gezeigt, als der Spanische Bürgerkrieg ausgebrochen sei. Obwohl er, Albert L., vorher immer auf Hitler geschimpft habe, habe er sich sofort für die ›Legion Condor‹ gemeldet; wahrscheinlich wegen der feschen Uniform und weil er Abenteuern und unkontrollierbaren Vergnügungen nachgehen wollte. Für eine derartige Gesinnungslumperei habe sie – auch die Patin – nur wieder neue Verachtung aufbringen können. Die Freundin habe einen kurzen Hinweis an die Gestapo aufgesetzt, den sie, die Mutter, dann auch abgeschickt habe, um das Abenteuer des alten Trottels (er war da schon über 50) zu hintertreiben. Der Brief sei aber wohl nicht gleich an die richtige Stelle gekommen, zwei unerfahrene Frauen – sie und die Freundin – hätten natürlich auch nicht die exakte Adresse gewußt. Albert L. konnten sie ja nicht gut fragen. So sei der Alte tatsächlich nach Spanien gegangen. Zurückgekommen sei er sogar mit einem Orden.
Inzwischen sei der Brief offensichtlich nach einigen Irrfahrten doch an die richtige Stelle gekommen, denn Albert L. sei eines Tages vorgeladen worden. Als er wieder heimkam, habe er geäußert: Wenn er den erwische, der ihn angezeigt habe, drehe er ihm den Hals um. Wahrscheinlich, sagte Rosa L., habe er bei der Ge-

stapo sich nicht geschämt, seinen Orden herzuzeigen, obwohl er auch jetzt immer noch abfällig vom Führer geredet habe. Dann habe ihm wohl der Gestapobeamte, der vielleicht keinen Orden hatte, nichts tun können. Selbstverständlich sei das mit dem Halsabdrehen nur eine leere Drohung gewesen. Sie, Rosa L., habe den Brief zur Vorsicht anonym abgeschickt.

Wie dann der richtige Krieg kam, 1939, habe der Alte gleich wieder alles stehen- und liegengelassen und sich am ersten Tag schon freiwillig gemeldet. Während des ganzen Krieges habe er es nicht für nötig befunden, auch nur einmal nach Hause zu schreiben. Auch auf Urlaub sei er nicht gekommen, vielmehr: *einmal* sei er auf Urlaub gekommen, aber just zu der Zeit, als sie, Rosa L., mit dem Kind und der Freundin zu deren Mutter gefahren sei. Die Mutter der Freundin wohnte in einem kleinen Ort im Gebirge, in St. Mering. Sie sei jahrelang um dieselbe Zeit im Sommer zu der Mutter der Freundin nach St. Mering ins Gebirge gefahren; das hätte der Alte wissen können. Wahrscheinlich habe er es sogar so eingerichtet, daß er gerade zu der Zeit in Urlaub gekommen sei. Sie wolle nicht wissen, sagte die Mutter, was er in der leeren Stadtwohnung alles getrieben habe während des Urlaubs.

Als die Bombenangriffe schlimmer wurden, zog Rosa L. ganz nach St. Mering, wo ihr die Freundin im Haus ihrer Mutter zwei Zimmer einräumte. Anton L. war elf Jahre alt. Kurz darauf kam die Nachricht, daß der Vater in Gefangenschaft geraten war. Die Zeiten wurden immer schlechter, aber Frau Rosa L. erlebte in jenen unsicheren Jahren, als kein Mensch wußte, was kommen würde, und als sich viele Leute an Dinge klammerten, von denen sie später nichts mehr wissen woll-

ten, eine Hochkonjunktur, sie ging von Haus zu Haus, legte Karten und sagte die Zukunft voraus. Sie ging nur zu Stammkunden, denn die Polizei durfte von dem Gewerbe nichts wissen.
Frau Rosa L., ihre Freundin und deren Mutter veranstalteten auch spiritistische Sitzungen, deren regelmäßiger Gast der Kooperator Smečkal war, Anton L.s Religionslehrer. Das war schon nach dem Krieg. Auch diese spiritistischen Sitzungen waren geheim. Es hielten sich damals zahlreiche hochgestellte Persönlichkeiten aus diversen Gründen in St. Mering auf. Mancher war nicht so blank, wie er tat, und ließ hie und da nach der Session eine Goldmünze auf dem nur mit Holznägeln verfugten spiritistischen Tisch zurück. Kooperator Smečkal brauchte nichts zu bezahlen, im Gegenteil, Rosa L. und ihre Freundin wetteiferten, den geistlichen Herrn mit Marmelade-Omeletten (das aß er am liebsten, und das war damals eine Rarität) zu verwöhnen. Die Eier für die Omeletten tauschte Rosa L. bei den Bauern gegen die Goldstücke ein. Es kamen später übrigens auch die Offiziere der fremden Armee – Rosa L.s Freundin sprach Englisch, sie hatte das Lyzeum besucht –, die bezahlten mit Zigaretten. Die waren ungefähr so kostbar wie die Goldstücke.
Als Anton L.s Vater aus der Gefangenschaft zurückkehrte – das war im Sommer 1947 –, war Anton gerade auf einer Ferienzeltfahrt mit den St.-Georgs-Pfadfindern. Anton L. sah seinen Vater gar nicht, denn als er von der Zeltfahrt zurückkam, war der Vater schon wieder weg. Der Alte habe sich, sagte die Mutter zu Anton L., gleich von der schlechtesten Seite gezeigt. Kaum daß er zur Tür hereingekommen sei, sei er über eine Sahnetorte hergefallen. Ehe sie und Tante Hilda (die

Freundin) die Torte hätten wegnehmen können, habe der Vater schon ein großes Stück verschlungen gehabt; dabei sei die Torte für den Herrn Kooperator gebacken worden, den man abends erwartet habe.
»Und dann?« fragte Anton L.
»Wir haben das heile Stück, Gott sei Dank mehr als drei Viertel, in Portionen geschnitten wie beim Konditor, der Herr Kooperator hat gar nichts bemerkt.«
»Ich meine den Vater.«
Der sei dann wieder gegangen, sagte die Mutter.
Anton L. erfuhr später, daß der Vater vor der Schule eine Zeitlang gewartet habe. Das sagte ihm der Hausmeister im Herbst, im nächsten Schuljahr. Er sei, sagte der Hausmeister, hinausgegangen und habe gefragt, worauf er warte? Auf den Anton L., habe der Mann gesagt. Aber es sind doch Ferien, habe er, der Hausmeister, gesagt. Er habe sich gewundert, daß der Vater das nicht wisse. Der Vater habe dann noch gefragt, ob Anton ein guter Schüler sei. Er, der Hausmeister, habe gesagt, das wisse er leider nicht, er sei nur der Hausmeister.
Ungefähr ein Jahr später verschwand die Mutter. Diesem Ereignis ging eine merkliche Spannung, dann eine offene, wenngleich sorgfältig gedämpfte Feindseligkeit zwischen Mutter Rosa L. und der Tante Hilda voraus. Wenn die Mutter mit Anton L. allein war, klagte sie über ›Undank‹ und daß sie eine ›Schlange am Busen genährt‹ habe. Auch schien die Polizei einen Hinweis auf das illegale Kartenschlagen der Frau Rosa L. bekommen zu haben. Die Polizei überstürzte offenbar die Ermittlungen nicht. Als sie kam, war Frau Rosa L. schon verschwunden. Auch Herr Kooperator Smečkal verschwand um die gleiche Zeit.

Wenige Tage danach holte der Vater Anton L. zu sich in die Stadt. Später fragte Anton L. seinen Vater einmal, woher er denn gewußt habe, daß die Mutter verschwunden sei.
»Die Tante Hilda hat es mir telegraphiert«, sagte Albert L.
»Hat die Tante Hilda deine Adresse gehabt?«
»Die Adresse stand auf den Briefen drauf, die ich geschrieben habe.«
»Hast du Mutter Briefe geschrieben?«
»Nein«, sagte Albert L., »nicht ihr, sondern dir.«
»Ach«, sagte Anton L.
Anton L. war damals sechzehn Jahre alt. Er setzte in den folgenden Jahren, in denen er mit seinem Vater in der alten Wohnung in der Stadt lebte, manchmal dazu an, zu fragen, was von all dem stimmte, was die Mutter erzählt hatte. Aber man ist in dem Alter dann doch zu verschämt, solche Dinge offen auszusprechen.
Der Vater starb, als Anton L. im ersten Semester Volkswirtschaft studierte. Der Vater hatte eine Ausbildungsversicherung abgeschlossen, die bis zum Abschluß das Studium bezahlt hätte, aber es kam eine gewisse Unlust Anton L.s an dem Fach Volkswirtschaft und am Studium überhaupt dazwischen, außerdem der erste alkoholische Zyklus.
Fast zehn Jahre später – Anton L. arbeitete beim Reisebüro *Santihanser* – bekam er eine Aufforderung von der Bezirksirrenanstalt, daß er für die Beerdigungskosten der in der Anstalt verstorbenen Frau Rosa Smečkal aufzukommen habe. Anton L. kaufte auch einen Kranz und ging zur Beerdigung. Außer ihm war sonst niemand da, nur ein mißmutiger junger Geistlicher und vier Totengräber. Der Geistliche verzichtete angesichts

der minimalen Trauergemeinde auf eine Ansprache, verrichtete nur die rituell unumgänglichen Gebete und Segnungen und murmelte zu Anton L. etwas von »Beileid«, bevor er ging. Den Totengräbern gab Anton L. je zwei Mark Trinkgeld, worauf auch die Totengräber ihr Beileid versicherten.
Er hatte das Grab nie wieder besucht.

Der Regen wurde stärker. Anton L. hatte seine Mahlzeit beendet. Die Sektflasche und die übrigen Reste ließ er in dem Wartehäuschen stehen. (»Was ich allein verschmutze«, sagte er später einmal in einer Diskussion mit dem Hasen Jacob, »verkraftet die Umwelt. Sehen Sie den Fluß! Er ist kristallklar. Glauben Sie im Ernst, da schadet es etwas, wenn ich meine Teller aus dem Fenster werfe?«) Er trat aus dem Wartehäuschen heraus, stellte den Kragen seiner Jacke auf (die häßlich braungrün karierte, aber warm gefütterte halblange Jacke aus dem Jagdgeschäft, wo er seine Munition her hatte) und ging die Friedhofsmauer entlang bis zu einem Tor. Das Tor, ein großes, schmiedeeisernes Gitter, war verschlossen. (›Öffnungszeiten: Mai–Oktober 8 bis 17 Uhr, November–April 9 bis 16 Uhr.‹) So weit Anton L. durch das Gitter sehen konnte, war der Friedhof ganz besonders dicht von Pflanzen überwuchert. Es waren kaum noch Grabsteine zu sehen. Die Mühe, das Tor zu überklettern oder aufzusprengen, lohnte nicht, denn durch diese Wildnis vorzudringen wäre kaum möglich gewesen. Außerdem erinnerte er sich an die Lage des Grabes gar nicht mehr. Geben die Toten besonderen Dünger? Oder war es, weil der Friedhof von vornherein dicht und mit allen erdenkbaren Pflanzen bepflanzt war? Ein riesiger Schwarm von Krähen erhob sich aus dem Dickicht, ordnete sich in der

Luft neu und setzte sich wieder. Der Regen wurde stärker. Eine fahlgelbe Wolkenwand stieg im Westen auf. Anton L. ging zu seinem Auto zurück und fuhr langsam die Straße, die zum Fluß führte, hinunter.
Er war ganz in der Nähe der Faniska-Straße. Der Turm der Kapelle des Clarissenkrankenhauses, das gegenüber dem Finanzamt – seinem Finanzamt – stand, war von der Höhe aus schon sichtbar. Anton L. hatte es nicht vorgehabt, aber als er jetzt so nahe war, bog er in die kleine Straße ein, die zu der bewußten Schlupftür an der Hinterfront des Amtes führte, die damals am 26. Juni verschlossen gewesen war.
Anton L. hielt direkt vor der Tür. Was, wenn jetzt die Tür offen wäre? Anton L. erschrak bei dem Gedanken. Er stellte den Motor ab, blieb aber im Wagen sitzen. Ein dichter, schwerer Regenschauer prasselte auf Dach und Scheiben. Wenn jetzt die Tür offen wäre, würde das bedeuten, daß außer ihm, Anton L., noch jemand da wäre. Freitags Fußspur. Anton L. war nicht in der Lage, seine Gefühle bei dem Gedanken zu ordnen.
Zuallererst würde es darauf ankommen, ob es ein Mann oder eine Frau wäre. War es eine Frau, so wäre es klar, warum er, Anton L., von der Katastrophe ausgenommen worden war, sofern es sich um eine junge Frau handelte, die noch in der Lage war, Kinder zu gebären. Dann wären er, Anton L., und die Frau der neue Anfang. Allerdings waren, wenn weitere Fortpflanzung erwünscht wäre, die Kinder jedenfalls in der ersten Generation auf Inzest angewiesen. (Ein Problem, über das in der Bibel schamhaft hinweggehuscht wird, wobei anderseits besonders die katholischen Theologen an der Theorie der Abstammung von einem Menschenpaar festhalten, wegen der Lehre von der Erbsünde, die wie-

derum die Voraussetzung für die göttliche Erlösung durch Jesus Christus ist. Herr Kooperator Smečkal seinerzeit hatte keine Erklärung auf Anton L.s diesbezügliche Frage gewußt; er war zornig geworden. Anton L. mußte zur Strafe drei Marienlieder auswendig lernen, davon eins mit nicht weniger als vierzehn Strophen. Der Vorfall trug nicht unwesentlich zur Entfremdung Anton L.s von der katholischen Kirche bei, die endlich zum gänzlichen inneren Bruch führte, als Anton L. nach der ersten Alkohol-Periode einen buddhistischen Schub erlitt. Der buddhistische Schub ging folgenlos vorüber, es kam auch kein zweiter. Der innere Bruch mit der katholischen Kirche aber war nicht rückgängig zu machen. Allerdings blieb Anton L. – kirchensteuerrechtlich gesehen – Mitglied der Alleinseligmachend-Römischen. Warum? Vielleicht sollte er einmal mit dem Kurfürsten darüber sprechen, dessen Onkel ja immerhin Erzbischof gewesen war.)
Wenn der andere, der hier möglicherweise die kleine Seitentür geöffnet hatte, aber ein Mann war, so galt es, die Welt zu teilen. Es könnte schwierig werden. Ein Unter- oder Überordnungsverhältnis wäre fast unumgänglich. Es gibt ja im Grunde genommen nur drei Zahlen (gewisse Australneger zählen angeblich so): eins – zwei – viele. Eins = allein; zwei = nicht allein; drei = vier, fünf, sechs, unendlich. Der Sprung von null zu eins ist sozusagen die Schöpfung; der Sprung von eins zu zwei überbrückt die Kluft zwischen Sein und Möglichkeit; der Sprung von zwei zu drei ist die Entwicklung von der Qualität zur Quantität. Nach *drei* gibt es kein Halten mehr, drei sind so gut wie viele. Um jedem vielleicht aussichtslosen Kampf auszuweichen, beschloß Anton L., sich sofort unterzuordnen.

Aber die kleine Seitentür war verschlossen. Anton L. sprengte sie mit seinem Brecheisen auf. Er ging durch wohlbekannte, aber stickige, faulig riechende Gänge. Wahrscheinlich stand im Keller das Wasser von der Überschwemmung her bis zur Decke. Dort verfaulten wohl die Akten der Finanzarchive. Die Fenster im ganzen Gebäude waren unversehrt. Dieses Stadtviertel hatte, weil es im Schutz der Anhöhe lag, die Anton L. heruntergefahren war, nicht unter der Druckwelle der Explosion gelitten. Anton L. stieg in den zweiten Stock hinauf. Als er die Flügeltür vom Stiegenhaus in den Korridor öffnete, zerriß er ein dichtes Gespinst von Spinnweben. Den Schlüssel zu seinem Dienstzimmer hatte Anton L. noch an seinem Schlüsselbund. Er sperrte auf. Dicker Staub lag auf den beiden Schreibtischen. In dem Aktenhund mit der Aufschrift *Auslauf* lagen, ebenfalls mit einer dicken Staubschicht bedeckt, die Akten, die Anton L. am 25. Juni nachmittags bearbeitet hatte. Sie wären am 26. in der Frühe vom Amtsboten abgeholt worden. Der Amtsbote hatte einen hohen, fahrbaren Aktenhund mit vielen Fächern, den er im Korridor von Tür zu Tür rollte. Aus dem Aktenhund entnahm der Amtsbote jeweils die zu bearbeitenden Akten, brachte sie ins Zimmer, legte sie auf den Schreibtisch in das Körbchen mit der Aufschrift *Einlauf* und nahm aus dem korrespondierenden Körbchen mit der Aufschrift *Auslauf* die bearbeiteten Akten mit hinaus. »Sehen Sie«, hatte Oberamtmann Osterberg damals beim Einführungslehrgang gesagt, »die Akten müssen vom *Einlauf* zum *Auslauf* gelangen. Das ist Verwaltung.« Das Erfolgserlebnis des tüchtigen Beamten beruht darauf, daß der *Auslauf*, den der Amtsbote mitnimmt, größer ist als der *Einlauf*, den er bringt. Ist

der *Einlauf* doch größer, ist es dem Beamten auch gleich. Ist der *Einlauf* stets größer als der *Auslauf*, spricht man davon, daß der Beamte überlastet ist.
Der Amtsbote kam zweimal am Tag: in der Früh gegen halb neun und nachmittags gegen zwei. Morgens teilte er mit – privat, das war keine amtliche Aufgabe –, was es mittags in der Kantine geben werde. Am Monatsanfang kassierte er – das war wiederum amtliche Aufgabe – das Essensgeld von den Beamten und Angestellten und verteilte die Kantinenmarken.
Daß Anton L.s *Einlauf*-Fach leer war, bedeutete nicht, daß Anton L. alle Akten aufgearbeitet hatte. Es gab noch einen Aktenschrank, in dem Anton L. die schwierigeren Akten aufbewahrte, deren Bearbeitung er vor sich her schob. »Legen Sie sich«, hatte Oberamtmann Osterberg damals auch gesagt, »kein Schlechtes-Gewissen-Fach zu. Akten sind weiblichen Geschlechts, sie werden je unangenehmer, desto älter sie werden.« Anton L. hatte aber doch, wie jeder, abgesehen von einigen Strebern, ein Schlechtes-Gewissen-Fach. Anton L. öffnete den Schrank. Hier war nicht so viel Staub. Ganz unten lag die Akte ›Fa. Smetana‹. Im Dezember hatte Anton L. einen entscheidenden Fehler in der Bearbeitung dieser Akte gemacht. Die Akte ging dann wegen einer Beschwerde zum Chef. Die Sache war so kompliziert, daß der Chef nicht sofort erkannte, wer den Fehler gemacht hatte, aber um Haaresbreite hätte er es doch erkannt. Im Januar, in den ersten Tagen nach Dreikönig, als wieder richtig gearbeitet wurde, kam die Akte – mit einem Zettel vom Chef – zu ihm zurück: ›Bitte sof. Rückspr.‹
Anton L. ging mit der Akte zum Chef hinauf, aber der Chef war zum Glück nicht da. Da nahm Anton L. die

Akte wieder mit und legte sie ganz unten in den Schrank. Dem Chef hätte er guten Gewissens sagen können: Ich bin ja sofort zur Rücksprache gekommen … Aber der Chef vergaß die Sache vorerst. Wenn Anton L. damals gleich eine nachholende – allerdings sehr verzwickte – Verfügung entworfen hätte, wäre wenigstens nach außen hin, also der Fa. Smetana gegenüber, alles ausgebügelt gewesen. Anton L. schob das vor sich her.
Im März lastete die Akte schon wie ein Wackerstein auf Anton L.s Seele. Im April kam eine offizielle Verfügung vom Chef betreffs Fa. Smetana und betreffs Vorlage der Akten und schriftlichem Bericht. Zum Glück war aber dem Chef eine Verwechslung des Aktenzeichens unterlaufen. Anton L. schickte daher die andere Akte – auf die das falsche Aktenzeichen zutraf – mit einem Bericht nach oben. Das gab fürs erste eine Verwirrung, und möglicherweise landete die Sache jetzt im ›Schlechtes-Gewissen-Fach‹ des Chefs. Das änderte nichts daran, daß zwangsläufig im Juli, spätestens im August, mit der neuen Steueranmeldung die Sache aufkommen mußte. Anton L. würde einen riesigen Anpfiff bekommen. Er überlegte mehrfach allen Ernstes, ob er nicht die Akte heimlich mitnehmen und vernichten sollte. Aber er war nicht sicher, ob nicht sein Zimmerkollege wußte, daß die Akte da unten in dem Schrank war. (Auch der Zimmerkollege hatte dort seine Wackersteine, allerdings keinen so gewaltigen.) Einmal, in einer dummen Anwandlung von Vertrauensseligkeit, hatte er dem Zimmerkollegen sogar geklagt: »Wenn doch die Akte Smetana der Teufel holen würde.«
Anton L. hielt die Akte, eine große, dicke Akte, umschnürt von einem härenen Amts-Aktengürtel mit

Schnalle, in der Hand. – Wenn doch die Akte Smetana der Teufel holen würde. Erklärt sich aus so einer Lappalie – global betrachtet mit allem Respekt vor der finanzamtlichen Bedeutung – die Katastrophe? Hätte es da nicht genügt, die Akte *Smetana*, allenfalls die *Fa. Smetana* zu entmaterialisieren? Also dürften andere Gründe für das vorgelegen haben, was sich in der Nacht vom 25. auf den 26. Juni abgespielt hatte.

Er öffnete das Fenster, schnürte die Akte auf und streute die Aktenstücke hinaus. Es hatte zu regnen aufgehört. Die Aktenstücke flatterten zu Boden, fielen auf die auswuchernden Büsche im schmalen Grünstreifen vor dem Gebäude; die meisten fielen auf das nasse Pflaster.

Als Anton L. dann mit dem Auto wieder wegfuhr, den Weg um die Ecke, entlang der Hauptfront des Finanzamts, fuhr er mit Befriedigung über einige der Aktenstücke, die dann in Fetzen hinter dem Auto hochwirbelten.

Die Wolkendecke im Westen war aufgerissen. Die Bäume in den Anlagen am Fluß standen in flammenden herbstlichen Farben. Ein hoher Baum direkt an der Brücke war blutrot. Wie eine Fortsetzung der Farbe dieses majestätischen Baumes färbten sich jetzt die Wolken im Westen der Stadt goldgelb, orange und dann auch blutrot. Ein tiefgoldener Sonnenstrahl schoß wie ein Bündel Speere aus der aufgerissenen Wolkendecke schräg auf die Türme der Stadt und ließ die Dächer aufblitzen wie in einer fernen Ahnung an Canalettos Welt.

XVI
Ein Kurfürst in Blech gewickelt

In der zweiten Augusthälfte war Anton L. noch einmal zu Soliman Ludwigs Wohnung gefahren. Er hielt sich nicht lang darin auf. Er suchte etwas Bestimmtes, und er glaubte – wie sich herausstellte mit Recht –, genau zu wissen, wo er es zu suchen hatte.

›Lieber Ludwig‹, hatte der Brief gelautet, den der Lektor Candtler geschrieben und Herr Eschenlohe überbracht hatte, ›ich täusche mich diesmal nicht: Was wir suchen, gibt es. Vielleicht bin ich morgen schon soweit. Geben Sie mir schnell den … zurück‹ – Anton L. hatte hier ›Anscheg‹ gelesen. Jetzt wußte er, daß das Wort ›Ausweis‹ hieß. Candtler zog die Schluß-S nach unten, versah sie mit einem kleinen Schwänzchen. ›Geben Sie mir schnell den Ausweis zurück, nicht später als $^1/_2$10. Es grüßt Sie Ihr C(andtler).‹

Aus Ludwigs Korrespondenz wußte Anton L., daß Herr Candtler eine Bibliothek durchforstete, deren Direktor, Dr. Gebesser, ein Freund Candtlers war. Einige Wochen vor der Katastrophe war Candtler auf die Spur eines Werkes des mittelalterlichen Arztes Ah-Mery (oder Ach-Mehri) gestoßen. Das Werk hatte den nichtssagenden oder aber anspruchsvollen Titel ›De mundo‹. Dieser Ah-Mery war ein schottischer Kreuzritter gewesen, der in der Schlacht bei den Hörnern von Hattin, die dem ersten Königreich von Jerusalem ein grauenvolles Ende bereitete, in Sultan Saladins Gefangenschaft geraten, dann in Ägypten geblieben zum Islam konvertiert und Schüler des berühmten Arztes und Philosophen el-Ismin geworden war. Später kehrte er wieder nach Europa zurück und lebte in Venedig. Sein Werk war nicht im Original erhalten, es gab aber einen Kommentar dazu von Giovanni Battista Nani. Nani, der 1678 starb, war der Verfasser einer offiziösen venezianischen Staatsgeschichte. Alle, auch sonst unzugängliche Quellen standen Nani zur Verfügung. Er hatte auch Zugang zu der Handschrift Ah-Merys, die – vermutlich weil sie das Werk eines Häretikers war – in dem Geheimarchiv des Dogenpalastes aufbewahrt wurde, wo sie mit allen anderen Büchern, so dem Goldenen Buch der venezianischen Aristokratie, nach der Eroberung Venedigs durch Napoleon verbrannt wurde. (Allein deswegen verdient dieser korsische Zwerg-Pilz eine Höllenstrafe, wie sie Dante noch nicht erfunden hat.) Für die Staatsgeschichte Nanis war Ah-Merys Handschrift keine brauchbare Quelle, aber sie scheint Nani so beeindruckt zu haben, daß er den erwähnten Kommentar dazu schrieb. Dieser Kommentar wurde 1704 in Amsterdam anonym gedruckt.

In der bewußten Bibliothek, deren Direktor Dr. Gebesser war, hatte Candtler ein sonst oberflächliches Buch eines belgischen Obscur-Historikers namens Claudius Lactans Graf von Hompesch aus dem Jahr 1895 gefunden, das in einem Kapitel Passagen aus Nanis Kommentar zu Ah-Merys Handschrift zitierte. Hompeschs Buch hieß: ›Die wahre Bibel‹. Es war oberflächlich und schlampig geschrieben, aber für Soliman Ludwig und seine Freunde aufregend genug, denn es sprach ihre Thesen von dem Buch, in dem das Geheimnis der Welt erklärt ist, offen aus. Ärgerlicherweise waren erstens in

Hompeschs Buch (Simon List nannte es in einem Brief sogar: Machwerk) die Zitate aus Nanis Kommentar so ungenau, daß man Nanis Kommentar und die Zitate aus Ah-Mery nicht voneinander unterscheiden konnte, zweitens war nicht angegeben, wie und wo Hompesch Nanis Werk, also den anonymen Druck von 1704, gefunden hatte.

Dr. Gebessers Bemühen gelang es dann doch in recht kurzer Zeit, zu erfahren, daß es noch drei Exemplare des Druckes von 1704 gab: eines in der Saltykow-Schtschedrin-Bibliothek in Rußland, eines in der jagellonischen Bibliothek in Krakau und eines im British Museum. Das British Museum hatte sich bereit erklärt, das Buch für Dr. Gebesser photokopieren zu lassen.

Das Weitere konnte Anton L. nur vermuten. Wahrscheinlich hatte Herr Candtler am 25. Juni erfahren, daß die Photokopien – es war wohl ein umfangreiches Paket – eingetroffen waren. Um sie abzuholen, brauchte er seinen Bibliotheksausweis (obwohl Direktor Dr. Gebesser sein Freund war? war der inzwischen in Urlaub gegangen?), den aus irgendwelchen Gründen aber Soliman Ludwig bei sich hatte. Um zu erfahren, um welche Bibliothek es sich handelte, mußte Anton L. den Ausweis finden.

– Candtler muß angenommen haben, daß Ludwig den Ausweis bei sich hat, sonst wäre es sinnlos gewesen, ihm nach Ladenschluß die Nachricht unter der Tür durchzuschieben, überlegte Anton L. Candtler rechnete damit, daß Ludwig ›nicht später als ½10‹ nicht erst wieder nach Hause hätte fahren müssen, um den Ausweis zu holen. Das wäre wohl während der Geschäftszeit auch nicht möglich gewesen. Also brauche

ich nur in Soliman Ludwigs Brieftasche zu suchen. Und da war der Ausweis auch, lautend auf den Namen Horst Candtler, gültig für die Rara-Abteilung der Staatsbibliothek, unterschrieben von Dr. Gebesser.
Anton L. steckte den Ausweis wieder zurück in die Tasche weiland Soliman Ludwigs. Die Staatsbibliothek war auf halbem Weg zwischen Soliman Ludwigs Wohnung und dem Hotel, nicht weit von der Stelle, wo unlängst die Kühe Anton L. erschreckt hatten. Viele Jahre lang war Anton L. nicht mehr in der Staatsbibliothek gewesen, aber ihre Räumlichkeiten waren ihm ungefähr geläufig, weil er in der Zeit, als er im Verlag tätig war, dann und wann dort zu tun gehabt hatte.
In bewährter Art – mit der Brechstange – drang er in das große, klassizistische Gebäude ein. Eine Wegweisertafel neben dem Eingang zeigte an: die Rara-Abteilung befand sich im zweiten Stock. Dort mußte Anton L. ein wenig herumsuchen, fast meinte er schon, das Paket befände sich woanders, vielleicht in der Abteilung ›Buchausgabe‹ oder ›Fernleihe‹. Aber dann lag das Paket, ein Karton, auf dem Schreibtisch im Zimmer des Direktors Dr. Gebesser. Auf dem Karton lag ein Zettel: ›Für Herrn Candtler. Wird abgeholt. 22. 6.‹ Daneben lag eine Rechnung. 120 Mark hätte Herr Candtler zahlen müssen.
Anton L. setzte sich in den Sessel von Herrn Direktor Dr. Gebesser und öffnete den Karton. Ein hoher Stoß von Photokopien lag darin. Das erste Blatt war ein prächtig gestochenes Titelblatt. Die Verfasserangabe war mit der Hand dazugeschrieben: G. B. Nani, Venice, dazu ein Bibliotheksvermerk, eine lange Nummer und ein Stempel des British Museum. Und dann kam der Schock. Das Buch war – das hätte sich Anton L. ei-

gentlich vorher schon denken können – in lateinischer Sprache geschrieben.

Auf dem Gymnasium hatte Anton L. Latein gehabt. Er war überhaupt kein guter Schüler, aber in Latein war er ein besonders schlechter gewesen. Die ganzen Jahre danach hatte er nicht den mindesten Gebrauch von seinen ohnedies nur rudimentären lateinischen Kenntnissen gemacht.

Er legte die Blätter wieder in den Karton und ging. Aber am nächsten Tag kam er zurück und machte sich an die Arbeit. Er erinnerte sich, daß im Lesesaal im ersten Stock die Lexika standen. Er holte sich – zweimal ging er – die sieben Folio-Bände des Thesaurus Linguae Latinae, und als er feststellte, daß dieses Werk viel zu ausführlich für seine Zwecke war und überhaupt nur bis M ging, holte er sich das Langenscheidt-Handwörterbuch Latein/Deutsch. Man muß zuerst das Verb übersetzen, daran erinnerte sich Anton L. Hilfreich war auch die lateinische Grammatik von Voit-Zinsmeister, die im Anhang alle gebräuchlichen unregelmäßigen Verben enthielt.

Es war wie bei der Entzifferung eines Codes. Die Schwierigkeiten zerbröckelten zusehends mit dem Fortschritt der Arbeit. Anton L. arbeitete jeden Tag eine Stunde oder zwei Stunden in Dr. Gebessers bequemem Büro. Zunächst übersetzte er schriftlich, das heißt: er tippte den übersetzten Text auf Dr. Gebessers Schreibmaschine, die auf einem kleinen Tisch neben dem großen Schreibtisch stand. Nach etwa dreißig Seiten sparte sich Anton L. diese Mühe und schrieb nur noch bei schwierigeren Sätzen, die zu knacken mehr Mühe machten, die Übersetzung zwischen die Zeilen des Originals. So ging es immer schneller. Gegen Ende August konnte Anton L. seine Arbeit an dem lateinischen Text des Giovanni Battista Nani guten Gewissens bereits *lesen* nennen. Dabei war die Lektüre eher langweilig. Messer Nani erging sich in endlosen philosophischen und theologischen Spekulationen, die von moralischen Predigten unterbrochen waren, in denen der Autor sichtlich bestrebt war, keinen Zweifel daran aufkommen zu lassen, daß er fest und sicher auf dem Boden des römisch-katholischen Glaubens stand. Der übrige Text sprach nämlich nicht so sehr dafür. Nani war wohl eher ein heimlicher Jansenist gewesen, sofern er nicht überhaupt mit Interesse über die Grenzen christlichen Glaubensgutes hinauslugte.

Von Ah-Mery (Almirius nannte ihn Nani) war sehr undeutlich die Rede. Im zweiten Buch – hier wurde das Werk etwas interessanter – erzählte Nani Ah-Merys Geschichte, aber so, daß auch hier wiederum zu erkennen war: Nani ging es darum, Ah-Mery vom Verdacht der Abtrünnigkeit vom christlichen Glauben und der Häresie reinzuwaschen. Nani behauptete, Ah-Mery sei zum christlichen Glauben zurückgekehrt und als Abt eines Klosters gestorben. Das war offensichtlich eine Erfindung, denn einerseits gab Nani nicht an, um welches Kloster und welchen Orden es sich gehandelt habe; anderseits teilte er mit, daß er Dokumente ›jenes Klosters‹ eingesehen habe.

Die letzten vier Blätter waren dann der entscheidende Fund. – Wenn ich das gewußt hätte, sagte sich Anton L., hätte ich die vorhergehenden 236 nicht gelesen.

Die letzten vier Blätter waren in altdeutscher Sprache abgefaßt, in anderer Schrift gedruckt und offensichtlich dem Werk Nanis nur beigebunden. Nani war wohl mit Sicherheit nicht der Urheber dieses Anhanges.

Die vier Blätter lauteten:

»In der Carnevalszeit anno Domini MDCC... kam der junge Herr Printz Philipp Moritz, Herzog zu B***, nach Venedig. Der junge Printz war der zweyte Sohn des Churfürsten zu *** und dazu bestimmt, den geistlichen Stand zu ergreiffen. Die Bisthümer zu Münster und zu Paderborn waren dazumal soeben vacant geworden. Auf diese bischöflichen Stühle sollte der Printz erhoben werden, deßgleichen zum Coadjutore seines Onkels, des Churfürsten zu K***. Der Printz hatte indeß noch keine priesterlichen Weihen erhalten, zeigte auch mehr Geschmack an allerhand weltlichen Dingen. Er stand damals ohngefähr in seinem zwanzigsten Jahr. In seiner Begleitung befand sich sein Hofmeister, ein Herr Graffe Jacobus von Zweiffel, der schon dem Herrn Vater des Printzen gedienet und sowohl dessen Glorreiche Kriegszüge wider die Türcken, als auch dessen unglückliche Fata in der Verbannung außer seinem Lande geteilet hatte.

Zu Venedig pflegt sich zur Carnevalszeit alles Volck so hoch wie niedrig, mit Masquen zu verklejden. Der Hofmeister des Printzen hatte keinen Anstand, Solches auch dem Printzen zu verstatten, da er das für harmlose Possen hielt, denen junge Leute alle Zeit geneiget waren. Um den jungen Herrn nicht allein zu lassen, mußte sich der Graf von Zweiffel per fas et nefas auch eine Masque umbinden. Aber der junge Herr Printz aestimirete gantz außergewöhnlich die Sitte der gemeinen Leute auf den Plätzen zu tanzen, wozu herrliche Musick gespielet wird, wie sie oft auf den Festen Fürstlicher Herren anderwärts so herrlich nicht zu hören ist, obgleich auch auf genannten Plätzen nur gewöhnliche Gondoliers und Pifferari musizieren, oder gar Bettler. Gegen Ende des Carnevals ward der junge Printz so tanzwütig, daß sejnem Herrn Hofmeister, schon ehe er aus dem Haus trat, quasi gesaget der Atem aus ging. Auch sagte der Printz: dauere der Carneval doch ohnedieß nur noch wenige Täge, auch mischeten sich Senatores und Patricii unerkannt unter die gemeinen Täntzer, um sich zu vergnügen. So ging der Printz allein.

Nachdem Solches einige Täge fortgeschritten, blieb dem Herrn Hofmeister des jungen Printzen die Veränderung an Selbem nicht mehr verborgen. Obzwar der Hofmeister vor Näße, so in Venedig wegen der vielen Canales vorherrschet, gichtiger Schmertzen halber im Bette verbleiben mußte, überredete er den jungen Printzen und sagte, ich bin eyn alter Mann und weiß, was eynem jungen so Alles begegnen kann, namentlich, wenn man masquiert tantzet. Sage es mir.

Der Printz ward höchlich verlegen, gestand aber dann auf umfängliches Zureden seynes Herrn Hofmeisters ein, daß er mit einer jungen Weibsperson getantzet habe, die er geradewegs für einen Engel erachte.

Da stöhnete der Herr Hofmeister Graf von Zweiffel noch mehr als von wegen der Gicht und sagte, hätte ich mir Das doch gleich denken können, und Was wird Seyne Churfürstliche Gnaden, Ihr Herr Vatter, sagen, wenn da eine ungleiche Amoure vorfällt. Zumahlen Ihr doch für den geistlichen Stand bestimmt seyd!

Der Teufel hole den geistlichen Stand, sagte der junge Herr Printz, und die Bischöflichen Stifte zu Münster und Paderborn, so er etwas anfangen kann damit. Ich will wenigstens erfahren, wie sie heißet.

Der Hofmeister dachte, wenn ich es Ihm gradweg verbiete, wird er nur desto toller. Und er stund ächzend von seinem Gichtbette auf und band sich die Masque vor und sagte zum Printzen: der Himmel verzeihe Euch, daß so ein alter, gichtiger Greis wegen Eurer Amour-Tollheit eine Masque vorbinden soll wie ein junger Flatterling, und einen Narren aus sich machet. So machten sie sich auf, die Weibsperson zu suchen, die dem verirrten Printzen gleich als ein Engel galt. Solche war aber nicht zu finden, sonderlich, weyl in den lezten Tägen des Carneval der Troubel auf denen Gassen Venedigs und denen Plätzen gantz närrisch ist und allerorten Narren und Schalke äffen und auf den Canali hundert Gondolen hin und wider fahren, maßen der Printz immer wieder schrie: das ist Sie, war sie aber nicht.

Am ersten Tage der Fastenzeit, als die Narretei und Masquerade von den Straßen verschwunden war, sagte der Printz, ich finde sie jetzund nimmer. Ich weyß nicht einmal, wer sie ist. Und er verfiel in Siechtum. Der Herr Haushofmeister ächzete aus Gicht, aber der Printz ächzete aus Siechtum bald noch mehr, so daß der Hofmeister bald seines Ächtzens entraten mußte, und dem Gnädigen Churfürsten nach M * * * schrieb, daß sein Sohn in Siechtum verfallen sey.

Der Herr Churfürst sendete seinen Wechsel auf einen Juden in Venedig und ließ auch einen Brief schreyben, daß man ja die besten Medici und Ärtzte von Venedig an das Krankenlager des Printzen schaffen sollte, dieweilen es doch in Venedig berühmte Ärzte gäbe und Medici, und daß der Printz hoffentlich nicht die bewußte Kranckheit habe, die die Cavaliers zu befallen pflege.

Da kam endlich am 12ten Martii ein Medicus, der von der Kranckheit des Printzen gehöret hatte, und Der nannte sich Hormisdas und war ein Armenier. Er trug einen ledernen Beutel mit sich und sagte, ich habe von der unbekannten Kranckheit des Herrn Printzen gehöret, aber es ist gar keine unbekannte Kranckheit, denn das, waß ich hier in dem ledernen Beutel habe, ist die Kranckheit und ingleychen das Heilmittel, sofern der Herr Hofmeister sich darein finden würde, hundertzwanzig Zecchinen zu zahlen. Der Hofmeister raufte die Haare und sagte, dergleichen Arcana, seynen sie in Lederbeutel oder nicht, fressen den churfürstlichen Wechsel auf den Juden schlankweg auf, und ich will erst sehen, was in dem Beutel ist.

Aber der armenische Hormisdas sagte, wenn denn nicht das Geld erst bezahlet wird, zeige ich nicht, was im Beutel ist. Aber da war die Thür offen, und so hörete der sieche Printz die Rede und schrie sogleich: gib ihm seyne Zecchinen. Da allejn dieß das erste Mal seit Tagen war, daß der Printz außer Stöhnen und Wehklagen einen Laut von sich gegeben, glaubte der Hofmeister sogleich an die Wunderkraft des Arcani, das der Armenier in seinem Beutel hatte, und zählete die hundetzwanzig Zecchinen auff. Sodan ging der armenische Artzt zu dem Printzen und zog ein kleines Bildnuß aus dem Beutel und zeigete es dem Printzen, der auffsprang und rief: Dieses ist sie! Er nahm das Bild an sein Herz, küßte Es auch mit dem Munde und sprang auf und Nider, bis er gantz elend wurde, weyl er viele Tage nichts gegessen. Wie er wieder auf dem Bette lag, sagte er: bringet mich zu Ihr, so Ihr nicht wollet, daß ich verderbe. Allejn er war zu schwach, und der Armenier versprach, den nächsten Tag wiederzukommen, und der Printz solle eine stärkende Soupe von grünem Lauch essen.

Aber noch selbigen Tages starb der Printz. Der Haushofmeister besorgete noch die Funeralia und schrieb so gleych einen traurigen Brief an den Churfürsten. Sodann rüstete er sich, ohne den Printzen nach M*** zurückzureisen, als zu der Stunde vor der Abreise der Armenier nochmals kam.

Euer Arcanum hat denn nicht geholfen, Herr Medicus, sagte der Hofmeister, und die Soupe von grünem Lauch in Gleichen nicht.

Ich weiß, sagte der Armenier, der Herr Printz sind tot. Aber die Dame, deren Namen ich nicht sagen darf, schicket dies, und er gab dem Hofmeister ein Trühlein, so groß wie ein Backstein, in einem linnen Tuch und zugenähet und mit eynem Sigul verschloßen. Die Dame sey die Letzte ihres Geschlechtes: er, der Hofmeister, solle nicht fragen, und die Dame sey in einem Kloster, wo sie zu bleyben gedencke.

Da dachte der Hofmeister, es kann nicht wohl ein Betrug seyn, wenn er für das Kästchen Nichts verlanget, und nehmete es mitt. Unterwegs erbrach er das Sigul, öffnete er das Linnen und fand in dem Kästchen oder Trühchen ein wunderliches Buch mit leeren Seiten. Da es aber absonderlich schön gebunden war, gab er es mit aller anderen Verlassenschaft dem Herrn Churfürsten, der, ingleichen die Frau Churfürstin, es hertzlich beweineten. Das Buch aber war gantz in feines blaues Leder gebunden mit güldenen und Rothen Sternen und auf dem Rücken eine güldene Schlange, die sich spaltet und eine Figur bildet wie die Ziffer Acht.«

Anton L. fand in keinem der Konversations-Lexika, die im Lesesaal der Staatsbibliothek ausstanden, einen Hinweis auf einen Prinzen mit Namen Philipp Moritz. Den Gothaischen genealogischen Hofkalender zu benutzen, was eine Wissenschaft für sich ist, verstand Anton L. nicht. Aber in Ysenburg-Loringhovens ›Stammtafeln zur Geschichte der europäischen Staaten, Band 1‹ fand er den Prinzen.

Der Todestag stimmte – der 12. März, das Jahr war 1719 –, auch daß der Prinz der zweitgeborene Sohn des Kurfürsten war, traf zu. Dann war aber, sah Anton L., dieser Prinz der Großonkel des bronzenen Kurfürsten, der vor der Residenz stand und den Rücken der Hof-Wachszieherei zuwendete, in der Soliman Ludwig gearbeitet hatte.

Was aber war mit dem Buch geschehen? Der alte Kurfürst, der den Sohn beweinte, hatte es vermutlich nicht fortgeworfen. Sicher hatte er es in seine Bibliothek gestellt oder in sein Raritätenkabinett, und so hatte es sich höchstwahrscheinlich fortgeerbt bis in die Tage, als die Monarchie abgeschafft wurde. Und dann? Die Kunstschätze waren in der Residenz verblieben, auch die

Kleinodien. Was es mit dem Buch auf sich hatte, dürfte da niemand mehr gewußt haben.
So beschloß Anton L. in den ersten Septembertagen, in der Residenz zu suchen. Er fand die Bibliothek, das Buch aber nicht. –

Als Anton L. einige Tage nach jener Explosion wieder in Richtung Residenz ging, fand er den bronzenen Kurfürsten eingewickelt vor, und zwar in das Dach, das wie ein blechernes Segel durch die Anakreon-Straße geblasen worden war. Das Blechdach hatte in dem Denkmal einen Halt gefunden, sich daran gefangen, darumgebogen.
»Wie sehen Sie denn aus, kurfürstliche Gnaden?« sagte Anton L.
»Blödsinn«, sagte der Kurfürst, »wickeln Sie mich lieber aus.«
»Das wird schwer gehen«, sagte Anton L., »es handelt sich um ein komplettes Blechdach.«
»Sie können doch einen Kurfürsten nicht in ein Blechdach gewickelt lassen, wenn Sie schon seine Bilder stehlen.«
»Von stehlen kann keine Rede sein –«
»Was denn sonst, Herr L. Auch wenn Sie allein auf der Welt sind, gehört noch lang nicht alles Ihnen.«
»Das ist eine heikle juristische Frage. Überhaupt: woher wissen Sie, wie ich heiße?« fragte Anton L.
»Große Kunst«, sagte der Kurfürst, es klang sehr dumpf unter dem Blech, »wenn nur einer lebt, und der heißt L., müssen Sie doch L. heißen.«
»Lebe nur ich?« fragte Anton L.
»Ich habe jedenfalls noch keinen anderen bemerkt«, sagte der Kurfürst.
Anton L. begann, es war eine schwere Arbeit, das

Blechdach wieder auseinanderzustemmen. Er hatte wenig Erfolg.
»Es geht nicht«, sagte Anton L.
»Sie machen es auch ganz falsch. Holen Sie doch Ihr Auto. Binden Sie hinten ein Seil an –«
»Eine sehr gute Idee«, sagte Anton L. und lief zurück zum Hotel. Er holte das Auto und ein Seil.
»Das Seil ist viel zu dünn und außerdem zu kurz«, sagte der Kurfürst dumpf.
»Woher wissen Sie das, wie können Sie das sehen, wenn Sie eingewickelt sind?«
»Ich sehe doch, was Ihre Augen sehen, Sie Schwachkopf«, sagte der Kurfürst. »Oder meinen Sie, ich rede wirklich?«
»Das wollte ich schon fragen ...«, sagte Anton L.
»Jetzt fragen Sie gar nichts. Das Seil jedenfalls, das Sie mitgebracht haben, ist kein Seil, das ist ein Spagatschnürl. Da liegt doch ein Oberleitungsdraht von der Straßenbahn. Warum nehmen Sie nicht den?«
Die Explosionswelle hatte einige Dutzend Meter Oberleitungsdraht in der Tat fast säuberlich zu einer Rolle zusammengeknäuelt. Anton L. bog den Draht auseinander und schnitt ein langes Stück ab. (Er mußte deswegen noch ein zweites Mal zurück ins Hotel, dort in einer Hauswerkstätte war Werkzeug, auch eine große Drahtschere.)
»Nicht so«, sagte der Kurfürst, als Anton L. den Draht um die Anhängerkupplung des Wagens wickeln wollte. »Das Ding schießt Ihnen doch hinten auf den Wagen, wenn es sich von mir losreißt. Sie müssen einen Flaschenzug machen. Legen Sie den Draht um eine Säule des Hoftheaters und ziehen Sie in die entgegengesetzte Richtung. Die Säule hält das aus.«

Anton L. gehorchte.

»Und dann müssen Sie zwei Löcher in das Dach schlagen, damit Sie den Draht durchziehen können. Und dann müssen Sie –«

»Müssen – müssen –«, sagte Anton L., aber leise.

Darauf sagte der Kurfürst gar nichts mehr.

– Vielleicht ist er jetzt beleidigt, dachte Anton L.

Er arbeitete eine gute Stunde. Dreimal hielt der ungeschickte Knoten in dem sperrigen Draht den Zug nicht aus. Erst als Anton L. mit weiterem Draht den Knoten umwickelte, hielt er. Anton L. gab Gas, mit einem Blech-Donnerschlag löste sich das Dach, der Wagen schoß vorwärts, das Blechdach knatterte gegen das Hoftheater und blieb dort auf den Stufen liegen. Aber der Kurfürst war frei. Nur sein Degen war verbogen.

Anton L. stieg aus.

»Danke könnten Sie schon sagen«, sagte er.

»Danke«, sagte der Kurfürst.

XVII
Hormisdas II.

Im November, schon nach den ersten Schneefällen, kamen noch ein paar schöne Tage. Laub war fast keins mehr an den Bäumen, nur hie und da hatte sich in den sonst kahlen Ästen ein hartnäckiges Blatt gehalten, das jetzt in der kalten, klaren Novembersonne wie ein Kleinod glänzte. Die Luft war trocken, der Boden gefroren, mit einer leichten, weißen, knirschenden Schicht von Frost bedeckt, auch am Tag noch, dort, wo Schatten war. Da aber kein Wind ging, wurde es dort, wo die Sonne hinkam, noch einmal fast spätsommerlich warm.

Nachdem zwei solcher Tage vergangen waren – Anton L. hatte im Freien in Hemdsärmeln Holz gehackt – und der dritte Tag wieder so zu werden versprach, unternahm Anton L. seinen größten und letzten Ausflug, die letzte radiale Durchbrechung der lang schon nicht mehr eingehaltenen konzentrischen Ermittlungskreise. Er hackte überhaupt kein Holz an dem Tag. Er schüttete ein Glas Konservenkirschen in die kurfürstliche Silberschüssel, die Sonja als Freßnapf diente, packte für sich zwei Flaschen Sekt, eine Schachtel Zwieback, ein Glas Essiggurken, eine Keule des Hasen, den er vor zwei Tagen geschossen und gebraten hatte, und vier Packungen Pralinen ein und fuhr los. Er fuhr wieder nach Osten, durch die Faniska-Straße, vermied das Gebiet, von dem er wußte, daß es durch die Explosion verwüstet war. Eine Allee führte zur Autobahn. Berge von verfaulenden Blättern türmten sich die Häuser hoch, vor allem in Ecken und Winkeln, wo der Herbstwind der vergangenen Woche sie hingeblasen hatte. Aus einem besonders großen Blätterhaufen am Fuß einer hohen Mauer stob eine Schar von Mäusen und huschte über die Straße. Nicht weit davon saß ein Fuchs. Als Anton L. vorbeifuhr, versteckte sich der Fuchs hinter einem Baum.

Die Häuser traten zurück, freie Felder schoben sich bis zur Straße. In der Ferne tauchte das dunkle Band des Waldes auf. Ein blasser, aber makellos blauer Himmel überwölbte das spätherbstliche Bild. Aus einem Kornfeld, das nie mehr abgeerntet werden würde, stiegen Schwärme von Krähen auf. Auf der Autobahn fuhr Anton L. fast zu schnell. In einer großen Unterführung einige Kilometer nach der Stadt hatte sich Wasser gesammelt, ein förmlicher kleiner See. Als er erschreckt den Wagen abbremste, weil er das Wasser auf sich zufliegen sah, kam der Wagen ins Schleudern, drehte sich und blieb erst stehen, als er schon mit allen vier Rädern im Wasser stand. Einige Enten schwammen schnatternd in die dunkle Wasserhöhle hinein.

Der Motor war abgestorben. Anton L. kurbelte das Fenster herunter. Das Wasser roch faulig, bunte Schlieren zogen träge auf der Oberfläche, Blätter schwammen drauf. Anton L. versuchte den Motor wieder anzulassen, nachdem er sich von dem Schrecken ein wenig erholt hatte. Es gelang, der Motor sprang an. Vorsichtig fuhr Anton L. rückwärts aus dem Wasser hinaus, wendete dann den Wagen und fuhr zurück. (– Auf der Autobahn links! dachte er, und keine Polizei kann es mir verbieten.)

Er fuhr jetzt langsam. Nach ein paar hundert Metern lief ein Feldweg neben der Autobahn her. An einer Stelle ohne Leitplanke setzte Anton L. den Wagen langsam über die niedrige Böschung. Der Feldweg führte zu einem Dorf. Er stellte seinen Wagen auf dem Dorfplatz neben der Kirche ab. Vor der Friedhofsmauer stand ein Kriegerdenkmal: ein Engel, der einen Lorbeerkranz hielt, hob einen sterbenden Soldaten auf, dem das Gewehr entglitt. *Den Gefallenen der Gemeinde* stand auf einer schwarzen, polierten Steintafel in goldener Schrift, ein eisernes Kreuz zwischen ›*Gefallenen*‹ und ›*der*‹, darunter ›*1914-1918*‹ und zwei Dutzend Namen. Auf der anderen Seite war eine weitere schwarz-polierte Tafel angebracht: ›*1939–1945*‹. Da die Tafeln symmetrisch sein sollten, mußten hier die Namen kleiner gemeißelt werden. Es waren vier Dutzend Namen. Sowohl auf der ersten als auf der zweiten Tafel hießen auffallend viele der *Toten* ›*Mausberger*‹. Auch der Dienstrang stand daneben: ›*Mausberger Georg, Gefr. 4.IV.1917. Arras*‹; ›*Mausberger Heinr., Ober-Gefr. 28.XI.1917. Cambrai*‹. Auf der zweiten Tafel: auch ein ›*Mausberger Georg, Inf. 6.VII.1943, Orel*‹; ›*Mausberger Günther, Uffz. 31.VIII.1942, El-Alamein*‹. Anton L. erinnerte sich an die Orte. Sie waren oft genug genannt worden, damals. ›*Uffz*‹, das hieß Unteroffizier. Anton L. ging die Tafel durch. Ein Leutnant war dabei – ›*Rossrucker Ludwig, 1945, im Osten verm.*‹ – das war der höchste Dienstrang. Ähnliches war Anton L. schon früher einmal aufgefallen, als er mit seinem Vater einen Kriegerfriedhof in Österreich besuchte. Der Vater suchte damals das Grab eines Freundes, der im Krieg gefallen war. Sie gingen durch die endlosen Reihen und lasen die Namen. Selten, daß ein Oberleutnant oder ein Hauptmann dabei war. »Wo liegen die Generäle?« hatte Anton L. den Vater gefragt. Der Vater lachte. »Generäle«, sagte er dann, »haben ein anderes Verhältnis zum Heldentod.« –

Es war Mittag. Rechts und links neben dem Kriegerdenkmal standen ein paar Holzbänke. Das Unkraut hatte auch hier hinter den Bänken an der Mauer und in dem Rasen um das Denkmal gewuchert. Jetzt war es kraftlos, fahl und gelb. Die Bäume hatten kein Laub mehr. Die Sonne schien durch die Äste auf die Bänke. Anton L. nahm seinen Proviant aus dem Wagen und setzte sich auf eine Bank. Das Laub, das überall in Haufen und Polstern herumlag, roch herb und würzig, fast ein wenig wie Rauch. Anton L. biß etwas von dem kalten Hasenschlegel ab, aß dazu einen Zwieback. Als es ihm zu trocken wurde, öffnete er eine Sektflasche. Der Knall des Sektstöpsels fuhr durch die stille Luft wie ein leibhaftiger fremder, schwarzer Vogel, dessen große Flügel den Spätherbsttag für einen Moment verdunkelten. Nach dem Knall wurde es Anton L. erst richtig bewußt, wie still es war.

Nach der Mahlzeit ging Anton L. ein wenig auf und ab. (Das Gewehr nahm er mit, obwohl er sich nicht mehr als zweihundert Meter vom Auto entfernt hatte.) Absichtlich schlurfte er durch die Polster der dürren Blätter. Beim Gasthof ›*Schwenner*‹ schaute er durch die kleinen Fenster in die Gaststube. Die Stühle standen auf dem Tisch. Es war schon Sperrstunde gewesen, damals. Dicker Staub lag innen auf den Fensterbrettern. Spinnweben überzogen die Scheiben. Anton L. ging um den Gasthof herum. Das Hoftor war offen. Das Skelett eines Hundes hing noch an der Kette. Ratten huschten in die Scheune. Anton L. ging zurück zum

Wagen. Er legte das Gewehr wieder hinein und nahm eine Packung Pralinen. Er war solche Nachspeise gewohnt; dazu trank er den Rest Sekt. Als er die vierte Praline in den Mund schob und mit den linken hinteren Zähnen daraufbiß (*Trüffel mit Krokant*) durchblitzte ihn ein Schmerz von der Stirn bis zu den Zehengelenken. Er riß den Mund auf, wagte nicht weiterzukauen, klaubte die zerrissene Praline von den Zähnen und warf sie auf den Boden. Der Schmerz klang ab, wurde stumpfer, fast wohltuend gegen den Stich vorhin, verflachte, zerfiel. Behutsam schloß Anton L. den Mund, biß die Zähne aufeinander, erst leicht, dann fester – nichts mehr. Er holte tief Luft, merkte, daß er einige Sekunden nicht geatmet hatte. Noch einmal biß er die Zähne aufeinander, ja schlug sie gegeneinander – nichts. Gottlob. Anton L. ertappte sich bei dem Gedanken: Was wird der Kurfürst dazu sagen? Er schob langsam eine neue Praline in den Mund, kaute nur rechts hinten, vermied die linke Seite – kein Schmerz.
Ein Gestrüpp aus gelb gewordenen Brennesseln hing über die Friedhofsmauer. Es mußte übermannshoch sein. Anton L. aß die sechste Praline, vermied aber immer noch die linken Zähne.
In den kahlen Bäumen hingen überall schwarze Knäuel oder Ballen, Vogelnester. Der erste fremde Laut, seit er hier im Dorf war: das jambische Quaken einer Ente, erst laut und dann schneller und leiser werdend. Wahrscheinlich war da ein Dorfteich. Anton L. aß die siebente und achte Praline. Die ferne Ente quakte noch einmal, dann ein drittes Mal, dann war es wieder still. Die Pralinenschachtel war fast leer.
Der Kirche gegenüber war der Pfarrhof. Nirgends stand, daß das Haus der Pfarrhof war, aber nur Pfarr-

höfe haben diese behäbig-solide, glatte, sozusagen geschlechtslose Bauweise, die sie sofort von den anderen ländlichen Häusern unterscheidet. Im Grunde gibt es nur drei Häuser: das Bauernhaus, das Wirtshaus und das Pfarrhaus. Alles andere sind spätere Zutaten.
– Was, dachte Anton L., wenn jetzt der Pfarrer aus dem Pfarrhaus träte? Sagen wir: Der Pfarrer hätte nicht gehört, wie ich hergefahren bin, hätte geschlafen. Was wäre das erste Wort? Eine fast peinliche Situation. Jedenfalls würde Anton L. sofort zum Gewehr greifen. – Unsinn, dachte er oder doch nicht Unsinn? Vielleicht hat der Pfarrer auch ein Gewehr? Sicher hätte er schon ein Gewehr. »– Hallo!« würde der Pfarrer wahrscheinlich sagen oder: »Was tun denn Sie hier?« Vielleicht sollte sich Anton L. gleich vorstellen: »Mein Name ist Anton L.« Dann würde der Pfarrer sagen: »Mein Name ist –«; da fiel Anton L. ein früherer Gedanke wieder ein. – Dann wäre natürlich ohne Zweifel dieser Pfarrer der Papst. Anton L. aß die letzte (dreiundzwanzigste) Praline. Er stand auf und ging langsam zum Pfarrhaus. Die Fenster im Erdgeschoß waren vergittert. Auch hier lag innen auf den Fensterbrettern fingerhoch Staub. Anton L. klopfte gegen die Scheibe. Da knarzte innen eine Tür. Anton L. lief eine Gänsehaut über den Rücken. Es war ihm, als hielte ihn jemand hinter ihm mit unsichtbaren Pranken an den Schultern fest. Eine Tür in dem Raum, in den er schaute, ging langsam auf, knarzte wieder. Eine Katze schaute hinter der Tür hervor. Die Pranken an den Schultern lockerten den Griff, aber einige Nach-Schauer liefen vom Rücken herauf gegen das Genick. Die Katze kam ins Zimmer und schaute zum Fenster, legte den Schwanz flach auf den Boden, war bereit zu fliehen. Die Katze war wohl-

genährt. Entweder hatte die Pfarrerskatze einen geheimen Ausgang aus dem Haus, oder es gab inzwischen so viele Mäuse, daß sie versorgt war. Die Katze zog sich zurück. Anton L. schlug, um der Katze einen Weg ins Freie zu schaffen, für den Fall, daß sie keinen hatte und die Mäuse aufgebraucht würden, ein Fenster mit dem Gewehrkolben ein, langte hinein und öffnete es von innen. Die Katze zeigte sich aber nicht mehr. – Sie wird es schon merken eines Tages, dachte Anton L.

Auf einer schmalen Landstraße fuhr er weiter. Der Wald, ein dunkler Fichtenwald, trat an die Straße heran, öffnete sich dann wieder. Ein zweites Dorf war zu sehen. Anton L. fuhr durch, ohne zu halten. Wieder trat der Wald an die Straße heran, überwölbte die Straße. Die Gegend wurde hügelig. Als der Wald abermals zurückwich, lag ein größeres Dorf auf einem Hügel dort, wo die Straße hinführte.

Es war noch heller Tag, aber die Sonne neigte sich schon dem Wald im Westen zu. Die Bäume warfen lange, scharfe Schatten auf die nie mehr gemähten Wiesen. Allmählich beschlich Anton L. ein Gefühl der Unsicherheit. War es, weil der Abend kam? Er hätte nicht gern hier übernachtet. Er hätte sich hier fremd gefühlt, mehr noch und merkwürdiger, er hätte sich hier *allein* gefühlt.

In dem Dorf auf dem Hügel mündete die schmale Landstraße in eine breitere Straße. An der Einmündung standen die gelben Wegweiser. Links ging es weiter nach Süden ins Gebirge, rechts ging es zurück in die Stadt: ›74 km‹. Anton L. erschrak. Nein – Benzin hatte er genug dabei, die ganzen Kanister im Kofferraum. Aber wenn sonst etwas mit dem Auto wäre! Womöglich käme er nie zurück in die Stadt. Er fuhr schneller, dann dachte er an jene Unterführung auf der Autobahn, und daß so etwas überall lauern könne, und bremste. Er kam durch einige Orte. Er zählte die Kilometer anhand der gelben Wegweiser: ›61 km‹, ›58 km‹, endlich nur noch ›24 km‹, dann merkwürdigerweise wieder ›25 km‹, obwohl er inzwischen zwei Kilometer gefahren war. – Macht auch nichts mehr, dachte er sich, so ein falscher Wegweiser.

Einmal lief eine Gruppe merkwürdiger Tiere quer über die Straße. Es waren sehr magere, grauweiße Hühner, die geduckt und mit vorgereckten Hälsen aus einem verwilderten Maisfeld kamen und zu einem Graben liefen, an dessen Rand Erlen standen. – So sehen Hühner *eigentlich* aus, dachte sich Anton L.

Als Anton L. in die ersten Außenbezirke der Stadt kam, war die Sonne schon untergegangen. Er verfuhr sich einmal, weil er dieses Stadtviertel nicht kannte. Einmal mußte er einen Umweg machen, weil ein Baugerüst in die Straße gefallen war. Es war Nacht, als er heimkam.

Also bin doch ich Papst, dachte Anton L. Er heizte den Kamin seines Schlößchens. (Sonja hatte nur wenig von den Kirschen gegessen. Sie fraß überhaupt nicht mehr viel, seit es kälter geworden war. Halten Leguane einen Winterschlaf?) Anton L. las fast immer noch, wenn auch selten lange, bevor er sich ins Bett legte. So zündete er die große Kerze an, stellte sich eine neue Flasche Sekt und den geschliffenen Pokal aus dem Residenz-Museum, aus dem er zu trinken pflegte, auf den kleinen Schachtisch, trank und aß den Rest vom Hasen, zwei Essiggurken und eine weitere Schachtel Pralinen. Heute nahm er Reclams Kunstführer von Rom zur Hand – ›Italien, Band V‹ –, den er sich seinerzeit, als er noch im Hotel wohnte, aus einer Buchhandlung geholt hatte, weil dieser Kunstführer eine Liste der Päpste enthielt.

›Johannes XXIII., Angelo Giuseppe Roncalli ... seit 1958‹ war der letzte Papst auf der Liste. Das Buch war von 1962, aha. Danach war noch Paul VI., Giovanni Battista Montini, gekommen. Wann war Johannes XXIII. gestorben? 1963 oder 1964, wohl eher 1963. Anton L. erinnerte sich: Es mußte 1963 gewesen sein, in dem Jahr, als er noch einmal einen Anlauf zum Studieren genommen hatte. Er nahm einen Bleistift und strich ›... seit 1958‹ bei Johannes XXIII. durch und schrieb darüber ›1958–1963‹. Darunter setzte er Paul VI. mit den Daten ›1963–19..‹. Er hatte es zu groß geschrieben, die nächste Eintragung hatte fast keinen Platz mehr, mußte ganz an den Rand gezwängt werden: ›........, Anton L. seit 19..‹ Aber welchen Namen sollte er wählen?

Paul VII.?
Johannes XXIV.?
Pius XIII.?
Benedict XVI.?

– Benedikt hat's Hemmed g'flickt. Nein, Benedikt ist kein schöner Name.

Anton L. ging weiter in der Liste die Jahrhunderte zurück:

Leo XIV.?
Gregor XVII.?
Clemens XV.?

Clemens gefiel Anton L. Er legte ihn zur Auswahl sozusagen beiseite. Dann:

Innozenz XIV.

Ein eher lächerlicher Name.

Alexander IX.

Auch nicht schlecht. Kommt auch in die engere Wahl.

Urban IX.

Fräulein Urban hatte das Modell des Aktzeichnenkurses geheißen, den Anton L. einmal an der Volkshochschule besucht hatte. Sie war recht hübsch gewesen. Der Kurs hatte im Oktober begonnen (es mußte 1970 oder 1971 gewesen sein, Anton L. war im Reisebüro *Santihanser* beschäftigt), im November wurde es kühl. Der Kurs fand im Zeichensaal einer alten Schule statt. Fräulein Urban fror schrecklich und trug, auch wenn sie sonst ganz nackt war, ein Tuch um den Hals geknüpft. Der Zeichensaal war schlecht geheizt, weshalb zusätzlich zur Zentralheizung ein Kanonenöfchen neben dem Podest stand, auf das das Aktmodell sich stellen mußte. Fräulein Urban unterbrach oft ihre Stellung und heizte nach. Das hatte – jedenfalls für Anton L. – einen eigenartigen Effekt. Solange Fräulein Urban auf dem Podest stand, war sie für ihn nichts als ein Modell. Aktzeichnen ist nicht einfach. Wenn sie aber den Kanonenofen nachlegte, durchbrach sie die gläserne Wand der geschlechtlichen Neutralität und wurde ein bis auf das geknüpfte Halstuch nacktes Mädchen, das vor aller Augen Holz in einen Kanonenofen legt. Es erregte Anton L. empfindlich. Er versuchte mit Fräulein Urban nach dem Kurs – sie war dann wieder bekleidet – ins Gespräch zu kommen. Es fruchtete nichts. Fräulein Urban wurde immer von einem jungen Mann abgeholt.

Durch diese Erinnerung empfand Anton L. den Namen *Urban* – zumindest für einen Papst – als unschicklich, fast anstößig.

Sixtus VI.

Das ist auch ein komischer Name.

Marcellus III.?

Julius IV.?

Hadrian VII.?

Die Namen gefielen ihm auch nicht.

Calixtus IV.?

Noch weniger.

Nikolaus VI.?

Das ginge. Clemens also, Alexander oder Nikolaus. Vielleicht gab es noch einen gefälligeren.

Der nächste Papst, vielmehr der vorhergehende, war kursiv gedruckt: *Felix (V.) 1439–1449.* Der Vergleich mit den Daten Eugens IV. Gabriele Condulmero 1431–1447 und Nikolaus V. Tommaso Parentucelli 1447–1455 zeigte, daß dieser kursive Felix irgendwie verdächtig war, wohl nur ein Nebenpapst, der sich obendrein mißliebig gemacht zu haben schien, da sie ihm die Nummer in Klammern gesetzt hatten.

Anton L. überflog nun die Jahrhunderte schneller. Benedicte, Clemense, Gregore wie Sand am Meer. Bei Cölestin V. stand ein Sternchen und unten eine Fußnote: ›Der einzige Papst, der freiwillig auf sein Amt verzichtete.‹ Das sollte man honorieren, dachte Anton L., und zog auch Cölestin VI. in die engere Wahl.

Dann kamen interessante Namen, unerhörte Namen: Lando, Formosus (mit dem Zusatz: ›Korse?‹, er regierte von 891 bis 896), *Anastasius* (noch ein kursiver), Sisinnius, Konon, Agatho, Deusdedit, Pelagius, Sylverius, *Dioscurus* (wieder ein obskurer, hatte aber nur ein Jahr sein kursives Unwesen getrieben: 530), und dann stutzte Anton L.:

›Hormisdas‹, stand da, ›(aus Frosinone) 514–523.‹

– Frosinone …

Also bin ich Papst Hormisdas II. Eine niedrige Nummer erschien Anton L. ohnehin weniger unbescheiden. Er blätterte wieder zurück und ergänzte:

Hormisdas II., Anton L. seit 19..

Halt – er blätterte wieder vor, und setzte hinter den alten Hormisdas ›I.‹.

Die Schachtel Pralinen war leer. Papst Hormisdas II. nahm die Kerze, stellte sie auf das Nachtschränkchen, streifte die Schuhe ab, legte sich ins Bett und blies die Kerze aus. Ab morgen würde er sich die Zähne putzen, nahm sich Papst Hormisdas II. vor. In der Nacht hatten Sr. Heiligkeit leichte Schmerzen in den Zähnen links unten, aber er war nicht sicher, ob die Schmerzen nicht nur eine unangenehme Erinnerung im Traum waren. Im übrigen träumte Papst Hormisdas II. von Fräulein Urban. Es war ein sehr deutlicher Traum, und er ließ sich mit den Grundsätzen der Keuschheit nicht in Einklang bringen.

XVIII
Zeitrechnung nach Rehen

Der Winter war ausgesprochen mild. Abgesehen von einigen Schneeschauern Ende Oktober, also eigentlich noch im Herbst, fiel fast kein Schnee mehr bis in den Februar. Auch abgesehen davon, daß Anton L. wegen jenes Vorfalls in der ersten Woche nach der Katastrophe nicht und nie mehr genau wußte, welcher Tag war, dachte er weder an Weihnachten noch an Silvester. Erst an dem Tag im Februar, an dem Schnee fiel, kam es ihm: – Wir haben schon das neue Jahr. – Wer, wir? – Anton L. stutzte, dann sagte er: – der Kurfürst, der Hase und ich.

Den Kurfürsten hatte er schon lang nicht mehr besucht, obwohl das Denkmal keine zweihundert Schritt von seinem Schlößchen entfernt stand. Anton L. rührte sich überhaupt kaum mehr von seinem Schlößchen weg. Er holte das Holz, also die Möbel, aus den nächstgelegenen Häusern, er holte sich seine Pralinen und Schokoladen aus einem neuen Süßwarengeschäft (gegenüber der Bankfiliale, die er verheizte), und er schoß sich ab und zu einen Braten. Konservennahrung hatte er aufgegeben, seit die Konserven, die er öffnete, zusehends verdorbener geworden waren. Es war schon so gewesen, daß er sechs Dosen aufmachen mußte, um eine zu finden, die genießbar war. (Sonja, übrigens, aß auch verdorbene Konserven.) Anfangs, das war noch gewesen, als er im Hotel wohnte, hatte er nur kleine

Tiere gejagt, hauptsächlich Geflügel: Fasane, Rebhühner, Wachteln, später dann ab und zu einen Hasen. Er lernte es, die Tiere abzuhäuten und auszunehmen. Das Braten allerdings wurde zunehmend schwieriger, weil es an Fett fehlte. Alle Butter, alle Margarine und alle Bratfettpackungen, die er in den vor Mäusen, Ratten und Ungeziefer wimmelnden Supermärkten fand, waren ranzig. Einzig das Olivenöl in Dosen oder Flaschen hielt sich länger. Aber auch diese Vorräte würden, das war abzusehen, zwar nicht zur Neige gehen, aber verderben. Im Winter, also im echten Winter, im Februar, als Schnee gefallen war, schoß Anton L. ein Reh. Von seinem Hochstand am Dach des Schlößchens aus konnte er die Tiere im Park beobachten. Rehe, Wildschweine, sogar Hirsche kamen, nagten an den Rinden der Bäume. Es war in einer jener Nächte, daß er von einem Geräusch aufwachte. Er hatte sonst einen guten, tiefen Schlaf, fast wie Sonja. Aber in jener Nacht wachte er auf. Er hörte ein langgezogenes, schneidendes Jaulen. Er stieg aus dem Bett und schaute aus dem Fenster. Es war eine mondhelle Schneenacht. Die kahlen Bäume warfen tiefschwarze, netzartige Schatten auf den Schnee. Schatten huschten durch diese Netze, immer in eine Richtung. Plötzlich verhielt ein Schatten einen Moment. Ein Augenpaar blitzte auf. Kein Zweifel, es waren Wölfe.

– Es soll mir recht sein, dachte sich Anton L., wenn sie nur dem Hasen Jacob nichts tun. Es ist mir viel zuviel Viehzeug im Park.

Wenn es Tag wurde, waren die Wölfe verschwunden, bei Tag sah Anton L. nie einen Wolf. Der Hase Jacob war natürlich viel zu schlau, als daß ihn die Wölfe hätten finden können.

Daß der Hase Jacob hieß, hatte der Hase selber gesagt.
»Ich heiße Jacob«, sagte er, »mit c.«
Anton L. hatte auf dem kleinen Balkon vor seinem Schlafzimmer gestanden und in den Park hinuntergeschaut. Da war der Hase gekommen, hatte Männchen gemacht und dann zu reden begonnen, eine allgemeine Konversation, über das Wetter, wie es so gehe und so weiter.
»Es ist doch nicht *möglich*«, sagte Anton L., »ich träume nicht, ich bin nicht verrückt, es ist doch nicht möglich, daß Sie da reden. Oder bin ich doch verrückt?«
»Selbstverständlich bist du nicht verrückt«, sagte der Hase. »Die Sache hat eine ganz natürliche Erklärung. Merkst du nicht, daß ich nichts anderes sage, als was du auch denkst oder denken könntest? Beim Kurfürsten ist es das gleiche.«
»Also reden Sie nicht wirklich?«
»Aber nein, natürlich rede ich nicht wirklich. Wo hätte man denn das schon einmal gehört, daß ein Hase reden kann oder ein Denkmal –«
»– oder ein Leguan.«
»Ja, oder ein Leguan«, sagte der Hase. »Du hörst in mir dich selber. Das ist ein längst bekanntes psychologisches Phänomen. Soll ich dir auf die Sprünge helfen?«
»Sie meinen, daß man Stimmen hört –«
»Du hast von dem Weltumsegler Chichester gelesen, der wochenlang mit seinem Boot allein auf dem Meer war.«
»Er hat Wasserlöcher reden hören.«
»Siehst du, du kennst es. Ich kann dir nichts anderes sagen, als was du nicht irgendwie schon weißt, und sei es in einer vergessenen Rille deines Gehirnes. Chiche-

ster war ein nüchterner Brite, trotzdem hat er mit Wasserlöchern geredet. Und du hast von eingeschlossenen Bergleuten gelesen, die Stimmen gehört, ja sogar Erscheinungen gesehen haben.«

»Und woher kommt das Phänomen?«

»Das weiß ich auch nicht, denn du weißt es nicht, hast es nie gewußt.«

»Jetzt würde mich interessieren: sind Sie einer von den Hasen, die ich aus den Verschlägen im Hotel freigelassen habe?«

»Wann war das?«

»Vorigen Sommer.«

»Da liegen bei uns Hasen zwei Generationen dazwischen.«

»Ah so – dann stammen Sie vielleicht von einem dieser Hasen ab?«

»Wir Hasen betreiben keine Genealogie.«

Anton L. lachte. »Natürlich. Sie können es nicht wissen, weil ich es nicht weiß.«

»So dürfte es sein.«

»Nur eins macht mich stutzig«, sagte Anton L. »Sie sagen: Sie heißen Jacob ...«

»Du kannst ruhig *du* zu mir sagen.«

»Gut: du sagst, du heißt Jacob. Woher kommt dann das? Woher sollte ich das gewußt haben?«

»Also! Dein Urgroßvater hat Jacob geheißen, Jacob L., der Großvater väterlicherseits deines Vaters.«

»Ach so, richtig. Treiben Hasen also doch Genealogie?«

»Nur die der Menschen.«

Anton L. beschloß danach, keine Hasen mehr zu schießen. Ohnedies war es bequemer und ergiebiger, Rehe zu jagen, besonders seit er sich einmal in der kurfürstlichen Küche genauer umgesehen und ein Instrument entdeckt hatte, das er nur vom Hörensagen oder allenfalls von historischen Filmen kannte: einen Bratspieß. Er studierte den Mechanismus, dann steckte er das gehäutete und ausgenommene Reh auf den Spieß, zündete ein Feuer aus der teuren Bankeinrichtung an, drehte langsam und ließ das Tier im eigenen Fett braten. Es verbrannte stellenweise, aber im Großen und Ganzen war es genießbar. Kulinarische Ansprüche stellte Anton L. schon längst nicht mehr. Auch dem Firlefanz mit Tellern und Bestecken hatte er entraten. Er nahm sein Jagdmesser, schnitt sich einen Brocken herunter – er war innen noch blutig. Da drehte er weiter den Spieß mit einer Hand, mit der anderen hielt er den aufs Messer gespießten Brocken ins Feuer. Ab und zu biß er ab. Mit der Zeit kam er auf den Geschmack blutigen Fleisches. Nach jedem Bissen trank er einen Schluck aus der Flasche. Der Sekt, zum Glück, wurde ja nicht ranzig in den Flaschen. Wenn er satt war, hörte er auf zu drehen und schüttete die Feuerstelle mit Asche zu. Auch Sonja, übrigens, aß gebratenes Reh, wenn es kleingeschabt war.

Eine Woche oder eineinhalb Wochen hielt so ein Reh vor, wobei zu vermerken ist, daß Anton L. stets nur die besseren, einfach abzulösenden Stücke aß. Gegen Ende der Woche wurde das Fleisch auch ziemlich zäh und schmeckte fast nur nach Kohle. – Vielleicht ist das aber gut für die Verdauung, dachte Anton L.

Hier wäre vielleicht ein Problem anzusprechen, über das der eine oder andere Leser sich schon Gedanken gemacht haben dürfte. Solang Anton L. im Hotel wohnte, gab es keine Schwierigkeit. Das Wasser lief ja noch, somit funktionierte auch die Kanalisation. Die

Suite des weiland Herrn Pfeivestl hatte natürlich eine eigene Toilette. Die Prinzessin, die das Schlößchen bewohnt hatte, hatte über keine eigene Toilette verfügt. Freilich, damals im 18. Jahrhundert dachte man anders über solche Dinge. Aber im großen Schloß, in der kurfürstlichen Residenz, fanden sich Toiletten, ohne Zweifel bauliche Zutaten des 20. – des letzten – Jahrhunderts. Die Anton L.s Schlößchen nächstgelegene Toilette war die hinter der Pförtner- und Bilettenverkaufs-Loge des Schatzkammer-Museums. Aber auch diese Toilette war bei nächtlicher, frühmorgendlicher oder sonst eiliger entsprechender Notwendigkeit zu weit weg. Anton L. benutzte in solchen Fällen – wie seinerzeit wohl auch die Prinzessin – ein Geschirr aus Porzellan, das in einem verschwiegenen Kästchen in der Täfelung neben dem Bett aufbewahrt war. Dieses heimliche Geschirr war noch nicht alles. – Das lernt man in der Schule auch nicht, dachte sich Anton L. Sie waren auch nicht dumm im 18. Jahrhundert. Das verschwiegene Kästchen enthielt eine Art Trichter aus Emaille, von wo aus eine Röhre hinunter und hinter das Schlößchen führte. Solang Winter war und Schnee lag, schaufelte Anton L. immer Schneehaufen an diese Stelle. Das half. Im Frühjahr allerdings und erst recht im Sommer begann diese Stelle einen Geruch zu verbreiten, der das ganze Schlößchen umlagerte. Anton L. hätte es nichts ausgemacht, er war längst gegen Gerüche unempfindlich geworden. Auch roch das verschwiegene Kästchen ähnlich. Aber es kamen Fliegen in ungeheurer Menge. Auch das störte Anton L. nicht – noch weniger die wieder erwachte Sonja, die gern Fliegen fraß –, aber als er einmal bei geöffnetem Fenster gähnte und dabei unversehens eine Handvoll Fliegen

schluckte, beschloß er, Abhilfe zu schaffen. Übrigens beschwerte sich auch der Kurfürst beim ersten Besuch im Frühjahr über den Gestank, den Anton L. ausströmte. Der Kurfürst empfahl die Anlage einer Versitzgrube und außerdem, daß Anton L. ab und zu einen Kübel Wasser in den Emaille-Trichter des verschwiegenen Kästchens schütten solle.
So hob Anton L. hinten neben dem Schlößchen eine große Grube aus, genau dort, wo die Röhre, die von oben kam, endete. Von dem ausgehobenen Erdreich schaufelte er dann ab und zu eine Schicht wieder in die Grube. Die Vegetation gedieh schon im Lauf des frühen Sommers an jener Stelle besonders üppig.

Im Hotel hatte Anton L. das Tapetentagebuch gehabt. In der ersten Zeit im Schlößchen zählte er noch die Tage: er schnitzte jeden Tag eine Kerbe in die Täfelung seines Schlafzimmers, aber schon bald kam er mit der Zählung durcheinander. Er wußte nicht, hatte er jetzt gestern eine Kerbe eingeschnitten, oder hatte er es vergessen? Er ließ es sein. Von allein ergab sich eine andere Zeitrechnung: nach ›Rehen‹.
Um die Zeit, als Anton L. das siebente Reh aß – also etwa gegen Ende Februar oder Anfang März – erwachte Anton L. abermals in der Nacht. Den ganzen gestrigen Tag über hatte es geschneit, noch als er, bevor er sich ins Bett legte, aus dem Fenster schaute, fielen ruhige, dicke Flocken. Alles war still. Als Anton L. erwachte, herrschte – der Gedanke fuhr ihm augenblicklich durch den Kopf – auch Stille, aber eine andersgeartete Stille. Es war die Stille nach vorangegangenem Lärm. Hatte der Lärm nicht vermocht, Anton L. zu wecken? Hatte ihn erst die darauffolgende eigenartige

Stille wach gemacht? Er blieb ein paar Minuten im Bett, erst dann richtete er sich auf und horchte. Er hörte nichts. Er stieg aus dem Bett und schaute aus dem Fenster. Es hatte aufgehört zu schneien, und es war merkwürdig hell. Anton L. erinnerte sich an jenen fahlen Schein, den er in der Nacht vom 25. auf den 26. Juni vorigen Jahres im Halbschlaf wahrzunehmen geglaubt hatte. Anton L. stieg hinunter. Auch Sonja war aufgewacht und saß, wie fast immer, auf einem dreieckigen Konsoltischchen. Anton L. ging wieder hinauf, zog seine Stiefel an und schlüpfte in seine wattierte Jägerjacke. Dann stieg er auf den Hochstand hinauf.

Der Himmel war rötlich-gelb. Vier Zungen stiegen vom Horizont auf: eine hinter der kurfürstlichen Residenz im Süden (von dieser Zunge war nur die oberste Spitze zu sehen), eine hinter dem Gebäudetrakt, der den Schloßgarten von der Luitpold-Allee trennte – im Westen –, eine hinter den Kavaliersbauten, die den Schloßgarten nach Norden hin begrenzten, und eine hinter den hohen, kahlen, mit dickem Schnee bedeckten Bäumen östlich des kleinen Sees. Die Zungen waren horizontal gestreift, wie von dünnen Wolken durchzogen. Anton L. dachte im ersten Augenblick an ein Phänomen wie das Nordlicht. Die Zungen flackerten nicht, standen ruhig am Himmel, rötlich-gelb, aber nach ein paar Minuten erkannte Anton L., daß sie sich doch bewegten. Er erkannte es an der südlichen Zunge, die nun ganz hinter der hochaufragenden, schwarzen Silhouette der Residenz verschwand. Die Zungen wurden niedriger, dafür breiter. Es hatte fast den Anschein, als ob die Lichterscheinung von irgendeinem rätselhaften Ereignis im Zenit über der Stadt ausgegangen wäre und sich nun hinter den Horizont zurückziehe.

Es war sehr hell. Der dicke, frisch gefallene Schnee glänzte rotgolden vom Widerschein der Zungen am Himmel. Auf den Gesimsen der Residenz, auf den vielen Blendgiebeln über den Fenstern, auf den Risaliten und Kartuschen lag Schnee. Auch dieser Schnee glänzte rot und golden auf. Die Fassade sah aus, als sei sie mit Girlanden geschmückt, mit blutigen Girlanden.

– Jetzt kommt es noch einmal, jetzt holt es auch mich, dachte Anton L., dann hat es alle geholt. Es ist ein Jahr her. Ist es ein Jahr her? Nein, es ist noch kein Jahr her. Oder kommen *sie* wieder? (Wäre das schlimm? Womöglich schlimmer?) …

Kein Laut war zu vernehmen, immer noch nicht.

Die Zungen sanken weiter, breiteten sich am Horizont aus, langsam näherten sich die Ausläufer der einzelnen Zungen einander. An einer Stelle, an der Stelle, wo sich die östliche Zunge mit der nördlichen Zunge treffen werde, konnte es Anton L. beobachten (im Übrigen waren die umliegenden Gebäude zu hoch): die Zungen wurden unruhig, verblaßten vom Rot-Gelblichen ins Gelblich-Fahle, leckten nach einander. In dem Moment, als die Zungen sich berührten, brach der Sturm los. Zuvor sprang das Pferd auf. Es mußte die ganze Zeit über dicht an dem Schlößchen gestanden sein, so daß es Anton L. nicht hatte sehen können. Es war ein großes, helles Pferd. Es galoppierte den See entlang, daß der Schnee aufstob, und verschwand in der Dunkelheit unter den Bäumen und im Schneegestöber, denn der Sturm wirbelte den frisch gefallenen Schnee haushoch auf, fegte die Girlanden von der Fassade der Residenz. Es war ein Sturm, der wie ein Posaunenchor aufdröhnte. Er traf Anton L. wie ein Brett, so dick und körperhaft. Er hätte ihn von der Plattform am Dach des

Schlößchens gewischt, wenn es nur *ein* Sturm gewesen wäre, aber es waren vier Stürme. Vier Bretter trafen Anton L. von allen vier Seiten. Anton L. hatte einen Moment das Gefühl, als werde er zermalmt. Er tappte nach hinten bis zu dem schmiedeeisernen Geländer mit den Initialen ›A.L.‹ und hielt sich fest.
Wie ein anderes, riesiges, aber schwarzes Roß schoß eine Wolkenwand im Osten auf, wie eine Herde Rösser, in rollenden Wellen immer höher. Der Himmel war, nachdem sich die Zungen zurückgezogen hatten, dunkel, aber nicht ganz schwarz geworden. Die Wolken jetzt waren noch dunkler, sie hoben sich ab. Dann zuckte ein Blitz aus den Wolken, ein betäubender Donnerschlag folgte unmittelbar. Als ob der Blitz Anton L. getroffen habe, durchfuhr ein pelziger Schmerz Anton L.s linke Kopfseite von oben nach unten, blieb an der linken Halsseite stecken und hinterließ eine brennende Spur von der Schläfe bis zum Hals. Vor dem linken Auge sah Anton L. nur mehr blutige Flammen, am linken Ohr hörte er nichts mehr.
Rasch folgten weitere Blitze und Donnerschläge. Jeder beutelte die Schmerzspur in Anton L.s Kopf, als ob eine glühende Kette durch den Kopf gezogen werde. Anton L. hielt die Hand vors linke Auge und tastete sich zur Dachluke, öffnete sie, stieg hinunter. Er zog seine Jägerjacke wieder aus, auch die Stiefel. Dann legte er sich ins Bett. Der Schmerz spitzte sich zu: links im Kiefer. Er brach wie ein Geschwür auf und endete in einem rasenden Tosen. Es war der Zahn, derselbe wie damals am Kriegerdenkmal. Vom Schlafen war in der Nacht kaum noch die Rede. Dennoch hätte Anton L. nicht zu sagen gewußt, wann der Sturm und das Wintergewitter aufgehört hatten.

Am Morgen war es eisig kalt. Der See war gefroren. Noch ehe die Sonne aufging, eilte Anton L., vermummt mit einem Shawl, zur Apotheke, die jenseits der Luitpold-Allee war. Als ehemaliger Hypochonder kannte er die gängigen Schmerzlinderungsmittel. Mit dem Gewehrkolben stieß er die Glastür ein, mit den Füßen trat er das Gitter auseinander. Er wühlte wild in allen Regalen. Er nahm vier Tabletten Aspirin ein, vier Tabletten Togal, vier Spalttabletten, vier Thomapyrin und vier Kapseln Melabon. Seine Jagdtasche füllte er mit Tablettenvorrat. (Auf einem Podest in der Apotheke stand ein großes Aquarium. Im fauligen Wasser lagen Fischskelette.) Als Anton L. wieder hinaustrat, wurde ihm sehr merkwürdig. Er hinkte auf dem linken Bein. Es wurde ihm siedend heiß im Magen, kalter Schweiß trat ihm auf die Stirn. Noch ehe er den Schloßgarten erreichte, mußte er sich erbrechen. Er schleppte sich ins Schlößchen zurück und legte sich wieder ins Bett. Die Schmerzen wurden milder. Als Anton L. – er hatte das Gefühl: nach langer Zeit – wieder erwachte, war der Zahnschmerz fort, nur der Magen rumorte. Aber das war nur Hunger.

Anton L. stand auf und stieg, matt und schlaff, hinunter, schleppte sich hinüber in die kurfürstliche Küche. Es war hell, ein trüber Tag. Der Schnee lag dick auf den Wegen; er war nicht mehr gefroren.

In der Küche stak das siebte Reh auf dem Bratspieß. Anton L. war zu hungrig, um Feuer zu machen. Er zog sein Jagdmesser und schnitt sich ein Stück halb gebratenes, halb rohes Fleisch ab, salzte es und aß. Es wurde ihm wohler. Er aß noch ein Stück Fleisch, dann noch eins. Gekräftigt ging er dann wieder hinüber zum Schlößchen. Der Hase saß vor der Tür.

»So«, sagte Anton L., »hast du das auch gesehen.«
»Selbstverständlich«, sagte der Hase, »es war ja wohl nicht zu übersehen.«
»Was war das?«
»Ich denke mir«, sagte der Hase, »ein Nordlicht.«
»Hast du schon einmal, also vorher, ein Nordlicht gesehen?«
»Nein«, sagte der Hase, »nie. Aber ich denke mir, daß ein Nordlicht so aussieht.«
»Aber es war im Norden *und* im Süden und im Osten und im Westen.«
»Wie gesagt«, sagte der Hase, »das war nicht zu übersehen.«
»Da war es also doch kein Nordlicht?«
»Ich habe mir auch meine Gedanken darüber gemacht«, sagte der Hase.
»Und welche Gedanken?«
»Allerlei Gedanken.«
»Vielleicht war es nur ein Wintergewitter«, sagte Anton L.
»Wintergewitter sind selten«, sagte der Hase.
»Deswegen sind sie so gespenstisch«, sagte Anton L., »wahrscheinlich hat alles seine natürliche Erklärung.«
»Wahrscheinlich«, sagte der Hase.
»Anfangs habe ich Angst gehabt. Ich habe schon gemeint, nun holt es auch mich.«
»Soviel Aufwand für einen?« sagte der Hase.
»Vielleicht lassen sie es sich etwas kosten, habe ich gedacht, weil ich doch der letzte bin.«
»Glaube ich nicht«, sagte der Hase, »es hat alles eine ganz einfache, natürliche Erklärung.«
»Eine ganz einfache –?«
»Wenn man sie verstünde, selbstverständlich«, sagte der

Hase, »wenn man, sagen wir, Meteorologe wäre oder so etwas.«
»Hm«, sagte Anton L. »Hast du auch das Pferd gesehen?«
»Ich habe alles gesehen, was du gesehen hast.«
Anton L. ging um das Schlößchen herum. Der Hase hoppelte mit. Die Spuren der Hufe im Schnee waren schon verschwommen, aber doch noch deutlich zu erkennen.
»Du hast nicht geträumt«, sagte der Hase.
»Nein«, sagte Anton L. und betrachtete die Hufspuren. »Es war ein wirkliches Pferd. Dann war das andere vielleicht doch auch – ich meine, dann hat das andere auch eine natürliche Erklärung.«
»Sage ich ja die ganze Zeit«, sagte der Hase.
Anton L. ging zur Tür des Schlößchens zurück, auch der Hase.
»Willst du mit hereinkommen?«
»Nein, danke«, sagte der Hase.
»Also dann«, sagte Anton L. »Paß auf, daß dich die Wölfe nicht erwischen.«
Der Hase lachte und lief davon.

XIX
Der rote Pfeil auf dem Globus

Der richtige Frühling kam spät in dem Jahr. Zwar gab es in der Zeit des zehnten und elften Rehs, um mit Anton L. zu rechnen, also etwa gegen Ende März oder Anfang April, ein paar schöne und warme Tage, aber dann wurde es wieder kalt, und es fiel Schnee. Erst um die Zeit des vierzehnten Rehs brach die Kälte. Der Frühling explodierte förmlich; als ob er durch die übermäßig lange Kälte in Dämmen gehalten worden sei und dort gebrodelt habe und gegärt und endlich mächtiger geworden sei als die Dämme der Kälte, fegte er mit Föhnstürmen über das Land, und binnen weniger Tage überzog sich alles mit neuem Grün, und die Blüten barsten fast hörbar aus den Zweigen. Wie von der Leine gelassen schossen Gras und Unkraut rund um Anton L.s Schlößchen in die Höhe. Es war kaum noch zu erkennen, wo noch im vorigen Jahr die Kieswege gewesen waren. Eine Überschwemmung tat das ihre dazu. Zwar erreichte das Hochwasser nicht den Bereich der Residenz und des Schloßgartens, aber auch der kleine See im Park trat über die Ufer. Das Wasser umspülte ein paar Tage lang die Bäume. Baumgruppen ragten wie Inseln aus dem Wasser. Das Hochwasser des kleinen Sees wirkte nicht drohend oder gefährlich, eher spielerisch. Als es wieder zurücktrat, ließ es eine dünne Schlammschicht zurück, die offenbar wie ein Dünger wirkte. Überall dort, wo das Hochwasser gewesen war, wuchsen Gras und andere Gewächse doppelt so schnell wie an den anderen Stellen. Auch die Läden und Räumlichkeiten der Häuser an der Luitpold-Allee waren überschwemmt gewesen. Die Bank und das Antiquitätengeschäft, deren Inventar Anton L. verheizt hatte, hatten Hinterausgänge in den Schloßgarten. Da Anton L. auch die Türen und Türstöcke verheizt hatte, war das Wasser voll in die Räume zu ebener Erde eingedrungen, auch dort war natürlich Schlamm zurückgeblieben. Vor dem Hintereingang der Bank wucherte ein dorniges Gestrüpp. Anton L. trat es nieder und schaute in die Schalterhalle hinein. Wahrscheinlich wirkte der Raum mit seinen großen Fensterscheiben zusammen mit dem Düngeschlamm wie ein Treibhaus. Aus jeder Ritze des Parketts (das hatte Anton L. noch nicht verheizt) sproß Grünzeug, an manchen Stellen mit derartiger Macht, daß das Parkett aufgesprengt wurde.

Die beiden Autos, die Anton L. aus dem Hotel mitgenommen hatte – die beiden großen Wagen der entmaterialisierten Herrschaften Pfeivestl und Cuypers –, hatte er zunächst neben dem Schlößchen auf einem der damals noch sichtbaren Kieswege abgestellt. Nach jenem Ausflug im Spätherbst hatte Anton L. keins mehr benutzt. Er hatte die Wagen nur, als der Schnee kam, etwas weiter weggestellt, unter ein Vordach nahe dem Hinterausgang der Bank. Dennoch wurden sie eingeschneit, was aber Anton L. nicht störte. Dann wurden die Wagen vom Hochwasser umspült, dann umwuchs sie das Unkraut. Auch das störte Anton L. nicht. Er hoffte, daß er, für den Fall, daß er einen der Wagen brauche, sie schon wieder freiräumen könne. Der Rost an verschiedenen Stellen war allerdings unübersehbar. Vorerst gedachte Anton L. keine Ausflüge mit dem

Auto mehr zu machen, unter anderem wegen des *›Grollens‹*.

Das erste ›Grollen‹ war während des Hochwassers zu hören gewesen. Anton L. dachte zunächst, es sei ein Gewitter; es war aber kein Gewitter. Das ›Grollen‹ trat entweder vereinzelt oder aber in an- und abschwellenden Groll-Ketten auf. Anton L. wußte bald, was es war. Nach dem Hochwasser verging zu keiner Tages- und Nachtzeit eine Stunde, in der es nicht ›grollte‹.

Als der kleine See über die Ufer trat, überschwemmte er sowohl den Teil des Parkes um das Schlößchen als auch den tieferliegenden Weg zwischen dem Park und der Residenz, den Anton L. überqueren mußte, wenn er in die kurfürstliche Küche zu seinem Bratspieß wollte. Die Fläche im Umkreis um das Flüßchen bedeckte nur knöcheltiefes Wasser, im tiefer liegenden Weg stand aber das Wasser sehr hoch. Anton L. watete also wohl ein wenig im Park herum, wenn es sein mußte (er hatte Stiefel), von der Küche war er aber abgeschnitten. Er mußte das siebzehnte Reh drüben am Bratspieß lassen und schon vorzeitig das achtzehnte schießen. Es war dies das erste Reh, das er roh aß. (Der vor dem Schloß aufgeschichtete Holzvorrat wurde natürlich auch naß; aber es war so warm geworden, daß Anton L. nicht mehr zu heizen brauchte.)

Während der Zeit der Überschwemmung entfernte sich Anton L. so wenig aus dem kleinen Umkreis des Schlößchens wie zu den Zeiten des tiefsten Schnees. Dennoch konnte er das andere Hochwasser, das des Flusses, das gefährliche Hochwasser, beobachten. Von dem Plateau auf dem Dach seines Schlößchens aus konnte man jetzt noch, da die Bäume noch nicht so voll Blätter standen, über einen niedrigeren Anbau der Re-

sidenz und durch eine Lücke in der Bebauung auf zwei tiefer liegende Straßen – die Messezius- und die Fabius-Straße – schauen. Diese beiden Straßen waren Seitenstraßen der Anakreon-Straße; die weiter entfernte, die Fabius-Straße, führte unter anderem an der Seitenfront des Hotels ›Drei Könige‹ vorbei. (Auch eine Ecke des Hotels konnte Anton L. mit seinem Jagd-Feldstecher erkennen.) Durch die beiden Straßen schäumte tagelang das Hochwasser vom Fluß: eine braune, manchmal grüne, sprudelnde, gurgelnde und reißende Brühe, die gelegentlich an den Vorsprüngen der Häuserfronten hoch aufschoß. Entwurzelte Bäume, Kadaver und Balken riß das Hochwasser durch die Straßen. Steine polterten. Dann kam das erste ›Grollen‹.
Wie das sanfte Hochwasser des Sees den Schlamm, so ließ das Hochwasser des Flusses – auch das konnte Anton L. von seinem Hochsitz aus erkennen – Geröll, Steine, Unrat, Sand und Kies zurück. Auch bemerkte Anton L., daß ein Haus in der Messezius-Straße schief stand. Solange er im Hotel gewohnt hatte, war er oft an diesem Haus vorbeigegangen. Er erinnerte sich daran, gelesen zu haben, daß dieses Haus die Geologische Staatssammlung und das Peruanische Konsulat enthielt. Das Haus stand vier Tage lang schief. Am fünften Tag, gerade in dem Moment, als es Anton L. durch sein Fernglas beobachtete, begannen Ziegel vom Dach zu fallen, erst ein paar, dann immer schneller immer mehr. Noch ehe die letzten Ziegel gefallen waren, knickte die Fassade ab und sank zu Boden; alles in Sekunden. Die Zimmer in dem Haus, das sich jetzt nach vorn nicht senkte, sondern eher drehte, waren für Augenblicke zu sehen. Tische, Stühle, Schränke fielen eine Idee schneller heraus, als das Haus stürzte, sich in eine Masse auf-

staubender Ziegel verwandelte und in einem ›Grollen‹ auf die Straße ergoß. Dann hüllte für eine Stunde der Staub die Stelle des niedergestürzten Hauses ein.

Das war das ›Grollen‹. Besonders aus der Richtung, wo der nun wieder beruhigte Fluß war, kam dieses ›Grollen‹. Wahrscheinlich waren dort die Keller stärker überschwemmt und die Fundamente unterspült worden. Wohl hatte auch der Frost vorher manche Mauer zerrissen. Das ›Grollen‹ steigerte sich hie und da zu einem förmlichen ›Knattern‹, als ob eine Reihe riesiger Dominosteine fielen. Übrigens war schon im Sommer der Ziegelhaufen der ehemaligen Staatlichen Geologischen Sammlung und des Peruanischen Konsulats mit Unkraut bedeckt.

So verließ Anton L. den kleinen Bezirk um die nicht nur solider gebaute, sondern auch höher gelegene Residenz nicht, um nicht unversehens beim Zusammenbruch eines Hauses begraben zu werden. Auch im Auto wäre er natürlich davor um nichts sicherer gewesen, abgesehen davon, daß die Straßen, soweit sie das Hochwasser überschwemmt hatte, höchstwahrscheinlich unbefahrbar waren. –

Auch der Sockel des Kurfürsten war von Unkraut überwuchert, und gegenüber auf dem Dach des Hoftheaters, dort, wo des Kurfürsten Degen hinzeigte, wuchs ein Busch, der voriges Jahr noch nicht dort gewesen war. Der Kurfürst selber war unverändert.

»Haben Sie das Buch gefunden?« fragte er.

»Das Buch?« sagte Anton L. »Ach, das Buch. Das Buch habe ich gefunden, vielmehr: Ich habe es nicht gefunden.«

»Das ist auch eine Antwort«, sagte der Kurfürst.

»Ich meine«, sagte Anton L., »ich habe ein Buch *über*

das Buch gefunden, ein Buch, in dem *das* Buch vorkommt, aber das Buch selber habe ich nicht gefunden. Habe ich Ihnen das noch nicht erzählt?«

»Nein«, sagte der Kurfürst.

Anton L. erzählte die ganze Geschichte in groben Zügen, soweit er annahm, das könne den Kurfürsten interessieren.

»Ja, ja«, sagte der Kurfürst, »das war mein Onkel, der Philipp Moritz.«

»Haben Sie ihn gekannt?«

»Wie denn!« sagte der Kurfürst. »Wie ich auf die Welt gekommen bin, war er acht Jahre tot, übrigens fast genau auf den Tag. Aber man hat von der Geschichte gemunkelt.«

»Sie wußten von dem Buch?«

»Nein. Von dem Buch wurde nichts gemunkelt.«

»Ich habe jetzt schon gehofft, daß Sie vielleicht wüßten, wo das Buch ist. Es muß ja doch in der kurfürstlichen Bibliothek geblieben sein, wenn es nicht verkauft worden ist. Sie wissen es also nicht?«

»Sie Dummerl«, sagte der Kurfürst, »ich weiß doch nicht mehr, als Sie wissen. Das hat Ihnen doch der Hase gesagt.«

»Ich muß also suchen ...«

»Haben Sie noch nicht gesucht?«

»Doch«, sagte Anton L., »ich habe gleich, nachdem ich diese alte lateinische Schwarte übersetzt hatte, in der ... in Ew. kurfürstlicher Gnaden Bibliothek gesucht, dort –« Anton L. zeigte mit dem Daumen über die Schulter.

»Nichts gefunden?«

»Nein. Aber ... ich weiß nicht; selbst wenn ich es gefunden hätte: Das Buch ist doch leer, hat nur leere Seiten.«

»*Damals*«, sagte der Kurfürst, »hatte es leere Seiten. Es ist nicht gesagt, daß nicht inzwischen eine Schrift zum Vorschein gekommen ist.«

»Meinen Sie?«

»Merken Sie denn nichts, Adam L. ...«

»Wieso sagen Sie *Adam* L.?«

»Pardon – Anton L. Merken Sie denn nichts? Es ist, als ob ein großer roter Pfeil auf den Globus geklebt worden sei, und wenn man genau hinschaut, deutet die Spitze des Pfeiles exakt auf Sie. Glauben Sie im Ernst, daß es ein Zufall ist, wenn allein Sie von der allgemeinen, rätselhaften Verflüchtigung aller Menschheit ausgenommen worden sind? Daß eine Gruppe von gescheiten Leuten, von denen keiner Sie gekannt hat –«

»Doch, Candtler – flüchtig.«

»Sehen Sie, was für eine Fügung! Von denen Sie einen gekannt haben, ohne zu wissen, welches gewaltige Geheimnis sich hinter ihm verbirgt. – Daß also eine Gruppe von gescheiten Leuten in ihrem letzten Jahre alle Anstrengung darauf verwenden, Ihnen den Weg zu dem *Buch* zu ebnen; daß genau am letzten Tag vor der Katastrophe das letzte oder besser gesagt das vorletzte Glied der Kette, das zu dem *Buch* führt, eingehängt wurde; oder anders gesprochen: daß die Katastrophe gewartet hat, bis das Paket mit den Photokopien, ohne die Sie nicht weitergefunden hätten, in der Staatsbibliothek eingetroffen ist? Glauben Sie, das ist ein Zufall? Und daß ausgerechnet in einer Wachszieherei die Mitteilung eingeworfen wurde, die Sie auf die Fährte gebracht hat? Nicht in einer Fahrschule oder in einem Friseurladen oder in einer Blumenhandlung, in einem Kindermodengeschäft oder einer Versicherungsagentur ... Es hätte tausend Möglichkeiten gegeben, den Zettel in Läden zu schieben, die Sie nie betreten würden. Aber Kerzen brauchen Sie!«

»Also war Soliman Ludwig, also, ich meine, daß Soliman Ludwig in einer Wachszieherei gearbeitet hat, schon ein Teil eines Planes –«

»Ein Teil des roten Pfeiles, der auf den Globus geklebt ist und auf Sie zeigt. Mehr noch. Haben Sie nicht gesagt, daß der Inhaber der Wachszieherei ein Vetter Soliman Ludwigs war?«

»Ja.«

»Es handelt sich um die Hof-Wachszieherei. Wahrscheinlich eine Firma, die seit Generationen im Familienbesitz ist. Also reicht der Plan noch weiter zurück, zurück bis zum Urvater-Wachszieher des Soliman Ludwig, und wer weiß, wie weit noch. Das Buch ist hier, da gibt's gar nichts. Das Buch muß hier sein, sonst wäre alles nur eine Dummheit.«

»Aber *wo* ist es?«

»Ganz in Ihrer Nähe – ich weiß es nicht, aber ich vermute, ja, es kann nicht anders sein, das Buch muß ganz in Ihrer Nähe sein. Ganz in Ihrer Nähe. Spüren Sie es nirgends? Nein?«

»Wenn ich nicht immer so Zahnweh hätte«, sagte Anton L.

»Sie essen zu viel Pralinen.«

»Zu viel Pralinen?« sagte Anton L. »Das habe ich noch nie gehört, daß man zu viel Pralinen essen kann.«

»Und zu wenig Vitamine, oder wie das Zeug heißt. Sie müssen sich zu Ihren Rehen jeden Tag einen Brennesselsalat machen, sonst fallen Ihnen noch alle Zähne aus.«

»Nach dem Krieg«, sagte Anton L., »ich erinnere mich, hat meine Mutter manchmal Brennesselsalat gemacht.

Aber wie bereitet man den zu, daß er nicht im Mund beißt?«

»Lieber Freund«, sagte der Kurfürst, »ich bin Kurfürst und kein Koch. Aber ich nehme an, daß das Beißen weggeht, wenn man die Brennesseln in Essig und Öl anmacht. Oder – Sie dünsten sie, wie Spinat. Oder Sie können auch Sauerampfer nehmen, der beißt nicht.«

»Und das Zahnweh – geht das weg vom Sauerampfer?«

»Nochmals, lieber Freund, ich bin Kurfürst oder jedenfalls das Denkmal eines Kurfürsten und kein Zahnarzt ...«

Bei dem Wort ›Zahnarzt‹ setzten Anton L.s Zahnschmerzen, die ihn in den letzten Wochen fast täglich gequält hatten, schlagartig wieder ein. Wieder durchfuhr der Schmerz Anton L.s Körper von der Schädeldecke bis zum Knie (bis zu den Zehen: nein, das wäre übertrieben, aber bis zum Knie) wie ein pelziger Blitz. Der Blitz schloß den Riß in der Realität, durch den das Denkmal des Kurfürsten zu sprechen vermochte. Der Kurfürst verstummte.

Bei dem Wort ›Zahnarzt‹ tat sich aber auch eine Assoziation auf.

Hinter dem Denkmal des Kurfürsten befand sich, wie gesagt, der nun verschüttete Eingang zur Hof-Wachszieherei. Wenige Meter daneben war ein Hauseingang (nicht verschüttet, wie Anton L. sah), durch den er recht oft gegangen war. Sooft Anton L. jetzt, in der Zeit also, dem knappen Jahr, das er allein war, auch an diesem Haus und an diesem Hauseingang vorbeigegangen war, er hatte nie daran gedacht, welche Bedeutung dieser Eingang für ihn gehabt hatte. Es war einige Jahre her. Hatte sich Anton L.s Gedächtnis geweigert, sich daran zu erinnern? Grund gehabt hätte es.

Anton L. ging um das verstummte Denkmal herum und trat an den Eingang. Das Schild war noch da, ein graviertes Messingschild:

DR. LEON KLINTZ
DR. BARBARA KLINTZ
ZAHNÄRZTE
Sprechst. nach Vereinbarung

Die Praxis war im zweiten, die Wohnung der Klintz' im dritten Stock gewesen. Sie hatten ein Loch durch den Plafond schlagen und eine Wendeltreppe einbauen lassen, so daß man ohne Umweg über das Stiegenhaus aus der Praxis in die Wohnung gelangen konnte.
Mit dem Gewehrkolben schlug Anton L. die Haustür ein und stieg in den zweiten Stock hinauf.
Vielleicht dreimal war Anton L. in der Praxis des Doktoren-Ehepaares Klintz gewesen. Wenn er sich recht erinnerte, hatte ihn einmal Herr Dr. Klintz, zweimal Frau Dr. Klintz behandelt. Viel öfter aber war Anton L. oben in Klintzens Wohnung gewesen. Er hatte das Ehepaar Klintz im sogenannten ›Bundtrock-Kreis‹ kennengelernt.

XX
Der Bundtrock-Kreis

Anton L. war durch Verflechtung in den Bundtrock-Kreis gekommen (– geraten, hätte man aus anderer Sicht sagen können). Es war etwa 1970 gewesen, zu der Zeit, als Anton L. aus dem Reisebüro *Kühlmann* in das Reisebüro *Santihanser* überwechselte, da hatte er zufällig bei einem Gang durch die Stadt Jens Liefering getroffen. Jens Liefering war mit Anton L. in die Schule gegangen, sie hatten zusammen Abitur gemacht. Anton L. war kein besonders guter Schüler gewesen, Jens Liefering aber ein besonders schlechter. Er nahm nur mit äußerster Mühe und unter starker Anstrengung zahlreicher Nachhilfelehrer die Hürde des Abiturs; vielmehr: wurde über die Hürde des Abiturs gehoben. Er gehörte dann unmittelbar nach der Zeugnisaushändigung – vielleicht entspricht das einer inneren Gesetzmäßigkeit – zu denjenigen, die sagen: »Mit Ihnen rede ich nicht. Sie haben ja nicht einmal Abitur.« Jens Liefering war sehr groß und mit einigen kleinen Einschränkungen das, was man einen schönen Mann nennt. Nach dem Abitur hatte Anton L. Jens Liefering höchstens noch zweimal gesehen. Es gab ein Jahr nach dem Abitur einen Abend, da feierten die Klassenkameraden den Jahrestag. Da waren noch alle gekommen. Jens Liefering saß groß, schön und schweigsam dazwischen; es war ihm deutlich anzumerken, daß er deswegen schwieg, weil es ihm in dem Kreis, dem er

längst entwachsen zu sein glaubte, nicht dafür stand, anzugeben.
Der ehemalige Klassensprecher – gleichzeitig der Klassenclown –, der das Treffen arrangiert hatte, hatte den originellen Einfall, die Kameraden nach der alten Klassenliste aufzurufen und um den Tisch zu ordnen. So kam Anton L., dem Jens Liefering im Alphabet unmittelbar folgte, neben diesem zu sitzen.
Architektur studiere er, sagte Liefering.
Ob das nicht sehr überlaufen sei und später die Berufsaussichten recht unsicher, wie man höre? sagte Anton L.
Für seine Person, sagte Liefering karg, sehe er glänzende Aussichten. Es komme nur darauf an, seinen Freunden klarzumachen, daß ihre Landhäuser ein Scheiß seien. Die würden sie dann abreißen und von ihm neu bauen lassen.
Anton L. war sehr beeindruckt. Er hatte keinen Freund mit einem Landhaus.
Beim zweiten Jahrestag des Abiturs kam Jens Liefering gar nicht mehr. Auch Anton L. mied sehr bald diese Treffen. –
»Mensch! L.«, sagte Liefering.
»Liefering!« sagte Anton L.
Mehr hatten sie sich eigentlich auch jetzt – oder gerade jetzt – nach zwanzig Jahren nicht zu sagen. Aber es ist ja so, wenn man auf der Straße einmal bei einem flüchtigen Bekannten stehengeblieben ist (an dem man besser mit einem höflichen Gruß vorbeigegangen wäre), ist man verpflichtet, auch über das hinaus zu reden, was man eigentlich einander zu sagen hat. Das gilt selbst dann, wenn das der andere weiß. Die Größe, zu sagen: »Pardon, Sie wissen so gut wie ich, daß wir uns

nichts zu sagen haben. Ich wünsche dennoch gute Tage«, und darauf: »Sehr erfreut. Eben habe ich dasselbe gedacht«, bringen kaum zwei von hunderttausend auf. Und diese zwei: die hätten sich ja dann wohl etwas zu sagen.

Offenbar ist es dem Menschen peinlich, sich einzugestehen, daß man dem, der einem da gegenübersteht, nichts zu sagen hat, und man versucht diesen Bankrott so weit wie möglich hinauszuschieben. Wenn man in so einer Situation absolut nichts mehr findet, was man sagen könnte, sagt man: Setzen wir uns nicht einen Moment in das Café dort? Das ist ja auch etwas gesagt und schiebt den Bankrott um zwei Minuten hinaus.

Das Café, in das sich Anton L. und Jens Liefering begaben, war im gleichen Häuserblock wie die damals Anton L. freilich ganz unbekannte Hof-Wachszieherei (in einer ganz anderen Straße allerdings, um zwei Ecken herum). Und da stellte sich plötzlich und überraschend heraus, daß sich Anton L. und Jens Liefering doch etwas zu sagen hatten. Damit begann die Verstrickung.

Jens Liefering erzählte, daß er das Fach Architektur fertig studiert und sein Examen gemacht habe. Anton L. konnte sich nicht verbeißen, zu fragen, ob sich seine Freunde nun ihre Landhäuser hätten abreißen lassen.

Jens Liefering reagierte etwas pikiert. Er habe sich, sagte er, ganz anderen Dingen zugewandt, größeren, umgreifenderen Dingen: Städteplanung, zum Beispiel. Es stellte sich im Lauf des Gespräches heraus, daß Jens Liefering zu jenen Architekten gehörte, die nie in ihrem Leben ein Haus gebaut haben. Jens Liefering saß auf irgendeinem Baurat-Posten in einem Ministe-

rium, sozusagen ein architektonischer Schreibtischtäter.
Über die Städteplanung aber war Jens Liefering zur Soziologie und von da aus zur Psychologie gekommen, wofür er sich, sagte er, seit einiger Zeit so recht zentral interessiere. Da horchte Anton L. auf. In den fünfziger Jahren hatte sich jeder, der für geistig rege gehalten werden wollte, für Psychologie zu interessieren. Anton L. hatte diese Mode nicht mitgemacht. Erst vor einigen Jahren, als die soziologische Mode längst die psychologische verdrängt hatte, begann sich Anton L. – äußerst laienhaft: durch Lesen von populärwissenschaftlichen Abhandlungen wie ›Du und die Seele‹ oder ›Das Unbewußte in deiner Hand‹ – mit Psychologie zu beschäftigen. Sein damals erwachender Hang für Yoga hatte ihn auf die Spur gebracht.
»Ja«, sagte Jens Liefering, er habe da einen äußerst elitären Kreis. Ob ihm Professor Bundtrock ein Begriff sei?
»Nein«, sagte Anton L.
Der Kreis um Professor Bundtrock, also der Bundtrock-Kreis, sei äußerst exquisit. Man treffe sich jeden Dienstag. Es könne jeder hinkommen.
So kam Anton L. zum ›Bundtrock-Kreis‹.
Prof. Günther Bundtrock war ein Original. Vorweg sei gesagt – Anton L. erkannte das erst viel später, eigentlich erst, als er sich schon wieder vom ›Bundtrock-Kreis‹ abgesondert hatte –, daß Prof. Bundtrock für die geistige Bresthaftigkeit der Leute, die sich um ihn sammelten, nicht verantwortlich war, höchstens insoweit, als er jeden mit offenen Armen in seinen Kreis aufnahm, der kommen wollte, weil er – gelegentlich sogar ausdrücklich – die Theorie vertrat: Das Negative im

Menschen sei nur ein Nichts, ein Fehlen; wenn man das Nichts negiere, bleibe das Positive, das Gute, das ja nun jeder Mensch habe. So gesehen, sagte er, sei jeder Mensch in Kern und Schale gut.
Daß Bundtrock jeden in seinen Kreis aufnahm, hatte aber auch noch einen anderen, äußerlichen Grund: Bundtrock hatte den Lehrstuhl für Geschichte der Medizin inne. Dieser Lehrstuhl war nach dem Krieg eigens für ihn geschaffen worden, weil man ihn für Verfolgungen, die er unter den Nazis erlitten hatte, entschädigen wollte. Da man jedoch verabsäumte, den Stoff des Lehrstuhles in das Prüfungsprogramm der Medizinstudenten aufzunehmen, waren die Vorlesungen Bundtrocks zu keiner Zeit überlaufen. Noch schlimmer war es mit der Beteiligung der Studenten an Bundtrocks Seminar. Prof. Bundtrock fühlte sich gekränkt, nicht ernst genommen, wurde in seiner Weise trotzig und entfernte sich mit dem Stoff, den er vortrug, immer weiter von der ›Geschichte der Medizin‹. So wie in dem alten Kinderbuchstabenspiel aus HAUS über HANS, HAND, HUND ein MUND wird, verbreitete Prof. Bundtrock sich nach einigen Jahren statt über die Geschichte der Medizin etwa über ›Sigmund Freud und die bildende Kunst‹ oder über die Dramen Wedekinds. Die Dramen Wedekinds liebte Prof. Bundtrock besonders, denn er hatte als junger Mann Wedekind noch gekannt, war selber sogar, ehe er Medizin zu studieren angefangen hatte, eine Zeitlang Schauspieler gewesen, was ihn jetzt noch in den Stand setzte, *Hidalla oder Sein und Haben, Erdgeist* oder gar *Schloß Wetterstein* in röhrendem Meininger-Alleingang in seinem Seminar vorzutragen.
Unter Kennern an der Universität sprach sich diese Kuriosität allmählich herum. Einige von diesen Ken-

nern, meist irgendwie schräge oder angeschlagene Charaktere aus allen Fakultäten, später dann auch von außerhalb der Universität, blieben bei Bundtrock hängen und bildeten so den Bundtrock-Kreis, der, wie alle derartigen Institutionen, einen festen Kern hatte und am Rand fluktuierte.

»Wieso kann da jeder hingehen?« hatte Anton L. Jens Liefering gefragt.

Jens Liefering hatte daraufhin den äußeren Grund für Prof. Bundtrocks Menschenfreundlichkeit zusammengefaßt: »Er ist froh um jeden, der ihm zuhört.«

Prof. Bundtrock war, als ihn Anton L. kennenlernte, fast siebzig Jahre alt. Er war an die zwei Meter groß und dick wie ein Faß, aber nur in der Mitte: Er war eine Tonne mit zierlichen Beinen und schmalen Schultern, auf denen ein Kopf saß, der ohne Zweifel bedeutend wirkte, allerdings etwa in der Art, als ob ein Maskenbildner einen Schauspieler für den Falstaff geschminkt habe und dabei ein wenig in das Erscheinungsbild Gerhart Hauptmanns geglitten sei. Nichtsdestoweniger imponierte er Anton L.

Anton L. erlebte gerade noch die letzte Phase der eigentlichen Seminare Bundtrocks. Die fanden jeden Dienstag von fünf bis sieben statt. Prof. Bundtrock rezitierte. Um sieben zogen Bundtrock und die Seminarteilnehmer in ein Restaurant in der Innenstadt (nicht weit von jener Stelle in der Medea-Straße, wo Anton L. von dem Bären angefallen wurde), wo das Nebenzimmer ab $^1/_2$8 Uhr reserviert war. Dort plauderte Bundtrock über das, was er vorher rezitiert hatte.

Da die Vortragsweise Prof. Bundtrocks selbst für einige seiner Verehrer unerträglich wurde, das Plaudern danach aber interessant blieb, zogen es immer mehr

Bundtrock-Jünger vor, das Seminar zu schwänzen und erst nachher zum Stammtisch in die ›Grüne Eiche‹ zu kommen. Auch Anton L. besuchte nur dreimal das eigentliche Seminar. Bundtrock war nicht böse. Er negierte das Fehlen, und als einige Zeit nur noch Herr W. A. Schlappner – ein geradezu zelotischer Verehrer Bundtrocks – und dessen Freundin Astrid (Jens Lieferings Schwester) das Seminar besucht hatten, ließ Bundtrock das Seminar fallen und ging auch gleich in die ›Grüne Eiche‹. W. A. Schlappner hieß mit Vornamen Willi Adolf. Er hörte es aber nicht ungern, wenn man zunächst vermutete, er heiße Wolfgang Amadeus, obwohl er dezidierter, um nicht zu sagen Unbeschuhter Wagnerianer war.
Nun teilten sich aber auch die Abende im Nebenzimmer der ›Grünen Eiche‹ in zwei Teile. Der erste Teil umfaßte die Plaudereien Prof. Bundtrocks über Wedekind, über Jung-Gründgens in den zwanziger Jahren und so fort, der zweite Teil – der voll erst dann aufblühte, wenn Bundtrock selber um zehn gegangen war – drehte sich um das, was den Bundtrock-Kreis eigentlich zusammenhielt: um die Psychologie. Nicht nur ungeschriebenes Gesetz, sondern das tabuisierte Um und Auf aller Gespräche und überhaupt aller Kommunikation in dem Kreis war, daß man die gegenseitigen psychologischen Hypochondrien ernst nahm; nicht in dem Sinn, daß man sich für die eingebildeten (und in einzelnen Fällen vielleicht sogar wirklichen) seelischen Leiden der anderen interessierte – jeden interessierten nur die eigenen Leiden –, sondern deswegen, weil man sich durch das Anhören der Nerven-Gebrechen der anderen das Anrecht erwarb, danach über die eigenen zu reden.
Bundtrock selber verfügte – so muß man, wenn man

von dem Kreis redet, schon sagen – merkwürdigerweise über keine psychologischen Probleme in seiner eigenen Seele. Später dachte Anton L. viel über Bundtrock nach, nachdem er sich von dessen Kreis gelöst hatte und besonders nachdem er wenig später die Nachricht von seinem Tod bekam. (Anton L., dem Bundtrock im Grunde immer noch imponierte, ging zum Begräbnis, hörte aber dann W. A. Schlappner mit krähender Stimme Anordnungen über das Trauergefolge erteilen, worauf er umkehrte und seine Blumen erst am nächsten Tag auf das Grab legte.) Anton L. versuchte sich über Bundtrocks Charakter klarzuwerden. Er stellte über ihn die Formel auf: sublimiertes Schweinderl, versah aber die Formel im Geist sofort mit einem Fragezeichen. Sublimiertes Schweinderl? Bundtrock war ein sinnlicher Mensch, ein Falstaff. Pralle Witze, süffiges Bier, herzhaftes Essen und nackte Mädchen erfreuten sein letztlich kindlich gebliebenes Gemüt. Frauen interessierten ihn stets. Er hatte (natürlich nacheinander) alle für ihn erreichbaren Doktorandinnen und Assistentinnen geheiratet, zuletzt, schon mit über sechzig, die siebte und letzte, mit der zusammen er sein kerntiefes Interesse am Geschlechtsverkehr in letzte Höhe stilisierte. Er verfaßte mit ihr zusammen eine Geschichte der Sexualkunde. Aber seelische Probleme hat ein ›sublimiertes Schweinderl‹ (auch mit Fragezeichen) nicht. Es ruhte wohlig in seiner sublimen Suhle. Aber vielleicht, dachte Anton L., bedurfte es genau dieses schlichten Gemütes, um den Mittelpunkt einer Gruppe von seelischen Invaliden zu bilden.

Mit seelischen Leiden ist es so eine Sache. Im Grunde gibt es keine eingebildeten seelischen Leiden, denn wenn man sich eine Psychose einbildet, so hat man ja

eine, nämlich die Einbildung. Die Frage ist nur, ob man Zeit genug hat, darüber nachzudenken. Der Großteil des engsten Bundtrock-Kreises bestand aus gescheiterten Existenzen (war nicht auch Anton L. eine gescheiterte Existenz?), die das Glück – oder das Unglück – hatten, daß andere für ihren Lebensunterhalt sorgten oder daß sie einen Beruf ausübten, der ihnen nicht viel von der Zeit, in der sie über sich nachdenken konnten, wegnahm; so wie etwa bei Jens Liefering, dem Architekten-Beamten, oder bei Fräulein Dr. Ingeborg Schmill, einem kälbernen Wesen mit vorstehendem Gebiß. Frl. Dr. Schmill lief in einer größeren Anwaltssozietät mit, hatte sonst aber sogenannte geistige Interessen. Mit Frau Astrid Delius sprach sie gern über Bücher (die sie beide nicht gelesen hatten). Frl. Dr. Schmill versuchte gelegentlich in rührender, wenngleich erfolgloser Weise, ›flott‹ zu sein. Sie trug gern ein bis ins Sphinxhafte geschlungenes und gebundenes Kleid aus imitierter Reptilhaut, quasi einen Körperturban, und flocht ihr recht schönes, dunkles, schweres Haar in Windungen um den Kopf, was wohl für dämonisch zu gelten hatte.
Dr. Dunkelheimer aus Brackwede, ein kleiner, gemütlicher Mann, hatte unlängst nach jahrelangem Studium des schwierigen Faches Theaterwissenschaft den Beruf des vierten Dramaturgen bei der Staatsoper ergriffen. Der Beruf rieb ihn nicht auf, weil seine Aufgabe darin bestand, die Bilder für die Programmhefte in die Klischieranstalt zu tragen. Dr. Dunkelheimer, mit einem gewissen Recht bei allen beliebt, weil er fast immer nett und freundlich war, hatte eine gefährliche Eigenschaft: er hörte sich leidenschaftlich gern reden. Er redete sehr schön, wobei er an den Inhalt seiner Reden keine über-

triebenen Ansprüche stellte. Er hatte unglaublich viele Freunde und Bekannte und war ständig zu irgendwelchen Gesprächen oder Konsultationen verabredet. Da er nicht nur schön, sondern auch lang redete, kamen seine Verabredungen unheilbar durcheinander. Wenn er einmal irgendwo saß und redete, vergaß er Ort und Zeit, und nicht selten mußte er händeringend zur nächsten Verabredung aufbrechen, wenn er eigentlich schon bei der übernächsten sein sollte. So verschob sich sein Tageslauf stetig um Stunden, zumal Dr. Dunkelheimer immer auch noch mehr oder minder zufällig Freunde und Bekannte unterwegs traf und natürlich auch hier der Versuchung nicht widerstehen konnte, schön zu reden. Langsam verschob sich so nicht nur der Tages-, sondern der Lebenslauf Dr. Dunkelheimers um Tage und Wochen. Als Anton L. ihn kennenlernte, ging Dr. Dunkelheimer bereits um einige Monate nach. So war der im Kern gemütliche Dr. Dunkelheimer ein bedauerlicher, gehetzter Mensch. Im Bundtrock-Kreis galt dies als hochinteressantes psychologisches Problem. (Ihn schlicht als unzuverlässig und unpünktlich zu bezeichnen, war im Bundtrock-Kreis, um mit dessen Jargon zu sprechen: ›nicht angelegt‹ gewesen.)

Wirklich fleißig dagegen waren die Doktores Klintz. Ihre Zahnarztpraxis florierte. Sie, Frau Dr. Barbara Klintz, betrachtete als einzige des inneren Kernes das Treiben der Bundtrock-Leute sogar mit einigem ironischen Vorbehalt. Herr Dr. Klintz litt darunter, daß er, wie er sagte, den falschen Beruf ergriffen habe. »Wie kann es einen Menschen befriedigen«, rief er gelegentlich aus, »ständig anderen in den Mund zu schauen?« Dr. Klintz litt wirklich. Er kam soweit, daß er sich heimlich in echte psychologische Behandlung begab.

Der Psychoanalytiker, den er konsultierte, konnte ihm aber auch nicht helfen. Nach Analyse einiger Träume stellte der Seelenarzt fest, daß Dr. Klintz nicht nur gegen den Zahnarztberuf, daß er vielmehr gegen alle denkbaren Berufe eine innere Aversion hatte. Dr. Klintz war nahe daran, zu verzweifeln. Der Seelenarzt analysierte weiter. Nach einem Jahr brachte er heraus, daß es einen einzigen Beruf gab, gegen den in Dr. Klintz' Seele keine Sperre vorhanden war: Lokomotivführer. In dieses Fach überzuwechseln, konnte sich Dr. Klintz dann aber doch nicht entschließen.

Theoderich Lindenschmitt (um es gleich zu sagen: der Nebenbuhler Anton L.s in der Verehrung für Frau Dr. Klintz) war Musikhistoriker, lebte bescheiden von der Mitarbeit an einem Musiklexikon; mit seiner Arbeit über Rameau hatte er bereits drei Ordinarien seines Faches ins Grab promoviert. Fertig war sie nie geworden.

Frau Astrid Delius war eine geschiedene Frau um die Vierzig. (»Es glaubt mir niemand! Es glaubt mir einfach niemand!« rief sie immer, wenn die Frage auf ihr Alter kam. »Es glaubt mir niemand, daß ich vierzig bin.« Selbstverständlich widersprach keiner.) Sie und ihr Freund Schlappner lebten von der Unterhaltsrente ihres geschiedenen Mannes. Auch Schlappner, wußte man vom Hörensagen, promovierte seit Jahren. Die Angaben über das Fach schwankten zwischen Jurisprudenz und Physik. Frau Delius äußerte einmal, ihre und Schlappners psychologische Probleme zeigten eine derart erstaunliche Übereinstimmung, daß man das seltene Recht habe, hier von einer vollen Seelenharmonie zu sprechen.

Frau Delius war groß und mager, Herr Schlappner war

klein und mager. Ob Frau Delius schön war, war eine Frage des individuellen Geschmackes. Wenn man bemüht war, konnte man an ihr einen gewissen statuarisch-knochigen Reiz finden. Sie selber hielt sich, das ließ sie gelegentlich nebenbei durchblicken, für eine Schönheit. Über ihre geistigen Gaben ließ sich schwer etwas sagen, weil sie bei schwierigeren Gesprächs- und Denkvorgängen nur hintergründig zu lächeln und die Augen weit aufzureißen pflegte. W. A. Schlappner dagegen redete auch gern und viel. Er trug eine starke Brille und konnte trotzdem nur lesen, wenn er das Buch direkt vor die Augen hielt. Er hatte eine Stirnglatze und lange strähnige Haare und infolge fast völligen Fehlens einer Nase ein Nicht-Gesicht, das lediglich einen gewissen Akzent durch einen großen, schmallippigen Mund erhielt, der beim Reden froschartig vorklaffte. Der Froschmund und die blinzelnden Augen verliehen ihm einen immerwährend gekränkten Ausdruck. »Ein tückisch-devoter Frosch«, sagte einmal Frau Dr. Klintz. Auf unvoreingenommene Zuhörer wirkte Schlappner beim ersten Anhören wie ein ungeheuer gebildeter Mensch. Er warf mit Philosophie nur so um sich. Unter Adorno und Wittgenstein tat er es nicht. Wenn man aber öfter zuhörte, merkte man bald, daß Schlappner lediglich Lexikonartikel auswendig gelernt hatte.

Der zweite Teil der Bundtrock-Abende, der Teil ohne Prof. Bundtrock, hatte sich schon in der Zeit, bevor Anton L. zu dem Kreis gestoßen war, aus der ›Grünen Eiche‹ in die Klintzsche Wohnung verlagert. Das heißt, um zehn, nachdem Bundtrock gegangen war, ging man zu Klintz'. Schlappner schätzte das, weil er dort das Bier für sich und Astrid nicht zahlen mußte.

Nun darf man nicht etwa annehmen, daß die Psychologie im Bundtrock-Kreis nur theoretisch betrieben wurde, daß nur über die seelischen Probleme geredet worden sei. Ein entscheidender Bestandteil waren die praktischen Übungen (»das Spiel«, sagte Frau Dr. Klintz), das heißt, grob gesprochen, man war in wechselnden Gruppen reihum miteinander beleidigt. Auch Anton L., der ja doch ein eher zänkischer Mensch war, fand Gefallen an diesen Übungen. Einmal zum Beispiel kam auf, daß Schlappner in seiner Jugend eine fernerotische Verehrung für die regierende Königin von England ergriffen hatte und daß er immer noch eine Schublade voll Illustriertenphotos von der Queen aufbewahrte. Frau Dr. Klintz malte die Wachträume des jungen Schlappner aus. Die Queen besucht unsere Stadt, ihr wird auch die Universität gezeigt; dort sitzt Schlappner über seiner Doktorarbeit; alle Professoren und Assistenten umschwänzeln die Queen, nur Schlappner blickt ernst in seine Bücher; da, plötzlich – ein Attentat auf die Königin ... alle, die vorher umschwänzelt hatten, fliehen, nur Schlappner tritt dazwischen, rettet Elizabeth, die sich sofort dankbar in ihn verliebt ...

»Dabei wissen wir«, sagte Frau Dr. Klintz, »was unser Freund Schlappner in Wirklichkeit für ein Hasenfuß ist.«

Natürlich war Schlappner beleidigt und verließ mit Frau Astrid die Klintzsche Wohnung.

Die Regeln des ›Spiels‹ verboten aber jeden endgültigen Bruch, so tief die Kränkung auch sein mochte. Schlappner umkreiste in den folgenden Wochen gewissermaßen die Gruppe, mit der er beleidigt war, und zog infolge der Zentrifugalkraft, die dem ›Spiel‹ innewohnte, nach

und nach andere Gruppenmitglieder hinaus in seine Umlaufbahn, bis zu dem Punkt, daß sein Standort ins Statische umkippte und nun die anderen kreisten. Nach kurzer Zeit wurde bei denen, die sich nunmehr an der Peripherie fanden, die Zentripetalkraft wirksam, und die Gruppe vereinigte sich wieder. Das ›Spiel‹ konnte in anderer Rollenverteilung von Neuem beginnen. *Eine* Grenze wurde dabei aber immer respektiert: in Frage gestellt durften seelische Probleme nicht werden. Der Satz: »Im Grunde genommen sind Sie eigentlich normal«, wäre unverzeihlich gewesen, außerhalb der Regeln, hätte das Band zerschnitten.
Ein ›Spiel‹, das hart an diese Grenze, vielleicht sogar etwas darüber hinaus führte und das eine zeitweilige Stagnation des Bundtrock-Kreises zur Folge hatte (und das Ausscheiden Anton L.s), hatte mit einem Spiel in anderem Sinn zu tun. Die Idee ging von Bundtrock aus. Der Professor schlug vor, ein Theaterstück aufzuführen. Der Plan wurde selbstverständlich mit Begeisterung aufgegriffen, er beschäftigte, ehe es auch nur zu einem Jota von praktischer Realisierung kam, alle Gruppenmitglieder und bot, allein wegen des Gerangels um die Rollenverteilung, Ausgangspunkte zu zahllosen ›Spielen‹. Aber mit der Zeit wurde es doch Ernst. Prof. Bundtrock hatte eine der kleinen, frühen Komödien von Lessing vorgeschlagen: *Der junge Gelehrte.*
Dieser junge Gelehrte in Lessings Komödie ist ein arroganter Affe, der sich für klüger als alle anderen hält und zum Schluß mit seiner Besserwisserei bös hereinfällt.
Es war nicht zu verkennen, daß die Natur bei der Hervorbringung W. A. Schlappners bis in wörtliche

Einzelheiten Lessings Komödienfigur plagiiert hatte. Schlappner, hieß es, solle den jungen Gelehrten spielen.

Zunächst war Schlappner geschmeichelt, weil er die größte Rolle bekam. Auch war er deswegen geeignet, weil er durch das Auswendiglernen von Lexikonartikeln im Textlernen geübt war. Aber im Lauf der Proben stellte sich heraus, daß Schlappner doch nicht so sehr geeignet war, weil er nämlich die Rolle *spielte.* Er hätte nur die Rolle zu *sein* brauchen. Etwa eine Woche vor der Aufführung sagte ihm dies Frau Dr. Klintz. Die Zündung erfolgte verzögert. Schlappner war nicht gleich beleidigt. Nach der Probe fuhr Schlappner zu Frau Astrid, die bei dieser Probe nicht anwesend war. Da die Probe spät zu Ende gegangen war, fuhr keine Straßenbahn mehr. Schlappner mußte ein Taxi nehmen. Nun hatte am Tag zuvor die Taxi-Innung eine Erhöhung der Tarife beschlossen. Weil die Taxameter in den Wagen nicht so schnell auf die neuen Preise umgestellt werden konnten, waren die Taxifahrer berechtigt, ein höheres Entgelt zu verlangen, als der Taxameter anzeigte. Die Innung hatte Klebestreifen mit entsprechenden Erklärungen verteilt, die die Taxifahrer neben dem Taxameter anbringen konnten. Auch der Taxifahrer, der Schlappner zu Frau Astrid fuhr, verlangte somit mehr, als der Taxameter anzeigte. Schlappner weigerte sich, den Mehrpreis zu zahlen. Der Taxifahrer zeigte auf die Erklärung auf dem Klebestreifen.

Schlappner äußerte, daß ihm das gleichgültig sei, und er brachte Begründungen vor, die er für juristisch hielt. Letztlich mußte Schlappner dann doch den Mehrpreis zahlen. Was ihn aber bis zur Weißglut giftete, war nicht, daß ihm der Taxifahrer mit Ohrfeigen drohte,

sondern daß der Taxifahrer seine, Schlappners, Bedeutung als Mensch und Jurist, die er so heftig betonte, ganz offensichtlich nicht ernst nahm.
Wütend eilte Schlappner hinauf zu Frau Astrid. Und die Initialzündung der Wut über den Taxifahrer zündete die Bombe, die Frau Dr. Klintz mit der Bemerkung gelegt hatte: »Sie müssen den jungen Gelehrten nicht *spielen.* Sie *sind* es.«
Schlappner griff zu Frau Astrids Telephon, rief – mitten in der Nacht – Prof. Bundtrock an und sagte, daß er nicht mehr mitmache.
Das gab natürlich, eine Woche vor der Aufführung, eine Fülle von Verwicklungen. Das wäre in den Grenzen des ›Spiels‹ gewesen. Nicht mehr in den Grenzen des ›Spiels‹ war ein in Schlappners Augen primitiver und hinterhältiger Rückgriff in die schlicht-bürgerliche Realität. Man besetzte die Rolle kurzerhand um, was deshalb möglich war, weil einige Tage vorher ein junger Musiklehrer zum Bundtrock-Kreis gestoßen war, der sich als vorzüglicher Schauspieler erwies und den jungen Gelehrten übernahm.
Die Aufführung fand statt. Danach schlich sich Unbehagen ein, nicht weil Schlappner und Frau Astrid fehlten, sondern weil die Verletzung der Spielregeln Schlappner gegenüber das ganze heikle Gefüge der Gruppe zerstörte. (Insoweit hätte Schlappner zufrieden sein können, denn dieser Effekt hätte wieder in das gesicherte Gebiet der Regeln zurückgeführt.) Dazu kam, daß Prof. Bundtrock für ein halbes Jahr verreiste, weil er in Japan erotische Holzschnitte erforschen mußte. Die Gruppe zerfiel. Sie fand sich zwar später wieder, aber Anton L. verpaßte diesen Zeitpunkt. Er betrat nie wieder die Wohnung des Ehepaares Klintz. Er verpaßte

den Zeitpunkt nicht ganz unabsichtlich. Das hing mit Frau Dr. Klintz zusammen.
Anton L. hatte sich schon sehr bald, nachdem er zum Bundtrock-Kreis gestoßen war, in Frau Dr. Klintz verliebt. Auch solche Schäkereien gehörten durchaus zum ›Spiel‹, aber da war Anton L. nicht so ganz den Regeln folgsam. Eines Tages, als Herr Dr. Klintz verreist war und der zweite Teil des Dienstagabends bei der Frau allein stattfand, wußte es Anton L. so einzurichten, daß er als letzter bei ihr blieb. Das war nicht einfach, denn er hatte in seiner Liebelei – wie gesagt – einen Rivalen in Herrn Lindenschmitt. Lindenschmitt blieb auch. Es ergab sich ein hartes Duell im Sitzenbleiben. Anton L. siegte, denn Lindenschmitt wohnte weit draußen am Stadtrand, hatte kein Auto und zu wenig Geld für ein Taxi. Anton L. wohnte damals in zu Fuß erreichbarer Nähe der Wohnung Klintz. Kurz bevor die letzte Straßenbahn abfuhr, warf Lindenschmitt das Handtuch und verschwand.
Anton L. versuchte Frau Dr. Klintz zu küssen. Sie wehrte sanft und kühl unter Hinweis auf die Regeln des ›Spieles‹ ab.
»Für mich ist das kein Spiel, Barbara«, sagte er.
»Alles ist Spiel«, sagte sie.
»Dann spielen wir Spielen«, sagte er.
»Wir können höchstens spielen, daß wir Spielen spielen«, sagte sie, »nein, nehmen Sie die Hand von meinem Knie, Anton.«
Da läutete es. Lindenschmitt hatte die Straßenbahn versäumt und kam zurück. Frau Dr. Klintz sagte: »Ach, Sie! Theoderich ...« Ehe Theoderich seinen Mantel wieder ablegen konnte, fügte sie hinzu: »Anton wollte auch gerade weg. Jetzt können Sie zusammen gehen.«

So begleitete Lindenschmitt Anton L. nach Hause. Anton L.s Verliebtheit war zu Ende. Lindenschmitts weiterer Fußmarsch dauerte zwei Stunden.
Das war alles noch vor der Aufführung des *Jungen Gelehrten* gewesen, an der sich Anton L. dann nur noch mit geringer Anteilnahme beteiligte (er hatte keine Rolle). Als sich danach der Bundtrock-Kreis verlief, merkte Anton L., daß ihm die Dienstagabende nicht mehr fehlten.

XXI
Das Instrument mit dem Kügelchen

Der Zahnschmerz war schon kein bloßer Zahnschmerz mehr, als Anton L. die zwei Treppen zur Praxis der Doctores Klintz hinaufstieg. Der Schmerz pumpte in der linken Körperhälfte. Mit dem linken Auge sah Anton L. nur noch blutige Kringel, das linke Ohr war taub. Anton L. hatte das Gefühl, daß seine linke Seite aufgedunsen war und pulsierte.
Die Tür zur Praxis stand offen. Anton L. war so in seinem Schmerz gefangen, daß er diesen immerhin merkwürdigen Umstand nicht wahrnahm. Geradeaus war das Wartezimmer. Er hatte damals, die drei Mal, als er von Herrn bzw. Frau Klintz behandelt worden war, als ›Freund des Hauses‹ nicht warten müssen. (Auch die Rechnung war dann eher freundschaftlich, ein lächerlicher, mehr symbolischer Betrag; sonst verlangten Klintz' recht gesalzene Honorare. Ihre Patienten rekrutierten sich aus vermögenden Schichten.) Links war Herrn, rechts war Frau Dr. Klintz' Behandlungszimmer. Anton L. ging nach rechts. Auch diese Tür war – nicht mehr ganz so merkwürdig, innerhalb der sonst geschlossenen Räume – sperrangelweit offen.
Überall lag dicker Staub. Zwischen dem Kran, an dem der Bohrer hing, und dem bekannten zahnärztlichen Marterstuhl – auch sonst im ganzen Zimmer – hingen Spinnweben. Anton L. wischte mit einer Armbewegung die Spinnweben am Behandlungsstuhl weg und

ließ sich hineinfallen. Eine Wolke von Staub flog auf und erstickte Anton L. beinahe. Er mußte wieder aufspringen, neuer Staub qualmte auf. Anton L. riß ein Fenster auf. Das Fenster ging auf den Platz hinaus. Er sah den Kurfürsten von oben und von hinten.
Anton L. schleppte sich zurück in den Behandlungsstuhl. Obwohl er sich vorsichtiger hineinsetzte, wirbelte wieder Staub auf, aber wesentlich weniger.
Was wollte er hier? Sich behandeln, natürlich, den Zahn ziehen oder so etwas. Ein unsinniger Gedanke.
Anton L. drehte an den Knöpfen des vollmechanisierten Behandlungsstuhles. Plötzlich kippte die Rückenlehne nach hinten, das Fußteil nach oben, fast ein Bett wurde aus dem Stuhl. Anton L. erinnerte sich an den Mechanismus, er erschrak nicht, aber der Schmerz in seiner linken Seite schwappte wie eine heiße Flüssigkeit in seinem Körper nach oben, zerriß fast den Schädel, brach sich in Wirbeln, schoß wieder nach unten, griff in feurigen Armen astweise auch auf die rechte Seite über. Links im Mund bildete sich ein heißglühender Würfel aus steinhartem Schmerz, der ständig wellenhafte Tobsuchtssignale aussandte. Anton L. rüttelte den Sessel wieder in aufrechte Lage und riß den Bohrer vom Kran.
Ein unsinniger Gedanke. Der Bohrer war elektrisch betrieben worden. Er ging jetzt nicht mehr.
Hatte ihm der Hase gesagt, daß manche Zahnarzteinrichtungen neben der elektrischen Antriebsquelle auch eine mechanische haben? Hatte es der Kurfürst gesagt? Anton L. richtete sich weiter auf, hielt das linke Auge zu und musterte mit dem rechten den Behandlungskran von oben bis unten. Tatsächlich waren ganz unten ein paar Pedale. Anton L. trat eins. Da spritzte weiter oben

bräunliches, fauliges Wasser in die Höhe. Er trat ein zweites Pedal. Da passierte gar nichts. Beim dritten Pedal setzte sich der Bohrer surrend in Bewegung, solang Anton L. auf und nieder trat. Der Schmerz erlosch augenblicklich, wie ausgeblasen. Der Schmerz war links gewesen, Anton L. schwankte ein wenig, als ob ein Gewicht von seiner linken Seite genommen worden wäre. Aber der Schmerz war nur erschreckt, nicht vertrieben. Nach zwei, drei Sekunden kam er zurück, wie ein Peitschenschlag von oben nach unten. Der heiße Würfel im linken Kiefer war größer als zuvor.

Anton L. ließ den Bohrer nochmals surren. Es half nichts mehr. Der Schmerz blieb.

Wieder bedeckte Anton L. sein linkes Auge mit der Hand und musterte mit dem rechten den Besteckkasten der weiland Frau Dr. Klintz, der drehbar an dem Kran befestigt war. Auch daran glaubte sich Anton L. zu erinnern: daß Frau Dr. Klintz mit einem Instrument, das am Ende ein Kügelchen hatte, leicht an die Zähne klopfte. Dies sei eine der Arten, wie man feststellen könne, bei welchem Zahn es fehle. Das Instrument mit dem Kügelchen war, wie alles, mit Staub und Spinnweben überkrustet. Anton L. trat das eine Pedal, wo eben Wasser gesprudelt war. Er trat es so lang, bis das Wasser sauber sprudelte, und wusch das Instrument mit dem Kügelchen ab.

Vorsichtig sperrte Anton L. dann den Mund auf, fuhr mit Daumen und Zeigefinger der linken Hand hinein und spreizte das Fleisch der Wange von den Zähnen. Leicht schlug er mit dem Kügelchen-Instrument, so gut er es, ohne zu sehen, vermochte, gegen einen Zahn nach dem anderen, erst oben, dann unten.

Oben tat es nicht weh. Unten schmerzten von den

Schneidezähnen weg zunächst alle Zähne gleich. Als Anton L. weiter hinten gegen einen Zahn schlug, gegen den fünften etwa oder sechsten, fiel ein Hammer von Schmerz gegen Anton L.s Seele, schlug eine Schmerzglocke in seinem Kopf an, riß eine Schmerzwindhose alles Sichtbare um ihn in einem Wirbel um den Behandlungsstuhl. Die Einrichtung, die Fenster, die Türen rasten für einige Augenblicke herum wie ein Karussell, die Einzelheiten waren nur noch als farbige oder schwarze und weiße Streifen wahrzunehmen. Anton L. ließ das Instrument mit dem Kügelchen fallen. Das ist er also, dachte Anton L. oder dachte *es* im unbewegten Zentrum dieses Schmerztornados. Anton L. war in diesem Augenblick keines Gedankens fähig. Das Fallen des Instrumentes verursachte ein klirrendes Geräusch. Das Klirren brach sich als silberner, elektrischer Strahl von rechts unten nach links oben durch die rasende Kreiselbewegung und verschob deren Achse. Anton L. saß nun schief in seinem Behandlungsstuhl. Er hielt sich mit beiden Händen fest. Er spürte, wie er Schweiß versprühte. Die Kreiselbewegung verengte sich. Bald drehte sich eine finstere, rotgestreifte Tonne direkt um Anton L.s Kopf. Er rang nach Atem. Die Achse der Tonne verlagerte sich wieder ins Senkrechte, die Drehung verlangsamte sich, hörte auf. Einen Augenblick lang war es schwarz vor Anton L.s Augen, dann zerbröckelte die Schwärze, das Tageslicht drang wieder ein.

Ein Schmerz blieb im Zahn zurück, ein vergleichsweise harmloser, ja lächerlicher Schmerz gegen das, was vorher gewesen war.

Anton L. atmete tief, wischte sich mit einem der klinischen Papiertücher, die auf dem Instrumententablett

lagen, den Schweiß ab. Weit weg war das Fortdonnern des Schmerzes zu hören, als schlüge er ferne Tore in tiefen Gängen zu.
– Das ist er, dachte Anton L.
Er fuhr mit dem Finger vorsichtig über den Zahn. Außen war natürlich nichts zu merken.
Da hing der Bohrer, der auch mit dem Pedal in Gang zu setzen war.
– Blödsinn, dachte Anton L. Ein ganz blödsinniger Gedanke. Was soll ich denn bohren? Wie soll ich denn bohren? Wahrscheinlich muß der Zahn heraus.
Auf dem Instrumentenbrett lag auch die Zange der weiland Frau Dr. Barbara Klintz.
Anton L. nahm die verstaubte Zange in die Hand. Da donnerten die fernen Tore schon wieder auf, die rote Horde des stampfenden Schmerzes wurde wieder hörbar, ganz hinten, kam schnell näher. Rasch warf Anton L. die Zange zurück auf das Brett. Die Horde stutzte einen Moment, zog sich dann zurück.
Wohl wußte Anton L., daß es Spritzen gab. Frau Klintz hatte ihm damals auch welche verabreicht. Aber auch das Spritzen ist eine Sache der Übung, und wie! Außerdem: Welche Spritze? Ein paar lagen herum, auch Serumfläschchen.
– Nein, dachte Anton L.
Er stieg vom Behandlungsstuhl und wankte aus den Praxisräumen.
»Na?« sagte der Kurfürst, als Anton L. am Platz unten an dem Denkmal vorbeiging, nein: vorbeischlich.
»Nichts«, sagte Anton L.
»Das hätte man sich gleich denken können«, sagte der Kurfürst.
»Es ginge gar nicht«, sagte Anton L.

»Sich selber einen Zahn ziehen«, sagte der Kurfürst, »das kann nicht einmal ein geübter Zahnarzt.«
»Ein geübter Zahnarzt vielleicht schon«, sagte Anton L. Er setzte sich auf einen der stumpfen, runden Steinpflöcke, von denen ein Dutzend das kurfürstliche Denkmal im Kreis umstanden und eine schwere, niedrig hängende Eisenkette hielten.
»Vielleicht«, sagte der Kurfürst, »vielleicht ein *sehr* geübter Zahnarzt.«
Anton L. setzte einen Fuß auf die Kette und schaukelte.
»Wenn«, sagte der Kurfürst, » – «
»Wenn was?« sagte Anton L.
»Wenn die Vorsehung oder Gott oder so irgend etwas Sie, also ausgerechnet Sie, Adam L., dazu ausgewählt hat, als einziger die Katastrophe zu überleben, dann –«
»Dann?« sagte Anton L.
»– dann ist die Vorsehung oder Gott oder so auch dazu verpflichtet, Ihr Zahnweh zu beseitigen. Sonst hätte ja das Ganze keinen Sinn.«
»Hm«, sagte Anton L.
»Es wäre völlig unbefriedigend, wenn diese Katastrophe, also dieses Ende der Menschheit nicht auch irgendwie ein neuer Anfang wäre.«
»Das habe ich mir auch schon gedacht.«
»Wenn damit nicht ein neuer Anfang gemeint wäre, hätte man nicht einen, also Sie, übriggelassen.«
»Es kann kein Zufall sein«, sagte Anton L.
»Richtig«, sagte der Kurfürst, »und dann ist man auch verpflichtet, Ihr Zahnweh zu beseitigen.«
»Ein Gedanke, der mir außerordentlich einleuchtet«, sagte Anton L.
»Ist es weg?«

»Das Zahnweh?«
»Ja.«
»Nein.«
»Hm«, sagte der Kurfürst.
Eine Weile schwiegen beide. Der gehabte, nun tief jenseits der fernen Tore eingesperrte Schmerz verbreitete fast etwas wie eine friedliche Stimmung in Anton L.s Seele, obwohl, objektiv gesehen, der Zahn immer noch tobte.
»Sie haben schon wieder ›Adam‹ zu mir gesagt«, sagte Anton L.
»Pardon«, sagte der Kurfürst.
»Nein, nein«, sagte Anton L. »Adam ist schon richtig. Ich bin Adam.«
»Kann man vertreten«, sagte der Kurfürst, »gewissermaßen.«
»Nicht nur gewissermaßen. Ich werde Besitz von der Erde ergreifen.«
»Nicht schlecht.«
»Ich werde den kommenden Sommer benutzen, um nach Italien zu gehen. Wenn eines der Autos noch fährt, fahre ich, so weit ich komme. Dann gehe ich weiter. Sie werden mir fehlen.«
»Ach«, sagte der Kurfürst, »ich werde Ihnen nicht fehlen. Grad in Italien stehen so viele Kollegen von mir.«
»Ja«, sagte Anton L., »man braucht gar nicht mehr Italienisch zu können, wenn man nach Italien geht. Deutsch ist jetzt einheitlich Weltsprache.«
»Und das Buch?« fragte der Kurfürst.
»Vielleicht finde ich es noch vorher.«
»Womöglich ist es ganz in Ihrer Nähe?«
»Wie meinen Sie das?«

»Haben Sie eigentlich schon einmal Ihr kleines Schlößchen ganz durchsucht? Richtig ganz durchsucht?«
»Nein.«
»Würde ich tun«, sagte der Kurfürst.
»Ich muß mich jetzt ein wenig hinlegen«, sagte Anton L. »Ich bin ganz zerschlagen.«
»Das kann ich mir denken«, sagte der Kurfürst. –

Noch ein paar Tage lang hielt der Zahnschmerz an. Anton L. hatte das Gefühl, daß sein Kopf eine waagrecht liegende Birne war, das Schwergewicht auf der linken Seite. Er nahm wieder schmerzstillende Mittel, aber das beste Mittel, den gegenwärtigen Schmerz zu relativieren, blieb die Erinnerung an den vergangenen Schmerz der paar Sekunden, nachdem Anton L. mit dem Instrument mit dem Kügelchen gegen den Zahn geklopft hatte.
Eines Tages verging dann der Zahnschmerz – infolge einer erstaunlichen Entwicklung, einer erstaunlichen, aber doch folgerichtigen Entwicklung, so folgerichtig, daß sie eigentlich gar nicht erzählt werden müßte.

XXII

Der geköpfte Henker

Wenn Anton L., in seinem Bett liegend, nur ein einziges Mal nach links an die Täfelung des Schlafzimmers in dem kleinen Schlößchen gelangt hätte – er hätte sich dabei nicht einmal aus den Kissen erheben müssen, nur etwas nach links strecken –, hätte er einen kleinen Vorsprung in der Täfelung erreicht, an dem sich ein Teil der Wandverkleidung wegschieben ließ. Wenn Anton L. vor Monaten schon diesen Vorsprung, der gar nicht irgendwie versteckt oder getarnt, eher ein recht auffallender Griff oder Knopf war (fürs oberflächliche Hinschauen allerdings doch den Schwanz eines Greifenvogels, solche Greifenvögel kehrten vielfach in der ganzen geschnitzten Dekoration wieder, keiner jedoch mit so einem hervorstechenden Schwanz; insofern war diese Tarnung, wenn es eine sein sollte, fast mehr ein Wegweiser), wenn Anton L. vor Monaten schon, damals, als er hier einzog, diesen Griff oder Knopf betätigt hätte, hätte er sich viel Suchen erspart. Das Buch war hinter dieser Täfelung.

Es waren noch andere Bücher da, zwanzig oder dreißig, weit weniger, als das Regal hinter der Täfelung fassen konnte. Aber in der Mitte lag es unverkennbar: ganz in feines Leder gebunden mit goldenen und roten Sternen und auf dem Rücken eine goldene Schlange, die sich spaltet und eine Figur bildet wie die Ziffer acht.

Anton L. nahm das Buch heraus und trat ans Fenster.

Er hatte sich, als er ›vom Zahnarzt‹ oder vom Kurfürsten zurückkehrte, nicht, wie er ursprünglich vorgehabt, ins Bett gelegt, er hatte sich sofort daran gemacht, das Schlößchen von oben bis unten zu durchsuchen, das heißt: von unten nach oben, beginnend mit Sonjas Zimmer, weswegen es schon Abend war, als Anton L. endlich den Griff oder Knopf am Schwanz des Greifen fand.

Aber es war ein sonniger, milder Abend. Es war einer der längsten Tage des Jahres. (War es der 26. Juni? der Jahrestag?) Die Sonne versank hinter den Büschen, die aus den eingefallenen Dachstühlen der den Hofgarten an der Westseite begrenzenden Häuser gewachsen waren. Die Sonne sandte milde goldene und rote Strahlen durch die längst wieder reine und klare Abendluft über der Stadt. Das Muster des unterteilten Fensterkreuzes fiel, zierlich zu Filigran verzerrt, auf das Parkett.

Ein hinkendes Pferd, ein Falbe, das er sonst noch nie im Park gesehen hatte, weidete in dem hohen Gras.

Anton L. hielt das Buch gegen das Licht. Er schlug es auf. Er schlug es nicht auf, wie man ein Buch, das man eben so anschaut, mehr oder weniger gedankenlos in der Mitte irgendwo aufschlägt. Er schlug den vorderen Deckel auf, blätterte das Vorsatzpapier um. Er erschrak nicht, als auf der zunächst leeren Titelseite, kaum, daß sie das Licht der Sonne berührt hatte, die Schrift erschien.

Er las den Titel.

Er blätterte um, knickte säuberlich die Seite mit dem Fingernagel des rechten Daumens, damit die Seite nicht zurückschlüge, überblätterte langsam das Inhaltsverzeichnis, das drei Seiten umfaßte. Dann begann er das

erste Kapitel zu lesen. Es behandelte die Entstehung des Universums. Es behandelte auch die Vorgänge und Zustände außerhalb des Universums. Vier Fußnoten und eine ausfaltbare Zeichnung erleichterten das Verständnis dieser schwierigen Zusammenhänge.
Das Buch war in deutscher Sprache geschrieben.
Anton L. las, bis die Sonne hinter den westlichen Gebäuden versunken war. Dann zündete er Kerzen an, aber das Kerzenlicht vermochte die Schrift auf den leeren Seiten nicht zum Vorschein zu bringen. So legte Anton L. das Buch wieder in das Regal und schloß es.
Es war ihm noch zu früh, um schlafen zu gehen. Er nahm sein Gewehr, setzte seinen verwitterten Deerstalker auf und ging hinunter vors Haus. Ein Schwarm von Vögeln flog in niedrigem Flug über den Hofgarten. Nur noch einer der vier Springbrunnen plätscherte. Die Brunnen waren im Winter eingefroren und bis auf den einen vom Eis gesprengt worden. Ihr Wasser versickerte um die Trümmer der Brunnenschalen herum und verwandelte ihren Umkreis in Morast und Sumpf. Der Brunnen, der noch lief, war mit Moosbärten behangen.
Anton L. ging langsam hinüber zur Luitpold-Allee. Ein anderer Schwarm von Vögeln, von kleineren Vögeln, Spatzen wahrscheinlich, schwirrte in einer tief herunterführenden Kurve durch den Park, schwang sich dann auf und setzte sich auf das Dach des Pavillons. (Die Diana, die den Pavillon gekrönt hatte, war heruntergefallen, sie lag, das Gesicht in die Erde gebohrt, quer über einen fast nicht mehr kenntlichen Kiesweg. Die Pfeiler des Pavillons waren bis auf halbe Höhe bemoost.) Die Spatzen blieben nicht lang auf dem Dach des Pavillons. Einer der Spatzen (gibt es Leitspatzen?

im *Buch* würde es im entsprechenden Kapitel zu lesen sein) flog auf und flatterte herum, die anderen folgten, formierten sich zu einem Schwarm und flogen pfeilgerade durch das Laub und das Geäst eines Baumes. Daß sich da keiner den Kopf anstößt? dachte sich Anton L. Die Spatzen waren durch den Baum geflogen, wie Wasser durch ein Sieb fließt.

Die Luitpold-Allee lag schon in halber Dämmerung.

»Wo gehst du hin?« fragte der Hase Jacob.

»Ach, du bist auch da«, sagte Anton L.

»Ich werde mich bald verkriechen, bevor dieses behaarte Großungeziefer mit den langen Zähnen aufwacht, von dem ich mir nicht denken kann, wofür es auf der Welt ist.«

»Alles hat seinen Sinn«, sagte Anton L.

»Ja, du mit deinem Buch«, sagte der Hase. »Und dabei hast du erst drei Seiten gelesen.«

»Vierzehn«, sagte Anton L.

»Steht auch was von mir drin?«

»So weit bin ich noch nicht.«

»Ob das noch was hilft?« sagte der Hase.

»Wie was hilft?«

»Ich meine: ob das noch irgend etwas hilft, daß du das Buch liest?«

»Wieso helfen?«

»Wenn du das Buch gelesen hast, weißt du alles«, sagte der Hase.

»Ja.«

»Aber was hilft es denn, wenn du alles weißt? Früher, wo noch die anderen Menschen da waren, früher, ja da wärst du dann fein heraußen gewesen mit dem Buch. Aber jetzt, du kannst es doch niemandem sagen, *was* du da alles weißt.«

»– dir –«
»Unsinn. Du weißt, daß ich gar nicht wirklich rede und zuhöre. Da haben wir doch schon darüber gesprochen.«
»Natürlich kann ich niemanden mehr aufklären –«
»Dann ist dieses ganze Zeug so gut wie witzlos«, sagte der Hase.
»Erkenntnis ist nie witzlos«, sagte Anton L. »Es ist überhaupt die Frage, ob Erkenntnis eines einzelnen, isolierte Erkenntnis überhaupt Erkenntnis ist.«
»Ich weiß, daß ich weiß«, sagte Anton L.
»Das ist verdammt hoch gegriffen«, sagte der Hase, »*Ich weiß, daß ich weiß.* Respekt. Da bist du bald soweit, daß du sagst: Ich bin, der ich bin.«
»Wie meinst du das?« fragte Anton L.
»Das wirst du schon noch merken.«
»Du redest heute recht dumm daher. Außerdem gefällt mir dein Ton nicht: – *verdammt hoch gegriffen,* das ist mir für den Gegenstand zu keß.«
»Ja, ja«, sagte der Hase. »Du tust dich ja nicht schwer, zu sagen: ich rede mit keinem mehr, der nicht das Buch gelesen hat.«
Anton L. schaute den Hasen verblüfft an.
»Soll ich das Buch vielleicht nicht lesen? Wo alles auf der Welt, womöglich seit ihrem Anfang, nur darauf abgezielt hat –«
»Ich weiß, ich weiß – auf dem Globus klebt ein roter Pfeil, der genau auf dich zeigt. Sieh hier: das ist Anton L. … Aber wer soll denn hinsehen?«
»Das ist mir gleich.«
»Du brauchst das Buch gar nicht mehr zu lesen. Du bist auch ohnedies der gescheiteste Mensch. Die unangefochtene Krone des Geistes.«

»Du würdest also das Buch nicht lesen?«
Der Hase knickte das eine Ohr ein und schnüffelte.
»Das möchte ich nicht unbedingt sagen.«
»Also!« sagte Anton L.
»Obwohl es natürlich eine Möglichkeit wäre«, fuhr der Hase fort, »*eine* Möglichkeit –«
»Das Buch nicht zu lesen?«
»Wir verlieren uns in fruchtlose Theorien. Tatsache ist, daß man so ein Buch, wenn man es hat, einfach lesen muß; in so einer Situation. Koste es, was es wolle. Das kann ich schon verstehen.«
»Jedes Ende ist auch ein neuer Anfang.«
»Wer sagt das?« fragte der Hase.
»Der Kurfürst.«
»Bei allem gehörigen Respekt vor Sr. kurmildesten Gnaden«, sagte der Hase, »eine durch nichts gerechtfertigte Behauptung, um nicht zu sagen: ein Bockmist.«
»Aber in jedem Vergehen ist auch der Keim –«
»Halt dich auf dem Boden«, sagte der Hase. »So ein Gerede. Das ist mir so recht der antiquierte pantheistische Quatsch. Es gibt Enden, in denen ein Anfang enthalten ist, ja; und es gibt Enden, in denen kein Anfang enthalten ist.«
»Ich sähe aber keinen Sinn darin –«
»Es gibt Dinge, die haben einen Sinn, und es gibt Dinge, die haben keinen Sinn. ›Alles hat seinen Sinn!‹ Dieser kosmische Augenaufschlag! Wenn ich das schon höre –«
»Warum wirst du denn da so bös –?«
»Die Leute benebeln sich selber ihr Hirn mit dem kosmischen Weihrauch. ›Alles hat seinen Sinn!‹ Da kann ich genau so gut sagen: ›Nichts hat einen Sinn.‹«
»Du bist unerträglich pessimistisch.«

»Optimismus ist die Vernunft der Dummen. Außerdem bin ich weder pessimistisch noch optimistisch. Wenn du mich klassifizieren willst, bin ich positivistisch. Aber das wirst du bald auch sein, wenn du dein Buch gelesen haben wirst.«
»Wir verlieren uns wieder in Theorien. Ob nun in jedem Ende ein Keim des Anfangs – laß mich ausreden, bitte – enthalten ist oder nicht; du sagst selber: in manchem Ende ist ein Anfang verborgen. So ist doch auch denkbar, daß in mir, in dem letzten Alten Menschen, der erste Neue Mensch steckt –«
»Schön kosmisch gedacht«, sagte der Hase.
»Ich habe dich gebeten, mich nicht zu unterbrechen.«
»Pardon.«
»Daß also in mir – was wollte ich sagen?«
»Weiß ich doch nicht.«
»Jetzt ist mir entfallen, was ich sagen wollte.«
»Daß im letzten Alten Menschen der erste Neue Mensch steckt. In mir steckt auch ein Neuer Hase.«
»Ich hatte einen so schönen Satz im Kopf, und jetzt ist er weg, weil du mich unterbrochen hast.«
»Dann wird er mehr schön als wahr gewesen sein«, sagte der Hase.
»Kurzum«, sagte Anton L., »ich, jedenfalls, will ein neuer Anfang sein.«
»Und wie, wenn ich fragen darf, soll das gehen?«
»Was meinst du da?«
»Ich meine gar nichts, ich frage: Wie das gehen soll? Wie du den neuen Anfang machen willst? Willst du dich mit einer Kuh paaren? Oder wie?«
»Die Einzelheiten habe ich noch nicht durchdacht.«
»Ja. Die Einzelheiten durchdenkt man nicht, wenn man im Kosmischen herumweihräuchert.«

»Ich denke nicht daran, mich zu paaren, mit keiner Kuh und auch sonst mit niemandem. Vielleicht –«
»Vielleicht?«
»Vielleicht«, sagte Anton L., »bin ich unsterblich.«
»Ah, da schau her!« sagte der Hase.
»Ich weiß gar nicht, was du hast. Das wäre die einfachste Erklärung dafür, daß ich, ausgerechnet ich, übriggeblieben bin.«
»Weil du unsterblich bist«, sagte der Hase.
»Ich sage nicht, daß ich unsterblich bin –«
»Immerhin.«
»– ich sage nur: es besteht die Möglichkeit, daß ich unsterblich sein könnte. Es sprechen Indizien dafür.«
»Warum liest du dann das Buch?«
»Was hat das damit zu tun?«
»Jetzt muß ich weiter ausholen. Ich bin zwar kein Mensch, nur eine seelenlose Kreatur, aber ich mache mir auch so meine Gedanken über die Weltläufte. Wenn ich recht unterrichtet bin, wollten die Menschen immer vor allem erlöst werden, das war es, was ihnen die Religionen versprachen. Dadurch, daß die Menschen im Grunde genommen vom Sinn und Zweck der Welt überhaupt nichts wußten, war ihnen die Möglichkeit gegeben, zu *glauben.* Kannst du mir folgen?«
»Ich werde doch wohl einem Hasen folgen können.«
»Es fragt sich, wohin. Aber gut. Der Glaube konnte den Menschen als Verdienst zugerechnet werden, durch das sie dann nach dem Tod Anspruch auf Erlösung hatten. Auf ewiges Leben, zum Beispiel. Anders gesagt: Wenn sich Gott, sofern es einen gibt, offenbart hätte, also sinnlich erfaßbar, sozusagen physikalisch, nicht nur andeutungsweise wie im Neuen Testament –«
»Bist du ein Hase theol.?«

»Jetzt unterbrich du mich nicht. Das Neue Testament ist keine Offenbarung, das Neue Testament ist eine Glaubenshilfe. Wissen vermittelt es nicht. Eine Glaubensanregung, kann man auch sagen. Aber davon will ich nicht reden. Wenn Gott sich physikalisch offenbart hätte, hätten die Menschen *gewußt*. Wissen ist nicht schwer, Wissen ist kein Verdienst. Glauben ist schwer, ja. Und du? Wenn du dein Buch gelesen hast, *weißt* du alles. Das Buch ist, ich habe es natürlich nicht gelesen, aber es muß ja wohl so sein, ist die physikalische Offenbarung Gottes. Du brauchst nachher nicht mehr zu glauben, du *kannst* gar nicht mehr glauben.«
»Glauben wäre also eine Gnade?«
»Und da du nicht mehr glauben kannst, kannst du auch nicht mehr erlöst werden.«
»Vielleicht zählen auch andere Verdienste?«
»Welche?« fragte der Hase.
»Nun«, sagte Anton L., »zum Beispiel, daß ich das Buch gefunden habe.«
»Ha, ha! Das Buch gefunden. Du sagst selber, daß die Welt von Anfang an darauf angelegt war, *dich* das Buch finden zu lassen. Der rote Pfeil auf den Globus geklebt, dessen Spitze auf Anton L. zeigt! Ha, Ha! Unter *den* Umständen soll es ein Verdienst sein, wenn du das Buch findest? Da wäre es schon eher ein Verdienst, wenn du es nicht gefunden hättest. Nein, nein. Die Tatsache, daß dir das Verdienst des Glaubens versagt wird, spricht dafür, daß mit dir Schluß ist. Schluß mit der Menschheits-Welt. Der letzte darf wissen.«
»Es wäre also an mir, den Apfel der Erkenntnis zurückzugeben?«
»Ja. Sehr schön. Du verbrennst das Buch unter dem Apfelbaum. Da hinten, wo du deine Dingsda, deine Fä-

kalien hinleitest, wo alles so schön wächst, weil es so gut gedüngt wird, da ist in den letzten paar Wochen auch ein Apfeltrieb in die Höhe geschossen. In ein paar Jahren ist das ein Apfelbaum.«

»Mit dir kann man nicht reden.«

»Kann man schon«, sagte der Hase, »wenn man mit mir denkt.«

»Und wenn nun in dem Buch steht, daß es keinen Gott gibt?«

»Du hast doch die ersten Seiten schon gelesen, steht da nicht –?«

»Das Buch hat drei Teile zu je zwölf Kapiteln. Ich habe das Inhaltsverzeichnis überflogen. Von Gott handelt das zwölfte Kapitel des dritten Teiles.«

»Was soll also sein, wenn es keinen Gott gibt?«

»Ist eine Erlösung *ohne* Gott denkbar?«

»Ach so«, sagte der Hase, »eine Art Jenseits-Demokratie. Die Seelen richten sich das Ewige Leben selber ein. Kein schlechter Gedanke. Gibt es Indizien dafür?«

»Du immer mit deinen Indizien.«

»Entschuldige, aber es wird schon finster, und es dauert nicht mehr lang, dann kommen diese widerlichen Wölfe. Du wirst vielleicht verstehen, daß mir meine körperliche Sicherheit wichtiger ist als die Erlösung deiner Seele. Ich fürchte nur, daß es mit dir doch keinen neuen Anfang hat, es sei denn, du paarst dich wirklich mit einer Kuh. Gute Nacht.«

»Es gibt noch eine andere –« Anton L. hatte sich den letzten Gedankentrumpf, der seiner Meinung nach hätte stechen müssen, bisher aufgespart. Aber der Hase war schon fort. Die Luitpold-Allee war dunkel.

Anton L. ging die Luitpold-Allee hinunter in Richtung auf die Staatsbibliothek. Die vielen Geräusche der

Nacht waren ihm längst vertraut, auch die nötige Vorsicht beobachtete er so geläufig nebenher, daß er seinen Gedanken nachhängen konnte.
Es geht schnell. Auch der Beton enthält offenbar Lebensstoff. Ein Jahr und eine Überschwemmung genügten, um selbst aus den Betonplatten, die den breiten Gehsteig der Luitpold-Allee bedeckten, primitive grüne Flechten sprießen zu lassen, nicht nur aus den Fugen zwischen den Platten – da *sproß* nicht, da *wuchs* büschelweise Gras, so heftig, daß nicht wenige Platten schon angehoben waren und wackelten, wenn man drauftrat; eine weitere Überschwemmung würde sie wegreißen – *auf* den Platten wuchsen Flechten, stern- und ringförmig, strahlenförmig fraßen sie sich an der Oberfläche entlang. Die Natur, jahrhundertelang unter dem Asphalt gequält, hatte ein Jahr lang nur zögernd gewagt, ihre Hand wieder nach der Stadt aus Stein auszustrecken. Jetzt, nach der Überschwemmung und dem exzessiven Frühjahr und in einem eher feuchten Sommer, hatte die Natur einen Faustschlag geführt.
Das große klassizistische Gebäude der Staatsbibliothek war im wesentlichen unversehrt. Es ragte wie ein dunkler Klotz an der Luitpold-Allee auf. Es war Halbmond. Auch das Mondlicht, glaubte Anton L., war heller, vielleicht infolge der reineren Luft. Das Mondlicht umspielte die Gliederungen in der Fassade der Bibliothek. Jeder Marmorvorsprung warf lange Schatten unter sich auf die Fassade. An einigen Stellen allerdings war die Fassade abgeblättert, das Ziegelmauerwerk schaute hervor, mattrot inmitten des helleren Verputzes, der jetzt, dort, wo er nicht tiefschwarz im Schatten lag, im Mondlicht fahl-grünlich irisierte. Viele Fenster waren zerbrochen. Aus einigen Fenstern rankte Unkraut, hing

entweder herunter oder arbeitete sich an Mauervorsprüngen oder klaffenden Rissen nach oben.
Wenig weiter unterhalb der Staatsbibliothek stand in der Luitpold-Allee die St.-Serapions-Kirche, auch ein klassizistisches Gebäude. Eine doppelte Säulengalerie, hinter der ein Garten war, hatte die Kirche mit der Staatsbibliothek verbunden. Die Säulengalerie und auch die Luitpold-Allee waren hier unterbrochen. Ein gewaltiger Strom mußte sich während der Überschwemmung Bahn geschaffen haben. Die Säulengalerie war zu mehr als drei Vierteln weggeschwemmt. Nur ein paar Säulen standen noch ganz am Rand an der Kirche und ein paar drüben bei der Bibliothek. Die übrigen lagen zerborsten auf der Straße, kreuz und quer übereinander. Der Schlamm, den das Hochwasser zwischen dem Geröll zurückgelassen hatte, hatte den Pflanzenwuchs kräftig gefördert. Büsche umwuchsen die morschen Baumstämme, die das Hochwasser aus dem Garten hinter der Säulengalerie ausgerissen oder von noch weiter mitgebracht hatte, Efeu umrankte die Säulenstümpfe.
Jenseits der Straße, wo sich der gewaltige Strom weitergewälzt hatte, klaffte ein Loch in der finsteren, ganz im Mondschatten liegenden Häuserfront der Luitpold-Allee. Die St.-Serapions-Kirche stand noch, nur die Fassade fehlte, war wie abgeschnitten. Der Kirchenraum gähnte wie eine große, unheilbare Wunde. Aus dem Inneren blitzten hie und da die goldenen Steinchen von den (Anton L. konnte sich erinnern:) romantischen und etwas süßlichen, übertrieben monumentalen Mosaikarbeiten. Eine Statuengruppe eines Seitenaltares stand jetzt, da die Fassade fehlte, so gut wie im Freien. Auf sie fiel das volle Licht des Mondes, färbte den Mar-

mor fahlgrün. Ein gigantischer Henker schwang sein Schwert, um einen betenden Bischof zu köpfen. Der Bischof hatte seinen Kopf behalten, der Kopf des Henkers war zu Boden gerollt.

Vor der Staatsbibliothek – diesseits der Verwüstung – führte eine doppelte Freitreppe zum Eingang hinauf. Auch auf der Treppe wuchs Unkraut. Vier Blöcke im Geländer der Treppe – zwei hier, zwei dort – waren mit Figuren geschmückt gewesen. Anton L. erinnerte sich, daß einmal, beim Wiederaufbau der Bibliothek nach dem Krieg, ein Streit darüber entstanden war, welche der Figuren wohin gehörte. Die Figuren stellten sitzende Denker in antiken Gewändern dar. (Sie waren, wohl weil sie von der Hand eines nicht unbedeutenden Bildhauers stammten, ausgelagert gewesen.) Im Lauf des Streites erhob sich dann unerwarteterweise sogar die weitere Frage: wen die vier Statuen verkörpern sollten. Die Frage war, soweit sie drei der Figuren betraf, nie abschließend gelöst worden. Nur von einer Figur wußte man mit Sicherheit, daß der Bildhauer den Denker Platon abbilden wollte, denn bei dieser Figur hatte er – was er bei den anderen versäumt hatte; vielleicht wußte er es auch selber nicht – den Namen in griechischen Buchstaben hinten in den Schemel gemeißelt, auf dem der steinerne Philosoph saß.

Die drei namenlosen Philosophen waren mit einem Teil des Geländers über die Treppe zu Boden gestürzt, wahrscheinlich von einem Ausläufer des gewaltigen Wasserdurchbruches zwischen Kirche und Bibliothek weggerissen. Zwei Figuren (eine in der Mitte auseinandergebrochen) lagen am Fuß der Treppe, die dritte war weiter fortgerollt worden und lag irgendwo unter dem Schlamm und Gestrüpp. Nur Platon war stehengeblie-

ben, wohl nicht, weil er Platon war, sondern weil er am weitesten von dem Durchbruch entfernt stand.
Anton L. verspürte Hunger. Er hatte die ganzen letzten Tage wegen des Zahnwehs wenig gegessen, heute überhaupt nichts.
Daheim, also in der kurfürstlichen Küche, steckten die Reste des zwanzigsten Rehs auf dem Bratspieß. Anton L. gedachte eben umzukehren, als im Gestrüpp zu Füßen des Platon etwas raschelte. Ein fettes, schwarzes Huhn tapste schlaftrunken auf Anton L. zu. Als es erkannte, daß Anton L. es fangen wollte, wurde es vor Schreck wach und flatterte auf, aber es half ihm nichts mehr. Anton L. fing es mit der bloßen Hand, drehte ihm den Hals um und aß es an Ort und Stelle. Federn und Knochen spuckte er aus.
»Mahlzeit«, sagte Platon.
»Wie?« sagte Anton L. Da Platon nichts sonst sagte, aß er weiter.

XXIII

Ein Fasan ohne Knochen

In der nun folgenden Zeit, während Anton L. das Buch las, ereigneten sich einschneidende Veränderungen. Das Buch hatte, wie Anton L. schon dem Hasen berichtet hatte, drei Teile zu je zwölf Kapiteln. *Die Summe der Summen* nannte sich das Buch gelegentlich selber in den ersten Kapiteln. Später handelte es von anderen, tieferen Dingen.

Anton L. las langsam und sorgfältig. Der Sommer ging darüber hin. Die Italienreise, von der er zum Kurfürsten gesprochen hatte, fand nicht mehr statt. Ein Mensch – Mensch? –, der solch ein Buch liest, bedarf keiner Italienreise mehr, bedarf überhaupt keiner Reise mehr, wie man gleich sehen wird.

Das Buch, obwohl von so schwierigen Dingen handelnd, war leicht zu lesen und faßlich. Schwierig zu verstehen war eigentlich nichts, zumal mit fortschreitender Lektüre. Mehrfach trat bei Anton L. der bekannte Effekt ein: das hätte ich mir gleich denken können, daß das so ist! – warum bin ich da nicht früher darauf gekommen! – bei Licht besehen, kann das ja gar nicht anders sein! Dennoch las Anton L. langsam und sorgfältig. Er wollte, daß kein Wort ihm entgehe.

Ob Anton L. die Veränderungen, von denen noch zu reden sein wird, überhaupt wahrnahm, ist fraglich. Freilich, den Engel nahm er wahr, der war ja nicht zu übersehen; aber die kleinen Veränderungen? Er las oft

ein Kapitel zwei- oder dreimal hintereinander. Oft betrachtete er einen Satz, ja einen halben Satz ganze Tage lang. Die eingestreuten erläuternden Zeichnungen studierte er mit großer Sorgfalt. Es war also nicht verwunderlich, daß die Wochen und Monate über der Lektüre dieses einen Buches unversehens hinweggingen, zumal Anton L. in den ersten Wochen – bis zum Ende des zwölften Kapitels – an den herkömmlichen Tageslauf, also an Sonnenauf- und -untergang, gebunden war.
Die kurfürstliche Küche betrat Anton L. nicht mehr, nachdem er das Buch zu lesen angefangen hatte. Das letzte, das zwanzigste Reh blieb, von Anton L. unberührt, am Bratspieß, wurde Opfer der Würmer und Maden. Hunger und Durst hatte er anfangs schon noch, aber es begab sich, daß einmal, als er das Fenster öffnete, ein Fasan hereinflog. Der Fasan rupfte sich selber. Anton L. brauchte ihn nur noch zu essen. Dem ersten Fasan drehte Anton L. noch den Kopf um, bei den späteren – es waren nicht mehr als insgesamt drei – sparte er sich die Mühe. Den Fasanen schien es nichts auszumachen. Der letzte Fasan hatte keine Knochen. Anton L.s Lebensbedürfnisse schränkten sich ein. Nach dem letzten Fasan hatte er keinen Hunger mehr, nur noch ab und zu etwas Durst, den er wie gewohnt mit Sekt löschte, eine halbe Flasche in der Woche, und selbst dies vergaß er nach einiger Zeit, ohne daß es ihm gefehlt hätte. Auch die entsprechenden gegensätzlichen Bedürfnisse begannen zu versiegen. Die heimliche Vorrichtung in der Täfelung blieb letzten Endes unbenutzt. –
Am Abend eines Spätsommertages, es dürfte in den ersten Septembertagen gewesen sein, trat Anton L. an das westliche Fenster seines Zimmers im oberen Stock des Schlößchens. Er hatte die ersten zwölf Kapitel gelesen.

Es drängte ihn, mit der Lektüre des zweiten Teiles, also des dreizehnten Kapitels, zu beginnen. Aber die Sonne ging unter. Kleine, schmale, dunkle Wolkenstreifen zogen über den westlichen Horizont hin, ein leiser Wind begann sich in dem mannshohen Gras zu regen, das den Park überall bedeckte. (Nur dort, wo das Wasser der geborstenen Springbrunnen immer noch überquoll und versickerte, waren große, bleiche Gewächse mit dicken, haarigen Blättern aufgeschossen.) Die Büsche von den Dächern der westlichen Häuserzeile warfen lange Schatten über diese kleine Prärie. Die Sonne färbte sich rot.
Schon früher hatte Anton L. bemerkt, daß er Wolken durch Hinstarren teilen konnte. Nun starrte er in die Sonne. Erst blendete die Sonne zurück, so daß Anton L. flammende Kreise und Kringel sah wie damals beim Zahnweh (das selbstverständlich nie mehr wiedergekommen war), aber er gab nicht auf, starrte energischer, da gab die Sonne nach, wurde eine sanfte gläserne Kugel und beugte sich den nun sonnenhaften Augen Anton L.s. Im Detail: die Sonne erhob sich wieder ein wenig vom Horizont und blieb so, bis Anton L. das dreizehnte und das vierzehnte Kapitel zu Ende gelesen hatte und sie entließ. Mit Erleichterung, aber ohne Aufbegehren versank die sanfte, gläserne Kugel hinter den Horizont. Anton L. legte sich schlafen.
So die Sonne zu regieren war nicht einfach. Einmal vergaß Anton L., sie zu entlassen, bevor er sich zur Ruhe legte. Als er wieder aufstand, mußte er feststellen, daß die Bäume um das Schlößchen auf einer Seite ganz verbrannt waren. Dafür waren im Schatten hohe Stengel mit violetten Blättern aufgeschossen. Er empfand es als lästig, sich um Dinge kümmern zu müssen, die früher

von alleine abliefen, wie es sich gehörte. Aber das war nur eine Übergangszeit. Mitte Oktober, als er mit der Lektüre des dritten Teiles, des fünfundzwanzigsten Kapitels begann (jede Seite war nun schon ein Meer der Erkenntnis, in das er eintauchte), kam der Engel.
Der Engel war sehr groß, hatte einen Vogelkopf, aber nicht mit Federn, sondern mit Schuppen, war weiblich – nicht weiblichen Geschlechts, aber von weiblicher Erscheinungsform –, er trug ein brandrotes Gewand aus unnennbarem, flammigem Material, etwa einem Mittelding aus Federn und Stein. Wenn der Engel sich bewegte, klaffte das Kleid und entblößte einen Frauenkörper von brillanter Vollkommenheit: eine weiße Haut mit einem Schimmer von Gold, Brüste von einer so stolzen und sicheren Fülle, daß ihre Rubinspitzen fast in zwei verschiedene Himmelsrichtungen wiesen, und zwar nach oben, ein Bauch von makelloser Rundung, begrenzt von einem Rosenornament dort, wo bei Menschenweibern das Geschlecht beginnt. Ob der Engel auch ein derartiges Geschlecht besaß – wenn ja, dann wohl in ähnlicher Vollkommenheit wie alles übrige –, konnte Anton L. nicht erkennen. Er bemühte sich auch nicht darum.
»Ich bin Sonja«, sagte der Engel.
»Ach ja«, sagte Anton L.
Sonja besorgte dann die lästigen Verrichtungen, die sich aus der fortschreitenden Erkenntnis ergaben.
Der letzte Satz des dritten Teiles, der letzte Satz des sechsunddreißigsten Kapitels, der letzte Satz des Buches lautete: Du bist Gott.

XXIV

Gott kann nicht sagen: Ich löse mich auf

»Das ist sehr schön von dir«, sagte der Hase Jacob, »daß du noch mit mir redest, nachdem du Gott bist. Oder muß ich jetzt *Sie* zu dir sagen?«

»Noch nie hat jemand mit Gott per Sie geredet«, sagte Anton L.

Anton L. saß vor dem ehemals vornehmen Antiquitätengeschäft, dessen brennbaren Inhalt er seinerzeit verheizt hatte. Eine – wohl nicht ganz echte – steinerne Rokoko-Gartenbank hatte sich natürlich nicht verheizen lassen. Der Engel Sonja hatte sie aus dem Laden herausgetragen und davor hingestellt, damit sich Anton L. darauf setzen konnte. Er saß, die Knie übereinander geschlagen, auf der Bank. Der Engel stand hinter ihm und hatte einen purpurvioletten Glorienschein ausgefaltet.

»Ich werde«, sagte Anton L., »nun, da ich Gott bin – vielmehr: da ich nun weiß, daß ich Gott bin, ich war es ja schon immer –, eine neue Menschheit erschaffen.«

»Das würde ich mir gut überlegen«, sagte der Hase, »jetzt gleich?«

»Ich habe mir alles überlegt –«

»Pardon, Gott«, sagte der Hase, »wenn ich dich unterbreche. Eine neue Menschheit? Ohne Menschheit geht es wohl nicht? Da steckt schon noch ein schöner Brocken menschlichen Vorurteils in dir. Man merkt, daß du erst vor kurzer Zeit befördert worden bist.«

»Was hast du gegen die Menschen? Ich habe die Menschen – nein: die Menschen habe ich nicht geliebt. Ich habe die Menschen sogar gehaßt; aber die *Menschheit* habe ich geliebt, heiß geliebt von ganzem Herzen.«

»Warum nur die Menschheit?«

»Ich verstehe dich nicht«, sagte Anton L.

»Die Menschheit ist doch eher ein dürftiger Gegenstand für eine so heiße Liebe. Das Leben, ja, das würde ich verstehen, das Leben an sich. Die Menschheit und die Hasheit und die Nashornheit und die Vogelheit und die Fischheit, die Wurmheit, die Ameisheit, die Pantoffeltierheit, die Baumheit, Grasheit, Farnheit, Moosheit, alles zu lieben, das verstünde ich. Aber die Menschheit? War denn dieser verkommene Haufen so viel wert?«

»Ich fürchte, das verstehst du nicht.«

»Nein«, sagte der Hase, »das verstehe ich nicht. Ich habe nie verstanden, warum früher so viel Umstände wegen der Erlösung von den paar Narren gemacht wurde.«

»Du vergißt die großen Taten der Menschheit.«

»Große Taten?« sagte der Hase. »Uns geschossen haben sie, im Wesentlichen.«

»Kurzum«, sagte Anton L., »ich diskutiere nicht weiter. Ein Gott diskutiert nicht. Ich habe mich entschlossen, die Menschheit neu zu erschaffen. Neu! Darauf liegt die Betonung. Basta.«

»Viel Vergnügen«, sagte der Hase.

»Ich werde einen neuen Anfang setzen. Ich werde morgen, zur Stunde, wenn ich die Sonne aufgehen lasse, die Menschheit rematerialisieren.«

»Die werden Augen machen.«

»Mit Hilfe des Buches, also durch eigene Kraft, wohlgemerkt, werde ich diese Tat bewirken. Ich werde ihr, also der Menschheit, trotz ihrer Erbärmlichkeit die Chance geben, die ich selber gehabt und, wie du sagen mußt, genutzt habe. Ich erinnere mich an das Jahr 1945. Damals stand ein Teil der Menschheit vor einer ähnlichen Situation. Viele ihrer Werte waren zerstört. Vorübergehend – damals nur vorübergehend! – wurde sie friedlich und geistiger gesinnt. Jetzt wird sie eine völlig zerstörte Welt vorfinden. Ihre friedliche und geistigere Gesinnung wird anhalten, zumal ich die Menschheit gewisser Eigenschaften berauben werde, die sich als negativ erwiesen haben.«

»Gib ihr keine Gewehre mehr.«

»Nicht nur keine Gewehre. Der Zugang zu allen Naturkräften, die ihr schädlich waren, soll ihr verwehrt werden.«

»Ein sehr schöner, theoretischer Gedanke.«

»Wieso theoretisch?«

»Mir scheint«, sagte der Hase, »du erfindest da einen Vegetarierverein, der in selbstgeflochtenen Sandalen herumläuft und sich an erbaulichen Traktaten erfreut –«

»Sie werden *dir* nichts mehr tun.«

»Sie werden *dir* etwas blasen, sage ich dir. Sie haben schon einmal einem Gott, der es gut mit ihnen gemeint hat, etwas geblasen.«

»Auch das habe ich durchdacht. Ich werde die vollendete Menschheit rematerialisieren. Ich werde alle schmerzlichen Entwicklungsstufen überspringen, ich werde der Menschheit die harte Schule der Fehler, die sie eigentlich noch machen müßte, schenken. Ich werde die letzte, reine Menschheit wiedererwecken.«

»Darf ich dir einen Vorschlag machen?«

»Ja?«
»Ich würde erst ein paar Muster anschauen. Nicht gleich alle auf einmal zurückholen.«
»Das ist vielleicht kein schlechter Gedanke.«
»Ich an deiner Stelle«, sagte der Hase, »würde, bevor ich morgen früh die gesamte Menschheit wieder über den bedauernswerten Planeten verstreute, heute abends noch ein paar hier aufmarschieren lassen, vor deinem Thron.«
»Heute abends?«
»Dann kannst du es dir immer noch überlegen.«
Anton L. drehte sich zweifelnd um zum Engel Sonja, der aber hielt nur den Glorienschein, wandte den Kopf zur Seite, und aus seinem klaffenden Kleid leuchtete der gloriose Leib.
»Also gut«, sagte Anton L.
Ein Beben schüttelte die Luitpold-Allee. Das Gebäude, vor dem Anton L. saß, bauchte nach vorn aus, die Fassade platzte, ein Regen von Steinen und Ziegeln fiel herab, aber der Engel Sonja hielt den Glorienschein wie ein Zelt über Anton L. und den Hasen, so daß die Steine und Ziegel abprallten.
Die Erde öffnete sich. Aus einer Spalte, die sich längs der Mitte der Straße hinzog, stieg ein Mensch, dessen Füße direkt an die Knie angewachsen waren; dafür hatte er Arme von der Länge einer Riesenschlange. Er patschte mit den Händen um sich her und torkelte gleich wieder in den Spalt, denn offensichtlich war er blind.
»Halt, er fällt wieder hinein«, rief Anton L.
Er fiel aber nicht wieder hinein, denn ein anderer stieg aus dem Spalt und schob den ersten wieder herauf. Der zweite war durchsichtig, hatte keine Haare und einen

Schädel groß wie ein Wasserschaff, in dem ein bräunliches Gehirn pulsierte. Das Gehirn schied ständig einen Saft ab, der in den Körper herniedertroff und an den Füßen abgesondert wurde. Der zweite Mensch ergriff den ersten an einem Arm und begann daran zu saugen. Ein dritter Mensch entstieg dem Spalt. Er war groß und gewaltig und ging auf Haaren wie eine Raupe; als er sich wendete, sah man, daß er dünn wie Papier war. Der vierte war ein Zwerg, hatte aber ein männliches Geschlecht, so groß wie eine Kanone, dreimal größer als er selber. Er hatte Mühe, sein Geschlecht mit den Armen zu umfassen, nur dadurch, daß er sich zurückbeugte, konnte er das Gleichgewicht halten. Als der Zwerg des gloriosen Körpers von Sonja ansichtig wurde, stieg das Glied steil in die Höhe zur Baumesgröße. Der Zwerg fiel vornüber. Das Glied hieb den Papiermenschen, der auf Haaren ging, mitten durch. Der Mensch mit den langen Armen hatte inzwischen gespürt, daß irgendwer an seinem einen Arm saugte, konnte aber nicht sehen, was es war. Er begann, die Arme um sich kreisen zu lassen. Der Durchsichtige hielt sich verbissen fest und kreiste mit.
Ein fünfter kam aus dem Spalt, der hatte eine so gewaltige Falte am Hals, daß er sich in sie wie in einen Mantel hüllen konnte. Ein sechster war am ganzen Körper voller Pilze, ein siebter hatte einen Saugmund wie ein Blutegel. Der achte hatte keine Haut und keine Knochen, er bewegte sich dadurch fort, daß er zu einer Lache zerfloß, ein wenig weiterrann und sich dann wieder aufschichtete wie weicher, roter Käse. Der mit dem Blutegelmund schlürfte ihn auf, worauf der Blutegel platzte. Es bildeten sich aus den Resten neue Exemplare.

Die nächsten waren Striche, wie aus Draht gebogen. Dann flatterten noch Schatten aus dem Spalt, wie Rauch, wie heller Rauch die einen, wie dunkler die anderen. Sie mischten sich und wirbelten in langen Streifen über den Boden. Dann kam ein roter Schlund mit weißen Zähnen.
Der Schlund stieß eine Zunge, groß wie eine Fahne, hervor, daran etliche von den Schatten kleben blieben. Ein langer, weißer Engerling aus Fett, groß wie ein kleines Luftschiff, erhob sich aus dem Spalt und schaute frech mit vierzehn Augen auf die Szene.
»Da ist –«, sagte Anton L.
»Was ist?« fragte der Hase, der sich unter die steinerne Bank zurückgezogen hatte und zwischen Anton L.s Beinen hindurchsah.
»Da ist irgendein Fehler in meine Berechnung gekommen«, sagte Anton L.
»Im Gegenteil. Da ist absolut kein Fehler in deine Berechnung gekommen. Du hattest nur keinen rechten Begriff vom Ergebnis deiner kosmischen Multiplikation.«
Anton L. gab dem Engel einen Wink. Der Engel entfaltete einen weiteren Glorienschein und schleuderte ihn über die Brut, die aus dem Spalt gekrochen war. Der Glorienschein rundete sich zu einer Kugel, fing alles ein und verkleinerte sich zur Größe eines Goldfischglases, in dem sich nun das Schlängeln und Drängen und Paaren und Schlürfen in geschrumpfter Größe, überdeutlich wie unter einer Lupe, abspielte. Der Engel gab Anton L. die Kugel, der sie auf der flachen Hand vor sich hielt und betrachtete.
Der Hase kam wieder unter der steinernen Bank hervor.

»Es tut mir fast leid«, sagte der Hase, »so schlimm habe ich es mir selber nicht vorgestellt.«
Anton L. sagte gar nichts. Er blickte zum Engel, der aber nur wieder den Glorienschein hielt und den Blick ein wenig wendete. Er schaute haarscharf tangential an Anton L.s Kopf vorbei.
Anton L. stand auf und warf die Kugel in den Spalt zurück.
»Was nun?« sagte der Hase.
»Kann Gott sich selber auflösen?« fragte Anton L.
»Das glaube ich nicht«, sagte der Hase.
»Ich glaube es eigentlich auch nicht«, sagte Anton L., »Gott kann nicht sagen: Ich löse mich auf. Was passiert, wenn Gott sagt:

Ich löse mich auf –«

Die erste kalte Nacht brach herein. Als die Sonne am nächsten Tag aufging, hatten sich die ersten Blätter der Bäume verfärbt.
Der Erdstoß hatte das Fundament des Denkmals des Kurfürsten zerrüttet. Das schwere erzene Standbild war seitlich umgesunken und zu Boden gestürzt. Es war zweimal zerbrochen, einmal an der Hüfte, einmal am Hals. So lagen die Beine und der Unterleib nahe dem zerborstenen Sockel, der Oberkörper etwas weiter weg, der Degen hatte sich in den Boden gebohrt. Der Kopf war noch weiter fortgerollt. Er blickte nach oben in einen hellen, klaren Herbsthimmel, durch den ein Zug von Staren in den Süden flog.